Die Rache des Pan

ANNA KATMORE

DIE RACHE DES PAN
Die Originalausgabe erschien 2014 unter dem Titel
PAN'S REVENGE
Zweiter Band in der Reihe EINE ZAUBERHAFTE REISE

Originalausgabe © 2014 Anna Katmore
Deutsche Ausgabe © 2015 Anna Katmore
Deutsche Übersetzung: Anna Katmore

Umschlagdesign: © 2015 by Anna Katmore
Umschlaggestaltung: Laura Miller, anauthorsart.com
Lektorat: Melanie Scheitza
Alle Rechte vorbehalten

Deutsche Erstveröffentlichung: April 2015

www.annakatmore.com

In meiner Fantasie existiert eine Welt

mit Namen Nimmerland.

Ich bin jeden Tag dankbar

für den Schlüssel zu diesem wundervollen Ort.

Abschied

Einen zeitlosen Moment lang sehen wir uns einfach nur in die Augen. Wieder habe ich diesen Kloß im Hals. Sie wahrscheinlich auch, denn sie schluckt schwer und ihre Lippen beginnen kurz darauf zu zittern. Ich streichle über ihre Wange. „Keine Tränen mehr", bitte ich sie heiser. „Ich möchte dich mit einem Lächeln in Erinnerung behalten, Angelina McFarland."

Schniefend bemüht sie sich, ihre Mundwinkel nach oben zu ziehen, aber es will ihr nicht wirklich gelingen. An dem gespannten Netz hinter dem Querbalken hält sie sich fest und macht einen vorsichtigen Schritt auf mich zu. Dann schlingt sie ihre Arme fest um meinen Hals. Ich kann das Netz nicht loslassen, sonst stürzen wir beide in die Tiefe. Aber das macht nichts. Einen Arm habe ich frei, und damit drücke ich sie noch einmal fest an mich. „Ich werde dich vermissen", flüstere ich ihr ins Ohr.

„Bitte vergiss mich nicht!"

„Niemals."

An meinem Hals läuft ihre erste Träne hinunter, und viele weitere folgen. An ihnen zerbreche ich. Ich fasse sanft unter ihr Kinn und hebe ihren Kopf an. Dabei wische ich ihr mit dem Daumen die

Tränen vom Gesicht. Und dann küsse ich sie ein allerletztes Mal. Lange und innig, um die Erinnerung daran bis in alle Ewigkeit aufrechterhalten zu können.

Als Angel schließlich zurücktritt, setze ich ihr meinen Hut auf den Kopf, und endlich bekomme ich, was ich wollte. Ihr aufrichtiges Lächeln.

Peter begleitet sie an den äußersten Rand des Balkens. Dort dreht sie sich noch einmal zu mir um. Hinter ihrem entschlossenen Blick verbirgt sich ihre Schwermut. Langsam schließt sie die Augen und holt tief Luft. Ich versuche vergeblich den schmerzhaften Kloß in meinem Hals hinunterzuschlucken. Dann kippt Angel nach hinten und fällt.

Von plötzlicher Panik erfüllt, suche ich Halt im Netz neben mir und eile nach vorn. Dabei bricht ihr Name verzweifelt aus meiner Kehle. Aber es ist zu spät. Angel stürzt in die Tiefe. Ihre Arme sind seitlich ausgebreitet, und der Rock ihres Kleides flattert im Wind, als würde er mir zum Abschied winken. Mein Hut fliegt ihr vom Kopf und segelt trübselig hinter ihr her.

Einen Moment später taucht die Liebe meines endlosen Lebens in die Wellen ein und wird vom Ozean verschlungen.

Ich hoffe, dass sie dorthin gelangt, wo sie hin möchte.

Peter Pan

Die Fluten verschlingen Angel. Auf ihren Lippen war ein kleines Lächeln zu sehen, kurz bevor sie in den Ozean eingetaucht ist. Ob es wohl auch James von dort oben aus gesehen hat? Wie vom Blitz getroffen steht er immer noch vor dem schwarzen Nachthimmel oben auf dem letzten Querbalken des Segelmasts. Der Wind wirbelt ihm das Haar ins Gesicht. Sogar vom Deck aus kann ich erkennen, wie der Schmerz und das Entsetzen in seinen Augen schimmern.

Mein Bruder – am Ende? Das ist neu. Und ganz offensichtlich nicht nur für mich, sondern auch für den dreckigen Rest seiner Männer. Mit in den Nacken gelegten Köpfen sehen sie zu ihm nach oben und murmeln untereinander. Smees Stirn ist in Sorgenfalten gelegt, so als würde er sich von allen am meisten um seinen Captain sorgen. Nie hätte ich für möglich gehalten, dass er tatsächlich mehr als nur Hooks hirnloser Lakai sein könnte. Aber gerade habe ich das Gefühl, dass mein Bruder vielleicht wirklich einen aufrichtigen Freund an Bord der Jolly Roger hat.

In meinem Augenwinkel sehe ich, wie etwas im Wasser an die Oberfläche treibt. Ein hellblauer Fetzen. Erschrocken beuge ich mich über die Reling, um es genauer in Augenschein zu nehmen. Bei Nimmerlands Regenbögen, das wird doch nicht Angel sein, die leblos von den Wellen hin und her gewiegt wird? Ohne einen weiteren Gedanken zu vergeuden, springe ich über Bord und gleite nach unten.

Aber es ist nicht Angel. In der rauen See finde ich nur das Kleid vor, das sie bis vor wenigen Minuten noch getragen hat. So wie es scheint, hat unser Plan funktioniert. Wenn Angel verschwunden ist und nur noch ihr Kleid hinterlassen hat, dann stehen die Chancen doch gut, dass sie tatsächlich in ihre eigene Welt zurückgekehrt ist.

Ich fische das Kleid aus dem Wasser und blicke zu James nach oben. Sein Gesicht wirkt wie versteinert. Er dreht sich um und beginnt den hohen Mast nach unten zu klettern. Während unserer zahllosen Kämpfe habe ich immer wieder miterlebt, wie er sich an Seilen herabgelassen hat, wagemutig gesprungen ist oder auch schon mal mit seinem Dolch das Segel zerschlitzt hat, um zurück aufs Deck zu gelangen. Heute Nacht jedoch klettert er am Netz herunter, ein Fuß nach dem anderen.

Nachdem ich auch den Hut aus dem Wasser gefischt habe, der traurig auf den Wellen trieb, kehre ich zurück aufs Schiff und warte am Fuß des Masts auf Hook. Seine Stiefelhacken poltern einsam auf den Holzdielen, als er heruntersteigt und sich zu mir umdreht. Ich halte ihm das nasse Kleid und seinen Hut entgegen, doch er schüttelt nur schwermütig den Kopf. Mir fehlt Angel auch. Sie war lustig und irgendwie anders. Sie war hübsch und ich mochte ihren Duft. Dennoch, wenn ich Hook ins Gesicht blicke, weiß ich genau, dass mein Abschiedsschmerz nichts im Vergleich zu seinem gebrochenen Herzen ist. Sein Kehlkopf zuckt, als er schwer schluckt. In seinen Augen schimmern zurückgehaltene Tränen.

Das ist wohl nicht der richtige Zeitpunkt, um ihm vorzuhalten, dass nur kleine Mädchen weinen. Als Hook uns alle schweigend an Deck zurücklässt, in seinem Quartier verschwindet und die Tür leise hinter sich zumacht, werfe ich die nassen Sachen in Smees Hände und fliege heim.

Kapitel 1

Mit einem letzten kräftigen Zug breche ich durch die Oberfläche und ringe nach Luft. Ich schüttle mir das Wasser aus den Haaren und blicke mich in den Wellen tretend um. Doch die übliche Enttäuschung holt mich rasch ein.

Nur wenige Meter von mir entfernt schaukelt die Jolly Roger sanft auf dem Meer. Hinter ihr berührt die Sonne schon beinahe den Horizont. Wieder habe ich es nicht geschafft. Wieder ist ein Tag verloren. Es gelingt mir einfach nicht, Angel nach London zu folgen. Nimmerland gibt mich nicht frei.

Smee wirft backbord das Ende eines Seils herab. Als ich über die Reling zurück an Bord klettere, hat er nur ein verschlagenes Grinsen für mich parat. „Wie oft willst du es denn noch versuchen, James? Waren achtunddreißig Sprünge denn immer noch nicht genug?"

Es waren keine Sprünge, es waren Stürze.

Beim ersten Mal habe ich versucht, alles genauso zu machen wie Angel. Und dann folgten weitere siebenunddreißig Variationen dieses Falls. Ich hab mich vorwärts in die Fluten gestürzt, rückwärts, kopfüber, steif wie ein Stock ... ich hab meine Augen geschlossen, hab an etwas Fröhliches gedacht, etwas Trauriges, etwas Gemeines, an absolut gar nichts ... Aber der Himmel sei verflucht, das Meer spuckt mich jedes Mal wieder an derselben Stelle aus, an der ich eingetaucht bin. Und nach fünf Wochen, in denen ich täglich fünfzehn Meter in die Tiefe gefallen und hart auf dem Wasser aufgeprallt bin, fühlt sich mein Körper an, als hätte ich ein Rendezvous mit dem Schiffsbug gehabt. Ich brauche eine Pause.

„Du hast recht", stimme ich Jack zu und steige in meine Stiefel. Meine Hose und das Leinenhemd sind zwar immer noch triefend nass, doch das kümmert mich im Moment wenig. „Das waren genug Fehlversuche. Bring das Schiff zurück an die Küste."

Immer skeptisch, mustert mich mein erster Maat natürlich auch jetzt mit eindringlichem Blick, als er sich an den Segelmast hinter sich lehnt und die Arme verschränkt. „Was hast du vor?"

„Ich werde den Feen einen kleinen Besuch abstatten." Ich hebe meinen schwarzen Hut vom Boden auf und setze ihn mir auf den Kopf. „Es wird höchste Zeit."

Smee stößt ein mitleidiges Seufzen aus. „James, warum hast du das Mädchen überhaupt gehen lassen, wenn du es ohne sie ja doch nicht mehr aushältst?"

Ja, was war noch mal gleich der verdammte Grund dafür? Ich zucke ratlos mit den Schultern. Doch die Wahrheit ist: Lieber bin ich allein in Nimmerland gefangen, als Angel bei mir zu haben und sie jeden Tag um ihre Familie weinen zu sehen. An ihren Tränen wollte ich nicht schuld sein. „Sie zurückzuschicken war das einzig Richtige."

„Und seit wann genau tust du bitte das Richtige?", verspottet mich ein Junge hinter mir, der garantiert kein Mitglied meiner Crew ist. Ich drehe mich um und blicke in Peter Pans Gesicht. Die Beine weit auseinander gestellt und die Hände in die Hüften gestemmt, so wie es typisch für diesen Fünfzehnjährigen ist, grinst er voll Hohn unter einem ledernen Piratenhut hervor, der aber auch so gar nicht zu seinem grashüpfergrünen Hemd passt.

„Bist du gekommen, um mit uns Seeräuber zu spielen, kleiner Bruder?", schnauze ich zurück. Dann ziehe ich ihm den Hut vom Kopf und werfe ihn rüber zu Fin Flannigan, seinem rechtmäßigen Besitzer, der gerade mit dem einäugigen Scabb und Walflossen Walter die Decks schrubbt.

Ich habe Peter seit der Nacht nicht mehr gesehen, in der wir Angel zurück in ihre Welt geschickt haben. Und über diesen Umstand beklage ich mich auch nicht. Wir haben für eine gute Sache zusammengearbeitet. Dadurch sind wir aber bestimmt keine Freunde geworden oder uns brüderlich nähergekommen als zuvor. Der einzige Unterschied ist: Ich habe beschlossen, ihm für seine Unterstützung bei Angels Heimkehr eine Pause zu gönnen und ihn nicht umzubringen ... zumindest nicht im Moment.

Peter streift sich mit der Hand durch sein hellbraunes Haar, um es wieder in die übliche Unordnung zu bringen. „Eigentlich wollte ich dich nur fragen, ob du noch alle Tassen im Schrank hast."

„Ach." Jetzt bin ich doch leicht verwirrt. „Und wie kommst du auf diese Frage?"

Er greift sich in die Brusttasche und zieht die Taschenuhr meines Vaters heraus.

Schlagartig kehrt mein Interesse daran, Peter an Bord zu haben, zurück. „Sieh mal einer an. Du hast also endlich die kleine Schatztruhe geöffnet", sage ich mit leichtem Schalk in der Stimme.

Peter ahmt meine unschuldige Miene nach. „Sieht ganz so aus." Dann werden seine Züge ärgerlich hart. „Und jetzt sag mir, was das für ein verdammter Blödsinn ist und warum du die ganze Zeit hinter einer bescheuerten Uhr her warst."

Eine halbe Minute lang starre ich ihm nur verblüfft ins Gesicht.

„Du hast wirklich keine Ahnung, oder?"

Peter zieht seine Hand zurück, bevor ich nach dem Familienerbstück meines Vaters greifen kann. Dabei fällt mir die lange Narbe auf seinem rechten Oberarm auf. Eine alte Wunde, die ich ihm einst zugefügt habe. Schuld versetzt mir einen ekelhaften Stich in meiner Brust, den ich dort nicht haben will, also verdränge ich die Erinnerung.

Aus Vorsicht fliegt Peter ein paar Meter zurück und landet auf der Reling. Es kommt mir gar nicht in den Sinn, ihm wegen der Uhr hinterher zu hetzen. Stattdessen begebe ich mich auf die Brücke und täusche dabei Gleichgültigkeit vor. „Hast du sie denn überhaupt schon mal aufgemacht?"

„Die Taschenuhr? Ja, klar."

„Und was steht da auf der Innenseite des Deckels?"

„J.B.H." Seine Stimme kommt von irgendwo hinter mir. Mein Plan hat also funktioniert. Peter hat mir mein Desinteresse abgekauft und folgt mir wieder.

Ich blicke über meine Schulter, wo Peter grübelnd auf und ab schwebt. „Ganz genau. J.B.H. James Bartholomew Hook."

Jetzt wird der Bengel hellhörig, fliegt über meinen Kopf und versperrt mir den Weg zum Steuer. „Das ist *deine*?"

Zwar wurde ich nach meinem Vater benannt, sein zweiter Vorname ist mir jedoch erspart geblieben. Ich verdrehe die Augen, weil Peter ganz offenbar das Wesentliche an der Sache übersieht, und raune: „Ja, Peter. Sie gehört mir."

Mein ironischer Blick hilft ihm auf die Sprünge. „Das ist Vaters Taschenuhr", sagt er mit leiser Stimme, das Gesicht plötzlich kreidebleich.

„Was bist du doch für ein schlaues Kerlchen." Ich schiebe ihn in der Luft zur Seite und drehe das Ruder herum, bis wir wieder auf

Nimmerland zusteuern. Nur noch das obere Drittel der Sonne blinzelt hinter dem Horizont hervor und taucht alles um uns herum in ein sattes Orange. Geblendet kneife ich die Augen weiter zusammen, als ich mich erneut zu Peter drehe. „Kann ich sie jetzt endlich wiederhaben?"

„Wozu?"

„Andenken."

Peter mustert mich fragend. „Ich glaube, du lügst."

„Ist mir scheißegal, was du glaubst. Jetzt gib mir die Uhr."

Als ich die Hand ausstrecke, macht Peter erneut einen Satz zurück. „Na-ein!" Er rügt mich spöttisch mit dem Finger und gleitet außer Reichweite.

Tja, wäre wohl auch zu einfach gewesen. Seufzend reibe ich mir den Nasenrücken. „Hör zu, Peter. Da du im Moment nichts weiter bist als eine Nervensäge, warum tust du uns da nicht beiden einen Gefallen und flatterst zurück in den Dschungel?" Ohne ihn eines weiteren Blickes zu würdigen, vertreibe ich ihn mit einer abweisenden Handbewegung. „Bleib lieber bei den Leuten, die dich ausstehen können." *Und geh mir um Himmels willen endlich aus den Augen.* Im Moment gibt es sowieso Wichtigeres zu tun, als diesen dummen Fluch zu brechen. Ich muss einen Weg aus Nimmerland raus finden, damit ich Angel endlich folgen kann.

In den letzten paar Wochen ist mir eine Sache immer klarer geworden: Ich will nicht ohne sie leben. Ich habe mir bisher noch nicht einmal die Zeit genommen, um meinen Schatz aus der Höhle in den Felsen vor der Meerjungfrauenlagune zu bergen. Zumindest hat Peter keine Ahnung, dass ich bereits weiß, wo mein Gold versteckt ist. Also ist es dort draußen so sicher wie an jedem anderen Platz in Nimmerland.

„Ah, kaum ist das Mädchen verschwunden, verfällst du wieder in deine übliche miserable Laune", stellt Peter höhnisch fest. „Wie konnte ich auch nur für einen Moment annehmen, dass sich irgendetwas geändert hätte?"

Mit verschlossenen Lippen präsentiere ich ihm ein spöttisches Lächeln und zucke mit den Schultern.

„Wie dem auch sei, das kann ich nicht", sagt er daraufhin.

„Du kannst was nicht?"

„Zurück in den Dschungel fliegen."

„Warum zum Teufel kannst du das nicht?"

Peter landet abermals auf der Reling, setzt sich im Schneidersitz hin und stützt seine Ellbogen auf die Knie und das Kinn in die Hände. „Weil es dort gerade fürchterlich langweilig ist."

„Verflucht noch mal, das interessiert mich einen –" Plötzlich kommt mir ein Gedanke und ich beginne lauthals loszulachen. „Du kleiner, durchtriebener Bastard! Du vermisst sie, hab ich recht?"

„Wen?", brummt Peter zurück. Doch veräppeln kann er jemand anderen. Die Art, wie er sich gerade verspannt und sogar rot im Gesicht wird, beweist, dass er ganz genau weiß, von wem hier die Rede ist und dass ich recht habe.

„Du bist nur hergekommen, um zu sehen, ob ich schon einen Weg gefunden habe, Angel zurückzuholen." Mein Lachen verstummt. „Denn du wusstest genau, dass ich es versuchen würde."

„Du spinnst doch."

„Ach wirklich?" Ich trete nach vorn und stoße ihn von der Reling. Damit hat er wohl nicht gerechnet. Er kippt zwar nach hinten und fällt vom Schiff, doch er fängt sich sogleich und schießt wieder zurück nach oben. Ich stütze meine Hände auf die Reling, sodass wir auf Augenhöhe sind. „Dann verrat mir doch mal, warum du ganz plötzlich lieber mit mir abhängst, statt deine Zeit mit deinen zotteligen Bärenfreunden und der glitzernden kleinen Elfe zu verbringen."

Peter hält meinem herausfordernden Blick für einen Moment stand, entschließt sich aber dann, mir lieber nicht zu antworten. Stattdessen schwebt er um mich herum zum Steuerrad und korrigiert den Kurs auf die Insel um ein paar Grad. „Brauche ich denn einen Grund?"

Er hat mir seinen Rücken zugewandt. So viel Vertrauen ist fast schon leichtsinnig. Ich könnte ihn mit nur einem Stoß von hinten erstechen. Oder ihn köpfen. Meine Finger finden wie von allein den Griff meines Schwerts an meiner Hüfte und schließen sich fest darum. Ich müsste nur einmal beherzt die Klinge schwingen ...

Der Teufel weiß, warum ich es nicht tue. Zähneknirschend lasse ich mein Schwert los und schiebe Peter stattdessen zur Seite, um das Steuer zu übernehmen. Etwas außerhalb vom Hafen wende ich die Jolly Roger parallel zum Strand. Brant Skyler wirft den Anker aus und gemeinsam mit Fin Flannigan schiebt er die Landungsbrücke in Position.

Auf der Suche nach meinem ersten Maat lasse ich den Blick über die Decks schweifen. Jack sitzt dem Gurgelnden Doug auf einem Schemel gegenüber. Beide haben einen Ellbogen auf ein umgedrehtes Fass gestützt und verzerren gerade die schwitzenden Gesichter beim Armdrücken. Der Rest der Mannschaft hat sich um die beiden versammelt und feuert sie grölend an.

„Smee!", brülle ich von der Brücke zu ihm hinunter und ziehe sofort seine Aufmerksamkeit auf mich. Leider nutzt der Gurgelnde Doug das schamlos aus und gewinnt in diesem Moment den Kampf. Mit einem Kopfnicken rufe ich Jack herbei. Ohne zu zögern oder auf das Spotten seines Gegners zu reagieren, steht er auf und trifft mich bei der Planke.

„Wegen dir hab ich gerade meine Abendration an Doug

verloren", brummt er mir ins Gesicht. „Es geht also besser um etwas Wichtiges."

„Natürlich ist es wichtig. Ich brauche deine Hilfe bei etwas ... Speziellem."

„Nicht schon wieder die Feen, ich bitte dich, James!", jammert der Waschlappen, hebt abwehrend seine Hände und macht einen Schritt zurück.

Ja, die Feen haben schon ihre ganz eigene Art, meine Männer in die Knie zu zwingen. Ich kann darüber nur schmunzeln. „Nein, diesmal sind es nicht die Feen. Noch nicht. Ich muss erst noch etwas auftreiben." Schließlich kann ich nicht mit leeren Händen bei den beiden Waldnymphen aufkreuzen. Letzte Nacht hatten wir Vollmond und ich schulde Bre'Shun noch das Badewasser eines Kleinkinds für die Antworten, die sie mir bei meinem letzten Besuch gegeben hat – die Information, wie wir Angel wieder zurück in ihre Welt senden konnten.

Aber was zur Hölle brauen die Feen nur mit Badewasser zusammen? Die Zutatenliste für ihre Zaubertränke wird von Mal zu Mal seltsamer.

Smee atmet erleichtert auf. „Also gut. Aber nur damit du es weißt, heute Abend esse ich *deine* Ration."

Ich verdrehe zwar die Augen, widerspreche ihm aber nicht, sondern schnappe mir meinen Umhang und marschiere an Land.

„Wohin geht ihr?", will Peter wissen, der immer noch wie eine verdammte Möwe über meinem Kopf kreist.

„Wir haben etwas zu erledigen", erwidere ich kühl. „Und da ich dich heute offenbar nicht loswerde, kannst du uns ebenso gut begleiten. Mach dich ausnahmsweise mal nützlich."

Smees Schritte dröhnen hinter mir auf der Holzplanke. Peter zieht es wie immer vor zu fliegen. Als wir nach einem kurzen

Fußmarsch den Hafen erreichen und bereits das abendliche Getümmel des Marktplatzes zu hören ist, bleibe ich stehen und blicke nach oben. „Grundgütiger, würdest du endlich da runterkommen, Peter Pan! Ich spaziere bestimmt nicht durch die Stadt, während du wie ein gottverdammter Vogel über mir schwebst."

Mürrisch sinkt Peter auf den Erdboden, sodass wir endlich wie normale Leute weitergehen können. „Also, was genau brauchst du nun aus der Stadt?", fragt er wenig später mit demselben lästigen Übermut wie eh und je. „Soll's ein neuer Gehrock für den eitlen Käpt'n sein?"

Heute Nacht scheren mich seine Sticheleien einen feuchten Dreck. Anstatt ihn mit bloßen Händen zu erwürgen, erzähle ich ihm von dem Badewasser für die Feen und wie ich vorhabe daranzukommen.

„Frauen baden ihre Kinder doch meist am Abend, nicht wahr? Es ist schon fast dunkel, also ist das die beste Chance, die wir haben. Einer von uns lenkt die Mutter ab, die anderen beiden besorgen das Wasser."

Smee wirft mir einen verschrobenen Blick zu. „Hast du unter deinem Umhang etwa einen Eimer versteckt, oder wie sollen wir das Wasser stehlen? Du willst es doch nicht mit den Händen aus der Wanne schöpfen und es dann den ganzen Weg bis in den Wald tragen, oder?"

„Hm. An einen Eimer hab ich nicht gedacht." Ich bleibe stehen und drehe mich im Kreis, auf der Suche nach einem geeigneten Gefäß. Vorne beim Pub stehen ein paar Halunken in schmutzigen Kleidern. Sie lachen und singen so falsch, dass einem die Ohren wehtun. Sturzbetrunken stützen sie sich gegenseitig, um nicht bäuchlings auf der Straße zu landen. Einer von ihnen hält eine fast leere Rumflasche in der Hand. Das ist alles, was ich brauche. Mit Jack und Peter im Schlepptau spaziere ich auf die fröhliche Bande zu und beginne die letzten paar Meter genauso zu torkeln wie sie. Als wären wir die besten Kumpel, lege ich meinen Arm auf die Schultern des Mannes mit der Rumflasche und falle in sein Lallen ein. „Was geht denn hier ab, Männer?"

„Nur eine kleine Feier unter Freunden", teilt er mir mit. „Meine Frau hat mich vor die Tür gesetzt wie einen räudigen Hund!" Sein fauler Atem riecht stark nach Rum. Sein Hemd hat Löcher, und da wo der Fetzen noch ganz ist, haben Bratensaftspritzer das weiße Leinen versaut. Jede vernünftige Frau würde ihn bei der erstbesten Gelegenheit zum Teufel jagen.

Als er seine blutunterlaufenen Augen zukneift und die Rumflasche zum Toast erhebt, nehme ich sie ihm geschickt ab und lasse sie unter meinem Cape verschwinden. Da es ihm nicht einmal auffällt, erspare ich mir etwaige Entschuldigungen und empfehle mich mit einem fröhlichen Gruß, bevor ich zu meinen Komplizen zurückkehre, die an der Straßenecke auf mich warten und von dort aus das Ganze beobachtet haben.

Wir entscheiden uns, lieber in einer ruhigeren Gasse nach einem Kinderbad zu suchen. Weg vom Lärm des Marktplatzes, schleichen wir von Haus zu Haus und spähen durch die Fenster. Bei den meisten wurden schon die Vorhänge zugezogen. Keiner weiß, was dahinter gerade vor sich geht, also schließen wir diese Haushalte gleich von vornherein aus. Es dauert gar nicht lange, da ruft Peter mit unterdrückter Stimme: „Kommt her! Ich hab was gefunden!"

Smee und ich eilen zu dem zweistöckigen gelben Haus, von dem bereits der Putz abbröckelt. Ein Zimmer im oberen Stockwerk hat einen venezianischen Balkon und die Balkontür steht einen Spaltbreit offen. Durchs Fenster beobachten wir, wie in der heruntergekommenen Küche im Erdgeschoß eine magere Frau mit langem schwarzen Zopf und grauem Lumpenkleid ein Kind in einer Blechwanne wäscht, die auf einem kleinen Tisch in der Mitte des Raums steht. Der Junge kann wahrscheinlich noch nicht einmal alleine laufen und ist genau das, wonach wir gesucht haben.

„Also gut, hier ist unser Plan", flüstere ich den anderen zu. „Peter, du fliegst hoch zum Balkon und schleichst dich ins Haus. Sobald du drinnen bist, machst du ein wenig Lärm, damit du die Aufmerksamkeit der Mutter nach oben lenkst. Jack, du und ich, wir klettern durchs Fenster, sobald die Mutter das Zimmer verlassen hat, und holen uns das Wasser."

„Aye", antwortet Smee und Peter nickt. Während er nach oben fliegt, ziehe ich den Korken mit meinen Zähnen aus der Flasche. Mit einem Quietschen löst er sich und ich spucke ihn auf die Straße. Dann trinke ich den restlichen Rum, der noch in der Flasche ist.

„Den hättest du wohl nicht teilen können, oder?", meckert Smee.

Teilen liegt mir nicht im Blut. Ich antworte ihm mit einem spöttischen Grinsen und kippe mir auch noch den letzten Tropfen in die Kehle. Mein erster Maat verdreht genervt die Augen. Dann hören wir, wie im oberen Stockwerk Glas zerbricht.

„Melina!", ruft die Frau in der Küche sogleich.

„Das war ich nicht, Mutter!", ertönt die Stimme eines Mädchens.

„Das kam von oben!"

„Komm her und pass auf deinen Bruder auf, während ich nach oben gehe und nachsehe."

Als ein Kind von etwa sieben Jahren oder auch weniger in die Küche spaziert, wischt sich die Frau ihre Hände an der Kittelschürze trocken und huscht zur Tür hinaus. So hatte ich das zwar nicht geplant, aber mit einem kleinen Mädchen werden wir schon fertig. Sobald sie uns den Rücken zukehrt, schiebe ich das Fenster vorsichtig nach oben, bis Jack und ich leise hindurch steigen können. Wir stehen genau hinter ihr, als ihr kleiner Bruder mit dem Finger auf uns zeigt und sie erschrocken herumwirbelt. Ihr Gesicht wird bleich wie die Steinfliesen auf dem Boden.

Verdammt noch mal!

Ohne sie aus den Augen zu lassen, lege ich mir den Zeigefinger auf die Lippen. „Schhh."

Ja genau, als ob sie wirklich den Mund halten würde ... Das Kind holt tief Luft und schreit dann so laut, man könnte meinen, ich hätte sie mit meinem Schwert bedroht und sie nicht nur gebeten leise zu sein. Wenn ich es mir recht überlege, wäre das wohl das sinnvollere Vorgehen bei diesem Unterfangen gewesen. Es dauert keine zwei Sekunden, da rast die Mutter auch schon wieder zur Tür herein. Die Küche kommt mir gerade unangenehm eng vor.

Wie es aussieht, fällt ihr als erstes mein Hut auf. Dann blickt sie zu Jack, der wie angewurzelt neben mir steht, und in ihren Augen blitzt der blanke Horror auf. „Melina! Lauf! Hol Hilfe!"

Das kleine Wiesel huscht hinter seiner Mutter vorbei und ist verschwunden, ehe einer von uns reagieren kann. Zum Glück fängt sich Smee schneller als ich. Er macht einen Schritt nach vorn und beschwichtigt die kreischende Frau mit seinen Händen. „Bitte, beruhigt Euch, Lady. Wir brauchen nur etwas von dem Wasser."

Jetzt klappt ihre Kinnlade nach unten, aber sie fasst sich blitzschnell wieder. „Den Teufel kriegt ihr! Raus aus meinem Haus, ihr Strolche!" Sie schnappt sich eine Vase mit blauen Tupfen von der Anrichte und schleudert sie in Smees Richtung. Allerdings duckt der sich im rechten Moment, womit ich in die Schusslinie gerate. Ich fange die Vase, bevor sie mich am Kopf treffen kann und mir dabei mit Sicherheit die Lichter ausgeknipst hätte, und stelle sie zurück auf die Anrichte.

„Bitte lasst uns doch vernünftig –" Mehr bekomme ich nicht heraus, denn das biestige Weib greift sich einen Besen und haut Jack damit eins über die Rübe. Sein Gejapse klingt mehr nach einem jaulenden Hund als nach einem Pirat, als er beide Arme schützend über seinen Kopf hält und sich vor einem zweiten Schlag duckt. Ich springe zur Seite, bevor mich der Besen erwischt, und tauche rasch die leere Rumflasche in die Wanne mit dem Kleinkind. Der Knabe verzieht dabei das Gesicht und fängt an, fürchterlich zu schreien.

Ich habe vielleicht ein Maul voll Wasser in die Flasche abgefüllt, da brät mir der Hausdrache eins über, dass ich Sterne vor mir sehe. „Verdammt noch mal, Lady! Das tut weh!", grolle ich als ich mich zu ihr umdrehe.

„Dir zeig ich, was wehtut, du schäbiger Saufbold! Ihr wollt Wasser? Ich geb euch Wasser!" Mit ihrem Besen jagt sie uns um den Küchentisch herum. Mein Hut geht dabei verloren, und mir bleibt keine Zeit, ihn aufzuheben. Vielmehr bin ich damit beschäftigt, ihren Hieben auszuweichen, und stolpere hinter Smee her zum Fenster.

Peter schwebt draußen vor dem Haus in der Luft herum und reißt vor Schreck die Augen weit auf, als er uns sieht. „Was um Himmels willen habt ihr beiden da drin gemacht?"

„Lauf!", rufe ich nur, als ich aus dem Fenster stürze und auf Smee lande. Ich rapple mich auf die Beine und will gerade losrennen, da stranguliert mich beinahe mein Cape. Das Frauenzimmer hält eine Faust voll von dem Stoff fest und zieht mich zurück.

Sie lehnt sich aus dem Fenster und hat immer noch den Besen in der Hand. „Nimm das, du Bastard!" Mein Schädel brummt, als sie mir noch mal eins überzieht. Ich versuche trotz des plötzlichen Schwindelgefühls die Nerven zu behalten und öffne die Kordel meines Umhangs. Als er mir nicht mehr die Luft abschnürt, lasse ich ihn, wo er ist, und fliehe aus den Klauen des Drachens.

Die Aufregung wirkt fast wie ein Rausch, und als Jack mich am Ärmel packt und die Gasse runterzieht, fange ich an, lauthals zu lachen. Ich blicke noch einmal rasch über meine Schulter zurück und sehe, wie uns ein Blumentopf hinterher fliegt. Gerade noch rechtzeitig reiße ich Jack mit mir nach unten. Der Blumentopf segelt über unsere Köpfe hinweg und knallt auf die Straße, wo er klirrend in hunderte Tonscherben zerbirst.

Das Fenster wird energisch geschlossen und dahinter rattern die Vorhänge zusammen. An der nächsten Straßenecke halten wir schließlich an, und ich beuge mich nach Atem ringend vornüber, die Hände auf den Knien abgestützt. Die Flasche halte ich dabei immer noch fest. „Beim Klabautermann, das war mehr Abenteuer, als ich erwartet hätte!"

Peter, der immer noch über unseren Köpfen herumschwirrt wie eine verfluchte Motte, lacht aus voller Kehle. „Ein paar lausige Piraten seid ihr! Kommt nicht mal gegen eine Frau mit einem Besen an!"

Smee verzieht das Gesicht. „Wo er recht hat, hat er recht."

Ich weiß nicht, was über mich gekommen ist, als ich Peter am Knöchel packe, ihn zu mir herunterziehe, meinen Arm um seinen Hals schlinge und ihm mit den Fingerknöcheln der anderen Hand über den Kopf reibe, bis er um Gnade winselt. „Wir hätten gar nicht gegen dieses Frauenzimmer mit ihrem Besen kämpfen müssen, wenn du deine Aufgabe richtig erledigt hättest, kleiner Bruder." Das ist das erste Mal in unserem Leben, dass Peter und ich tatsächlich gemeinsam über etwas lachen. Fühlt sich überaus seltsam an. Jedoch angenehm seltsam.

„Lass mich los, Hook! Du stinkst wie ein Stockfisch!", spottet

Peter, als er endlich wieder Luft bekommt. Nachdem ich allerdings meinen Griff um seinen Hals gelockert habe, duldet er meinen Arm für einen weiteren brüderlichen Moment auf seinen Schultern.

So, dass Peter es nicht sehen kann, zieht Smee interessiert eine Augenbraue hoch. Ich lasse meinen Bruder los und richte mir den Hemdkragen gerade. Im nächsten Moment drehen wir uns alle erschrocken um, als hinter uns das wilde Gezeter einer grimmigen Maid aus dem Haus mit dem venezianischen Balkon dringt. Mein Hut und Umhang flattern heraus und landen auf dem Kopfsteinpflaster, bevor die Tür mit lautem Poltern zuknallt.

Wir warten noch eine Minute an Ort und Stelle, bis die Luft auch wirklich rein ist, bevor ich zurücklaufe und meine Sachen aufsammle.

„Willst du den Feen das Wasser noch heute Nacht vorbeibringen?", fragt Peter.

„Nein, das kann bis morgen warten." Ein Schauer durchfährt mich. „Wer weiß, in was die mich verwandeln, wenn ich um Mitternacht an ihre Tür klopfe."

„Und du glaubst wirklich, sie werden dir verraten, wie du Angel finden kannst, wenn du ihnen das Badewasser gibst?"

„Mit dem Wasser begleiche ich eine alte Schuld. Sie werden mir vermutlich gar nichts verraten. Nicht, ehe ich ihnen einen verdammten Regenbogen gefangen habe."

Peter bleibt verblüfft stehen. „Einen Regenbogen? Aus Nimmerlands Vulkan?"

„Aye. Das ist genau, was Bre'Shun möchte."

Nach einem entgeisterten Moment des Schweigens bricht Peter abermals in schallendes Gelächter aus. „Na dann, viel Glück, Bruder. Du kannst es brauchen." Mit einem scherzhaften Seemannsgruß schießt er in die Luft und zischt durch den sternenklaren

Nachthimmel davon.

Mir ist nicht entgangen, dass er mich gerade *Bruder* genannt hat. Zum ersten Mal in meinem Leben.

Angelina

Es ist schon fast Mitternacht und ich kann immer noch nicht schlafen. Meine Finger wandern immer wieder zu dem herzförmigen roten Glasstein, den ich an einer Kette um den Hals trage. Ein heimliches Geschenk von Paulina, meiner kleinen Schwester. Obwohl der fünfjährige Zwerg ja auf seinen weißen Stoffhasen schwört, dass der Anhänger nicht von ihm ist.

Aber von wem sollte er denn sonst sein? Immerhin lag Paulina an dem Morgen zu einer Schnecke zusammengerollt neben mir im Bett, als ich die Kette entdeckt habe. Sie ist bestimmt ein Teil des Schatzes, den meine Schwester in einer kleinen Schmuckkiste unter ihrem Bett aufbewahrt. Jedes einzelne Überraschungsgeschenk aus den vielen Disney-Prinzessinnen-Heftchen, die sie so gerne hat, kommt dorthinein — sofern es nicht zu irgendeinem Zeitpunkt auf mich gestempelt, geklebt oder an mich gehängt und gezwickt wird.

An dem roten Glasherz ist wirklich nichts Besonderes. Und trotzdem bringt es mich viel zu oft zum Nachdenken; bis tief in die Nacht hinein. Die Zwillinge, Paulina und Brittney Renae, haben mir erzählt, ich sei in jener Nacht im vergangenen Februar vom Balkon gestürzt. Das war die Nacht, bevor die Kette plötzlich um meinen Hals hing. Ich muss wohl mit dem Kopf aufgeschlagen sein, denn ich kann mich an rein gar nichts mehr aus dieser Nacht erinnern. Es grenzt schon an ein Wunder, dass ich mir bei dem Sturz nicht alle Knochen im Leib gebrochen habe. Der Schnee und der aufgeweichte Boden im Garten unter meinem Balkon müssen meinen Aufprall abgefedert haben.

Rastlos werfe ich die Bettdecke zur Seite und schwinge meine Beine aus dem Bett. Die kleine Leselampe auf meinem Nachttisch taucht mein Zimmer in goldenes Licht. Barfuß gehe ich rüber zum großen Spiegel an meiner Zimmertür. Der Boden ist kalt genug, um mir eine Gänsehaut zu verpassen. Fröstelnd reibe ich mir über die Oberarme.

Sehe ich seit diesem Sturz in jener Nacht etwa anders aus? Mein Haar ist immer noch rabenschwarz und die Spitzen kitzeln mich am Kinn, wenn ich meinen Kopf neige. Meine Augen, zu groß und rund für mein Gesicht, strahlen immer noch in demselben Haselnussbraun wie immer. Mein Appetit war noch nie überragend, daher zeichnen sich meine Schlüsselbeine gerade genug ab, um zu unterstreichen, dass ich mir nichts aus den beinahe schon verschwenderisch exquisiten Mahlzeiten mache, die in meinem riesigen Zuhause täglich serviert werden. Der Sturz ist nun fünf Wochen her, doch nichts an mir hat sich seitdem verändert ... zumindest äußerlich. Denn ich kann es spüren. Etwas ist anders.

Tief in mir sitzt eine Sehnsucht, die ich mir nicht erklären kann. So, als wäre ich weit weg und hätte fürchterliches Heimweh. Aber das ist genauso unsinnig wie Paulinas Lüge über den Glasanhänger, denn ich stehe gerade in meinem Zimmer, in unserem Anwesen in London. Da, wo ich geboren und aufgewachsen bin. Ich *bin* zu Hause.

Doch jedes Mal, wenn ich das rote Glasherz betrachte, wird diese unbekannte Sehnsucht stärker. So wie jetzt gerade.

Mein Hals wird schmerzhaft eng. Das ist doch verrückt! Meine Lippen beginnen zu zittern. Ich kann nichts dagegen tun. Alles verschwimmt vor meinen Augen. Ich blinzle. Und da kullert eine einsame Träne meine Wange hinunter.

Vielleicht ist es an der Zeit, diese Kette endlich abzunehmen. Schniefend wische ich mir die Träne weg und öffne dann den Verschluss in meinem Nacken. Als ich den Anhänger abnehme, ist mir, als würde ein unglaublich schwerer Stein von meinem Herzen fallen. Das Atmen tut nicht länger weh und ich seufze tief.

In diesem Moment fährt ein Windstoß durch die gekippte Tür, die hinaus auf meinen viktorianischen Balkon führt, und fegt einen Stapel Blätter von meinem Schreibtisch. Ich wirble erschrocken herum. Die feinen weißen Vorhänge, die die ganze Nacht lang friedlich an den Seiten der Balkontür gehangen haben, tanzen jetzt aufgeregt im Wind.

Das ist doch alles total irrsinnig. Ich mache meinen Schlafmangel dafür verantwortlich, denn übermüdet habe ich mir schon oftmals Sachen eingebildet. Rasch schließe ich die Balkontür und auch das Fenster und verbanne den kalten Wind aus meinem Zimmer. Als ich zurück unter die Bettdecke krieche, spüre ich plötzlich etwas Hartes in meiner Hand.

Das rote Herz aus Glas. Ich halte es immer noch fest.

Kopfschüttelnd husche ich noch einmal zu meinem Schreibtisch hinüber, ziehe die unterste Schublade auf und lege das Herz ganz hinten hinein. Dann sammle ich die herumgewirbelten Blätter vom Boden auf, richte sie zu einem netten Stapel und bedecke damit das Herz. Aus den Augen, aus dem Sinn. Nicht wahr?

Energisch stoße ich die Schublade mit dem Fuß zu, dann gehe ich wieder ins Bett. Nur wenige Sekunden später fallen mir die Augen zu.

Kapitel 2

Eine Stoßwelle erschüttert die Jolly Roger und reißt mich aus dem Schlaf. In Sekundenschnelle sitze ich aufrecht und hellwach in meinem Bett und starre in die Dunkelheit. Das Echo eines tiefen Grollens rollt draußen über den Ozean, und zwar so laut, dass ich mich frage, ob gerade ein Teil von Nimmerland abgebrochen und im Meer versunken ist.

Was in drei Teufels Namen war das?

Ich steige aus dem Bett, lasse mein Hemd und das Paar schwarze Lederstiefel unangetastet und stapfe stattdessen barfuß und nur mit meiner Lederhose bekleidet hinaus an Deck. Hier ist alles totenstill. Wir ankern immer noch nahe an der Küste. Die Segel sind eingerollt, die Männer schlafen in ihren Quartieren. Warum kommt keiner von ihnen heraus? Niemand steckt auch nur seinen Kopf aus der Tür. Ich kann doch unmöglich der Einzige sein, der den Lärm gehört hat. Oder etwa doch?

Ich lasse meinen Blick über die ruhige See schweifen. Kein Wind, der den Ozean zu riesigen Wellen aufschiebt, kein Geräusch, ja, nicht mal das leiseste Lüftchen. Alles ist viel zu ruhig. Mir kommt der Gedanke, dass ich vielleicht alles nur geträumt habe. Aber wie ist das möglich, wo es sich doch so real angefühlt hat? So endgültig. Die Gänsehaut auf meinem Rücken ist der Beweis dafür.

Ich reibe mir über die Arme und kehre zurück in mein Quartier, wo ich eine Kerze anmache. Es ist zwanzig Minuten nach Mitternacht. Das bedeutet, ich bin vor nicht einmal einer Stunde zu Bett gegangen. *Oh nein ...* Ich reibe mir mit den Händen übers Gesicht und setze mich auf die Bettkante. Dann lasse ich mich nach hinten fallen und starre an die Decke. *Nicht noch eine schlaflose Nacht!* In letzter Zeit hatte ich schon viel zu viele davon. Doch wie zu erwarten war, vergehen die Stunden, ohne dass ich auch nur noch ein Auge zumache.

Am nächsten Morgen brennen meine Augen, als hätte ich sie mir mit Rum ausgewaschen. Mein Kopf tut weh und ich habe keine Lust, mich unter die Mannschaft zu mischen, die sich bereits lauthals an Deck herumtreibt, seit die ersten Sonnenstrahlen sich auf dem glitzernd blauen Wasser spiegeln.

Erst einmal strecke ich mich nach allen Seiten, um die Verspannungen der letzten Nacht aus meinem Rücken zu vertreiben. Anschließend gehe ich zu meinem Schreibtisch und nehme das weiße Hemd hoch, das über der Rückenlehne des Stuhls hängt. Ich könnte es heute tragen. Oder ... ich könnte genau das machen, was ich bereits jeden verdammten Morgen der vergangenen fünf Wochen getan habe: Ich halte mir das Hemd ans Gesicht und nehme einen tiefen Atemzug von dem, was noch von Angelina McFarlands süßem Duft übrig ist.

Angel hat das Hemd in ihrer letzten Nacht in Nimmerland getragen. Ich bringe es einfach nicht übers Herz, dieses letzte Andenken an sie loszulassen. Nein, ich werde dieses Hemd auch heute nicht tragen. Stattdessen drücke ich den Stoff an meine Lippen, schließe meine Augen und hauche einen Kuss auf das

Hemd. Dann hänge ich es wieder vorsichtig über die Stuhllehne und hole mir aus meinem Kleiderschrank etwas Frisches zum Anziehen. Gedankenlos greife ich nach etwas Schwarzem. Die Knöpfe dieses abgetragenen Hemds rutschen mühelos durch die Knopflöcher. An diesem Kleidungsstück hängen keine süßen Erinnerungen. Umso besser. Mit meinem Hut unterm Arm und der Flasche mit Babybadewasser in der Hand verlasse ich mein Quartier und marschiere zur Landungsbrücke.

Smee holt mich ein. „Ziehst du los, um die Feen zu besuchen?"

Ich nicke. „Übernimm das Kommando, bis ich zurück bin."

„Aye."

Die lange Holzplanke schwingt unter meinen Schritten und von der See her weht mir ein warmer Wind durchs Haar. Ich blinzle gegen die Sonne an und spüre, wie sich meine Laune merklich hebt. Zwar habe ich heute keinen Regenbogen im Gepäck, aber mit etwas Glück rückt Bre'Shun vielleicht auch für etwas Weniger die Informationen heraus, die ich brauche.

Mein Weg führt mich um den verschlafenen Hafen herum und in den dahinterliegenden mystischen Wald. Pilze, wilde Blumen und allerlei anderes Gewächs sprießt links und rechts neben dem schmalen Pfad aus dem Boden. Hoch oben in einem knorrigen Baum sitzt ein Rabe und blickt mit seinen schwarz funkelnden Knopfaugen auf mich herab. Er stößt ein Krächzen aus, beinahe so, als wollte er mich davor warnen, in das verwunschene Reich der Feen einzutreten.

Tja, wenn der wüsste, dass es mal eine Zeit gegeben hat, in der ich jeden Tag hierhergekommen bin, dann würde er vermutlich seinen vorlauten Schnabel halten.

Mit aller Kraft versucht das Tageslicht, sich durch die immer dichter werdenden Baumkronen zu kämpfen, doch das Blätterdach macht es ihm nicht leicht. Hier ist es dunkler als an jedem anderen Ort in Nimmerland. Und kalt. Das Seltsame daran ist: Statt eines unangenehmen Fröstelns, das man in einem Wald erwarten würde, der allem Anschein nach Augen und Ohren hat, steigt nur ein vertrautes Gefühl der Behaglichkeit in mir auf. Diese Wirkung überrascht mich jedes Mal aufs Neue. Es kommt mir vor, als wollte mich der Wald dazu verführen, für immer hierzubleiben. Und ein Teil von mir möchte das auch.

Der andere Teil, und das ist in der Tat der weit größere Teil, treibt mich an, flotter zu marschieren, das zu holen, was ich brauche, um Angel suchen zu können, und so schnell wie möglich wieder aus dem Reich der Feen zu verschwinden.

„Captain Hook", singt plötzlich eine Stimme neben mir.

Ich drehe mich erschrocken um und stehe vor einer der Feenschwestern. Ihr Haar ist so lang und seidig, dass es mich an silberne Wasserfälle erinnert. „Remona", sage ich und begrüße sie mit einem leichten Nicken.

„Bre'Shun wird entzückt sein über deinen Besuch." Sie kräuselt ihre zartgrünen Lippen und neigt ihren Kopf leicht schief. „Wo ist der Regenbogen?"

„Remona, wo sind nur deine guten Manieren? Lass ihn doch erst mal richtig eintreten", ertönt eine weitere sanfte Stimme ganz in unserer Nähe. „Willkommen zurück im Reich der Feen, James."

Ich drehe mich im Kreis, um Bre'Shun irgendwo zu entdecken, doch Remona und ich befinden uns immer noch allein zwischen den jahrhundertealten Bäumen im magischen Wald. Zumindest scheint es so, bis ein Schmetterling mit seidigen lila Flügeln auf Remonas offener Handfläche landet. Stirnrunzelnd trete ich einen Schritt näher. „Ähm ... Bre?"

„Ach James, du dummer Junge." Eine eiskalte Hand umfasst

meine Schulter, als ein warmherziges Lachen neben mir erklingt. „Ich bin vieles, aber ein Formwandler ganz sicher nicht."

Ich drehe mich zu meiner alten Freundin um, beobachte aber aus dem Augenwinkel, wie Remona inzwischen ihre Hand um den Schmetterling schließt und ihn in ihrer Faust zerquetscht. Zu violettem Staub zermahlen, rieseln seine Überreste durch ihre Finger. Doch ehe auch nur ein einziges Staubkorn den Waldboden berührt, entstehen aus ihnen neue Schmetterlinge, und gemeinsam flattern sie tiefer in den Wald hinein. Remona tanzt ihnen aufgeregt hinterher.

Sprachlos blicke ich ihr nach. Wie es scheint, sogar mit offenem Mund, denn Bre'Shun drückt mein Kinn mit ihrem kalten Finger nach oben. Erst jetzt schenke ich ihr meine volle Aufmerksamkeit und wie jedes Mal verschlagen mir ihre Schönheit sowie ihre übernatürliche Erscheinung den Atem.

Ihre honiggoldenen Locken trägt sie heute hochgesteckt, ein paar achtlose Strähnen umrahmen ihr blasses Gesicht. Im mystischen Licht funkeln ihre türkisen Augen wie Edelsteine, als sie mich mit einem warmen Lächeln willkommen heißt und dabei das Mieder ihres burgunderroten Kleides glatt streicht. „Ich kann an dir keinen Regenbogen riechen", sagt sie. „Du hast also noch nicht die Zeit gefunden, um mir einen zu besorgen?"

Ich verziehe schuldbewusst das Gesicht und reibe mir mit der Hand über den Nacken. „Tja, nein. Ich war –"

„Beschäftigt." Sie mustert mich mit einem freundlichen Blick und wirkt nicht im Geringsten enttäuscht. „Ich verstehe."

Wenn ich eins von den Feen gelernt habe, dann dass Zeit für sie irrelevant ist. Sie kennen ihren Weg; wie lange es dauert, bis sie an ihrem Ziel ankommen, spielt für sie keine Rolle. Ich wünschte, ich könnte dasselbe auch von mir sagen.

Bre'Shuns Blick wandert zu dem Etikett auf der Rumflasche in meiner Hand. Schnell hebe ich sie hoch und erkläre mit neu entdecktem Eifer: „Ich hab dir das Badewasser mitgebracht."

„Das sehe ich." Ihre Augen werden vor Freude ganz groß. „Hoffentlich hast du die Flasche ausgewaschen, bevor du das Wasser abgefüllt hast. Rum ist ein ekelhafter Zusatz zu jeglichem Zaubertrank. Man weiß nie, welche Nebenwirkungen er verursacht."

Eine verräterische Hitze steigt mir in den Nacken. Am besten antworte ich nicht darauf.

Bre nimmt mir die Flasche ab und legt mir ihre brutal kalte Hand auf den Rücken, um mir die Richtung zu weisen. Ihren Arm schwenkt sie dabei einladend zur Seite. In diesem verwunschenen Wald sollte mich eigentlich nichts mehr überraschen, und doch schnappe ich verblüfft nach Luft, als plötzlich vor mir wie aus dem Nichts ihr kleines, weißes Häuschen mit dem dicken Strohdach und einem niedlichen Gartenzaun drum herum auftaucht.

Gemeinsam spazieren wir durch ihren Vorgarten, der mit kleinen Gänseblümchen übersät ist. Die niedrige Eingangstür zwingt mich, meinen Kopf einzuziehen, damit ich ihn mir beim Durchgehen nicht am Rahmen stoße. Von außen könnte man meinen, das Haus wäre innen nicht größer als eine Hundehütte. Doch über die Türschwelle einer Fee zu steigen ist, als beträte man einen Palast. Ein angenehmer Duft von Minze und Koriander steigt mir in die Nase und begrüßt mich in der vertrauten Steinhalle mit den weißen und schwarzen Marmorfließen am Boden.

Bre'Shun bietet mir einen Platz an ihrem großen, runden Glastisch an. Das ist der Ort, an dem Verhandlungen geführt werden.

„Kann ich dir etwas zu trinken anbieten, James Hook?", fragt sie, als sie sich mir gegenüber auf dem mittelalterlichen Stuhl niederlässt und die Finger vor ihrem Lächeln wie zu einem Kirchturm geformt zusammenlegt.

Mir bleibt gar keine Zeit zu überlegen, ob ich wirklich eine Tasse des geheimnisvollen Gebräus möchte, durch welches ich bei jedem weiteren Schluck mehr und mehr von der wirklichen Einrichtung in Bres Haus sehen werde – so wie beim letzten Mal, als ich mit Angel hier war. Denn vor mir erscheint bereits eine zierliche Porzellantasse auf dem Tisch, die auf einem hauchdünnen Unterteller mit kleinem Blümchenmuster steht. Ohne Rücksicht auf Etikette und gute Manieren schließe ich die Augen und trinke den ganzen Tee in einem Zug aus. Voller Erwartung blicke ich wieder hoch und ... bin immer noch umgeben von kalten Steinmauern und einem Schachbrettmusterboden. Wo ist nur das warme und gemütliche Heim der Fee abgeblieben, in das sich diese hohe Halle hätte verwandeln sollen? Ich blinzle ein paarmal, aber nichts passiert.

„Ist mit dem Tee alles in Ordnung?", frage ich Bre.

„Aber ja doch, warum fragst du? Es ist Pfefferminztee. Bekannt für seine erfrischende Wirkung. Was hast du denn gedacht, was passieren würde, wenn du ihn trinkst?" Ihr amüsiertes Lachen klingt wie Glockengeläut in der Halle. Ich komme mir ganz schön dumm vor.

Gott sei Dank wechselt sie ohne Umschweife das Thema. „Was kannst du für mich tun, James?"

„Nichts, wie es aussieht. Schließlich habe ich noch keinen Regenbogen." Ich lehne mich in meinem Stuhl zurück und verschränke die Arme vor der Brust. „Trotzdem brauche ich ein paar Antworten von dir. Und zwar dringend."

„Ach, mach dir keine Sorgen, James. Ein Regenbogen ist nicht alles. Du kannst mir so viel mehr bieten." In einer eleganten Bewegung erhebt sie sich von ihrem Stuhl und deutet mit ihrem Arm zum hinteren Ende der Halle, wo soeben eine Tür in der

Steinmauer aufgetaucht ist. „Komm."

Noch nie zuvor in all den Jahren, in denen ich die Feen hier im Wald besucht habe, hat Bre mir gestattet, ein anderes Zimmer in ihrem Haus zu betreten. Die eisernen Stuhlbeine scheuern über den Marmorboden, als ich zurückrutsche und aufstehe. Der Glastisch verschwindet in der Sekunde, als ich darum herumgehe und Bre'Shun zu der hohen Tür folge, die gerade ganz von allein aufgeht.

Mit den ersten warmen Sonnenstrahlen, die mir ins Gesicht fallen, ist mir klar, dass wir nicht in ein anderes Zimmer gehen, sondern nach draußen. Dieser Ort sieht jedoch völlig anders aus als der Wald, der das Haus der Feen umgeben sollte. Wir betreten einen weiten Garten, der den Blick zum Himmel hoch freigibt. Keine Baumkronen blockieren hier das Tageslicht.

Ein gewaltiges Gemüsebeet erstreckt sich vor mir, das von senkrecht und waagerecht verlaufenden schmalen Kieswegen in mehrere Parzellen unterteilt wird. Weiter hinten im Garten stehen ein paar hohe Bäume wie Trolle im Schatten, die uns zu beobachten scheinen. Hinter ihnen ist es dunkel, so wie auf allen Seiten des Gartens. Wir befinden uns hier in einer Oase des Lichts, mitten im finstersten Wald. Erstaunt pfeife ich leise durch meine Zähne hindurch.

Bre'Shun setzt ein erfreutes Lächeln auf. Sie führt mich zu einem Steinofen neben dem riesigen Gemüsebeet in der Nähe des Hauses. Darauf steht ein schwarzer Kessel, in dem eine herb duftende Suppe leise vor sich hin köchelt. Bre rührt mit einem dicken Holzkochlöffel ein paarmal um. Dabei entstehen dicke Luftblasen, die an der Oberfläche zerplatzen. Die Farbe der Suppe verursacht bei mir jedoch ein Stirnrunzeln, denn in Wahrheit hat sie überhaupt keine Farbe. Sie ist klar. Klarer als Wasser. So durchsichtig wie die Luft. Plötzlich frage ich mich, warum ich überhaupt erkennen kann, dass es sich um eine Flüssigkeit handelt. Und noch dazu die Blasen ... Ich schüttle meinen Kopf.

„Du willst also wissen, warum Nimmerland dich nicht gehen lässt", stellt Bre'Shun fest, als wäre die Frage auf meine Stirn tätowiert. Offenbar brauche ich nicht mehr dazu zu sagen, also ziehe ich nur eine Augenbraue hoch. Bre spiegelt meinen Gesichtsausdruck und beginnt dann zu schmunzeln. „Erlaubst du mir, eine Haarsträhne von dir abzuschneiden?"

Wenn mich das in irgendeiner Weise näher zu Angel bringt, soll's mir recht sein. „Nur zu."

Aus einer Tasche ihres Kleides zaubert sie eine Schere hervor, doch ich befürchte, die Tasche ist in Wahrheit nur eine große Falte im Stoff, durch die sie ihre Magie vor mir verbirgt. Sie schneidet mir die Haarsträhne ab, die mir ständig über das linke Auge fällt. „Na, ist das nicht gleich viel besser?"

Ich blicke sie ungläubig an. Das war doch wohl hoffentlich nicht der einzige Grund, warum sie mir die Strähne abgeschnitten hat. Doch Bre beginnt kurz darauf zu lächeln und hält das blonde Haarbüschel über die Suppe, bis die Enden Feuer fangen. Sie lässt die dünne Strähne in die Suppe rieseln und meint: „Nimmerlands Pforten sind geschlossen. Peter Pan hat sie versiegelt, als er beschlossen hat, niemals erwachsen zu werden."

„Fantastisch. Also kann ich nicht weg, weil er ein kleiner egoistischer Rotzbengel ist."

„So sieht es aus."

Frustriert reibe ich mir mit den Händen übers Gesicht. „Was kann ich tun, um die Pforten zu öffnen?"

Bre ignoriert meine Frage und rührt lieber noch ein wenig in der Suppe herum. Dann schließt sie die Augen und schnüffelt an der durchsichtigen Essenz. Sie nippt ein wenig vom Schöpflöffel und schwenkt die Suppe im Mund hin und her. „Zu feminin", erklärt sie mir mit strengem Blick, als ob ich auch nur den leisesten Hauch einer Ahnung haben sollte, was sie damit meint. Schließlich hält sie mir die Schöpfkelle ins Gesicht. „Spuck da rein."

Da es sowieso keinen Sinn macht, die Motive einer Fee zu hinterfragen, tue ich einfach, was sie mir befohlen hat. Bre taucht den Schöpflöffel zurück in die Suppe, rührt einige Male um und kostet dann noch einmal. Dabei schweift ihr Blick gedankenverloren zum Himmel hinauf. „Mm-hmm. Viel besser." Sie probiert noch einen Schluck. „Weißt du, was das hier perfekt machen würde?" Ihr Tonfall ist geheimnisvoll, beinahe ein Flüstern. „Der Schmutz eines Seemannes." Schnell greift sie nach meiner Hand und dreht die Handfläche nach oben. Ihr prüfender Blick trübt sich rasch. Ich bin offenbar eine herbe Enttäuschung für sie. „Deine Hände sind viel zu sauber, James Hook."

„Tja, ich wasch mich hin und wieder ganz gern, tut mir leid."

Unbeeindruckt von meinem Sarkasmus, schlägt sie die zierliche Faust der einen Hand in die offene Handfläche der anderen. „Zu schade."

Zu schade für mich, weil ich jetzt keine Antworten mehr von ihr erhalte, oder zu schade für sie, weil ich es nicht geschafft habe, ihrer Suppe einen männlicheren Geschmack zu verleihen?

„Gibt es einen Weg, wie ich die Pforten von Nimmerland öffnen kann?", frage ich, um ihre Aufmerksamkeit zurück auf mein Problem zu lenken und weg von ihrem.

„Natürlich gibt es den." Sie neigt ihren Kopf leicht schief und mustert mich für einen gruselig langen Moment. Ich warte darauf, dass sie sich gleich noch appetitlich die Lippen dabei leckt, aber das macht sie dann doch nicht. Stattdessen pflückt sie ein Salatblatt aus dem Gemüsebeet neben uns und reibt mir damit fest über den

Unterarm. Meine Haut wird schnell rot und beginnt zu jucken, doch in der Hoffnung auf ihre Unterstützung in der Sache mit Angel halte ich still.

Nach einer halben Minute riecht Bre an dem Salatblatt, reibt es dann noch einmal kräftig über dieselbe Stelle an meinem Arm und wirft es schließlich in den Suppenkessel. „Überrede Peter dazu, den Fluch zu brechen", sagt sie ganz nebenbei und probiert dabei noch einmal einen Tropfen des Feengebräus. Dieses Mal ist sie ganz offensichtlich vom Geschmack begeistert. „Oder töte ihn", fügt sie in heiterem Tonfall hinzu. Mit einem Lächeln dreht sie sich zu mir um. „Deine Entscheidung."

Wie angewurzelt stehe ich da und starre ihr in die türkisgrünen Augen. Die Feen sind ein wenig ... eigen ... und manchmal reagieren sie auch nicht unbedingt so, wie man es von ihnen erwarten würde. Aber das ist selbst für Bre'Shun hart. „Ich werde meinen kleinen Bruder nicht umbringen."

„Warum nicht? Du hast doch dein ganzes Leben lang versucht, ihn niederzustrecken."

„Ja schon, aber –"

„Aber was?" Sie zieht ihre Augenbrauen fragend hoch.

„Die Dinge haben sich geändert."

„Haben sie das? Oder hast vielmehr du dich verändert, James Hook?" Ihr Lachen klingt wie das von den Blättern tropfende Tauwasser im Dschungel. Sie schöpft ein wenig von der Suppe ab und füllt es in eine Gießkanne, die bereits halb voll mit Wasser – oder sonst was – ist. Nachdem sie die Schöpfkelle an einen Haken über der Feuerstelle gehängt hat, nimmt sie die Kanne hoch und schlingt ihren freien Arm durch meinen, damit sie mich durch ihren Garten führen kann.

In den vielen kleinen Beeten stecken Hölzchen mit Schildern

daran, die mir ins Auge fallen. *Sehnsuchtsbohnen. Genussbeeren. Horrorkarotten.* Abgesehen davon, dass die Feenschwestern Antworten auf sämtliche Fragen der Welt haben, sind sie auch für ihre unheimlichen Tränke und kuriosen Früchte bekannt. Hier züchten sie also das ganze seltsame Zeug.

Ich begleite Bre'Shun ans hintere Ende des lichtdurchfluteten Wundergartens, wo ein junger Baum im Schatten seiner größeren Brüder wächst. Seine Krone reicht mir gerade mal bis zum Bauchnabel und trägt nicht mehr als drei zarte grüne Blätter.

„Du stehst hier vor dem Baum der vielen Wünsche", teilt mir Bre mit und gießt ein wenig von dem Suppenwasser auf seine Wurzeln. Schlagartig schießt der Baum einen halben Meter in die Höhe, und dann noch einen.

„Versenk mich, was war das denn?"

Neben mir strahlt die Fee übers ganze Gesicht. „Du hast wohl einen ziemlich gesunden Speichel, James Hook."

„Ich hab das gemacht?"

„Oh ja." Sie streicht mir über den Arm. „Bäume wachsen am schnellsten, wenn sie von einem starken jungen Mann beherrscht werden."

Ich versteh kein Wort und ich will es auch gar nicht versuchen. Was mich an der Sache weit mehr interessiert, ist, was dieses Gestrüpp wohl bewirken kann. „Du sagtest *Baum der vielen Wünsche*? Hast du dir den Namen einfach nur so ausgedacht, oder steckt dahinter ein tieferer Sinn?"

Bre setzt die Gießkanne auf die Erde und stemmt dann ihre Hände in die Hüften, wobei sie ihren Kopf zur Seite neigt. „Was denkst du wohl, James? Dass ich jeden Morgen eine Tasse Ideentee trinke und dann irgendwelchen Sträuchern dumme Namen gebe?"

Bei ihrem finsteren Blick schlucke ich und schüttle den Kopf.

„Unser kleiner Freund hier wird bald Früchte tragen. Mit dem Trank, den ich dank dir gerade eben verfeinern konnte, wahrscheinlich schon im kommenden Monat ... anstatt wie üblich erst in zehn Jahren." Sie macht kehrt und schreitet zurück zum Haus. „Nimm die Kanne mit", fordert sie mich über ihre Schulter hinweg auf. Ich eile ihr hinterher, neugierig, was sie noch über den Baum zu erzählen hat. „Wenn die Früchte erst einmal reif sind und jemand davon isst, wird ihm ein Wunsch gewährt. Aber hüte dich, James Hook. Wünsche sind eine verzwickte Sache. Vor einhundertundzehn Jahren hat Remona mal eine Frucht gekostet. Sie hat sich dabei gewünscht, mir ein ganzes Jahrzehnt nicht bei der Garten- oder Hausarbeit helfen zu müssen."

„Ging ihr Wunsch in Erfüllung?"

„Natürlich." Bre verzieht mitleidig das Gesicht. „Sie hat sich eine üble Krankheit eingefangen, durch die sie zehn Jahre lang im Bett liegen musste. Gott sei Dank hat sich der Fratz kein ganzes Jahrhundert gewünscht ..."

Das ist so verrückt und gleichzeitig auch so wahnsinnig faszinierend. Ich überlege mir, was ich mir wünschen würde, wenn ich solch eine Frucht in die Finger bekäme. Auf jeden Fall würde ich meinen Wunsch sorgfältiger formulieren als Remona, um unangenehme Nebenwirkungen zu vermeiden.

„Der Baum wird dir nicht dabei helfen, Angelina zu finden", sagt Bre beiläufig und zerstört damit meine neu gewonnene Hoffnung in Sekundenschnelle. „Ich habe dir bereits gesagt, was du zuerst tun musst. Und dann bring mir einen Regenbogen. Damit solltest du in der Lage sein, zu ihr zu kommen."

Ich fahre mir mit der Hand durchs Haar. „Das ist unmöglich. Wie soll ich je einen Regenbogen einfangen?"

„Nichts ist unmöglich, James Hook. Du musst es einfach nur

tun." Bre'Shun führt mich durch die große Halle in ihrem kleinen Haus zurück zur Eingangstür. Bevor wir auf dieser Seite ihres Heims ins Freie treten, entdecke ich einen kleinen fluffigen Hasen mit Hängeohren und zitterndem Stummelschwanz, der in einer Ecke sitzt. Und auf dem Fensterbrett auf der anderen Seite des Raumes liegt ein schlanker Fuchs in der Sonne. Sehe ich diese Tiere nur, weil ich den Tee getrunken habe? Oder sind sie real? Ich werde mich wohl nie an diesen Ort gewöhnen.

Draußen am Gartenzaun drückt die Fee zum Abschied meine Hand. Ein weiterer eiskalter Schauer durchläuft mich, und ich lecke mir über die Lippen, die sich kalt und taub anfühlen. Soweit ich das beurteilen kann, dürften sie bereits blau vor Kälte sein.

Ich ziehe meine Hand aus Bres und marschiere los, doch ihre Stimme folgt mir. „Bring ihn dazu, den Bann zu brechen, Jamie, und es wird dir nichts mehr im Wege stehen."

Wenn es doch nur so einfach wäre. Ich sehe noch ein letztes Mal über meine Schulter zu ihr zurück. Bres Blick ruht auf mir, freundlich, aber eindringlich. Geheimnisvoll. Dieser Blick beschert mir ein unangenehmes Bauchkribbeln. „Da ist noch mehr, nicht wahr?", frage ich mit leiser Stimme, als ich verunsichert stehen bleibe.

Die Fee neigt ihren Kopf zur Seite und reibt sich mit beiden Händen über die Oberarme, so als ob sie gerade zum ersten Mal selbst die Kälte spüren würde, die von ihr ausgeht. „Mein lieber Junge, da ist immer mehr."

Peter Pan

Leise schleiche ich durch das Unterholz des Dschungels und drehe mich dann zu Loney und Skippy um. Einen Finger auf den Lippen, um ihnen zu verdeutlichen, dass sie still sein sollen, zeige ich mit dem anderen auf den Busch vor uns. Der Feind befindet sich dahinter. Loney zieht an den Fuchsohren seiner Mütze, was bedeutet, dass er mich verstanden hat. Skippy wackelt mit seinen großen Ohren.

Die anderen sind nur wenige Meter von uns entfernt. Wenn wir im richtigen Moment zuschlagen, gewinnen wir dieses Spiel, und als die Verlierer müssen Toby, Sparky, Stan und Tami für uns das Abendessen zubereiten.

Ich rupfe eine Handvoll Klee aus dem Boden, kaue ihn, bis sich ein schleimiger Klumpen gebildet hat, und stopfe ihn anschließend in mein Bambusblasrohr – die einzige erlaubte Waffe in diesem Spiel. Lautlos gleite ich im Schutz eines Baumes hoch und lande auf einem dicken Ast, hinter dessen Blättern ich sofort in Deckung gehe. Wenn ich sie von hier oben aus überraschen kann, ist uns der Sieg so gut wie sicher. Vorsichtig krieche ich den Ast entlang und greife dann nach vorn, um ein paar Zweige niederzudrücken, die mein Sichtfeld behindern.

Böser Fehler.

Hinter dem Blätterhaufen sitzt eine grinsende Elfe mit funkelnd grünen Augen und spitzen Ohren, die aus ihren Goldlocken herausstechen. Sie hält sich ein Blasrohr an den Mund und flattert aufgeregt mit ihren Schmetterlingsflügeln, als sie mir einen Schleimbatzen aus Gras direkt auf die Stirn feuert.

„Oh nein! Ein Kopfschuss!" Mit dem Gestöhne eines sterbenden Indianers lasse ich meine Waffe fallen und stürze zehn Meter in die Tiefe. Ein Nest aus Efeu schwächt meinen Sturz ab. Jubelnd kommen Tameeka und der Rest der Bande aus ihrem Versteck. Wie Indianer um ein Feuer tanzen sie mit Wolfsgeheul um mich herum. Mein Team steht reglos daneben und macht lange Gesichter.

Großartig. Jetzt kann ich losziehen und für heute Abend ein Wildschwein auftreiben, das wir dann häuten und über dem Lagerfeuer braten können. Die orange glühende Sonne steht bereits tief. Ich beeile mich besser.

Nach kurzem Kampf mit den Efeuranken schaffe ich es, mich zu befreien, und fliege hoch in den Himmel. Dabei rufe ich den Verlorenen Jungs zu: „Macht schon mal Feuer! Ich bin in einer Stunde zurück!"

Nimmerland liegt totenstill unter mir da. Kein Rascheln in den Büschen, keine Schreie, nichts, was mir verraten würde, wo ich unser Abendessen finden könnte. Mir knurrt schon der Magen. Hungrig auf die Jagd zu gehen macht keinen Spaß. Ich sinke etwas tiefer, sodass ich beinahe schon die Baumwipfel berühren kann, und steuere auf den Rand des Dschungels zu. Hier in Nimmerland fängt man Wildschweine am besten in der Dämmerung, denn da kommen sie am liebsten raus aus dem Wald und streunen auf der Suche nach Trüffeln am Fuße des Vulkans herum.

Aber die einzige Wildsau, die sich gerade dort herumtreibt, ist

Hook. Sowie sein erster, zweiter und dritter Maat.

Mit einem Grinsen im Gesicht lande ich neben ihnen und stehle dabei Hooks Hut. „Was haben wir vor?", frage ich und falle mit ihm in Gleichschritt.

Grollend zieht mir James seinen Hut vom Kopf und verpasst mir einen harten Stoß gegen meine Schulter. Ich kippe zur Seite. „Freut mich auch, dich wiederzusehen", sage ich zynisch.

„Wenn du mit Piraten abhängen willst, besorg dir gefälligst deinen eigenen Hut. Fass noch einmal meinen an und ich schneide dir die Hand ab." Jetzt erst dreht er sich zu mir um und lächelt unverfroren. „Wir gehen rauf zum Vulkan."

„Was du nicht sagst." Ich verdrehe die Augen. „Aber wozu? Hast du heute mit den Feen gesprochen?"

„Ja. Mit einer von ihnen."

„Und was hat sie gesagt?"

„Sie hat gesagt: Bring mir einen verdammten Regenbogen."

„Oh." Ich kratze mich am Kopf. „Das ist bitter."

„Du weißt nicht zufällig, wie ich möglicherweise ...?" Hook sieht mich mit grüblerischem Blick von der Seite an und schüttelt dann den Kopf. „Nein, weißt du nicht."

„Wie du einen Regenbogen einfangen kannst?", hake ich nach. Aber er hat schon recht. Ich habe nicht die geringste Ahnung. „Wofür brauchst du denn überhaupt einen?"

James zuckt mit den Schultern und macht sich daran, den steilen Abschnitt zur Kraeröffnung hinaufzusteigen. Seine Männer und ich folgen ihm. „Das hat sie nicht gesagt", murmelt er. „Sie braucht eben einen. Und wie es aussieht, werde ich ohne ihn nie zu Angel gelangen."

Ein Hauch von Mitleid kommt über mich. Seinem verzweifelten Blick nach muss er im Moment innerlich ganz schön zu kämpfen haben. Ich habe keine Lust zu klettern, daher fliege ich einfach nach oben zum Rand des Vulkans und warte dort auf die Piraten.

Als Hook oben ankommt, macht er ein seltsames Gesicht. Und Smee schaut sogar noch komischer drein. Worüber haben die beiden denn in den letzten zehn Minuten geredet? Ich muss wohl gerade etwas Wichtiges verpasst haben. Sollte ich mir Sorgen machen? Ich grinse Hook ins Gesicht. Nö ...

„Wie schön, dass Ihr auch schon hier oben angekommen seid, Käpt'n", veralbere ich ihn und seine Männer. „Hat ja auch nur eine halbe Stunde gedauert."

„Halt den Mund und hilf mir lieber, einen verfluchten Regenbogen zu fangen."

Während Nimmerland in ein strahlendes Abendrot getaucht wird, strecken sich unsere Schatten unheilvoll vor uns auf dem felsigen Erdboden, als wollten sie der untergehenden Sonne entfliehen. Hook scheint da etwas Wichtiges zu übersehen. Ich spitze meine Lippen. „Nicht, dass ich wüsste, wie genau man das anstellen könnte, aber vergisst du da nicht noch etwas?"

„Und das wäre?"

Ich zucke mit den Schultern und rolle mit den Augen. „Tja, ich weiß auch nicht. Vielleicht, dass die große Regenbogenshow erst um Mitternacht losgeht und wir bis dahin noch — warte, lass mich kurz nachsehen ..." Um zum Spaß ein klein wenig mehr Salz in die Wunde zu streuen, hole ich die Taschenuhr unseres Vaters aus meiner Brusttasche und drücke oben auf den kleinen Knopf, durch den der Deckel hochklappt. „Jap, wir können noch ein fünfstündiges Kaffeekränzchen abhalten."

Hooks Augen beginnen zu leuchten. Diesen Blick kenne ich. Langsam schließe ich die Taschenuhr und mache einen vorsichtigen Schritt zurück. „Was hast du vor?"

Sein Gesichtsausdruck ändert sich rasch. Ein Lächeln taucht auf seinen Lippen auf. Kein sehr einladendes, aber zumindest ist der plötzliche Anflug von Gier aus seinem Blick verschwunden. „Sei nicht albern, Peter. Ich werd dir die Uhr schon nicht stehlen."

„Nein?" Meine Anspannung schwindet. „Na, dann ist's ja gut."

„Ich möchte lediglich, dass du sie in den Vulkan fallen lässt."

„Wie bitte?" Ich weiß ja nicht, was ihm heute im Feenwald zugestoßen ist, aber offenbar ist er nicht mehr ganz bei Trost. „Warum sollte ich das tun?"

James seufzt tief, wobei er sich mit den Händen übers Gesicht wischt. „Weil es der einzige Weg ist, um die Pforten von Nimmerland wieder zu öffnen."

„Hat dir das die Fee erzählt?"

„Ja. Würdest du die Uhr also bitte in den Vulkan werfen?"

„Nein!" Sie gehörte meinem Vater. Ich werde sie ganz bestimmt nicht in das flüssige Innere der Insel fallen lassen. „Bist du jetzt total übergeschnappt?"

„So möchte man meinen, wenn man bedenkt, dass ich dir hier sogar eine Wahl lasse", murmelt er.

Ich verstehe kein Wort, aber die Art, wie sich gerade sein zweiter und dritter Maat an mich heranschleichen, gefällt mir gar nicht. Es ist wohl an der Zeit, Hook bei seiner Suche nach einem Regenbogen wieder allein zu lassen. Ich muss sowieso noch ein Wildschwein fangen und häuten, bevor es dunkel wird.

Ich drehe mich um und erhebe mich in die Luft, doch schon nach zwei Metern windet sich etwas fest um meinen Knöchel und zieht mich ruckartig zurück auf den Erdboden. Ich lande schmerzhaft auf allen vieren. Smee, der Rattenarsch, muss mir vorhin, als ich nicht aufgepasst habe, ein Seil um den Fuß geschlungen haben. Das andere Ende ist fest um seine Hand gewickelt.

Es dauert nur einen Moment, bis der Pirat, der auf beide Unterarme Meerjungfrauen tätowiert hat und vom Rest der stinkenden Crew Fin Flannigan genannt wird, neben mir auftaucht und mich an den Schultern zu Boden drückt.

„Peter ... bitte", sagt Hook leise und mit Nachdruck. „Es ist unbedingt notwendig, dass du die Uhr jetzt in den Vulkan wirfst."

„Ach so? Und was ist, wenn ich mich weigere?" Ich winde mich aus Fins Griff und stoße ihn von mir weg. Als ich mich umdrehe, höre ich das Klicken eines Hahns und blicke direkt in den Lauf von James Hooks Pistole.

Mein Hals wird trocken.

„Ich will dir nicht wehtun, Peter", fleht er mich hinter seinem ausgestreckten Arm an. Doch dann wird sein Blick unter dem schwarzen Hut zu Eis und er grollt: „Aber das werde ich. Du hältst den Schlüssel zu Nimmerlands Toren in der Hand. Ich möchte von hier weg und Angel finden, aber das kann ich nicht, bis du nicht die Uhr zerstört hast. Schmeiß jetzt also dieses gottverdammte Ding in den Vulkan, oder ich schwöre, ich werfe deinen toten Körper zusammen mit ihr hinein."

Es besteht kein Zweifel daran, dass er es ernst meint, und ich frage mich, wie viel Zeit mir noch bleibt, bis er abdrückt. Fünf Sekunden? Vielleicht zehn? Zögernd hebe ich die Hand mit der Uhr und betrachte sie für einen innigen Moment. Die Zähne zusammengebissen und meine Muskeln angespannt wie Segeltaue, werfe ich sie schließlich zur Seite in die Öffnung des Vulkans, die zu Nimmerlands Mitte führt.

Goldene Funken sprühen aus dem Vulkan, gerade genug, um mir zu versichern, dass die Taschenuhr meines Vaters für immer verloren ist.

Als ich hochblicke, hat Hook die Waffe runtergenommen. „Es tut mir leid, Peter", flüstert er. Es scheint, als entschuldigte er sich nicht nur dafür, die Pistole auf mich gerichtet zu haben. Da steckt mehr dahinter. Ich will verdammt sein, wenn ich hierbleibe und ihn danach frage. Ich bin fertig mit meinem Bruder. Und nach der eigenartig netten Zeit, die wir kürzlich miteinander verbracht haben, möchte ich mir am liebsten selber eine runterhauen, denn tief in mir schmerzt sein Verrat.

Unter meinem Gürtel ziehe ich ein Messer hervor, bücke mich runter und schneide das Seil von meinem Fuß. Keiner der Männer versucht mich aufzuhalten. Als ich mich wieder aufrichte, macht James einen Schritt auf mich zu.

„Fahr zur Hölle, Hook", fauche ich.

Nie hätte ich gedacht, dass ich noch einmal den schmerzlichen Blick sehen würde, den ich in seinen Augen entdeckt habe, als Angel ins Meer gestürzt ist. Doch so wie er mich in diesem Moment ansieht, kommt es dem ziemlich nahe. Es ist mir scheißegal. Ich spucke vor seine Füße auf den Boden und fliege davon.

In Windeseile rase ich über die Ebenen und danach über das Dach des Dschungeldickichts. Dabei breche ich in Zornesschweiß aus. Ich beiße die Zähne so fest aufeinander, dass sie schmerzen, und fange immer schlimmer an zu schwitzen. Vor meinen Augen verschwimmt alles. *Was zum Teufel –?* Das hat nichts mehr mit der flammenden Wut auf meinen Bruder zu tun. Ich fliege etwas langsamer und wische mir mit dem Daumen und Zeigefinger über die Augen, dann massiere ich die Stelle dazwischen für eine Sekunde. Als ich wieder geradeaus blicke, sehe ich nur schwarze Flecken und die werden rasch größer.

Mein Hals ist knochentrocken und so eng, dass ich kaum noch schlucken kann. Meine Brust tut weh. Der Schmerz fährt schnell tiefer. Plötzlich fühlen sich meine Hände und Arme taub an, mein Rücken beginnt zu schmerzen und mir fällt das Atmen schwer. Es kommt mir vor, als würde mich etwas unter Wasser ziehen. Ich muss um jeden Atemzug ringen.

Alles fühlt sich falsch an, schwammig. Ich drehe mich in der Luft und versuche auszumachen, wo das Baumhaus steht. Ich muss nach Hause, und zwar schnell.

Meine Brust sticht, als ich beim langsamen Sinkflug zu husten beginne. Ich weiß nicht mehr, wo ich eigentlich bin. So knapp über den Baumkronen spüre ich, wie die Äste und Zweige an meinem Bauch scheuern. Mir wird übel und in meinem Hals und Rachen breitet sich ein bitterer Geschmack aus.

„Tami?", rufe ich in Panik. Sie ist die Einzige, die mich hier oben finden kann. Aber wo auch immer ich mich gerade befinde, ich muss noch zu weit weg von zu Hause sein, denn ich bekomme keine Antwort.

Im Vergleich zu meiner üblichen Geschwindigkeit krieche ich im Moment beinahe schon durch die Luft. Der Duft des Dschungels brennt in meiner Nase und meine Zähne schmerzen, als hätte ich einen Kinnhaken bekommen.

Was zur Hölle geschieht nur mit mir? „Tameeka! Loney! Stan?" Meine Stimme bricht. Ich sinke tiefer und kann endlich den höchsten Baum in der Umgebung erkennen. Mein Zuhause. Es sind nur noch ein paar hundert Meter. Ich kämpfe um jeden Atemzug, ebenso wie um jeden Meter, der mich noch vom Baumhaus trennt. Dabei versuche ich noch einmal, die Verlorenen Jungs zu rufen, doch alles, was aus meinem Hals kommt, ist ein klägliches Krächzen.

Nur noch ein kleines Stück. Gleich bin ich da.

Und plötzlich falle ich, als wäre ich in ein Luftloch geraten. Mit dem Bauch schlage ich hart auf einem Ast auf, der mir den Rest der

Luft aus den Lungen quetscht. Mit der letzten Kraft, die ich noch habe, klammere ich mich an dem Ast fest ... aber das reicht nicht aus. Ich rutsche an einer Seite hinab und am Ende geben auch meine Finger nach. Mir bleibt nichts anderes übrig, als loszulassen.

Während ich in die Tiefe stürze, schlage ich immer wieder auf dicken Ästen auf, die mir sämtliche Knochen im Leib zerschmettern. Der letzte Aufprall auf dem Boden bricht mir das Rückgrat. Der Schmerz fährt mir durch Mark und Gebein. Mein entsetzlicher Aufschrei hallt durch den Dschungel.

Alles wird schwarz.

Kapitel 3

Der milchig weiße Mond spiegelt sich im ruhigen Kielwasser. Ich lehne mich vor, verschränke die Arme auf der Reling und vergrabe mein Gesicht darin. Ein tiefer Seufzer dringt aus meiner Kehle und verwandelt sich in ein Stöhnen, bevor er verebbt. Was hat mich nur geritten, eine Pistole auf meinen Bruder zu richten? Natürlich war das nicht das erste Mal, doch in den vergangenen Wochen ist so vieles passiert. Es fühlt sich nicht mehr richtig an. Ganz im Gegenteil, mein schlechtes Gewissen sitzt mir seltsam schwer im Nacken.

„Käpt'n? Die Männer wollen wissen, wohin wir segeln."

Nicht einmal Smees ernste Stimme vermag mich aus meinem Trübsinn zu ziehen. „Meerjungfrauenlagune", brumme ich in den Stoff meiner Ärmel. „Und dann weiter nach Norden."

„Denkst du, dass wir dort London finden werden?"

„Nein. Aber das Gold." Als ob mein Verrat an Peter Pan noch nicht schlimm genug wäre, habe ich nun auch noch vor, endlich meinen Schatz zu bergen, bevor wir nach London aufbrechen.

Ich frage mich, ob Peter ahnt, was auf ihn zukommt. Nicht nur wegen des Schatzes. Nein, von heute an wird er wieder wie jeder normale Junge altern. Wie muss sich das für einen Jungen anfühlen, der niemals erwachsen werden wollte? Wie wird es sich für mich anfühlen? Und für all die Leute im Hafen? Sie werden endlich wieder einen Schritt nach vorn machen. Ob sie das wohl überhaupt mitbekommen? Spüren es die Männer hier an Bord bereits?

Spürt es Smee?

Ich richte mich auf und stütze mich mit den Händen auf die Reling. Dabei schaue ich über die Schulter zu meinem Commander. Auf den ersten Blick hat er sich kein bisschen verändert. Anderseits ist es aber auch noch keine drei Stunden her, seit Peter die Uhr in den Vulkan geworfen hat.

Da erwarten wir wohl etwas zu viel, James Hook. Hinter niedergeschlagenen Lidern rolle ich mit den Augen.

„Dann holen wir uns also endlich zurück, was uns gehört!", ruft Smee triumphierend. Wer könnte ihm seine Freude verübeln? Wir alle haben so lange auf diesen Tag gewartet. Die Ereignisse sollten mich wirklich fröhlicher stimmen.

Und doch tun sie es nicht.

„Ja, es herrscht gerade Ebbe. Das ist unsere einzige Chance, an den Schatz zu kommen. Wir werden in den Beibooten zu den Felsen rudern und die Höhle ausräumen. Bereite die Crew vor. Ich will fertig sein, bevor der Morgen anbricht."

„Aye." Die Begeisterung steht Jack Smee ins Gesicht geschrieben. Er muss nicht wissen, dass wir keine einzige Dublone des Schatzes zum Feiern ausgeben werden, so wie wir es all diese gottverdammten Jahre geplant haben. Sobald der Frachtraum gefüllt ist, segeln wir weiter nach Norden. Diese Richtung bietet sich genauso an wie jede andere, um Angel zu suchen.

Oder vielleicht habe ich Jack ja auch unterschätzt und er weiß bereits, was ich vorhabe. Er empfiehlt sich mit einem fröhlichen Lied auf den Lippen und bildet singend einen lustigen Reim auf das Wort *London*.

Es dauert nicht lange, da passieren wir die Meerjungfrauenlagune und steuern weiter aufs Meer hinaus. Vor uns tauchen am Horizont die spitzen Felsen auf, von denen Angel einst im Schlaf gesprochen hat. Sie ragen aus dem Wasser wie die verfaulten Zähne in Barnacle Breaths Mund. Da das Wasser vor der Küste hier viel seichter ist als sonst irgendwo um Nimmerland, besteht keine Chance für die Jolly Roger, weiter hinauszusegeln. Die Crew lässt den Anker hinab, solange wir uns noch im tieferen Wasser befinden, und bereitet unsere einzigen beiden Ruderboote für diese Nacht-und-Nebel-Aktion vor.

Im Schein der brennenden Fackeln nehmen die Ruderboote Kurs auf die kreisförmige Felsformation östlich von uns. In einem der Boote sitzt Smee, zusammen mit Fin und Walfischflosse. Brant Skyler, der lügende Wade Dawkins und Bulls Eye Ravi rudern das zweite. Aus der Ferne beobachte ich, wie sie am ersten Felsen anlanden und die steile Wand hinaufsteigen. Die Lichtkegel der kleinen orangen Fackelflammen bewegen sich erst in einer Reihe nach oben und wenig später wieder abwärts. Unter dem ersten Felsen befindet sich die Höhle also offenbar nicht.

Die Männer erklimmen drei weitere Felsen, bis endlich einer von ihnen seine Fackel im Kreis über seinem Kopf schwenkt. Das ist das Zeichen. Mein Herz beginnt wild zu schlagen. Sie haben die Schatzhöhle gefunden.

Bald verschwinden die kleinen Feuerpunkte von der Bildfläche, als die Männer in die Höhle klettern. Mein Mund ist trocken wie Kartoffel Ralphs Kuchen. Mir bleibt nichts, als abzuwarten, bis die Crew mit der ersten Ladung des Schatzes zum Schiff zurückkehrt. Eine Stunde hat noch nie so lange gedauert.

Ich setze meinen Hut auf und hänge mir das schwarze Cape um die Schultern, dann warte ich an Deck auf die Männer. Als Smee die Strickleiter erklimmt und über die Reling an Bord springt, grinst er wie ein betrunkener Seemann in den Armen einer Maid. „Ich hab was für dich", sagt er und wirft mir eine funkelnde Golddublone zu. Fest schließe ich meine Finger darum und drücke sie an meine Brust. Endlich. „Ist schon einige Zeit her, mein süßer Schatz", murmle ich leise. Dieses Goldstück verschwindet in meiner Tasche. Der Rest der Münzen und Edelsteine, die in Jutesäcken stecken, wird in den Frachtraum gebracht. Alle packen mit an. Ich ebenso. Das war allerdings nur etwa ein Drittel des gesamten Schatzes. Die Männer müssen noch mal ausrücken. Diesmal steige ich zu Smee ins Boot und helfe ihm beim Rudern, damit wir noch schneller bei der Höhle ankommen.

Die Felswand hinaufzusteigen ist mühsam. Doch sobald ich mich an dem Seil hinab in die Höhle lasse, das die Männer vorhin schon um einen großen Gesteinsbrocken gebunden haben, und mir der süße Duft von gehortetem Gold und Silber um die Nase weht, ist jede Anstrengung vergessen. Ich sinke auf der Spitze des höchsten Schatzhaufens auf die Knie und streife mit gespreizten Fingern durch die kühlen Münzen. Versenk mich, wie habe ich dieses Gefühl vermisst. Ein Lächeln zupft an meinen Mundwinkeln.

Der Boden der Höhle ist feucht und überall befinden sich kleine Salzwasserpfützen. Von draußen hört man, wie die Wellen gegen die Felswand peitschen. Im strahlenden Glanz des Goldes wandere ich herum und inspiziere jedes einzelne Stück meiner Beute. Ein lange vergessenes Gefühl von Habgier überkommt mich dabei. Schließlich landet mein Blick auf einer vereinsamten, offenen, kleinen Truhe, die auf dem harten Steinboden liegt. Meine Hand wandert nach oben zu meinem Brustbein, wo jahrelang der Schlüssel zu diesem Kästchen gelegen hat, mit nichts weiter bedeckt als dem Leinen meines Hemdes.

Ein Stich in meinem Herzen lässt mich die Zähne zusammenbeißen. Peter drängt sich gewaltsam zurück in meine Gedanken, und dabei ist es erst eine verdammte halbe Stunde her, dass ich den Rotzbengel daraus verdrängen konnte. Langsam sinke ich auf die Knie und hebe die kleine Truhe hoch. Während ich sanft über den Deckel streiche, bete ich leise darum, dass es meinem Bruder gut geht.

In riesigen Jutesäcken schaffen die Männer meinen Schatz nach oben durch die Falltür und verladen ihn auf den Booten. Als sie ablegen, um die nächste Ladung Gold zur Jolly Roger zu bringen, bleibe ich in der Höhle zurück. Ich setze mich auf eine schwere Holztruhe, die mit Diamanten und allerlei anderen Edelsteinen gefüllt ist, und lasse meinen Blick durch die feuchte Grotte schweifen. Bald schon wird nichts mehr von unserem Schatz hier sein. Bis auf die letzte Münze werden meine Männer die Beute von hier wegschaffen. Das Gold soll dorthin zurückkehren, wo es hingehört – in meinen Besitz.

Dieser Moment sollte mir alles bedeuten. Aber glücklich bin ich immer noch nicht. Es ist nicht nur der Verrat an Peter, der meine Freude trübt, sondern auch die Ungewissheit, ob ich Angel jemals wiedersehen werde. Der Zauber ist vorbei, die Pforten von Nimmerland sollten nun für mich offen stehen. Aber schaffe ich es nun endlich, nach London zu segeln? Bre'Shun will einen Regenbogen. Wie soll ich ihr nur einen beschaffen? Wofür sie ihn auch immer brauchen mag, ich habe eine üble Vorahnung, dass ich ihren Auftrag nicht ignorieren sollte oder möglicherweise auf meiner Reise zu Angel scheitern werde.

Trotzdem muss ich es versuchen.

Aus meiner Tasche hole ich die Golddublone, die mir Jack vorhin gegeben hat, und lasse sie über meine Fingerknöchel tanzen. „Kopf – ich finde sie. Zahl – ich finde sie nicht", murmle ich dabei und werfe dann die Münze hoch. Sie dreht sich in der Luft und funkelt dabei im Schein der Fackel, ehe ich sie wieder auffange. Der Schall schneidet durch die ganze Höhle, als ich die Münze auf meinen Handrücken klatsche. Mit verbissenen Zähnen wünsche ich mir *Kopf*.

Langsam hebe ich die Hand und schiele darunter. „Gott verdammt!"

Wieder gleitet die Münze über meine Fingerknöchel, vor und zurück. Ich werfe sie noch einmal. „Sei Kopf!" Schnell nehme ich die Hand weg und sehe nach.

Bei Davie Jones' nassem Grab, das darf doch wohl nicht wahr sein! Mein finsteres Grollen rollt durch die Höhle.

Ich versuche es noch ein letztes Mal, allerdings mit geänderten Regeln. Kopf bedeutet, ich werde Angelina McFarland niemals finden, Zahl heißt, wir sehen uns schon bald wieder. Während sich die Münze ein drittes Mal in der Luft dreht, beiße ich mir fast die Lippe blutig. Ich fange sie und klatsche sie mir wieder auf den Handrücken. „Sei. Zahl." Ich ziehe meine Hand weg. „Verfluchter, kleiner Bastard!"

Mit aller Kraft schleudere ich die Dublone an die Wand, von wo sie abprallt und in einer Wasserpfütze landet. Die Augen zusammengekniffen, massiere ich die Stelle dazwischen. Ich werde trotzdem auf diese Reise gehen. Ich gebe Angel nicht auf. Niemals. Und schon gar nicht wegen einer gottverdammten Münze.

Stimmen dringen zu mir herab. Die Crew ist zurückgekehrt, um den letzten Rest des Schatzes zu bergen. Schnell reiße ich mich am Riemen und fasse mit an. Gemeinsam stopfen wir die Jutesäcke randvoll, bis kein einziges Steinchen mehr hineinpasst. Alles ist eingepackt und wird auf die Boote verladen. Nichts mehr funkelt in der Höhle. Das Einzige, was zurückbleibt, ist eine kleine, leere Truhe. Sie liegt einsam in der Ecke und wartet darauf, von Peter gefunden zu werden.

Von der Kralle in der Wand nehme ich die letzte Fackel, winde dann das Seil fest um meine Faust und lasse mich von den Männern nach oben durch die Öffnung ziehen. Sie schließen die Luke und legen die schweren Steine darauf, die sie offenbar zuvor versiegelt haben. Dann verlassen wir den Felsen und kehren zurück aufs Schiff.

Unter dem zusätzlichen Gewicht kommt die Jolly Roger ganz schön ins Schwitzen. Sie liegt nun mehrere Fuß tiefer im Wasser und wirkt wie eine gemächliche alte Dame, die eine nette Mahlzeit in ihrem fetten Bauch hat. Während Smee den Anker lichtet und wir Fahrt aufnehmen, stehe ich an der Reling und streiche sanft darüber. Die Kälte der Morgendämmerung kriecht mir den Nacken hoch.

Als ich mich umdrehe, um in mein Quartier zu gehen, pralle ich gegen eine Kreatur, deren Haar so weiß ist wie ihre Haut und deren Blick aus mystisch türkisgrünen Augen meine wie Lanzen durchbohrt. Die Kälte, die ich gerade verspürt habe, hatte also gar nichts mit dem frostigen Morgen zu tun. Es waren ihre Finger, mit denen sie mich im Nacken gekrault hat, die in mir dieses Frösteln ausgelöst haben. „Hallo James", singt sie leise.

„Remona." Was für eine Überraschung, sie auf meinem Schiff zu finden — wenn nicht sogar ein Schock. „Wie bist du hierhergekommen?"

„Ich bin eine Fee. Was denkst du wohl?" Lächelnd zuckt sie mit den Schultern. „Ich bin geschwommen."

Ich ziehe nur eine Augenbraue hoch, ohne sie laut eine Lügnerin zu nennen, denn ihr milchig weißes Kleid, ihr Haar und ihre Haut sind trocken wie an einem warmen Sommertag. In diesem Moment jedoch ergießt sich ein Wasserschwall direkt aus ihrem ... Körper? Das Wasser platscht an Deck und hinterlässt eine Fee, die vom Scheitel bis zu ihren nackten Füßen klatschnass ist.

„Siehst du?" Remona grinst wie ein aufgewecktes kleines Mädchen, obwohl man von ihr sagt, dass sie älter sei als die Berge von Nimmerland.

„Na schön. Du bist also hierher geschwommen." Trotzdem glaube ich ihr kein Wort. „Was führt dich zu mir?"

„Bre hat mich geschickt. Sagte, ich soll dir die hier geben." Als sie ihre Hand ausstreckt, liegen darin drei weiße Bohnen.

Ich mustere sie mit schmalen Augen. „Was ist das?"

„Man nennt sie *Sehnsuchtsbohnen*."

Die Erinnerung an ein Schild mit dieser Aufschrift im Garten der Feen kehrt zurück. Meine Lippen bleiben verschlossen, doch ich fordere sie mit leicht geneigtem Kopf auf, mir mehr darüber zu erzählen.

„Wenn du eine davon isst, wird sie dich in die richtige Richtung lenken."

„Welche Richtung?"

„Keine Ahnung. Links, rechts, Nordnordwest ..." Ein freches Lächeln tritt auf ihre Lippen.

Warum hat Bre wohl ihre Schwester gesandt? Sie weiß doch genau, wie sehr diese Frau es liebt, Spielchen zu spielen und mit ihren kryptischen Aussagen die Leute zu verwirren — mehr noch als es für eine Fee sowieso schon üblich ist. „Ich meinte in die richtige Richtung *wohin*?", brumme ich.

„Oh. Warum hast du das denn nicht gleich gesagt? Selbstverständlich werden sie dich zu Angelina McFarland bringen."

Selbstverständlich.

„Es ist unser Geschenk an dich, dafür, dass du Nimmerland von diesem lästigen Fluch befreit hast. Sehnsuchtsbohnen wirken wie Magnete. Du denkst an etwas und sie führen dich dorthin. Ach ja, hier ist noch eine kleine Warnung: Wenn du die erste davon schluckst, denk lieber an Angelina und nicht an einen einäugigen Troll mit schlechtem Atem." Sie zieht eine üble Grimasse, die auf schlechte Erinnerungen schließen lässt. „Dann wirst du wissen, welchen Weg du nehmen musst."

Ich greife nach den Bohnen und schließe meine Faust so fest darum, dass meine Handfläche zu schwitzen beginnt. „Du sagst also, wenn ich diese Bohnen esse, weiß ich, welchen Kurs wir nehmen müssen, richtig?"

„Richtig. Allerdings reicht es, wenn du für den Anfang nur eine schluckst. Die Wirkung lässt nach einem Tag nach."

„Warum hat Bre mir dann drei geschickt?"

„Voraussicht." Remona zischt das Wort, als wäre es das Offensichtlichste der Welt und als ob ich — in ihren Augen — ein kompletter Vollidiot wäre. Dann nimmt ihr Tonfall diese markant müde Note an. „Vergiss den Regenbogen nicht, Captain." Sie stapft an mir vorbei und klettert unbeholfen auf die Reling. Mit einem ausgelassenen Quietschen macht sie einen wagemutigen Sprung nach vorn. Dabei rudert sie mit den Armen und Beinen und fällt mit dem Hintern voran in die Tiefe.

Entsetzt stürze ich an die Reling und lehne mich weit hinaus, um auf die Wellen hinab sehen zu können. Aber von dem verrückten Weib fehlt jede Spur. Sie ist einfach verschwunden, und das auch noch, bevor man das Platschen ihres Aufpralls auf dem Wasser hätte hören müssen. Ich schüttle nur noch den Kopf.

Die drei Bohnen liegen immer noch in meiner Hand. Einen Moment lang betrachte ich die kleinen weißen Dinger genauer, dann nehme ich eine und stecke sie in den Mund. Es ist an der Zeit, das Geschenk der Fee zu testen. Ich bin bereit, einen neuen Kurs zu setzen, und diese kleine Bohne könnte mir genau zeigen, welchen.

Mit geschlossenen Augen halte ich den Atem an, bis ich Angels Gesicht klar und deutlich vor mir sehe. In dieser Vision streife ich mit meinen Fingern durch ihr seidiges schwarzes Haar. Ich küsse ihren lieblichen Mund. Dann schlucke ich.

Die Bohne, so klein sie auch ist, scheint zu einer Größe anzuschwellen, die dazu führt, dass sie mir im Hals stecken bleibt und mir die Luft abschnürt. Durch verzweifeltes Husten gelingt es mir, die Bohne wieder herauszuwürgen und in meine Hand zu spucken. Da liegt sie, genauso zart und klein wie zuvor.

„Vielleicht solltest du sie zerkauen, anstatt sie einfach zu schlucken?"

Ich sehe mich um und entdecke Smee hinter mir, wie er gelassen an der Reling lehnt und gerade die Ärmel seines schwarzen Hemds nach oben rollt. Abgelenkt von Remonas Besuch habe ich gar nicht bemerkt, dass er offenbar schon die ganze Zeit hier gestanden hat. „Womöglich hast du recht."

Von neuer Hoffnung erfüllt stecke ich mir die Sehnsuchtsbohne zwischen die Zähne und beiße zu, wobei ich fest an Angel denke. Als die Bohne zerplatzt, explodiert ein saurer Apfelgeschmack in meinem Mund. Ich habe die Befürchtung, dass, wenn ich jetzt den Mund aufmachen würde, sofort ein Schwall von sauergrünem Speichel herausspritzen würde. Kleine Blasen zerplatzen überall – auf meiner Zunge, an meinem Gaumen, hinten in meinem Rachen. Es ist beinahe unmöglich, den prickelnden Schaum zu schlucken.

Sekundenlang mühe ich mich ab, und als es mir endlich gelingt, kann ich es nicht erwarten, dass der Zauber seinen Lauf nimmt. Gleich sollte ich auf magische Weise wissen, welchen Kurs wir nehmen müssen, um eine Stadt namens London in einer fremden Welt zu erreichen. Doch das einzige Gefühl, das mich überkommt, ist ein mörderischer Durst.

Ohne lange nachzudenken, laufe ich unter Deck, wo wir die Rumfässer lagern, und schnappe mir eine Flasche. Binnen weniger Sekunden habe ich die halbe Flasche leer getrunken. Der quälende Durst ist aber immer noch da. Vielleicht ist Rum ja nicht das richtige Getränk, um ihn zu löschen. Als Nächstes probiere ich es mit einem Krug Wasser. Das Brennen in meinem Hals geht aber trotzdem nicht weg. Im Gegenteil, es breitet sich bis in meine Brust und meinen Magen aus. Von der seltsamen Hitze wird mir übel.

Schwitzend stolpere ich zurück an Deck und reiße mir in der aufgehenden Sonne das Hemd vom Leib. Die Crew sieht mich an, als wäre der Teufel in mich gefahren. Vielleicht stimmt das ja sogar. Ich brauche dringend etwas, das mich abkühlt. Wasser! Oder Wind? Ja, Wind sollte helfen. In wilder Panik blicke ich um mich. Dabei fällt mir ein Ding ins Auge: das Krähennest.

Mit geübten Schritten und Handgriffen erklimme ich rasch das Netz hinauf zum höchsten Punkt des Hauptmasts. Hier oben füllen sich meine Lungen mit einem tiefen Atemzug. Aber ich bin immer noch nicht dort, wo ich sein möchte. Ich hebe den Kopf und blicke hoch zum verblassenden Mond, der gegenüber des Sonnenaufgangs immer noch am Himmel auszumachen ist. Natürlich ist es unmöglich, hinauf zum Mond zu fliegen – zumindest für einen Piraten. Doch der brodelnde Hitzesturm in meinem Körper zwingt mich, es dennoch zu versuchen. Meine Finger rutschen vom Netz.

„James!" Smees scharfe Stimme zieht meine Aufmerksamkeit vom Himmel weg und hinunter aufs Schiffsdeck. Sein Gesicht spricht Bände. Bände des Horrors. Er legt seine Hände um den Mund und ruft: „Was um alles in der Welt hast du vor?"

Mein Blick schweift zwischen ihm und dem immer blasser werdenden Mond, der mich auf so seltsame Weise anzieht, hin und her. Ich umfasse das Seil wieder fester. *Versenk mich, was hat mich nur geritten, dass ich dachte, ich könnte fliegen wie Pan?*

Langsam klettere ich den Mast hinunter. In dem Moment, als meine Füße wieder den Boden berühren, legt mir Jack seine Hände auf die Schultern. „Beim Klabautermann, Käpt'n! Was sollte das denn eben?"

Ich habe keine Antwort für ihn, nur ein Schulterzucken.

„Hat das etwas mit der Bohne zu tun gehabt?"

Das ist möglich. Sogar sehr wahrscheinlich. „Ich hab in meinem Leben noch nie so einen Drang nach etwas verspürt." Aus meiner Tasche hole ich die beiden übrigen Bohnen und betrachte sie mit Skepsis. „Das ist Teufelszeug, da bin ich sicher."

„Hast du jetzt zumindest eine Ahnung, in welche Richtung wir segeln müssen? Kennst du den Kurs?"

Ich hebe den Kopf und sehe meinem ersten Maat entschlossen in die Augen. „Hol den Anker ein, Smee. Lass die Männer die Segel setzen. Wir folgen dem Mond."

Angelina

Über meinen Aufsatz zu Shakespeares *König Lear* gebeugt, werde ich von Lärm im Nebenzimmer abgelenkt und reibe mir die Augen. Paulina und Brittney Renae streiten sich wieder einmal um die neueste Haarspange aus dem Disney Magazin, das ich auf dem Heimweg von der Schule für sie gekauft habe. Es ist nicht leicht, sich bei dem Geschrei zu konzentrieren, besonders wenn eine Fünfjährige die andere gerade als hässliche Kröte bezeichnet. Dabei muss ich schmunzeln. Es werden wohl noch ein paar Jahre vergehen, bis die beiden begreifen, wie sehr so eine Beleidigung unter Zwillingen nach hinten losgeht. Mit dem Stift im Mund, auf dessen Ende ich schon seit fünf Minuten herumkaue, beuge ich mich wieder über meine Arbeit und versuche, den letzten Absatz endlich zu Ende zu schreiben.

Ein Tropfen fällt auf das Papier. Um genau zu sein auf die Worte: sein Herz. Die blaue Tinte verläuft.

Verwundert blicke ich nach oben zur Decke, um zu sehen, ob da etwas undicht ist. Aber da ist kein Anzeichen für ein Leck. Wäre auch seltsam in diesem vornehmen Haus. Aus meiner Schreibtischschublade hole ich ein Taschentuch und tupfe die nasse Stelle auf meinem Aufsatz trocken, damit ich weiterschreiben kann.

Doch es dauert nur Sekunden, da tropft es wieder auf das Papier. Was um alles in der Welt –?

Ich wische mir mit der Hand über die Wange. Da ist eine nasse Spur. Überrascht lasse ich den Stift fallen. Warum heule ich denn? Mir geht es doch bestens.

Mein Blick schweift durch das Fenster über meinem Schreibtisch hinaus und ich genieße die warmen Sonnenstrahlen auf meinem Gesicht. Es ist beinahe schon Ende März. Die Bäume treiben aus, Vögel zwitschern in den Zweigen, und von draußen dringt ein süßer Fliederduft durch meine offene Balkontür zu mir herein. Es gibt absolut keinen Grund, traurig zu sein oder gar zu weinen.

Vielleicht ist mir ja auch nur ein Staubkörnchen ins Auge geflogen. Ich schließe beide Augen und wische mir mit Daumen und Zeigefinger darüber bis zum Nasenrücken. Danach fallen keine Tränen mehr auf meinen Aufsatz. Aber nur eine Sekunde später läuft es mir eiskalt den Rücken runter. In meinem Kopf höre ich leise das Herz von jemandem schlagen. Und es ist nicht meins. Entsetzt springe ich von meinem Stuhl auf und mache ein paar Schritte zurück, weg von meinem Schreibtisch. Mein Blick verharrt dabei auf der untersten Schublade auf der rechten Seite. Ich weiß, was da drin ist. Aber das kann doch gar nicht sein. Ein Glasherz fängt doch nicht einfach so an zu schlagen. Nicht wahr?

Für einen Moment drücke ich meine Handballen auf meine Augen und atme tief durch. Bestimmt sitze ich einfach schon zu lange über dieser Hausaufgabe. Eine Pause – das brauche ich jetzt. Doch das Pochen hört nicht auf und zieht mich unbeschreiblich an. Wie ein Fisch am Haken werde ich zurück zu meinem Schreibtisch gezogen.

Meine Finger zittern, und doch öffne ich die Schublade. Ganz hinten liegt das rote Herz aus Glas. Natürlich schlägt es nicht. In

Wahrheit hat das Pochen in dem Moment aufgehört, als ich mich hingekniet und beschlossen habe nachzusehen.

Sehr. Sehr. Gruselig.

Mit einem Ruck schmettere ich die Schublade wieder zu, stehe auf und laufe aus meinem Zimmer im ersten Stock in den Flur. Da kommt auch gerade Brittney Renae schreiend aus ihrem Zimmer gestürmt. Ich fange sie auf, wirble sie herum, drücke sie an meine Brust und frage: „Was ist denn los, Feenknirps?"

„Die Kröte will meine Haarspange stehlen." Sie zieht einen Schmollmund und hält mir auf ihrer flachen kleinen Hand die Spange, auf der Schneewittchen abgebildet ist, unter die Nase.

Sekunden später stößt auch Paulina zu uns. Die Arme vor der Brust verschränkt und die Augen schmal, so tippt sie mit ihren Zehenspitzen ungeduldig auf den Boden. „Lass sie runter, Angel. Sie hat meine Haarspange. Ich will sie wiederhaben."

Erstaunt über so viel Entschlossenheit bei einer Fünfjährigen, platze ich vor Lachen. Schließlich setze ich Brittney Renae aber doch auf den Boden. Ich nehme die Hände der beiden Mädchen und schlage ihnen vor: „Holt eure Mäntel. Wir kaufen ein zweites Heft, mit einer weiteren Spange."

Wie Kerzen auf einem Geburtstagskuchen leuchten ihre Gesichter. Sie beeilen sich und schlüpfen in ihre identischen Alice-im-Wunderland-Schuhe und die dazu passenden roten Mäntel. Schnell rufe ich noch Miss Lynda, unserer Haushälterin, zu, dass ich mit den Mädchen einkaufen gehe, und ziehe die beiden hinter mir durch die Tür.

Peter Pan

Alles tut weh. Stöhnend drehe ich mich auf den Rücken. Das Bett, in dem ich liege, ist wohl mein eigenes im Baumhaus. Zaghaft öffne ich die Augen. Vor mir verschwimmen die Farben. Licht und Schatten wechseln einander ab, bis mir schwindlig wird.

„Loney! Schnell, hol die anderen! Er wacht auf."

„Tami?", krächze ich wegen meines rauen Halses, als ich die Stimme der kleinen Elfe erkenne.

Ein kaltes, nasses Tuch wird auf meine Stirn gedrückt. „*Oh Peter!* Ja, ich bin's. Wie fühlst du dich?"

„Als hätte mich ein Drache zum Frühstück verspeist und anschließend wieder ausgespuckt." Ohne großen Erfolg bemühe ich mich um einen klaren Blick und reibe mir dabei mit den Händen übers Gesicht. Etwas klebt an meinen Wangen und kratzt an den Handflächen, als ich drüber streiche. *Bei Nimmerlands Regenbögen, was ist das?*

„Ja, so siehst du auch aus. Peter, was geht hier nur vor?"

„Das fragst du mich?" Ein stechender Schmerz schießt mir in den Rücken, als ich mich aufsetze, und ich schreie kurz auf. Er verschwindet schnell wieder, nur die Nachwirkungen rauben mir den Atem. Ich lehne mich nach vorn und lege meine Arme und meinen

Kopf auf die aufgestellten Knie. „Warum tut mir denn alles so weh? Und wie bin ich überhaupt hierhergekommen?" Das Letzte, woran ich mich erinnern kann, ist der Lauf von Hooks Pistole auf Augenhöhe. Daraufhin habe ich die Taschenuhr meines Vaters in den Vulkan geworfen. Alles, was danach passiert ist, ist ein einziges Wirrwarr an Farben und Geräuschen. Und unbeschreiblichen Schmerzen.

Verdammt noch mal, hat Hook auf mich geschossen?

„Du bist damals nicht von der Wildschweinjagd zurückgekehrt, also haben wir uns nach einiger Zeit aufgemacht, um dich zu suchen. Toby hat dich in der Nähe des Baumhauses gefunden. Du warst bewusstlos und schwer verletzt. Wir wussten nicht einmal, ob wir dich überhaupt anfassen sollten, aber wir konnten dich auch nicht einfach dort liegen lassen. Die Jungs haben dich dann nach Hause getragen."

Langsam wird mein Blick etwas schärfer. Ich drehe meinen Kopf zur Seite und sehe in Tameekas elfenhaftes Gesicht. „Wie lange war ich denn ohnmächtig? Wie spät ist es?"

„Es ist schon beinahe Mittag." Sie schluckt schwer und ihr neuer Gesichtsausdruck erschreckt mich ein wenig. „Peter, du liegst hier schon seit dreiunddreißig Tagen."

Mir gefriert das Blut in den Adern. „Und ich bin immer noch am Leben?" Das erscheint mir unmöglich.

„Am Anfang haben wir versucht, dich mit Beerenmus zu füttern und dir schluckweise Wasser in den Mund zu gießen. Daran wärst du fast erstickt und wir hätten dich beinahe verloren. Danach haben wir dich nicht mehr gefüttert." Ihre kleine, zarte Elfenhand streichelt über meine Stirn und meine Wange. „Peter, wir haben uns solche Sorgen gemacht. Keiner wusste, ob oder wann du je wieder aufwachen würdest. Die Verlorenen Jungs und ich haben abwechselnd jede Minute des Tages über dich gewacht. Sie sind jetzt draußen auf der Jagd –" Ihre Augen beginnen mit neuer Hoffnung zu funkeln. „Ach, sie werden alle so glücklich sein, wenn sie sehen, dass du endlich aufgewacht bist!"

„Was habe ich denn da im Gesicht?", frage ich sie verunsichert und reibe mir dabei über die Wangen.

Ein langer Moment vergeht, bis Tami endlich antwortet. „Bartstoppeln."

„*Was*?"

„Er hat erst vor ein paar Tagen angefangen zu wachsen."

An ihrem Blick kann ich ablesen, dass das noch nicht einmal das Schlimmste ist. „Was noch?"

Die Flügel der Elfe sinken hinter ihrem Rücken niedergeschlagen nach unten. „Du bist gewachsen. Etwa fünfzehn Zentimeter."

Das ist doch nicht möglich. Kompletter Blödsinn! Ich werfe die Bettdecke zur Seite und schwinge die Beine aus dem Bett. Den Schmerz, der mir dabei durch alle Glieder fährt, ignoriere ich. Ich springe aus der Koje und lande auf wackligen Beinen unten auf dem Lehmboden. Als ich an mir hinunterblicke und erkenne, dass der Saum meines Hemds mehrere Zentimeter über meinen Bauch nach oben gewandert ist, weiß ich, dass Tami recht hat. Ich bin gewachsen. Und ein Bart ist mir auch gewachsen. Was zur Hölle –?

Die kleine Elfe sinkt neben mir auf den Boden herab. Ihre Hände ringt sie nervös vor der Brust und flüstert: „Du wirst älter, Peter."

„Nein!" Das Wort bricht mit einem schmerzhaften Schrei aus meiner Kehle. „Das kann gar nicht sein!"

„Es passiert. Wir wissen nur nicht, wie das geschehen konnte."

„Ich weiß es." Meine Stimme hat eine tödliche Ruhe angenommen. „Hook." Was auch immer diese Plage über mich gebracht hat, es muss etwas damit zu tun haben, dass ich die Uhr in den Vulkan geworfen und sie damit zerstört habe. „Er hat einen Weg gefunden, um die Zeit wieder zum Laufen zu bringen." Zähneknirschend ziehe ich mir das zu enge Hemd über den Kopf und werfe es in eine Ecke. „Aber ich bin Pan!" Mit geballten Fäusten fliege ich durch den hohlen Baum nach oben und hinaus durch die Öffnung in der Krone. „Ich werde nicht erwachsen werden! *Niemals!*"

Der warme Wind weht mir auf meiner Hetzjagd durch den Himmel ins Gesicht. Zumindest funktioniert das Fliegen immer noch. Unter mir verschwimmt der Dschungel zu einem grünen See aus Bäumen und Büschen. In Richtung Norden flitze ich an der Meerjungfrauenlagune vorbei und eine Dreiviertelmeile weiter raus aufs Meer. Vor mir ragen die Felsen aus dem Wasser, unter denen die Schatzhöhle verborgen liegt. Die Wellen peitschen erbarmungslos gegen die Felswände.

Ich lande auf dem dritten Felsen von links und beginne sofort damit, die schweren Steine von der Luke zu räumen. Als ich erneut zupacke, quetsche ich mir einen Finger zwischen den Felsbrocken. „Autsch!" Ich stecke mir den Finger in den Mund, bis der pulsierende Schmerz nachlässt. Dann spreize ich meine Finger vor meinen Augen und betrachte sie genauer.

Meine Hände sind viel größer als zuvor. Ebenso meine Füße. Es dauert eine Weile, bis ich mich daran gewöhnt habe und meine Bewegungen wieder richtig koordinieren kann. Hin und wieder stolpere ich sogar, und meine Fingerknöchel sind blutig und blau, bevor ich alle Steine aus dem Weg geschafft habe. *Bei Gott, Hook wird dafür bezahlen. Das schwöre ich!*

Als der Eingang endlich frei liegt, ziehe ich an dem Lederriemen und die hölzerne Bodenluke klappt auf. Der vertraute Duft von feuchtem Silber und Gold fehlt. Ich beuge mich nach unten, und da bleibt mir für einen Moment lang das Herz stehen. Ein schmaler Sonnenstrahl scheint durch die Luke in die Höhle. Sie ist leer.

Nun beginnt mein Herz zu rasen, als ob es die verlorenen Schläge wieder aufholen möchte. Ich fliege nach unten und lande in einer kleinen Wasserpfütze. Um mich herum ist nichts außer Gestein. Der Boden ist nass und leer. Nichts ist noch von meinem Schatz übrig. Nichts, außer der kleinen Kiste, in der so viele Jahre lang die Uhr meines Vaters versteckt war.

Mein Bruder hat mich verraten.

James hat mir den Schlüssel nur gegeben, damit ich die Uhr herausholen und sie ihm direkt in die Hände spielen konnte. Ich weiß nicht, wie er dieses Versteck gefunden hat, aber ich kann eins und eins zusammenzählen. *Angel.* Sie muss es ihm verraten haben, bevor sie Nimmerland verlassen hat. Und jetzt hat Hook alles, was er je wollte. Den Schatz – und die Genugtuung, mich erwachsen werden zu sehen.

Jeder einzelne Muskel in meinem Körper spannt sich schmerzhaft an. Ich beginne zu zittern, bis ich mitten in der Pfütze kraftlos auf meine Knie sinke. Ein seelenzerfetzender Schrei bricht aus meiner Kehle.

„Hook, du elender Bastard! Dafür ramme ich dir ein Schwert durch dein eiskaltes Herz!"

Kapitel 4

Ein ganzer Monat verloren! Verdammt!

Verbissen starre ich in meinem Arbeitszimmer aus dem Fenster und sehe zu, wie die Insel vor uns immer näher kommt. Meine Hände ballen sich zu Fäusten, während wir auf Nimmerlands Küste zusteuern, und meine Nägel bohren sich tief in meine Handflächen. Einundzwanzigmal haben wir versucht, nach London zu segeln. Einundzwanzigmal haben wir nur Nimmerland gefunden. Es ist genau wie damals, als Angel noch an Bord meines Schiffes war und wir versucht haben, sie nach Hause zu bringen. Da draußen ist nichts. In diesen gottverdammten Gewässern gibt es nur *eine* Insel.

Haben mich die Feen etwa angelogen? Sind Nimmerlands Pforten immer noch verschlossen?

Auf meinen Absätzen drehe ich mich um und marschiere raus an Deck, wo mir die sengende Nachmittagssonne voller Hohn ins Gesicht lacht. Smee neigt seinen Kopf zur Seite, als er mich entdeckt, und hält im Kartenspiel mit Kartoffel Ralph inne. Eine gute Entscheidung, wie ich sehe, als ich an ihm vorbeischreite und einen Blick in seine lausigen Karten werfe. Die zwei Dublonen, die er als Einsatz auf das Fass geworfen hat, wären wohl verloren gewesen.

Er folgt mir hinunter aufs Hauptdeck. „Wie lautet der neue Kurs, Käpt'n? Sollen wir die Insel umrunden und noch einmal hinaus segeln?"

Grimmig drehe ich mich zu ihm um und es platzt aus mir heraus: „Wir haben alle möglichen Routen in einem Zehn-Grad-Intervall ausprobiert. Denkst du allen Ernstes, dass es irgendeinen Unterschied macht, wenn wir dieselben Routen rückwärts segeln?"

Überrascht hebt Smee zur Kapitulation die Hände und macht einen Schritt zurück. „Mann, du hast ja heute vielleicht eine Laune ..." Sein kehliges Lachen poltert übers Deck. Am liebsten möchte ich dem ein Ende setzen und ihm zeigen, wo die Planke aufs offene Meer hinausragt. Aber es ist nicht seine Schuld, dass wir hier festsitzen.

Ich verkneife mir den Ärger und schiebe meine Hände in die Hosentaschen. Wie jedes Mal, wenn ich das in den letzten dreißig Tagen getan habe, schlingen sich meine Finger automatisch um die zwei übrig gebliebenen Sehnsuchtsbohnen und ich komme in Versuchung, noch einmal eine zu essen. Vielleicht funktioniert es ja diesmal.

Ich hole sie heraus und betrachte sie für einen langen Augenblick. „*Denk an Angel und iss eine*, hat sie gesagt. *Sie wird dir die richtige Richtung weisen.*" Zornerfüllt schleudere ich die Bohnen quer übers Deck. „Zum Teufel damit!"

Smee duckt sich rasch. „Vielleicht vergisst du dabei ja etwas Wichtiges?" Er zuckt mit den Schultern, als er sich wieder aufrichtet.

„Und was wäre das?"

„Nun ja, sie hat auch gesagt: *Vergiss den Regenbogen nicht!* Oder?"

„Ja, na und?"

„Tja, vielleicht sollten wir anfangen, unsere Tage damit zuzubringen, einen Regenbogen einzufangen, anstatt einer Insel nachzujagen, wo gar keine ist."

Da ist wohl was Wahres dran. „Lass den Anker werfen, sobald wir die Küste erreicht haben. Und hol mir ein paar Jutesäcke." Ich reibe mir verzweifelt die Schläfen. „Ich habe keine Ahnung, wie man einen verfluchten Regenbogen einfängt."

Plötzlich werden Smees Augen groß und sein Gesicht kreidebleich, als sein Blick über meine Schulter schweift und dort verharrt. Das dauernde Gemurmel und Singen an Deck endet abrupt. Ich wirble herum, um zu sehen, was sie alle so in Schock versetzt hat.

Vor mir steht ein junger Mann. Das Erste, was mir an ihm auffällt, ist, dass er weder aussieht noch so grässlich stinkt wie ein Pirat. Er gehört nicht zu meiner Crew. „Wie zum Teufel bist du auf mein —" Doch die Erkenntnis kommt schnell und trifft mich hart. „Peter?", flüstere ich.

„Guten Tag, Hook", antwortet er durch zusammengebissene Zähne. Einen Herzschlag später schmettert er seine Faust in mein Gesicht.

Der Schmerz explodiert wie eine Bombe in meinem Kopf. Ich fliege ein paar Meter nach hinten über die Bodendielen und krache in einen Stapel Kisten. Von dem Schlag ist meine Lippe aufgeplatzt. Blut sammelt sich rasch in meinem Mundwinkel. Ich spucke es auf den Boden und wische mir den Rest mit dem Handrücken weg. Mit dröhnendem Kopf ziehe ich mich an einer Kiste hoch, stütze mich darauf und funkle Peter finster an. „Dir auch einen schönen Tag."

Ich raffe mich hoch und bereite mich auf einen Zweikampf mit meinem Bruder vor, doch Smee und Skyler eilen an seine Seite und halten ihn an seinen Armen fest. Peter wehrt sich aus Leibeskräften.

Da er heute nur eine Hose trägt, ist das Spiel seiner Muskeln unter der Haut gut erkennbar. Muskeln, die bei Weitem nicht so ausgeprägt waren, als wir uns das letzte Mal gesehen haben. Seine Wangen und sein Kinn weisen einen Bartschatten auf, und sein Haar ist zumindest so viel gewachsen, dass es auffällt. Mehr noch, er ist um die paar Zentimeter größer geworden, die ich ihm immer voraus hatte. Aus meinem kleinen Bruder ist ein Mann geworden.

„Lasst ihn los!", befehle ich meinen Männern ruhig.

Nur zögernd lösen sie ihren Griff von seinen Armen.

„Was? Denkt ihr, ich werde nicht allein mit ihm fertig?" Gereizt nagle ich sie mit meinem Blick fest, bis sie sich endlich zurückziehen, doch sie lassen uns nicht aus den Augen. Auch gut. Ich schenke ihnen keinerlei Beachtung mehr, sondern konzentriere mich auf Peter. „Was ist mit dir geschehen?"

„Warum sagst du es mir nicht, Schiffsratte?" Von den Piraten befreit, kommt er mit fliegenden Fäusten auf mich zugestürmt. „Wie hast du es geschafft, dass ich plötzlich älter werde?"

Dieses Mal bin ich auf seinen Angriff vorbereitet. Ich weiche einem erneuten Kinnhaken aus und wehre einen Hieb in den Magen mit meinem Unterarm ab. Gleichzeitig schnappe ich Peter am Handgelenk, winde ihm den Arm auf den Rücken und trete ihm in die Kniekehle, sodass er auf allen vieren auf dem harten Deck landet.

„Ich wusste nicht, dass das passieren würde! Ich hatte angenommen, die Zeit würde dort wieder einsetzen, wo du sie mit deinem Fluch angehalten hast!" Und das ist die reine Wahrheit. Dass mein Bruder plötzlich so alt ist wie ich, obwohl nur ein Monat vergangen ist, seit ich ihn das letzte Mal gesehen habe, schockiert wohl nicht nur mich zutiefst. „Mit der Zerstörung der Uhr hätten die Dinge wieder ihren normalen Lauf nehmen sollen. Es war nicht geplant, dass du innerhalb eines Augenblicks zum Mann wirst", füge ich mit leiserer Stimme hinzu, als Peter wieder auf die Beine kommt.

„Aber genau das ist passiert!", brüllt er. „Und dafür wirst du bezahlen!"

Sein Tritt gegen meine Brust kommt zu überraschend und ich fliege nach hinten gegen den Segelmast. Mein unterer Rücken schmerzt, als hätte mich eine Kanonenkugel durchbohrt. Ich drehe mich um und umklammere den Mast mit beiden Armen, um nicht auf die Knie zu sinken. Gott sei Dank lässt der Schmerz schnell nach. In meinem Augenwinkel sehe ich, wie Peter auf mich zustürmt. Ein weiterer Tritt folgt, doch diesmal reagiere ich schneller und sein nackter Fuß trifft auf den Mast anstatt in mein Kreuz. Falls es ihm wehgetan hat, zeigt er es nicht.

Ich nutze meine Chance und ramme ihm mein Knie in den Magen. Zusätzlich verpasse ich ihm auch noch einen Kopfstoß. Sichtlich benommen torkelt Peter rückwärts und stützt sich auf die Reling. Er schüttelt seinen Kopf, um wieder zu Sinnen zu kommen. In weniger als zwei Sekunden könnte ich diesen Kampf beenden, indem ich ihm mein Schwert durchs Herz stoße oder ihm die Kehle aufschlitze. Aber das mache ich nicht. Die traurige Wahrheit ist, ich habe ihm schon genug angetan. Für einen kurzen Augenblick frage ich mich, ob irgendein Schatz auf dieser Welt es wert sein könnte, meinen Bruder so zu verletzen.

Doch dann sehe ich Angel vor mir, und ich weiß, dass ich es wieder tun würde.

„Es tut mir leid, Peter." Nach Atem ringend stütze ich mich mit beiden Händen auf die Knie. „Ich wollte nicht, dass du so schnell erwachsen wirst. Es war ... die einzige Chance, die ich hatte."

Als er den Kopf langsam zu mir dreht, perlt der Schweiß auf seinem Gesicht. Blut tropft aus seiner Nase. „Du verfluchter Mistkerl", grollt er langsam. „Ich war ein Narr, als ich dachte, du und ich könnten jemals richtige Brüder sein. Du hast dich kein bisschen verändert. Immer denkst du nur an dich selbst."

Das ist nicht wahr. Peter ist mir wichtig geworden. Nur ist mir Angel wichtiger.

„Wenn wir uns das nächste Mal begegnen, James Hook", warnt er, „dann werde ich dich töten. Ich schwöre, dass ich das Schwert finde, das nur dafür angefertigt wurde, dein schwarzes Herz aufzuspießen."

Ich kann seinen Zorn nachempfinden und zweifle keine Sekunde an seinen Absichten. Aber wenn er denkt, ich wäre nicht darauf vorbereitet, dann irrt er sich. Langsam richte ich mich auf. Die Schlucht, die sich durch unsere neu gewonnene Bruderschaft zieht, wird rasch breiter.

Auf einmal entbrennt ein völlig neues Feuer in Peters Augen. „Vielleicht ist es aber auch nicht genug, dich einfach nur umzubringen ... Was wäre wohl das Schlimmste, das dir zustoßen könnte?" Er beugt sich vor und hebt etwas Kleines vom Boden auf. Eine der Sehnsuchtsbohnen.

Verfluchter Mist!

„Ich wette, es hat etwas mit Angel zu tun." Ein hämisches Grinsen kehrt auf sein zerschlagenes Gesicht zurück. „Was hast du vorhin gesagt? Denk an sie und iss die Bohne? Dann wird sie den richtigen Weg weisen ... nicht wahr?"

Bevor ich auch nur einen Satz nach vorn machen und ihn ergreifen kann, fliegt Peter schon hoch in die Luft und schiebt sich die Bohne in den Mund. An seinem erschütterten Blick erkenne ich, wann genau er die Bohne zerbeißt. Er schluckt mit sichtlicher Mühe und hustet. „Scharfes Zeug."

Kurz darauf hebt Peter seinen Kopf und blickt zuerst in die Sonne, dann dreht er sich in der Luft und sieht in der entgegengesetzten Richtung in die Ferne. Als er schließlich wieder zu mir nach unten blickt, beginnt er höhnisch zu lachen. „Hast du wirklich versucht, dorthin zu *segeln*? Grober Fehler, *Bruder*." Voll Abscheu spuckt er das letzte Wort aus und saust davon.

Ohne auch nur einen Gedanken zu verschwenden, ziehe ich meine Pistole, nehme Peter ins Visier und feuere einen Schuss ab. Die Kugel verfehlt ihr Ziel.

„Folgt ihm!", befehle ich meinen Männern und kämpfe gegen die Angst an, dass Peter Angel etwas antun könnte, falls er sie vor mir finden sollte, nur um sich an mir zu rächen.

Smee tritt vor mich. „Käpt'n, Pan fliegt. Wir befinden uns auf einem zweitausend Tonnen schweren Schiff. Wie soll das funktionieren?"

„Du hast recht." Ich wirble herum, lege meine Hände um meinen Mund und rufe hinauf zum Krähennest: „Bulls Eye! Wohin fliegt Peter Pan?"

Der klein gewachsene Mann mit kahlem Kopf und dunkler Haut hebt das Fernglas an sein Auge und späht hindurch. „Nach Osten und hoch!"

„Was meinst du mit *hoch*?"

„Pan fliegt bereits höher, als ich es jemals gesehen habe. Und er steigt immer noch."

Ich erinnere mich daran, wie ich damals, als ich die erste Sehnsuchtsbohne gegessen habe, den Mast hochgeklettert bin und beinahe gesprungen wäre. Vielleicht lag ich ja die ganze Zeit falsch. Bre'Shun hat mir damals eine Sternenkarte geschickt. Sie hätte mir helfen sollen, London zu finden. Ist Angel vielleicht tatsächlich auf einem anderen Stern?

Die Kopfschmerzen von Peters Schlag in mein Gesicht werden stärker. Ich streife mir mit den Händen durchs Haar und verschränke die Finger in meinem Nacken, wobei ich meinen Kopf zurücklege. Ein gequältes Seufzen entweicht aus meiner Kehle.

„Was machen wir jetzt, James?"

Ich drehe mich zu Smee um. „Ich sehe keine andere Lösung, als den Feen das zu bringen, was sie wollen. Bring uns an Land. Heute Nacht machen wir Jagd auf einen Regenbogen."

Peter Pan

Wie eine unberechenbare Strömung, die einen aufs Meer hinausträgt, zieht mich der Himmel mit unglaublicher Kraft nach oben. Ich weiß weder, wohin ich fliege, noch, was mich hier wirklich steil nach oben und immer weiter zieht. Sich gegen diese Kraft zu wehren ist vollkommen zwecklos. Sie ist einfach zu stark. Also gebe ich es nach kurzer Zeit auf und lasse mich einfach vom warmen Luftstrom mitreißen.

Weit entfernt von Nimmerland wird schließlich der Himmel immer dunkler. Überall um mich herum scheinen Sterne so hell, dass ich das Gefühl bekomme, ich müsste einfach nur meine Hand ausstrecken und könnte sie einen nach dem anderen vom Firmament pflücken. Es ist unbeschreiblich schön.

Man verliert hier oben jeglichen Sinn für Zeit. Ich kann nicht sagen, ob ich erst seit ein paar Minuten hier bin oder ob ich schon seit Stunden mit diesem Sog reise. Hier befindet sich nichts außer diamantähnlichen Lichtpunkten auf unendlich schwarzem Hintergrund und eine bläulich-weiße Mondsichel zu meiner Rechten. Ich fliege durch einen Regen aus fallenden Sternen und dann eine Schleife um den Mond. Schließlich zieht mich der unaufhaltsame Strudel nach unten, wo neue Lichter auftauchen.

Jedoch handelt es sich dabei nicht um Sterne. Es sind die Lichter einer Stadt.

London.

Die Häuser sehen hier ganz anders aus als die in Nimmerlands Hafen. Manche von ihnen sind so groß wie Berge und scheinen an den Bäuchen der Wolken zu kratzen. Schiffe fahren auf einem breiten, sich schlängelnden Fluss entlang. Und in der Ferne schlägt eine Glocke zehn Uhr abends.

Ich folge dem Glockengeläut zu einem hohen, kantigen Turm, der im weichen Licht der Laternen golden erstrahlt. Unterhalb der Spitze befindet sich ein weißes Ziffernblatt mit Zeigern so groß wie die Arme eines Riesen.

In den Straßen ringsherum herrscht reges Treiben. Seltsam für diese Nachtzeit. Kutschen rasen vorbei, die nicht von Pferden gezogen werden, sondern scheinbar ganz von allein fahren. Und massenweise Menschen sind zu dieser späten Stunde immer noch unterwegs. Ich bleibe lieber hier oben, weit weg von dem Lärm, wo es mir am sichersten zu sein scheint.

Ich fliege gerade langsam über eine weite Grünfläche, als der Sog auf einmal wieder stärker wird. Schnell wird mir klar, dass ich an den Stadtrand gezogen werde. Hinter mir verstummt allmählich das laute Treiben. In diesem Teil von London sind kaum noch Menschen auf den Straßen unter mir zu sehen. Dafür wachsen hier umso mehr Bäume und Büsche. Einige Fenster der niedrigeren, jedoch viel nobleren Häuser sind noch hell erleuchtet, doch die meisten sind bereits dunkel.

Wie weit zieht mich diese Strömung wohl noch? Ich kann den Gedanken kaum zu Ende denken, da stoppt der Sog ganz unerwartet und ich falle wie in ein Loch nach unten. Nur Sekunden bevor ich durch das Dach einer vornehmen Villa krache, schaffe ich es, mich in der Luft zu fangen, und lande sanft wie ein Eichhörnchen nach einem Sprung.

Die schwarzen Schindeln fühlen sich kalt und rau unter meinen nackten Fußsohlen an. Und jetzt, wo mich der warme Wind aus seinem Bann entlassen hat, überkommt mich eine Gänsehaut auf den Armen und meinem Rücken. Das Frösteln ist jedoch in dem Moment vergessen, als ich die vertraute Stimme eines Mädchens höre.

„Ja, das werde ich. Gute Nacht, Mutter."

Ich schleiche mich an den Rand des Daches und spähe nach unten. Auf dieser Seite des Hauses befinden sich zwei Balkone, beide halbrund und mit Blick auf einen großen Garten. Licht fällt durch eine der Balkontüren direkt unter mir. Hinter dem zarten, halbdurchsichtigen Vorhang huscht eine Person hin und her und wirft ihren Schatten auf den Balkon. Wenige Sekunden später kommt sie heraus ins Freie. Es ist eine junge Frau, eingehüllt in einen rosa Morgenmantel. Ich kenne sie. Ihre kurzen schwarzen Haare geben den Blick auf einen schlanken Nacken frei.

Als ich mich weiter vorlehne, um einen besseren Blick zu erhaschen, löst sich eine der Schindeln und rutscht in die Tiefe. Sie verfehlt den Balkon nur knapp und landet im Garten, wo sie im Gras in zwei Stücke zerbricht.

Die Hände auf die Brüstung gestützt, lehnt sich Angel darüber und sieht hinunter, dann wandert ihr neugieriger Blick zu mir nach oben. Rasch gehe ich in Deckung. Es kommt bestimmt nicht gut, wenn sie mich auf ihrem Dach entdeckt. So wie ich mich verändert habe, würde sie mich nie im Leben wiedererkennen.

Nach ein paar tiefen Atemzügen zur Beruhigung lehne ich mich noch einmal über die Dachkante hinaus. Angel ist von ihrem Balkon verschwunden und auch das Licht in ihrem Zimmer ist aus. Die

Verlockung ist groß, einfach hinunter zu fliegen und mich ins Haus zu schleichen. Aber was würde sie sagen, wenn plötzlich ein halbnackter Fremder vor ihr steht?

Stimmt ja, ich sollte mir schnellstens irgendwo ein Hemd besorgen.

Einige der Fenster in dieser Straße stehen offen, die meisten im ersten Stock. Ich suche mir die aus, in denen kein Licht mehr brennt, und hoffe, dass wer auch immer in diesen Häusern lebt, bereits ins Bett gegangen ist. Die ersten beiden Fenster, durch die ich fliege, führen in niedlich dekorierte Kinderzimmer. Babys schlafen hier friedlich in ihren Wiegen. Weiter die Straße runter schleiche ich mich erneut in zwei Häuser. Im letzten werde ich dann endlich fündig. Ein junger Mann schnarcht hier in einem gemütlichen Bett lauthals vor sich hin. Die Decke ist ihm bis zu den Hüften hinuntergerutscht. Soweit ich das in der Dunkelheit beurteilen kann, sind wir beide etwa gleich groß. Am andern Ende des Raums befindet sich ein großer Kleiderschrank mit einer beachtlichen Auswahl an Sachen, die mir bestimmt passen würden.

Vorsichtig begutachte ich die vielen Hemden, die auf Kleiderbügeln hängen, und versuche dabei, kein Geräusch zu machen. Plötzlich rekelt sich der Kerl aber im Schlaf, rollt sich auf den Rücken und sein Arm rutscht über die Bettkante hinaus. Zu Tode erschrocken, springe ich in den Schatten. Zum Glück ist er nicht aufgewacht, also greife ich mir rasch ein paar Sachen aus seinem Schrank und rausche damit aus dem Fenster.

Keine Menschenseele ist draußen unterwegs. Es ist wohl sicher genug, wenn ich mich auf dem Dach umziehe. Meine Beute besteht aus einem dunkelroten Shirt mit langen Ärmeln, einer Lederjacke und einer Hose, die aussieht wie die, die Angel an dem Tag anhatte, als sie nach Nimmerland gekommen ist – eine Hose aus einem seltsamen hellblauen Stoff. Alles passt ganz wunderbar.

Das einzige Problem ist nur, dass meine Füße immer noch nackt und mittlerweile kalt wie Eisklötze sind. Auf einem weiteren Streifzug durch eins der Häuser finde ich ein paar schwarze Schuhe zum Schnüren. Wenn ich sie gegen meine Fußsohlen halte, haben sie die gleiche Größe, also nehme ich sie mit und fliege zurück aufs Dach, wo ich mich hinsetze und sie anziehe. Anschließend wippe ich ein paarmal auf meinen Fußballen auf und ab. Die Schuhe sind überaus bequem; perfekt zum Laufen.

Da ich nun ordentlich gekleidet bin, passe ich hoffentlich besser in diese fremdartige Welt. Leise gleite ich hinunter auf Angels Balkon. Hier führt eine doppelte Flügeltür nach innen. Eine Hälfte ist zu, die andere steht weit offen und dahinter bauschen sich seidige Vorhänge im sanften Wind.

In dem Moment, als ich durch die offene Tür schlüpfe, umgibt mich ein Hauch von Angels vertrautem Duft. Sie schläft tief und fest in ihrem Bett an der Wand. Ihr ruhiger Atem klingt überaus friedlich in der Dunkelheit. Auf Zehenspitzen schleiche ich an ihr Bett und betrachte sie im Schlaf.

Sie sieht wunderschön aus. Ihre zarten Wangen und ihr seidiges Haar betteln förmlich darum, gestreichelt zu werden. Wie seltsam; so ein Bedürfnis hatte ich noch nie. Hat sie sich in der kurzen Zeit so sehr verändert? Oder sieht sie immer noch genauso aus und es ist mir damals nur nicht aufgefallen? Allzu gerne würde ich sie berühren, doch ich will sie nicht aufwecken. Stattdessen ziehe ich sanft an ihrer Bettdecke und entblöße dabei ihre Schulter. Sie trägt ein Satintop oder Kleidchen mit dünnen Trägern in der Farbe von Eierschalen. Es zeichnet sich kaum von ihrer blassen Haut ab.

Als ich die Decke noch etwas weiter hinunterziehe, fällt mir auf, dass sie gar keine Kette um den Hals trägt. Wo ist das Rubinherz, das James ihr zum Abschied geschenkt hat? Jenes, das ich ihr zuerst geschenkt hatte? Es liegt auch nicht auf ihrem Nachtkästchen oder dem Schreibtisch neben der Balkontür. Mist. Ich hätte es nur zu gerne mit nach Nimmerland genommen, um es Hook vor die Nase zu halten. Die elende Schiffsratte würde garantiert durchdrehen und glauben, ich hätte seinem Engel etwas Schlimmes angetan. Phase eins meines Racheplans.

Im Zimmer stehen auch eine Kommode und einige Regale, die ich nach dem Edelstein durchsuchen könnte, aber ich habe eine bessere Idee. Ich komme einfach morgen wieder und frage Angel danach.

Mit vorgehaltener Hand unterdrücke ich ein Kichern und verschwinde durch die Vorhänge hinaus in die Nacht. Es fällt mir nicht schwer, nach Hause zu finden. Dazu brauch ich nicht einmal mehr eine dieser merkwürdigen Bohnen, denn der Weg hat sich während der ungewöhnlichen Reise hierher in mein Gedächtnis gebrannt.

Der Tag bricht bereits an, als ich Nimmerland erreiche. Ich bin halb am Verhungern und hundemüde, doch ich bekomme so schnell keine Gelegenheit, in mein Bett zu kriechen. Als ich ins Baumhaus fliege, warten bereits fünf besorgte Jungs und eine aufgeregte Elfe auf mich. Tami wirft sich mir um den Hals, bevor meine Füße überhaupt den Boden berühren.

„Oh, Peter!", schluchzt sie in meine neuen Klamotten. „Dem Feenlicht sei Dank, du bist am Leben!"

Ich drücke sie einmal kurz an mich und stelle sie dann auf ihre Füße. „Natürlich bin ich am Leben. Was dachtet ihr denn?"

„Du warst den halben Tag und die ganze Nacht weg", sagt Toby und klopft mir auf die Schulter. Er muss dabei seinen Arm nach oben strecken. Es überrascht mich, wie wenig ihnen mein gealtertes

Aussehen ausmacht. Allerdings hatten die Jungs auch dreiunddreißig Tage Zeit, um sich daran zu gewöhnen, während ich die vollen Ausmaße der Verwandlung binnen eines einzigen Augenblicks verkraften musste.

„Nach dem, was mit dir den letzten Monat über geschehen ist –", Toby schneidet eine Grimasse, wobei sein Blick an mir hoch und runter wandert, „da wussten wir einfach nicht, ob wir dich je wiedersehen würden. Wo warst du denn so lange? Wer hat dir das angetan?" Er zieht die Augenbrauen tiefer, als wäre das, was er gleich sagen würde, die wichtigste Frage überhaupt. „Und wo hast du diese merkwürdigen Klamotten her?"

Beinahe platzt es aus mir heraus, dass ich in London war, aber gerade noch rechtzeitig halte ich den Mund. Im Moment muss das noch keiner wissen. Jedenfalls nicht, bevor ich eine Chance hatte, mit Angel zu sprechen. Mit ernster Miene und kalter Stimme erzähle ich ihnen: „Hook hat mir das angetan. Irgendwie hat er wohl einen Weg gefunden, um mich älter werden zu lassen." Ich halte kurz inne und schlucke schwer, dann sage ich durch zusammengebissene Zähne: „Und er hat sich das Gold unter den Nagel gerissen."

Skippy schnappt entsetzt nach Luft. „Hook hat den Schatz gefunden?"

Ich nicke. „Es ist alles weg."

Alle sehen genauso entsetzt drein, wie ich es war, als ich gestern die Höhle leer vorgefunden habe. Alle außer der kleinen Elfe. Sie schließt die Augen und stößt einen erleichterten Seufzer aus.

Da dreht sich Stan mit vorwurfsvollem Stirnrunzeln zu ihr. „Was zur Hölle war das denn gerade?"

Für einen langen Moment sieht Tami ihm in die Augen, dann schweift ihr Blick über uns alle. „Jetzt kommt schon, Jungs!" Sie flattert einen halben Meter in die Höhe und stemmt ihre kleinen

Fäuste in die Hüften. „Endlich einmal, nach so langer Zeit, brauchen wir keine Angst mehr zu haben, dass uns Piraten aus dem Hinterhalt überfallen oder Hook einem nach dem anderen von uns die Kehle aufschlitzt nur wegen diesem bescheuerten Schatz."

Als ich Luft hole, um ihr ordentlich Kontra zu geben, streckt sie mir ihren rügenden Finger ins Gesicht und schneidet mir das Wort ab. „Und du bist jetzt mal ganz leise, Peter! Du und Hook hattet vielleicht eure friedlichen Momente, aber nach dem, was er dir angetan hat – dass er dich so alt gemacht hat –, ist es doch wohl klar, dass sich nichts zwischen euch geändert hat. Er hätte uns weiter verfolgt, bis er bekommen hätte, was er wollte. Und dabei war das Gold doch sowieso von Anfang an seins."

Sie sinkt, bis ihre bloßen Füße wieder fest auf dem Boden stehen, dann stakst sie auf mich zu und stellt sich auf die Zehenspitzen. Ihr Kopf reicht mir gerade mal bis zum Nabel, und trotzdem schafft sie es mit ihrem scharfen Blick, dass ich einen Schritt zurückweiche. „Es ist Zeit, endlich mit diesem bescheuerten Spiel aufzuhören und uns allen eine Pause zu gönnen!"

Nach einem langen Moment des Schweigens antworte ich zaghaft: „Ich hatte keine Ahnung, dass du so darüber denkst."

„Vielleicht, weil du nie gefragt hast, Peter Pan!"

Sie hat recht. Ich hab nie daran gedacht zu fragen, wie es den anderen dabei geht. All die Jahre hatte ich einfach angenommen, dass jeder der Verlorenen Jungs genauso viel Spaß an der Sache hatte wie ich. Und die Elfe ebenso. Das war offenbar ein Irrtum. Die Arme vor der Brust verschränkt, sehe ich die Verlorenen Jungs an, einen nach dem anderen. „Denkt ihr etwa genauso?"

Sparky bohrt mit seiner Schuhspitze ein Loch in den Boden. Sein Gesicht wird dabei fürchterlich rot, vom Hals bis hoch zum Ansatz seiner kurz geschorenen Haare. „Ich glaube, diesmal bin ich auf

Tamis Seite."

In diesem Augenblick schnappen die restlichen Jungs alle entsetzt nach Luft. Sie waren vielleicht darauf vorbereitet, dass Tameeka aussteigen würde, aber Sparkys Rückzug ist eine Überraschung für sie alle. Er senkt seinen beschämten Blick auf seine Zehenspitzen – oder er hätte es getan, wenn ihm sein dicker Bauch nicht die Sicht versperren würde.

„Na schön. Ist sonst noch jemand ihrer Meinung?", schnappe ich beleidigt. Das ist echt nicht meine Woche.

Toby streift sich sein schwarzes Haar zurück und bindet es am Hinterkopf mit einem Gummiband zusammen, sodass die geschorenen Seiten zur Geltung kommen. Das macht er immer, wenn er in Angriffsstimmung ist. „Ich sage, wir lassen die Kinder zu Hause und der Rest von uns holt den Schatz zurück!"

Tami brummt ihn finster an. Dann nimmt sie Sparkys Hand und zieht ihn weg von uns, während Skippy, Loney und Stan vor Begeisterung über Tobys Ansage laut jubeln. Sie trommeln mit ihren Fäusten auf ihre Brust und tanzen um mich herum wie Indianer.

„Wie lautet der Plan?", will Toby wissen.

Als ich der Elfe und dem dicken Sparky hinterherblicke, fühle ich, wie sich soeben ein Graben zwischen uns bildet. Kommt es daher, weil ich nun älter bin als sie? Warum bin ich überhaupt der Einzige, der älter wird? Die anderen Jungs sehen immer noch genauso aus wie gestern, letzten Monat oder vor zehn Jahren.

Toby zieht an meiner Jacke. „Peter ...?"

Aus den Gedanken gerissen, drehe ich mich zu ihm um. Zwar habe ich einen Plan, aber es ist noch zu früh, um ihn mit den Verlorenen Jungs zu besprechen. Erst muss ich noch einmal zu Angel. „Alles zu seiner Zeit. Lasst mich erst mal ein paar Stunden Schlaf nachholen." Ich strecke meine Nacken und gähne laut. „Und danach muss ich noch etwas erledigen." Meinen nächsten Besuch in London muss ich unbedingt so planen, dass Angel auch wach ist. „Morgen können wir dann alles besprechen."

Stan zieht den Reißverschluss seiner Bärenfellweste nervös auf und zu. Er klingt misstrauisch, als er fragt: „Seit wann musst du denn irgendwelche Dinge ohne uns erledigen?"

„Seit mir ein Bart gewachsen ist", schnauze ich zurück. Dann fange ich an zu lachen. Nur weil ich nun älter aussehe als die anderen, heißt das doch nicht, dass ich mich auch so benehmen muss, oder? In Windeseile fliege ich zum Matratzenlager, wo wir auch unsere Spielzeugwaffen aufbewahren, und schnappe mir ein Holzschwert, mit dem ich Stan herausfordere. „Und du solltest meine Befehle lieber nicht mehr in Frage stellen. Ich bin immer noch der beste Schwertkämpfer von euch allen."

Stan hat noch nie einem Kampf widerstehen können, und so zückt er sein eigenes Schwert und greift mich unverblümt an. Wir springen mit unseren gegeneinanderschlagenden Waffen quer durch das Innere des Baumes und fechten unerbittlich miteinander, bis einer von uns am Boden liegt und um Gnade winselt. Zu meiner Schande bin das heute ich, doch nur, weil mir die kleine Elfe in die Quere gekommen ist und ich rückwärts über sie gestolpert bin.

„Stirb, Peter Pan!", schreit Stan und stößt mit seinem Holzschwert zu. Ich klemme es zwischen meinem Arm und meiner Brust ein und stöhne dabei, als hätte meine letzte Stunde geschlagen.

Die Verlorenen Jungs feiern den Sieger. Tami, die immer noch unter meinem linken Bein gefangen ist, funkelt mich böse an und flucht in einer Sprache, die nun wirklich nichts für kleine Mädchen ist. Ich hebe mein Bein, damit sie freikommt, und lasse mich dann von Toby und Loney hochziehen.

Am Ende lassen sie mich doch ins Bett kriechen. Erschöpft und noch in voller Montur falle ich mit dem Gesicht in mein Kissen. Gott sei Dank drifte ich ins Land der Träume, bevor meine Gedanken anfangen können, um Hook und das verhängnisvolle Schicksal, das er über mich gebracht hat, zu kreisen.

Alles ist still, als ich aufwache. Die Verlorenen Jungs spielen draußen vermutlich *Fang den Indianer* oder sie jagen unser Abendessen. Mein Magen knurrt aus Protest darüber, dass ich schon wieder ein köstliches Mahl ausschlage, das sie zweifellos später über dem Lagerfeuer rösten werden. Ich habe nichts mehr gegessen seit ... Wochen! Mit müden Knochen raffe ich mich aus dem Bett auf und plündere die Vorratskammer, wo wir immer Früchte, Nüsse und manchmal sogar Gemüse aufbewahren. Eine Handvoll Beeren, eine Karotte und zwei Äpfel stehen heute auf meiner Speisekarte und ich verschlinge sie in null Komma nichts.

Neben der Feuerstelle in der Küche haben wir eine Schleuder aufgestellt. Ich lege ein Apfelgehäuse nach dem anderen in die Schlinge und schieße sie durch eine Luke in der Baumrinde hinaus in den Dschungel, wo sie verrotten können. Normalerweise balgen sich die Jungs und ich immer darum, wer unsere geniale Erfindung bedienen darf. Heute jedoch langweilt es mich.

Nachdem der Müll entsorgt ist und ich bereit bin aufzubrechen, werfe ich noch einen Blick zu Tamis Zimmer hinüber. Die Tür ist geschlossen. Normalerweise bedeutet das, dass die kleine Elfe in ihrem Zimmer ist. Sie sollte mich eigentlich gehört haben, als ich aufgestanden bin. Warum ist sie dann heute nicht herausgekommen? Oh Mann, sie muss immer noch ganz schön wütend auf mich sein.

Ich mag es nicht, wenn die Elfe oder die Jungs schlecht gelaunt sind. Mit einem Seufzen verziehe ich das Gesicht und gehe rüber zu ihrer Tür. Leise klopfe ich an. „Tami? Kann ich reinkommen?"

Hinter der Tür ist es still. Ich klopfe noch einmal. Keine Antwort. Schließlich sinkt meine Hand auf den Messingtürknauf. Ein kleiner Dreh und die Tür geht einen Spaltbreit auf. Ohne zu überlegen, trete ich ein, doch ich habe dabei nicht an meine neue Größe gedacht. Ein lautes Stöhnen entweicht mir, als ich mit dem Kopf gegen den Türrahmen knalle. Sterne schwirren um mich herum. Verdammt, muss ich mich von nun an ständig mit solchen Problemen herumschlagen? Ich reibe mir die pochende Stirn und ducke mich, damit ich durch die Tür passe.

Es dauert ein paar Sekunden, bis ich mich wieder gefangen habe und meine Sicht so scharf ist wie zuvor. Tami ist nicht da. Ihr Bett, das die Form einer rosa Muschel hat, ist fein gemacht. Ich mache kehrt und gehe wieder raus, doch dann halte ich an und blicke noch einmal über meine Schulter. Auf der Kommode, die die Jungs und ich schon vor einer Ewigkeit für die Elfe gebastelt haben, steht eine kleine Spieluhr. Obwohl ich es nie jemandem erzählt habe, war die Musik, die sie spielt, immer mein Lieblingslied.

Da ich im Moment ganz alleine hier drinnen bin, schleiche ich mich rüber zu der Kommode und ziehe die Uhr auf. Die Porzellanprinzessin beginnt sich auf der kleinen, runden Plattform zu drehen. Ein Lächeln kommt über meine Lippen, als auch die Musik anfängt zu spielen. Ich summe die Melodie mit, aber meine Stimme ist viel tiefer als zuvor und auch seltsam rau. Als würde ein räudiger Köter den Mond anheulen. Da schwindet meine Fröhlichkeit.

Ich sinke auf den Boden, lehne mich mit dem Rücken an die Schubladen der Kommode und lege meinen Kopf zurück. Wie kann ein kurzer Augenblick nur alles verändern? Ich möchte nicht alt sein. Ich will nicht aussehen oder mich anhören wie ein Erwachsener. Meine Nägel graben sich in meine Handflächen, bis ich in meinen Fäusten mein eigenes warmes Blut spüre. Es ist schrecklich, dass die Verlorenen Jungs nun nach oben blicken müssen, wenn sie mir in die Augen sehen wollen. Furchtbar, dass mir das Müllrausschleudern keinen Spaß mehr macht. Und das Schlimmste ist, dass nun auch Tami böse auf mich ist. Das war sie noch nie.

Warum musste Hook mein Leben zerstören, wo doch alles perfekt war?

Mit zusammengepressten Lippen atme ich ein paarmal tief durch die Nase ein und aus und knirsche dabei mit den Zähnen. Die Elfe mag vielleicht froh darüber sein, dass es keinen Grund mehr für einen Kampf mit den Piraten gibt. Doch für mich hat der richtige Kampf gerade erst begonnen. Ich bin noch lange nicht fertig mit Captain James Hook. Ich schwöre, ich werde nicht ruhen, ehe sein toter Körper vor mir auf der Erde liegt.

Schniefend rapple ich mich auf die Beine, stürme aus Tamis Zimmer und schieße nach oben durch die Öffnung in der Baumkrone. Es ist Zeit, um meinen Plan in die Tat umzusetzen, den größten Fehler meines Vaters auszulöschen.

Nach dem irren Flug letzte Nacht finde ich leicht zurück nach London. Immer in Richtung Osten und steil nach oben, dann weiter geradeaus, auf ein Dreieck aus Lichtpunkten zu. Durch einen Regen aus fallenden Sternen, eine Schleife um den Mond und dahinter im Sturzflug nach unten. Schließlich noch eine harte Linkskurve an der großen Turmuhr.

Ich folge dem Fluss für etliche Meilen durch London, bis ich den Stadtrand erreiche. Hier suche ich die Straße mit Angels Haus. Die Sonne steht hoch am Himmel. Es dürfte etwa drei Uhr nachmittags sein. Die perfekte Zeit, um Angel einen Besuch abzustatten.

Am besten kehre ich erst einmal auf ihr Dach zurück und schleiche mich dann nach unten auf ihren Balkon. Ich bin kaum gelandet, als ihre Stimme schon zu mir nach oben dringt. Sie ruft nach Paulina und Brittney Renae. Wenn ich mich nicht irre, sind das ihre kleinen Schwestern. Vorsichtig krieche ich bäuchlings näher an die Dachkante zur Straßenseite hin heran, bis ich sie unten vor dem Haus entdecke. Zwei rotblonde Mädchen stürmen gerade aus der Vordertür auf sie zu und kreischen aufgeregt.

Angel trägt einen dünnen schwarzen Mantel, der wie ein Kleid geschnitten ist und kaum ihre Knie bedeckt. Ihre Füße stecken in schmerzhaft aussehenden hochhackigen Schuhen. Erstaunlich, wie problemlos sie damit laufen kann. Die Mädchen nehmen sie beide an der Hand und gemeinsam spazieren sie die Straße runter.

Ich folge ihnen, indem ich über die Dächer schleiche. Dabei lasse ich sie keinen Moment aus den Augen. Keine Meile von ihrem Haus entfernt taucht ein großer Park auf. Da die Häuserreihe hier endet, fliege ich hinunter auf die Erde und verstecke mich dabei hinter einem Kastanienbaum.

Sobald die drei den Park betreten, lassen die Kleinen die Hände ihrer größeren Schwester los und hopsen über den Rasen davon. Ihre rosa Kleidchen wehen dabei in der leichten Brise. Angel schlendert auf dem Kiesweg weiter.

Die Hände in die Taschen meiner neuen Lederjacke gesteckt, spaziere ich ihr mit einem großen Sicherheitsabstand zwischen uns hinterher. Etwa hundert Meter weiter setzt sie sich auf eine Parkbank und holt ein Buch aus ihrer Tasche. Sie sitzt da ganz allein und liest – eine bessere Gelegenheit, um sie anzusprechen, bekomme ich vielleicht nie wieder.

„Peter Pan!"

Erschrocken drehe ich mich zu der Stimme eines kleinen Mädchens um. „Ja?"

„Bleib stehen oder ich spieße dich von hinten auf!", warnt eine von Angels Schwestern die andere und schwingt dabei einen dünnen Ast wie ein Schwert.

„Du kannst es ja versuchen, Captain Hook. Aber erst musst du mich fangen!", schreit die andere zurück. Beide lachen vor Freude, als sie in ihren Riemchenschuhen quietschvergnügt über die Wiese laufen und mich nicht einmal eines Blickes würdigen.

Was zum Teufel –?

Die Brauen tief über meine Augen gezogen, wende ich mich von den spielenden Mädchen ab und blicke als Nächstes in die warmen braunen Augen eines lächelnden Engels. Angel hat ihr Buch zur Seite gelegt und beobachtet mich mit großem Interesse.

Der Augenblick zieht sich seltsam in die Länge, denn ich weiß weder, was ich jetzt sagen, noch, was ich machen soll. Die ganze Zeit über spüre ich nur diese komische Wärme in meiner Brust, wenn ich sie ansehe. Letztendlich ist es Angel, die das Schweigen unterbricht und zu mir sagt: „Du heißt Peter, nicht wahr?"

Bei Nimmerlands Regenbögen, sie hat mich wiedererkannt! Ich nicke und ein kleines Lächeln zupft an meinen Mundwinkeln.

„Ich hab's mir gedacht, weil du dich umgedreht hast, als Paulina diesen Namen gerufen hat. Die beiden dort sind meine Schwestern."

Mein Lächeln verschwindet. „Ach so." Sie hat mich also doch nicht erkannt. Aber was soll's? In einer Minute wird sie wissen, wer ich bin. „Du hast ihnen also alles über Nimmerland erzählt?"

Angel lacht, als hätte ich gerade einen Scherz gemacht. Ich versteh's nicht. „Es ist sogar ihre Lieblingsgeschichte. Ich glaube, ich hab den beiden das Buch in den letzten drei Jahren über tausendmal vorgelesen."

„Welches Buch?" Stirnrunzelnd setze ich mich neben sie. Und wie konnte sie ihnen die Geschichte schon vor drei Jahren erzählen, wenn es doch noch nicht einmal drei Monate her ist, dass sie bei uns in Nimmerland war? Sie sieht nicht älter aus als damals. Es kann also hier nicht mehr Zeit vergangen sein als in meiner Welt.

„Na, *Peter Pan*", antwortet sie heiterer Stimme. Dann fügt sie hinzu: „Aber du kennst wahrscheinlich nur den Zeichentrickfilm, hab ich recht?"

Was zum Geier ist ein Zeichentrickfilm?

Ich zucke mit den Schultern, lehne mich vor, um mich mit den Ellbogen auf die Knie zu stützen, und murmle: „Ja, genau."

„Das ist schon in Ordnung. Disney hat den Klassiker echt toll verfilmt."

Mein Kopf fängt langsam an zu dröhnen. Worüber um alles in der Welt reden wir hier? Ich muss dem ein Ende setzen und auf den Punkt kommen, ehe sie mich mit ihrem seltsamen Gerede noch total verwirrt. Langsam drehe ich meinen Kopf zu ihr. „Fehlt dir Nimmerland manchmal?"

Jetzt reißt Angel die Augen auf. „Ob es mir fehlt? Nun, das ist schon etwas übertrieben ausgedrückt, denkst du nicht?" Sie kichert, doch es klingt beinahe ein wenig unsicher. „Natürlich wäre es der Wahnsinn, einmal dorthin zu fliegen. Aber um es vermissen zu können, hätte ich ja schon mal dort gewesen sein müssen, nicht wahr?"

„Genau." *Und das bist du auch.* Aber es ist wohl nur logisch, dass sie mit einem Fremden nicht über Nimmerland reden will. „Du hast keine Ahnung, wer ich bin, Angel, oder?"

Sie schnappt nach Luft und ihr Blick wird scharf. „Wie hast du mich gerade genannt?"

„Angel. Das ist doch dein Name, nicht wahr?"

„Nein. Ja, schon, aber so nennt mich fast niemand. Mein Name ist Angelina. Nur die Zwillinge nennen mich Angel. Und ich glaube nicht, dass ich mich dir überhaupt schon vorgestellt habe."

Jetzt bin ich an der Reihe, zu schmunzeln. Es ist aber auch zu niedlich, wie sie sich plötzlich verteidigt. „Als wir uns das letzte Mal gesehen haben, habe ich vermutlich noch etwas jünger ausgesehen. Ich bin Peter."

„Ja, ich weiß. Das hast du schon gesagt."

„Peter ... Pan."

„Aus Nimmerland?" Ihr Tonfall ist flach, als wollte sie mich veralbern.

Ich richte mich auf und sehe ihr ernst in die Augen. „Jawohl. James hat einen Weg gefunden, wie er mich älter werden lässt."

„James? So wie Captain James Hook?"

Ich nicke.

"Und er hat etwas gemacht, damit du wie zwanzig aussiehst und nicht mehr wie fünfzehn?"

„Ganz genau." Endlich kommen wir der Sache näher. Erleichterung überkommt mich und ich kann wieder lächeln.

Im nächsten Moment schüttelt sich Angel vor Lachen und erschreckt mich fast zu Tode damit. „Ah, jetzt verstehe ich! Das ist ein Scherz. Du warst damals auf der Kostümparty, die mein Vater an meinem fünfzehnten Geburtstag veranstaltet hat, hab ich recht? Sind unsere Väter Geschäftspartner?"

„Mein Vater ist tot."

Schlagartig verstummt ihr Lachen. Ihr Blick wird mitleidvoll und ihre Wangen werden ganz rot. „Es tut mir leid. Das wusste ich nicht."

Was ist denn das jetzt wieder für ein Blödsinn? James hat ihr damals doch alles über unseren Vater und die ganze Tragödie aus unserer Vergangenheit erzählt. Außer ... Du meine Güte! Kann sie sich etwa nicht mehr an Nimmerland erinnern? Mir schwant Übles.

Als Angel nach Nimmerland gekommen ist, hat sie nach und nach ihr Zuhause und ihre Familie vergessen. Was ist, wenn sie uns alle und auch Nimmerland selbst nun genauso vergessen hat, seit sie wieder nach London zurückgekehrt ist?

Andererseits ist ihr und ihren Schwestern mein Name ein Begriff und sie kennen auch James. Was, bei Nimmerlands Regenbögen, geht hier vor?

Mir brummt der Kopf. Ich brauche Zeit, um über alles nachzudenken. Ruckartig stehe ich auf und erschrecke Angel damit, doch darüber kann ich mir im Moment keine Gedanken machen. „Ich muss gehen", sage ich rasch und eile in die Richtung zurück, aus der wir gekommen sind. Erst als ich noch einmal zurückblicke und Angel sowie all die anderen Menschen außer Sichtweite sind, fliege ich hoch und zurück zu ihrem Haus.

Es verschlägt mir fast die Sprache, als ich die kleine Elfe auf dem Schornstein sitzen sehe, ihre Beine verschränkt und das Kinn in die Hände gestützt. „Tami! Was machst du denn hier?", flüstere ich energisch.

„Ich bin dir gefolgt. Nur leider kann ich nicht wie du unten auf den Straßen herumspazieren." Sie flattert ein paarmal mit den Flügeln, um zu verdeutlichen, was genau sie dazu gezwungen hat, sich hier oben zu verstecken. „Ich glaube nicht, dass es viele Elfen in dieser Welt gibt."

Da stimme ich ihr zu. „Aber warum bist du mir hinterher geflogen?"

„Ich habe mir Sorgen um dich gemacht, Peter. Und offensichtlich aus gutem Grund. Was suchst du in Angels Welt?"

Oh Mann, wie ich es hasse, wenn sich Tami benimmt wie eine

Erwachsene. Das passt so überhaupt nicht zu ihrem Erscheinungsbild einer Achtjährigen.

„Ich werde mich an Hook rächen", erkläre ich ihr mit frostiger Stimme. „Erst hatte ich vor, Angel nach Nimmerland zu entführen und ihn zu erpressen, alles wieder rückgängig zu machen. Doch dann hat sich eine Planänderung ergeben, als mir eine unerwartete Kleinigkeit klar geworden ist."

„Was denn?"

„Angel kann sich nicht an Nimmerland erinnern. Zumindest macht es so den Eindruck, obwohl sie einige komische Sachen über ein Buch erzählt hat, das anscheinend von Hook und mir handelt. Ich werde später versuchen, mehr darüber herauszufinden, wenn es dunkel ist und ich mich wieder in ihr Zimmer schleichen kann."

„Wieder?" Tamis spitze Ohren wackeln vor Verwunderung. „Heißt das, du hast dich schon mal in ihr Haus geschlichen?"

„Ja, hab ich. Letzte Nacht, als sie geschlafen hat." Verdammt, warum erzähle ich ihr das alles überhaupt? „Flieg nach Hause, Tameeka. Und verrate den Verlorenen Jungs bloß nicht, wo ich bin. Ich werde morgen alles Nötige mit ihnen besprechen, wenn ich einen neuen Plan ausgeheckt habe, wie ich Hook mit Angel da treffen kann, wo es wehtut."

Tami flattert hoch und stellt sich auf den Rand des Schornsteins. Nase an Nase sehen wir uns ernst in die Augen und sie schlägt mir mit ihrer kleinen Faust gegen die Brust. „Schäm dich, Peter Pan! Angel ist ein nettes Mädchen. Ich hab sie wirklich gern gehabt, als sie in Nimmerland war. Und du auch, genauso wie die anderen Verlorenen Jungs. Wie kannst du nur daran denken, sie für deine Rachepläne zu benutzen? Sie hat dir nichts getan!"

„Sie hat Hook das Versteck unseres Schatzes verraten! Ist das nicht Grund genug?"

„Nein!" Sie lehnt sich nach hinten und verschränkt mürrisch ihre Arme vor der Brust. „Du weißt genau, wie ich über den Schatz denke. Lass die Dinge doch endlich ruhen ... zumindest für eine Weile." Als Nächstes wird ihr Gesicht nachdenklich. Kein gutes Zeichen. Ich wünschte, ich könnte mir die Ohren zuhalten, bevor sie mit ihrer Predigt beginnt, aber das würde nur dazu führen, dass sie mich in die Nase kneift.

„Hast du schon mal daran gedacht, Hook im Austausch gegen den Schatz den Weg hierher zu zeigen? Er versucht immer noch, Angel zu finden, nicht wahr? Aber das wird ihm nicht gelingen, solange er nicht gelernt hat zu fliegen. Du könntest ihm dabei helfen."

„Halt den Mund, Tami!"

Die Elfe schnappt erschrocken nach Luft.

„Sieh mich doch an! Sieh nur, was der verfluchte Stockfisch aus mir gemacht hat!" Ich reiße die Arme in die Höhe, um ihre Aufmerksamkeit auf den gealterten Körper zu lenken, in dem ich feststecke. „Und du willst, dass ich ihm einen Gefallen tue? Niemals! Wenn du nicht auf meiner Seite bist, dann verschwindest du besser zurück nach Nimmerland. Ich brauche dich nicht, damit du mir meinen Plan ruinierst." Ich stampfe mit dem Fuß auf dem Dach auf und ziehe ein beleidigtes Gesicht. Herrgott noch mal, ich hab mich nicht mehr so wie ich selbst gefühlt, seit ich aus diesem verrückten, langen Schlaf aufgewacht bin.

Tamis Brust bläst sich mit einem verletzten Atemzug auf. „Du schickst mich weg? Einfach so?" Ihr verärgertes Gesicht wird rot wie eine Erdbeere. „Du – du grässlicher alter Mann!" Ihre Flügel beginnen schneller zu schlagen als die eines Schmetterlings, und sie saust der Sonne entgegen davon.

Ich möchte ihr nachrufen, dass sie zurückkommen soll, aber das ist hier oben bestimmt keine so gute Idee, mit all den Menschen, die mich hören könnten. Außerdem, wenn die Elfe stur sein will, dann soll sie doch. Ich brauche sie nicht, verdammt noch mal. Und auch keinen der Verlorenen Jungs. Ich komme auch ganz gut alleine zurecht.

Schlecht gelaunt hocke ich vor dem Schornstein und warte, bis Angel und ihre Schwestern aus dem Park zurückkommen. Es dauert nicht allzu lange, und nach ihrer Rückkehr ist es im Haus gleich bedeutend lauter als zuvor. Bis die Nacht hereinbricht, verstecke ich mich noch auf dem Dach, doch als es endlich dunkel wird und die Straßen verlassen daliegen, breche ich auf zu einem kleinen Rundflug durch die Nachbarschaft. Meine Beine sind vom langen Sitzen eingeschlafen. Ich strecke mich ordentlich durch und versuche wieder Blut in meine Glieder zu bekommen.

Ich bin zwar nur kurz unterwegs gewesen, doch als ich wieder auf Angels Dach lande, ist es überall im Haus bereits finster und kein Mucks ist mehr zu hören. Angel hat zwar ihre Balkontür verschlossen, doch das Fenster hat sie zum Glück offen gelassen.

Um kein Geräusch zu machen, das sie aufwecken könnte, schwebe ich ein paar Zentimeter über dem Boden. Den ganzen Nachmittag lang hatte ich Zeit, um über ihre Geschichte nachzudenken – über das Buch, das von Nimmerland handeln soll. Genau dieses Buch suche ich jetzt. Aber auf ihrem Schreibtisch kann ich es nicht entdecken und auch in den Regalen stehen nur langweilige Bücher ohne Bilder.

Leise gleite ich an Angels Bett. Sofort kommt wieder der Drang über mich, sie vorsichtig zu berühren, während sie schläft. Dieses fremdartige Verlangen geht mir langsam auf die Nerven. Ich möchte es am liebsten abschütteln, aber das funktioniert nicht, also beschließe ich, es einfach zu ignorieren, und lasse Angel in Ruhe weiterschlafen. Als ich mich umdrehe, entdecke ich zu meiner Überraschung ein Buch auf ihrem Nachttisch. Auf dem Umschlag ist ein lachender Junge abgebildet mit großen Augen und spitzen Ohren wie die einer Elfe. Er fliegt durch die Luft, gefolgt von ein paar Kindern. Unter dem Bild stehen zwei Worte.

Peter Pan.

Mit einem Grinsen im Gesicht greife ich nach dem Buch und blättere durch die Seiten. Es ist zwar dunkel im Zimmer, aber dank des Mondscheins immer noch hell genug, sodass ich die Bilder erkennen kann. Darauf sind Piraten abgebildet, ein Mädchen in einem blauen Kleid, Meerjungfrauen und sogar Tami. Erstaunlich! Ich lasse das Buch unter meiner Jacke verschwinden und fliege zurück aufs Dach, wo ich es mir vor dem Schornstein wieder gemütlich mache. Dann beginne ich im Sternenlicht zu lesen.

Das Buch erzählt die Geschichte von Peter Pan, der eine gewisse Wendy besucht. Lustigerweise lebt sie sogar in London. Er nimmt sie und ihre Brüder mit auf ein aufregendes Abenteuer in Nimmerland. Dort treffen sie die Verlorenen Jungs — Mann, die sehen den Burschen in meinem Baum echt verdammt ähnlich — und Tinker Bell, die wie eine Kopie von Tami aussieht. Allerdings hat diese Elfe eine eifersüchtige Ader, die so gar nicht zu unserer Tami passen würde. Und dann ist da auch noch Hook. Er ist ein echt lustiger Charakter in der Geschichte. Das Buch beschreibt meinen Bruder haargenau, mal abgesehen von dem Haken, den er auf den Bildern am rechten Arm trägt. Der ist einfach nur widerlich.

In der Mitte des Buches stolpere ich über einen Namen, den ich schon seit einer Ewigkeit nicht mehr gehört habe. Tootles. In dieser Erzählung ist er einer der Verlorenen Jungs und Murmeln scheinen für ihn eine große Rolle zu spielen.

Ich kann mich erinnern, wie ich einmal einen Jungen mit Namen

Tootles von Hooks Planke gerettet habe. Allerdings wurde er nie einer von uns. Ehrlich gesagt habe ich angenommen, dass er sich zum Hafen aufgemacht hat, um dort zu leben. War wohl ein Irrtum.

Nach allem, was sich in letzter Zeit so zugetragen hat – hier und in Nimmerland –, ist es da weit hergeholt anzunehmen, dass Tootles vielleicht tatsächlich wieder in seine eigene Welt zurückgekehrt ist? Vielleicht hat er ja sogar dieses Buch geschrieben. Aber warum zum Teufel hat er nur solche Lügen über mich und dieses Wendy-Mädchen erfunden?

Nachdenklich kratze ich mich am Kopf. Die Dinge werden von Minute zu Minute seltsamer. Schließlich schlage ich das Buch zu und betrachte den Sternenhimmel. Angel kennt zwar Nimmerland, aber dass sie schon einmal dort war, daran kann sie sich nicht erinnern. Sie kennt Peter Pan, aber sie weiß nicht, wer *ich* bin. Nach allem, was ich bisher über sie herausgefunden habe, ist es gar nicht so unwahrscheinlich, dass sie sich nicht einmal mehr daran erinnern kann, was zwischen ihr und James war.

Oh, die Möglichkeiten, die sich damit bieten!

Wenn ich Angel nur davon überzeugen könnte, dass wir uns schon einmal begegnet sind. Dass sie sich damals in mich – ein gruseliger Schauer läuft mir über den Rücken – verliebt hat, und nicht in Hook. Das würde meinem Bruder den Verstand rauben. Der Schmerz wäre weitaus größer, als ihn ein Schwert durch die Brust jemals auslösen könnte. Begeistert von meiner List kichere ich in die Nacht hinein.

Hook findet niemals den Weg hierher. Und selbst wenn, dann wird es schon zu spät sein. Bis dahin habe ich schon längst die Vorstellung in Angels Kopf gepflanzt, dass Hook wirklich der grausame Pirat aus ihrem Buch ist. Das ist einfach perfekt.

Ich fliege erneut lautlos in Angels Zimmer und lege das Buch zurück an seinen Platz. Aber bevor ich verschwinde, will ich noch etwas mitnehmen, womit ich Hook beweisen kann, dass ich heute hier war. Vielleicht ein Kleidungsstück? Nein ... ich habe eine bessere Idee. Eine Haarlocke.

So leise es geht durchsuche ich die Schubladen ihres Schreibtisches nach einer Schere, um ihr eine Strähne abzuschneiden, solange sie noch schläft. Leider kann ich keine finden. Als ich die letzte Schublade aufziehe und vorsichtig hineingreife, stoße ich mit den Fingern gegen einen kleinen, harten Gegenstand. Mir stockt der Atem.

Es ist ein Rubin in Form eines Herzens.

Kapitel 5

„Holt es rein!", befiehlt Smee den Männern bellend, aber ich weiß bereits jetzt, dass das Netz wieder einmal leer sein wird. Der Versuch, einen Regenbogen mit einem Fischernetz einzufangen, sobald er aufs Meer trifft, war reine Zeitverschwendung. Genauso, wie hinter ihnen her zu rennen und zu versuchen einen mit einem Eimer oder einem Sack zu erwischen, was letzte Nacht unser genialer Plan war.

Die Männer holen das Netz aus dem Wasser, nur um meine Befürchtungen zu bestätigen. Es ist leer. Nicht einmal an den Seilen klebt ein kleines bisschen Regenbogenfarbe. „Verdammt noch mal!" Es ist unsagbar frustrierend, zu wissen, was mich zu Angel bringen könnte, wenn ich es einfach nicht schaffe, dranzukommen. Aufgewühlt ziehe ich an meinen Haaren.

„Behalte den Kopf auf, Käpt'n", beschwichtigt mich Jack, während er mit Walflossen Walter das Fischernetz über die Reling zieht. „Das war erst unser zweiter Versuch. Wir denken uns etwas Neues aus, bevor der Vulkan heute Nacht wieder ausbricht."

Was in vierundzwanzig Stunden passieren wird – minus fünfzehn Minuten.

Grollend lasse ich die Männer mit dem Netz alleine und stapfe in mein Quartier. Die Flamme der Kerze auf dem Tisch zuckt, als ich die Tür hinter mir schließe. Gerade will ich sie auspusten und zu Bett gehen, da höre ich einen übertrieben lauten Seufzer aus meinem Arbeitszimmer nebenan. Wer ist wohl so lebensmüde und wagt es, mein Quartier ohne meine Erlaubnis zu betreten? Ich toleriere nur sehr wenige Regelbrüche an Bord der Jolly Roger. In mein Arbeitszimmer einzudringen ist keiner davon.

Mit der Kerze in der Hand schreite ich durch die kaputte Tür ins Nebenzimmer, doch schon nach ein paar Schritten bleibe ich stehen und ziehe meine Pistole. Ich richte sie geradewegs auf Peter Pans Herz. „Wie bist du hier reingekommen?"

„Das war ganz leicht. Du und deine Jungs wart alle damit beschäftigt, einen Regenbogen aus dem Wasser zu fischen." Die Hände hinter seinem Nacken verschränkt, grinst er mich spöttisch aus meinem Schreibtischsessel heraus an. Die Füße hat er ohne Manieren auf dem Tisch übereinandergeschlagen. „Hattet ihr Glück?"

Die Waffe immer noch auf ihn gerichtet, trete ich vor und stelle die Kerze auf dem Tisch ab. Wachsam richtet sich Peter auf, doch sein Grinsen geht dabei nicht verloren.

„Bis jetzt noch nicht", schnauze ich ihn kalt an. „Aber wir kommen der Sache schon näher. Vielleicht haben wir ja morgen Nacht mehr Glück. Du andererseits scheinst gerade eine Pechsträhne zu haben. Sag auf Wiedersehen, Peter Pan."

Er kichert nur. „Du willst mich wirklich erschießen?"

Genau das habe ich vor, allein weil er gedroht hat, dem Mädchen etwas anzutun, das mir mehr als alles andere am Herzen liegt.

„Aber dann erfährst du nie, was Angel heute zu mir gesagt hat."

Das wiederum lässt meinen Finger am Abzug erstarren. Was

Angel *gesagt* hat? Heißt das etwa, dass er sie tatsächlich gefunden hat? Und er hat mit ihr geredet? Mein Herz pocht wie verrückt. Obwohl ich Angst davor habe zu hören, was Peter mit ihr angestellt hat, muss ich wissen, was passiert ist. In den letzten beiden Tagen habe ich ernsthaft angefangen, daran zu zweifeln, dass es für uns je eine Möglichkeit geben könnte, diese Stadt namens London zu erreichen. Doch in diesem Moment kehrt meine Hoffnung schlagartig zurück.

„Ah, hab ich Euer Interesse geweckt, *Captain*?", säuselt Peter in einem höhnischen Tonfall.

Ich senke die Waffe. Ein lästiges Zittern schleicht sich in meine Stimme. „Wie geht es ihr?"

„Oh, es geht ihr wirklich gut." Peter erhebt sich aus meinem Stuhl, dreht sich zum Fenster und verschränkt die Hände hinter seinem Rücken. Dann wirft er mir einen Blick über seine Schulter zu. „Ich habe sie heute getroffen. Angel und ihre Schwestern. Zwei reizende kleine Mädchen", fügt er mit einem falschen breiten Lächeln hinzu. „Rate mal, was die beiden gespielt haben."

Woher soll ich das wissen? Ich starre ihn nur weiterhin fassungslos an.

„Sie haben Peter Pan und Captain Hook gespielt. Ist das nicht lustig?"

Da bin ich mir nicht so sicher. Seinem zynischen Blick nach zu urteilen wohl eher nicht.

„Nur war ich in ihrer Version der brave Junge und du warst der schreckliche Schurke." Sein Blick wandert wieder zum Fenster hinaus. „Niederträchtig. Hässlich wie die Nacht finster ist. Und zum Himmel stinkend, du weißt schon."

Ich kann das verachtende Grinsen in seiner Stimme hören.

„Warum sollte Angel den Mädchen solche Lügen erzählen?",

erwidere ich.

„Erinnerung." Schulterzuckend dreht sich Peter zu mir um. „Du weißt, was für eine seltsame Sache das ist. An einem Tag hast du sie noch und am nächsten ... puff ... ist sie einfach weg. Sieht so aus, als könnte sich deine kleine Miss London nicht mehr daran erinnern, dass sie jemals in Nimmerland war. Und trotzdem kennen sie uns in ihrer Welt."

Völlig durcheinander runzle ich die Stirn. „Wie –?"

Peter hebt eine Hand und unterbricht mich. „Ja, ja, ich weiß, es ist wirklich seltsam. Ich versuche selbst noch dahinterzusteigen, wie das möglich ist. Allem Anschein nach hat schon mal jemand vor Angel Nimmerland besucht. Und mit *besucht* meine ich, er hat die Insel auch wieder verlassen. Hat später ein lustiges Buch über uns geschrieben – obwohl ich ja immer noch nicht verstehe, wieso er solch üble Lügen über mich und ein fremdes Mädchen erzählt." Er schüttelt den Kopf. „Der Kerl nennt sich selbst Walt Disney, oder so ähnlich."

„Willst du damit sagen, Angel kennt uns aus einem Buch, aber sie hat keine Ahnung, dass sie vor einiger Zeit beinahe eine ganze Woche bei uns verbracht hat?"

„Gut aufgepasst, Käpt'n." Peter nickt und deutet mit einem zynischen Finger auf mich. „Und willst du das Beste von der ganzen Geschichte hören?"

Eigentlich nicht, aber das wird ihn nicht davon abhalten, es mir trotzdem zu erzählen.

„Jetzt kann ich Angel eine ... wie soll ich sagen", er zieht eine aufgesetzte Grimasse, als müsste er wirklich erst das richtige Wort dafür suchen, „*veränderte* Version ihres Aufenthalts bei uns erzählen. Ich sage ihr einfach, dass du versucht hättest, sie zu töten, und ich sie gerettet hätte. Du weißt doch, wie das mit Mädchen so ist, oder?" Der Drecksack zwinkert mir dabei auch noch zu. „Ich werde ihr Held sein."

Peter will an ihrem Gedächtnis herumschrauben? Damit würde er einen fatalen Keil zwischen Angel und mich treiben. Was bringt es mir, zu ihr zu reisen, wenn sie mich am Ende fürchtet und verabscheut? Sofern es stimmt, was Peter mir gerade aufgetischt hat ... „Warum sollte ich dir glauben? Vielleicht warst du gar nicht bei ihr und hast alles nur erfunden, um mir eins auszuwischen."

Wieder kichert er. Verflucht noch mal, ich bin versucht, ihn auf der Stelle zu erschießen, nur damit das dämliche Geräusch aufhört. „Ich wusste, dass du das sagen würdest", antwortet Peter. „Deshalb habe ich dir auch eine Kleinigkeit mitgebracht." Sein Blick wird eiskalt und er lässt mich keinen Moment aus den Augen, als er in die Tasche seiner seltsamen neuen Jacke greift. Mein Hals wird ganz trocken.

Langsam zieht Peter seine Hand wieder hervor und hebt sie hoch. Ein Anhänger fällt ein paar Zentimeter nach unten und schwingt dann an einer Kette hin und her, die er um seinen Mittelfinger geschlungen hat. Ich hole entsetzt Luft durch meine zusammengebissenen Zähne, als ich das Rubinherz sehe. „Wo hast du das her?"

„Hab's in ihrem Zimmer gefunden." Seine Augen funkeln mit neuem Hohn. „Oh, warte. Habe ich etwa vergessen zu erwähnen, dass ich mich gestern Nacht in ihr Zimmer geschlichen habe? Wenn sie schläft, sieht sie aus wie ein richtiger Engel. Denk nur an all die Dinge, die man ihr antun könnte ..."

Es reicht! Ich stürze auf Peter zu und werfe ihn mit dem Rücken voran über den Tisch, wobei ich meine Hände fest um seine Kehle schließe. Mit einem lauten Poltern landen wir beide auf dem Boden. Peter zieht die Beine an und tritt mir fest in den Magen, sodass ich rückwärts quer durch mein Quartier geschleudert werde. Er ist vor mir wieder auf den Beinen und zischt zur Tür hinaus. Ich folge ihm, doch durch diese lästige Fähigkeit, die ihm das Fliegen ermöglicht, ist er mir immer einen Schritt voraus.

Ganz oben auf dem Hauptsegelmast steht er wie eine Gallionsfigur und winkt mir schadenfroh zu. „Mach's gut, Captain! Ich muss zurück nach London und meiner neuen Freundin dieses kleine Schmuckstück zurückbringen!" Sein höhnisches Lachen hallt durch die Nacht, ehe er sich im Zickzackkurs quer durch den Sternenhimmel davonmacht.

Und ich dachte, ich wäre der gemeine Bruder.

Ich richte mir den Hemdkragen und kehre in mein Quartier zurück. Mir sitzt die Zeit im Nacken. Jeden Tag, an dem ich hier gefangen bin und Peter nach London fliegen kann, vergrößert sich das Risiko, dass ich Angel für immer verlieren werde.

Bäuchlings lasse ich mich aufs Bett fallen. Meine Füße baumeln über der Bettkante und ich vergrabe mein Gesicht in meinen Armen. Heute Nacht fühlt sich an wie das Ende der Ewigkeit. Jeden Tag um Mitternacht schießen die Regenbögen aus dem Inneren der Insel, und ich habe immer noch keine Ahnung, wie ich einen von denen fangen soll. Mein lange vermisster Schatz befindet sich wieder im Bauch der Jolly Roger, doch selbst mit ihm kann ich mir kein Ticket kaufen, mit dem ich Nimmerland verlassen könnte. Ich sitze hier fest, während mein unnützer Bruder ein fliegendes Naturwunder ist und jederzeit das Mädchen sehen kann, das ich liebe. Wahrscheinlich verpasst er ihr in diesem Moment eine Gehirnwäsche.

Alles, was ihn antreibt, ist Rache. Und gerade ich kann gut verstehen, warum das so ist. Ich wollte doch nicht, dass er so schnell erwachsen wird. Es sollte alles ganz anders laufen. Was ist denn nur schiefgegangen? Bre'Shun hat gesagt, er müsse die Uhr zerstören. Dazu habe ich ihn gebracht. Peter sollte langsam älter werden, wie alle anderen in Nimmerland auch. Und ich sollte an seiner Stelle bei Angel sein.

Ich drehe meinen Kopf zur Seite und zähle draußen vorm Fenster die Sterne. Sie strahlen wie Angels Augen, wenn sie lacht. Ein tiefer Seufzer entweicht mir. Als ich das Geräusch zum letzten Mal gehört habe, lag sie in meinen Armen, genau hier, wo ich jetzt allein liege. Die Erinnerung daran wärmt mein Herz für einen kurzen Moment, bevor ich wieder von der kalten und einsamen Realität eingeholt werde.

Vom oberen Bettende ziehe ich mein Kissen heran, lege einen Arm darum und schließe die Augen. Nur wenige Minuten später holt mich der Schlaf ein und ich kehre zurück zur Meerjungfrauenlagune, wo ich vor nicht allzu langer Zeit eine ganze Nacht mit dem süßesten Mädchen der Welt verbracht habe.

Peter Pan

Es brennt nur ein paar vereinzelte Kerzen, als ich am Baumhaus ankomme und den ausgehöhlten Stamm hinabgleite. So still? Die Verlorenen Jungs schlafen wohl alle schon. Doch als ich in ihre Kojen schaue, sind sie leer und die Betten sind gemacht. Stan sitzt ganz allein an unserem Esstisch, die Stirn in die Hände gestützt.

Ich lande vor ihm. „Wo sind denn alle?"

Stan hebt langsam seinen Kopf und sieht mich mehrere Sekunden lang an, bevor er antwortet: „Weg."

„Wieso?"

„Das fragst du wirklich, Peter Pan?"

Während ich um den Tisch herumgehe, mustere ich ihn aus dem Augenwinkel. „Tami ist zurückgekommen." Halb Frage, halb Feststellung ist es die einzig mögliche Schlussfolgerung. Aus dem Vorratslager hole ich mir einen Apfel und reibe ihn an meinem Ärmel, bis er glänzt.

„Ja, ist sie. Und ich kann immer noch nicht glauben, was sie uns erzählt hat." Mit jedem Wort wird seine Stimme lauter, wütender. „Peter! Wir verstehen alle, was für ein schwerer Schock diese ... diese Sache mit dem Erwachsenwerden für dich war. Aber Angel in deine Rachepläne mit hineinzuziehen ist einfach nur *falsch*. Sie ist ein nettes Mädchen. Du hattest sie doch gern. *Wir alle* mochten sie."

Meine Finger verkrampfen sich um den Apfel und meine Nägel bohren sich durch die Schale. „Sie hat Hook das Versteck unseres Schatzes verraten! War das vielleicht *nett* von ihr?"

„Das kannst du gar nicht wissen." Stan steht von dem abgesägten Baumstamm auf, auf dem er bisher gesessen hat; langsam, als hätte er dafür eine Ewigkeit lang Zeit. Dann funkelt er mich mit seinen Fuchsaugen an. „Tami und die Jungs sind gegangen. Sie wollen nichts mehr mit dir zu tun haben, solange du nicht wieder bei klarem Verstand bist."

Mein Blick sinkt auf den Apfel in meiner Hand. Der Hunger ist mir inzwischen vergangen. „Und was ist mit dir?", frage ich zögerlich.

„Ich hab ihnen gesagt, ich werde nicht gehen, ohne zu versuchen, dich zur Vernunft zu bringen. Du bist mein bester Freund, Peter. Lass uns die Köpfe zusammenstecken und gemeinsam einen anderen Weg finden, wie wir uns den Schatz von den Piraten zurückholen können."

„Du verstehst das nicht. Das ist kein Spiel mehr!" Wütend knirsche ich mit den Zähnen. „Hook hat mir dieses üble Schicksal auferlegt. Er muss dafür bezahlen. Und ich werde ihn da treffen, wo es ihm am meisten wehtut. Angel ist sein größter Schwachpunkt. Sein *einziger* Schwachpunkt. Ich werde ihn zerstören, ganz egal, was es kostet."

Lange Zeit sieht mich Stan schweigend an. Am Ende räuspert er sich und meint: „Dann wirst du das alleine tun müssen." Er schnappt sich seine Bärenfellweste vom Haken, steckt seine Arme durch die Löcher ohne Ärmel und macht sich auf den Weg zum Geheimtunnel, der nach draußen führt. Bevor er darin verschwindet, dreht er sich noch einmal kurz zu mir um. „Leb wohl, Peter Pan."

Meine Lippen bleiben verschlossen.

Verräter! Jeder Einzelne von ihnen! So viele Jahre waren wir wie eine Familie. Ich dachte, ich könnte mich immer auf sie verlassen. Doch beim ersten Anzeichen von richtigen Schwierigkeiten verlassen sie mich wie Ratten ein sinkendes Schiff. Soll'n sie sich doch allesamt zum Teufel scheren!

Aus blinder Wut werfe ich den Apfel an die Wand, wo er in saftige, kleine Bröckchen explodiert, dann greife ich mir meinen Dolch vom Tisch und fliege aus dem Baumhaus. Mein Weg führt mich nach Osten und nach oben, mit nur einem Ziel im Kopf. Da mir all meine Freunde den Rücken gekehrt haben, gibt es für mich keinen Grund, noch länger in Nimmerland zu bleiben.

Angel schläft noch tief und fest, als ich in dieser Nacht zum zweiten Mal in ihrem Zimmer lande. Ihr beim Schlafen zuzusehen, so friedlich und unschuldig, erfüllt mich mit einer unerwarteten Ruhe. Sie hat sich mit dem Gesicht zur Wand gedreht. Der leere Platz neben ihr lädt mich ein, mich hinzusetzen und sie einfach nur eine Weile zu beobachten. *Ja genau. Das ist wohl keine so gute Idee.* Stattdessen lege ich den Rubin zurück in die unterste Schreibtischschublade und schleiche mich wieder hinaus.

Auf dem Dach ist es ziemlich windig. Ich kauere mich vor dem Schornstein zusammen, ziehe die Beine an die Brust und umschlinge sie mit meinen Armen. Die Stirn auf meine Knie gestützt, schließe ich die Augen. Das ist zwar nicht der komfortabelste Platz, um zu schlafen, aber bis morgen früh wird's schon reichen.

Oder vielleicht auch nicht. Nach einer Weile auf den harten Schindeln schläft mein Hintern vor mir ein, und außerdem fliegt ständig ein gewaltiger stählerner Vogel hoch am Himmel über mich hinweg. Kaum bin ich so gut wie eingeschlafen, reißt mich sein furchtbares Getöse wieder hoch.

Müde und genervt erhebe ich mich schließlich in die Luft und ziehe ein paar Kreise über der Nachbarschaft. Zwei Gärten weiter die Straße runter steht ein großes Haus, dessen Fenster mit Brettern vernagelt sind. Vielleicht ist es ja verlassen. Vorsichtig sinke ich tiefer und inspiziere das Anwesen. Alles ist furchtbar alt. Die Schaukel im Garten ist rostig und gibt ein grauenhaftes Quietschen von sich, als ich sie anstupse. Im Boden der Veranda befinden sich große Löcher, und Spinnweben zieren die Ecken der Fenster. Perfekt! Vielleicht habe ich gerade mein neues Zuhause gefunden.

Nachdem ich die Bretter von einem der Fenster gerissen habe, schlage ich die Scheibe mit meinem Ellbogen ein und fliege hinein. Das Haus ist zwar dunkel und verlassen, doch die Vorbesitzer haben einige Möbelstücke zurückgelassen. Nicht viele, nur ein paar Regale und einen leeren Schrank im größten Raum des Erdgeschosses. Ein staubiger, alter Ohrensessel steht vor einem Kamin. Der ist sicher bequemer als die harten Schindeln auf dem Dach. Ich mache es mir darin gemütlich und kann endlich entspannt einschlafen.

Etwas kitzelt mich in der Nase. Ich kneife die Augen noch fester zu und reibe mir die Nase, doch das Kitzeln hört nicht auf, und schließlich muss ich niesen und öffne dann die Augen. Staubpartikel tanzen in dem dünnen Lichtstrahl, der durch einen Bretterspalt hereinbricht. Erst einmal strecke ich mich ordentlich durch, dann mache ich mich auf zur Hintertür. Sie ist verschlossen, doch zwei starke Tritte gegen den Türknauf brechen sie auf. Das grelle Sonnenlicht blendet mich. Mann oh Mann, es muss bereits Nachmittag sein.

Eine ganze Weile lang stehe ich nur auf der hinteren Veranda, betrachte den Garten und frage mich dabei, wie es wohl wäre, hier zu wohnen. Das Haus ist einsam und verlassen. Wem sollte es schon etwas ausmachen, wenn ich für eine Weile hier einziehe?

Bei einer umfangreichen Inneninspektion stellt sich heraus, dass alle Wasserhähne funktionieren. Obwohl auf einer Seite *kalt* und auf der anderen Seite *heiß* steht, gibt es im ganzen Haus nur eiskaltes Wasser. Mir macht das nichts aus.

Ich wasche mir das Gesicht und trinke aus meinen Händen, bis es beim Gehen in meinem Bauch gluckert. Danach ist es an der Zeit, mein neues Zuhause auf Vordermann zu bringen.

Draußen fange ich an. Zuerst müssen alle Bretter von den Fenstern. Ich reiße das morsche Holz ab und breche es über meinem Knie. Das wird mir später als Brennholz dienen.

„Hallo da drüben!"

Bei dem Klang von Angels schüchterner Stimme wandern meine Mundwinkel zu einem Lächeln nach oben, bevor ich mich zu ihr umdrehe. In einem karierten Rock und dunkelblauen Pulli steht sie draußen vorm Gartenzaun und winkt mir zu. Der Kragen einer weißen Bluse blitzt unter dem Pullover hervor. Sie streift sich die Haare hinters Ohr, dann landen ihre Hände wieder auf dem Riemen des Rucksacks, den sie auf den Schultern trägt.

„Hey", antworte ich.

„Ähm, Peter, richtig?"

„Jepp." Ich werfe das letzte Brett, das ich gerade vom vorderen Fenster gezogen habe, zur Seite und spaziere den schmalen, mit Steinen ausgelegten Weg zur Straße hinüber.

„Ich wusste gar nicht, dass hier jemand einzieht. Hast du das Haus gekauft?"

Erst schüttle ich den Kopf, doch ich erkenne meinen Fehler rasch und antworte stattdessen: „Ja. Genau."

„Das ist ... großartig. Ich wohne nur zwei Häuser weiter."

„Ich weiß."

„Wirklich?"

Verdammt. Was ist denn gerade in mich gefahren? „Tja ... nun ja." Dann fällt mir Gott sei Dank ein, was sie gestern im Park erzählt hat. „Die Kostümparty? In deinem Haus? Ich war da, weißt du noch?"

Sie schenkt mir ein kleines Lächeln. „Richtig."

Besser sie glaubt, dass wir uns von irgendeiner Feier her kennen, als ihr weitere Geschichten von Nimmerland zu erzählen. Dafür haben wir später noch Zeit – wenn sie mich erst einmal besser kennt. „Du siehst aus, als hättest du was vor." Mit einem Nicken deute ich auf ihren Rucksack. „Mit dem ganzen Gepäck auf dem Rücken. Willst du verreisen?"

Jetzt lacht sie. „Nein. Schule. Und ich gehe nicht hin, ich komme heim."

„Ah, ja." Ich verdrehe die Augen, als hätte ich gerade etwas sehr Dämliches gesagt, wo ich doch in Wirklichkeit darauf brenne zu erfahren, was *Schule* ist. Als sie anfängt, auf ihren Fußballen auf und ab zu wippen, wird mir schnell klar, dass sie gleich weitergehen wird, und ich lasse mir noch rasch etwas einfallen, um sie später wiederzusehen. „Gehst du heute wieder mit deinen Schwestern in den Park?"

Angel neigt ihren Kopf nach oben und beschattet dabei mit ihrer Hand die Augen. Ich folge ihrem Blick in Richtung Süden. Am Horizont türmen sich dunkle Wolken auf. „Nein, heute wohl eher nicht", antwortet sie. „Sieht aus, als würde es später noch regnen." Ihre Augen kehren zurück zu meinen und ihre Lippen krümmen sich zu einem freundlichen Lächeln. „Vielleicht morgen?"

Trotz der Enttäuschung, weil ich heute keine Chance mehr bekomme, mich mit ihr zu unterhalten, zwinge ich mich dazu, ihr Lächeln zu erwidern. „Klar. Bis dann."

Sie hebt die Hand und wackelt zum Abschied mit den Fingern, dann macht sie sich auf den Nachhauseweg. Die Hände auf den Gartenzaun gestützt, lehne ich mich weit hinaus und blicke ihr nach, bis sie in ihrem eigenen Haus verschwindet.

Fantastisch. Jetzt kann ich einen ganzen Tag totschlagen, bis ich sie wiedersehe. Und nachts in ihr Zimmer zu fliegen, während sie schläft, kommt mir langsam schäbig vor. Das will ich wirklich nicht zur Gewohnheit werden lassen.

Frustriert reiße ich die letzten Bretter von den Fenstern und werde gerade noch fertig, bevor die ersten Regentropfen fallen. Das Holz nehme ich mit ins Haus; es wird mich heute Nacht wärmen. Wie ich es die letzten hundert Jahre auch bei uns zu Hause gemacht habe, reibe ich gekonnt einen Zweig von einem Busch an einem der Holzbretter, bis Funken sprühen. Anschließend füttere ich die aufkeimende Flamme mit etwas Gestrüpp aus dem Garten und warte, bis das Feuer hoch genug ist, um auch die anderen Bretter anzuheizen. Bald schon breitet sich eine wohlige Wärme in meinem neuen Haus aus.

Lange Zeit stehe ich am Fenster und blicke in den wolkenverhangenen Himmel. Blitze zucken auf die Erde herab, während der starke Regen den jahrealten Staub von den Fensterscheiben wäscht.

Seit über hundert Jahren habe ich keinen Regen mehr gesehen. In Nimmerland regnet es nie. Mein Hals wird plötzlich eng und ich seufze tief. Mir fehlt mein Zuhause. Vielleicht vermisse ich aber auch nur Tami, Stan, Toby und all die anderen. Allein zu sein, besonders wenn draußen ein Gewitter tobt, ist nicht lustig.

Mit den Händen in den Hosentaschen und hängendem Kopf gehe ich rüber zum Kamin. Zumindest spenden mir die lodernden Flammen ein wenig Trost. Sie erinnern mich an unsere Lagerfeuer zu Hause, um die wir uns fast jeden Abend gemütlich zusammengesetzt haben. Leider erinnern sie mich auch an meinen mittlerweile quälenden Hunger. Ich beschließe, gleich nach Sonnenuntergang in den kleinen Wald nicht weit von hier zu fliegen. Vielleicht kann ich dort ja einen Fasan oder ein Kaninchen fangen. Oh Junge, in diesem Moment würde ich alles essen, und wenn's auch nur ein Eichhörnchen wäre.

Ich wache vor dem Kamin auf, in dem mittlerweile kein Feuer mehr brennt. Nicht einmal mehr Rauch steigt aus der Asche auf. Zum Teufel aber auch, wie lange habe ich denn geschlafen?

Ich rolle mich mit einem lauten Gähnen auf den Rücken und strecke auf dem Fußboden alle viere von mir. Die dicke Decke, die ich gestern Abend nach einem vorzüglichen Mahl in einem der oberen Räume gefunden habe, hat mir wunderbar als Schlaflager gedient. So schläft es sich doch gleich viel besser als zusammengerollt in einem Ohrensessel.

Ein Blick aus dem Fenster verspricht einen sonnigen Tag. Der Regen hat über Nacht aufgehört und ist einem frühlingshaften blauen Himmel gewichen. Warme Sonnenstrahlen durchfluten das Haus. Ich reibe mir den letzten Schlaf aus den Augen und setze mich auf. Blitzschnell schießt mir das Blut in den Kopf. Verdammt! Mir ist, als würde mein Gehirn in meinem Schädel Karussell fahren. Davon wird mir kotzübel. Stöhnend kämpfe ich mich hoch und rüber zur Wand. An ihr hangle ich mich mit zusammengekniffenen Augen blindlings entlang ins Badezimmer. Ich trinke ein paar Schluck Wasser direkt aus der Leitung. Dadurch wird meine Sicht wieder klarer und die Übelkeit vergeht.

Als ich dann aber in den Spiegel über dem Waschbecken blicke, ringe ich nach Luft, von der plötzlich viel zu wenig im Raum ist. Über Nacht sind meine Bartstoppeln gewachsen – und nicht nur einen Millimeter. Was gestern noch ein dunkler Schatten auf meinen Wangen war, ist heute zentimeterdickes Fell, das das ganze untere Drittel meines Gesichts bedeckt.

Was in Gottes Namen –? Mein Herz galoppiert wie ein aufgescheuchtes Pferd.

Ich muss sofort diesen Bart loswerden. So darf mich Angel keinesfalls sehen, wenn wir uns nachher im Park treffen.

Nachdem ich meinen Dolch, mit dem ich gestern Abend einen Fasan erlegt habe, ordentlich gewaschen habe, dient er mir hervorragend als Rasiermesser. Die Schneide ist scharf genug, um den Bart direkt am Ansatz zu entfernen, doch leider wird meine Haut dadurch gereizt. Sie sieht rot aus und brennt wie Feuer. Um den Schmerz zu lindern, spritze ich mir kaltes Wasser ins Gesicht, was auch ziemlich rasch Abhilfe schafft.

Draußen vorm Haus steht ein riesiger Apfelbaum. Im Vorbeigehen breche ich einen kleinen Zweig ab und kaue auf dem Weg in den Park darauf herum, wo ich hoffentlich gleich Angel treffen werde.

Angelina

$\mathscr{P}$aulina hält die Polaroidkamera, die mir meine Eltern letzten Monat zu meinem achtzehnten Geburtstag geschenkt haben, hoch und knipst ein Bild. Ein quadratisches schwarzes Foto kommt an der Unterseite heraus, das ich mir sofort schnappe, bevor meine kleine Schwester mit ihren schmutzigen Fingern drauf tappen kann. Ich schüttle es ein paar Sekunden, bis die Farben endlich sichtbar werden. Wieder einmal bin nur ich auf dem Bild zu sehen − breit grinsend. Sieht aus, als hätte Paulina ihr Lieblingsmotiv für Fotos gefunden.

„Warum fotografierst du nicht zur Abwechslung mal die Enten dort im Teich?", schlage ich ihr begeistert vor und hoffe, dass sie den Köder schluckt.

Quietschend saust sie los − Gott sei Dank − und Brittney Renae rennt hinterher. Ich lehne mich erleichtert auf der Parkbank zurück und greife mir mein Buch. Kaum habe ich angefangen zu lesen, fällt ein Schatten auf die Seiten. Ich blicke hoch, doch im Sonnenlicht kann ich nur die Silhouette eines jungen Mannes erkennen, der die Hände in den Hosentaschen vergraben hat und den Kopf zur Seite neigt. „Hi", sagt er.

„Peter!" Die Freude, die mich gerade heimsucht, kommt etwas

überraschend. Ich rutsche an ein Ende der Bank und lade ihn ein, sich zu mir zu setzen. „Wo hast du denn die letzten zwei Wochen gesteckt?"

Er mustert mich eingehend von der Seite, als er langsam auf die Bank sinkt. „Zwei Wochen?"

„Ja. Ich hatte schon befürchtet, du hättest deine Meinung geändert und wärst doch nicht in das alte Haus eingezogen." Warum um alles in der Welt habe ich gerade gesagt: *Ich hatte schon befürchtet?* Ist ja nicht so, als würde es für mich einen Unterschied machen, ob er von nun an in meiner Straße wohnt, oder nicht. Na ja, zumindest soll er das glauben. Peter braucht nicht unbedingt zu wissen, dass ich letzte Woche mal an seiner Haustür geläutet habe, um zu sehen, ob er dort noch wohnt.

Ich drehe mich zu ihm, stelle dabei einen Fuß auf die Bank – und schnappe im nächsten Moment erschrocken nach Luft, als ich ihn ansehe. Heiliger Strohsack, hoffentlich hat er das gerade nicht bemerkt. Aber was ist denn bloß mit seinem Gesicht los? Er sieht plötzlich älter aus. Nicht viel, aber doch genug, dass es auffällt. Oder wirkt es heute nur so, weil er sich rasiert hat und nicht mehr diesen interessanten Bartschatten auf den Wangen trägt? Aber nach einer Rasur sehen die meisten Männer doch eigentlich jünger aus. Peter hingegen sieht aus, als wäre er über Nacht fünfundzwanzig geworden.

Er fährt sich mit einer Hand durchs Haar und räuspert sich verlegen. Mein unhöfliches Starren macht ihn offenbar nervös. Beschämt senke ich rasch meinen Blick auf das Buch, das ich verkrampft in den Fingern halte. „Tja, und ... wo warst du nun die ganze Zeit?"

Peter braucht überraschend lange für eine Antwort. „Bei Freunden. In meinem alten Zuhause. Tut mir leid, dass wir uns verpasst haben."

„Ach, ist schon gut." Ich tue es mit einem Handwinken ab. Hab ja auch nur zwei Stunden auf ihn gewartet. Aber das sage ich ihm natürlich nicht. Es ist schon lange her, dass ein Junge mein Interesse geweckt hat, aber Peter hat mich vom ersten Moment an fasziniert. Obwohl er wie ein ganz normaler Junge – Verzeihung, wie ein Mann – aussieht, macht es doch irgendwie den Eindruck, dass mehr hinter seiner Fassade steckt. Wenn ich in seine himmelblauen Augen sehe, habe ich das seltsame Gefühl, als wäre er aus einer ganz anderen Welt. Und die Art und Weise, wie er mich oft sekundenlang anstarrt, bevor er eine meiner Fragen beantwortet, macht ihn sogar noch geheimnisvoller. Mal sehen, ob ich ein paar seiner Geheimnisse lüften kann.

„Arbeitest du hier in London?" Er kommt mir plötzlich zu alt vor, um noch zur Uni zu gehen. „Das Haus, in das du eingezogen bist, ist ziemlich groß und war bestimmt teuer."

Peter legt ein Bein angewinkelt über das andere und fasst mit beiden Händen an sein Schienbein. „Mein Vater war ziemlich wohlhabend. Er hat vor seinem Tod einen ganzen Schatz zusammengetragen."

Das erinnert mich in trauriger Weise daran, wie ich beim letzten Mal, als wir auf genau derselben Bank gesessen haben, ziemlich übel ins Fettnäpfchen getreten bin. Damit mir das nicht noch einmal passiert, wechsle ich lieber das Thema. „Wie gefällt es dir denn in deinem neuen Zuhause?"

„Wie du schon sagtest, es ist wirklich groß. Viel zu groß für mich allein." Er zuckt mit den Schultern. „Aber die neuen Nachbarn find ich ganz nett."

„Wie viele hast du denn schon kennengelernt?"

Sein linker Mundwinkel zuckt verschlagen nach oben. „Eine."

Darüber muss auch ich lächeln. „Tja, das ist nicht wirklich viel, oder?"

„Für mich ist es genug." Peter zwinkert mir zu, und da ist er – der erste Moment, in dem er wirklich wie ein ganz normaler junger Mann wirkt. Meine Wangen werden dabei ganz warm. Als er seinen Kopf etwas weiter zu mir dreht, fällt ihm eine Haarsträhne in die Augen. Am liebsten möchte ich sie sanft zur Seite streifen. Meine Finger zucken sogar schon. Gott sei Dank unterbricht Brittney Renaes Rufen vom Teich her diesen verrückten Augenblick zwischen uns.

„Angel! Paulina gibt die Kamera nicht her! Jetzt bin ich mal dran mit Fotografieren. Sag ihr, dass sie mir die Kamera geben soll!"

Während meine kleine Schwester offensichtlich kein Problem damit hat, die Vögel mit ihrem Kreischen aus dem Park zu vertreiben, weigere ich mich, das auch zu tun. Ich stehe auf und sehe auf Peter hinab. Eigentlich will ich noch gar nicht gehen, und an seinem knabenhaften Schmollmund lese ich ab, dass er ebenso wenig davon begeistert ist. Leider fällt mir im Moment jedoch gar nichts ein, was ich sagen könnte, also nicke ich nur rüber zum Ententeich, schwinge meinen Arm in einer einladenden Geste und zucke dann noch mit den Schultern. Ach ja, eine idiotische Grimasse schneide ich natürlich auch noch.

Peter lacht, steht aber auf und begleitet mich.

Die Hände in die Taschen meines schwarzen Trenchcoats gesteckt, der für das sonnige Wetter heute ja eigentlich viel zu warm ist, spaziere ich neben Peter her und versuche, diesen markanten Geruch an ihm zu kategorisieren. Wahrscheinlich ist es unhöflich, ihn darauf hinzuweisen, dass er riecht, als hätte er letzte Nacht in einem Kohlenkeller geschlafen, also behalte ich es für mich.

Im Teich schwimmen und tauchen die Enten nach Futter, und es dauert auch nur einen Moment, bis ich Paulina am Rand hocken sehe, wo sie gerade noch ein weiteres Foto von den Vögeln schießt. Brittney Renae steht hinter ihr und klopft mit ihrem kleinen Fuß ungeduldig auf den Kies. Ihr Gesicht beginnt hoffnungsvoll zu strahlen, als sie mich näher kommen sieht.

„Komm schon, Paulina. Gib deiner Schwester die Kamera."

„Wieso denn?", protestiert der Honighase und steht auf. „Sie macht doch sowieso nur Fotos vom Gras."

Brittney Renae beißt die Zähne zusammen. „Das stimmt gar nicht! Ich wollte Angel fotografieren!"

Schon wieder, denke ich bei mir und seufze leise. Als ich aber mit finsterem Blick meine Hand ausstrecke, rückt Paulina dann doch die Kamera heraus.

„Was ist das?", fragt Peter neugierig. Anscheinend hat er noch nie eine Polaroid gesehen. Kein Wunder, unsere Generation macht heutzutage ja Bilder auch viel lieber mit ihrem Handy oder einer Digitalkamera. Ich bin bestimmt das einzige Mädchen in meinem Alter, das sich solch ein Relikt zum Geburtstag gewünscht hat.

„Das ist eine Polaroid", erkläre ich Peter. „Eine altmodische Kamera."

Er sieht mich einfach nur an, als hätte ich gerade chinesische Reime zitiert.

„Um Bilder zu schießen?", probiere ich es noch einmal. „Warte, ich zeig's dir." Ich halte die Kamera vor mein Gesicht, damit ich durch die Linse schauen kann, und mache dann ein Bild von ihm, das gleich darauf aus der Kamera kommt. Nachdem ich es lange genug geschüttelt habe, zeige ich ihm sein erschrockenes Portrait und schmunzle über seinen skeptischen Gesichtsausdruck, als er es genau studiert.

„Abgefahren", flüstert er.

Am Ende kann ich nur noch über seine Reaktion lachen. Manchmal ist er aber auch wirklich zu niedlich.

„Jetzt will ich eins machen!", drängelt der Feenknirps und zieht dabei an meinem Ärmel. Als ich ihr die Polaroid überlasse, nimmt sie natürlich augenblicklich mich ins Visier.

Ich werfe Peter einen auffordernden Blick zu. „Willst du mit aufs Bild?"

„Klar", sagt er und zuckt mit einer Schulter.

Ich spüre, wie er sich hinter mich stellt und seine Körperwärme dabei durch meine Kleider dringt. „Bereit?", frage ich.

„Auf drei", ruft Brittney Renae hocherfreut. „Eins ..."

Bei zwei überrascht mich Peter, als er mich plötzlich auf seine Arme nimmt und an seine Brust drückt. Bei drei habe ich bereits meine Arme um seinen Hals geschlungen und lache lauthals. Es folgt ein Klicken und anschließend spuckt die Polaroid ein Foto aus. Brittney Renae händigt es mir aus, bevor sie sich mit Paulina aus dem Staub macht.

Peter zögert, mich loszulassen, also sage ich: „Lässt du mich runter?"

„Wenn es sein muss", antwortet er mit einem Lächeln und stellt mich auf meine Beine. Vielleicht hätte ich doch nicht darauf bestehen sollen.

Ich mache einen schüchternen Schritt zurück. Dann warten wir gemeinsam, bis sich das schwarze Foto mit Farbe füllt. Das Bild, das nach ein paar Sekunden sichtbar wird, ist bezaubernd. Ich zeige meine Zähne bei einem fröhlichen Lachen, während auf Peters Lippen ein charmantes, kleines Lächeln sitzt. Sein warmer Blick ruht in dem Bild auf mir.

Peter grinst, als er das Foto ansieht. „Kann ich es behalten?"

„Ähm ... sicher." Hoffentlich fällt meine Enttäuschung gerade nicht allzu sehr auf. Aber immerhin bleibt mir noch das Bild, das ich vorhin von ihm alleine geschossen habe.

Irgendwo in der Ferne läuten die Glocken. Es ist bereits halb sechs. Ich rufe die Zwillinge zu mir und erkläre Peter: „Wir müssen jetzt gehen. Unsere Haushälterin bereitet für sechs Uhr immer das Essen zu."

Er nickt zwar, sieht aber nicht so erfreut darüber aus. Das gefällt mir. „Sehen wir uns morgen wieder?", fragt er.

„Mittwoch und Donnerstag habe ich bis fünf Schule. Aber vielleicht klappt's ja am Freitag wieder hier?" Voller Hoffnung schicke ich der Frage noch ein Lächeln hinterher, doch das verschwindet schon im nächsten Augenblick. „Nein, warte. Freitagabend ist ein Ball in meiner Schule." Es ist der Frühlingsball, den meine Highschool jedes Jahr im Mai veranstaltet. „Da bleibt mir bestimmt keine Zeit, am Nachmittag mit den Mädchen in den Park zu kommen."

„Schade", ist alles, was Peter darauf antwortet. Aber er macht ein Gesicht, als würde es ihn ebenso sehr stören, dass wir uns die nächsten drei Tage nicht sehen können, wie mich.

Der Honighase und der Feenknirps kommen auf mich zugestürmt und ergreifen meine Hände. Sie tanzen so ausgelassen um mich herum, dass mir keine Wahl bleibt, als mich mit ihnen zu drehen. Als ich nach hinten über meine Schulter blicke, sehe ich, wie Peter sich über die Unterlippe leckt und kurz darauf herumkaut.

„Vielleicht am Samstag?", schlage ich vor, als ich endlich wieder stillstehe.

Peter nickt. Und wieder sieht er dabei aus wie ein Junge aus einer anderen Welt. Innerlich schüttle ich den Kopf und mache mich mit den Zwillingen auf den Nachhauseweg.

Kapitel 6

Mittag ist bereits vorüber, als ich in meinem Quartier aufwache. Meine Stiefel liegen in der Ecke und meine Kleider in einem Haufen auf dem Fußboden mit meinem Hut obenauf. Jede Nacht Regenbögen hinterherzujagen fängt an, Spuren an mir zu hinterlassen. Ich bin völlig erschöpft, mein Schlafrhythmus ist total aus dem Gleichgewicht.

Mit einem müden Stöhnen rolle ich mich auf den Rücken und lege einen Arm unter meinen Kopf. Lange Zeit blicke ich nur aus dem Fenster, die Decke halb über meine Brust gezogen. Durch das dünne Glas grinst mir die Sonne aus einem prächtig blauen Himmel schneidig ins Gesicht. Noch ein wunderschöner Tag in Nimmerland. Ich kann mich nicht erinnern, wann ich zuletzt glücklich war, am Morgen aufzuwachen. Jedenfalls nicht in letzter Zeit — genauso wenig wie heute.

Seufzend reibe ich mir mit den Händen übers Gesicht. Ich sollte lieber aus dem Bett steigen und Pläne für heute Nacht schmieden. Mir muss unbedingt eine neue Idee kommen, wie ich einen Regenbogen fangen kann. Doch um ehrlich zu sein, glaube ich, dass wir jede Möglichkeit in Betracht gezogen und ausprobiert haben.

Trotzdem stehen wir immer noch mit leeren Händen da.

Vor vierzehn Tagen, als Peter in mein Quartier eingedrungen ist, hat er in mir eine neue Willenskraft entfacht. Aber nach wiederholtem Scheitern, Nacht für Nacht, ist meine Hoffnung gänzlich verschwunden. Im Augenblick frage ich mich, ob ich Angel wirklich je wiedersehen werde.

Wahrscheinlich nicht.

Ich will nicht einmal aus meinem Bett steigen.

Lieber ziehe ich mir die Decke über den Kopf und versinke hier in Selbstmitleid. Doch gerade als ich mich vor der Sonne verkriechen will, entdecke ich etwas an meiner Tür. Mit neuem Interesse rolle ich mich zur Seite und aus dem Bett. Abwesend hebe ich meine Hose vom Boden auf und ziehe sie an. Dabei lasse ich den Dolch, mit dem ein Bild und eine Notiz an der Holztür befestigt wurden, nicht aus den Augen.

Vorsichtig halte ich das Bild fest und ziehe den Dolch heraus. Das ist keiner von meinen, doch mit dem eingravierten *P.P.* auf der Schneide ist es nicht schwer zu erraten, wem er gehört. „Peter Pan", grolle ich. Dieser verdammte Mistkerl. Er muss sich letzte Nacht hier hereingeschlichen haben, als wir wieder oben am Vulkan waren. Todmüde habe ich bei meiner Rückkehr in mein Quartier auf nichts Außergewöhnliches mehr geachtet – ganz zu schweigen von der Tür. Ich wollte einfach nur schlafen.

Den Dolch stecke ich mir hinten durch den Gürtel, dann betrachte ich das Bild genauer. Dabei bleibt mein Herz buchstäblich stehen. Auf dem Bild ist das hübscheste lachende Mädchen der Welt zu sehen, in den Armen meines gottverdammten Halbbruders. Zähneknirschend lese ich die Notiz, die er hinterlassen hat. Mein Hals wird so eng, dass ich kaum noch atmen kann.

Ich amüsier mich grad prächtig mit deinem Mädel.

Aus blindem Zorn zerknülle ich beinahe das Bild in meiner Hand. Gerade noch rechtzeitig komme ich zu Sinnen. Es ist das einzige Bild, das ich von ihr habe. Und sie sieht glücklich darauf aus. Atemberaubend schön. Ein Muskel zuckt in meinem verkrampften Kiefer. Mit dem Daumen streiche ich über ihr Haar und versuche mich daran zu erinnern, wie es sich angefühlt hat. Seidig weich. Eine Strähne ist ihr immer ins Gesicht gefallen, wenn sie wütend auf mich war.

Jetzt ist Peter derjenige, der ihr das Haar hinter die Ohren streifen darf. Mit geballter Kraft ramme ich meine Faust gegen die Tür. Das ist doch nicht fair, Herrgott noch mal! Kurz davor zusammenzubrechen, setze ich mich aufs Bett und starre das Foto an. Meine Sicht wird dabei glasig. Ich blinzle ein paarmal, doch es wird nicht besser.

Es hat keinen Sinn, die Wahrheit noch weiter zu verleugnen. Ich habe Angel verloren.

All die harte Arbeit mit den Regenbögen, all die vielen Versuche, einen zu fangen — es war alles umsonst. Nie werde ich dorthin gelangen, wo sie ist. Wo Peter gerade ist. Er wird mir einfach weiterhin kleine Beweise schicken, wie glücklich Angel jetzt mit ihm ist. Und ich? Ich sitze für immer in Nimmerland fest.

Das ist mein Schicksal.

Aber zum Teufel damit, ich will so nicht länger weitermachen.

In diesem Moment treffe ich eine Entscheidung, die es mir ermöglicht, wieder durchzuatmen. Sie macht mir Hoffnung, dass der Schmerz in meiner Brust bald aufhören wird. Ein klein wenig erleichtert zünde ich eine Kerze an und halte Peters Nachricht über die Flamme. Sie fängt Feuer und verbrennt zu kleinen schwarzen Aschefetzen, die zu Boden schweben. Das Foto von Angel bleibt unversehrt auf dem Tisch liegen.

Ich ziehe mir ein frisches weißes Hemd über und suche dann Smee draußen an Deck.

Er begrüßt mich mit einem: „Tag, Käpt'n." Ich antworte nicht darauf, sondern umarme ihn nur kurz mit einem Klaps auf den Rücken.

„Scheiße noch mal, was ist denn mit dir heute los?", platzt es aus ihm heraus, als ich ihn loslasse.

„Gar nichts. Nur ... du bist ein guter Freund, Jack."

Wenn ihn die Umarmung schon überrascht hat, dann habe ich ihn mit diesen Worten gerade zutiefst schockiert.

„James –" Er zieht die Augenbrauen skeptisch tiefer. „Hast du gestern Nacht zu viel Rum getrunken?"

Mit einem verbissenen Lächeln schüttle ich den Kopf, dann gehe ich zur Planke, die wir in den letzten Wochen kaum einmal eingeholt haben. Ehe ich jedoch die Jolly Roger verlasse, schaue ich noch einmal zurück und begegne Smees verwirrtem Blick. „Du übernimmst das Schiff", befehle ich ihm.

Es dauert eine Ewigkeit, bis er endlich nickt und ich mir sicher bin, dass er den Grund versteht, warum ich gehe und er mir auch nicht folgen wird. Heute Nacht möchte ich alleine auf der Vulkanspitze sein.

Die Sonne ist bereits untergegangen, als ich am Fuß des Berges ankomme. Bis ich oben bin, wird es wohl schon Mitternacht sein. Ist mir ganz recht. Warum nicht in einem Feuerwerk aus Regenbögen untergehen? Ist doch irgendwie passend, oder nicht?

Den ganzen Weg den Berg hoch sehe ich nur eins vor Augen: Peters rachsüchtiges Gesicht. In meinen Ohren klingt immer noch sein bitteres Lachen nach, als er seine ultimative Rache bekommen hat. Aber ich will die letzten Momente meines Lebens nicht mit Gedanken an ihn verschwenden, also verdränge ich das Bild meines

Bruders und fische stattdessen den sanften Klang von Angels Lachen aus meiner Erinnerung. Das ist schon viel besser. An sie zu denken bringt mir Frieden.

Es dauert nicht lange, da stehe ich oben am Rand des Vulkans und blicke in das finstere Loch hinab. Tief unten glitzern kleine Funken aus Gold. Hoffentlich sterbe ich bei dem Sprung. Nimmerland und ich waren schon viel zu lange eins.

Ich schließe die Augen und breite meine Arme seitlich aus wie Flügel, dann kippe ich nach vorn. Meine Füße verlassen den Boden. Warmer Wind weht mir ins Gesicht. Ich falle.

Mein einziger Gedanke ist, Angel in den Armen zu halten – bis etwas wie ein Rammbock gegen meine Brust knallt und jeglichen Gedanken aus meinem Geist pustet. Die unerwartete Kraft schleudert mich in hohem Bogen wieder aus dem Vulkan heraus. Ich rudere mit Armen und Beinen, aber es nützt mir kaum etwas. Nur wenige Sekunden später lande ich hart auf dem Rücken. Der Aufprall raubt mir das letzte bisschen Luft, das noch in meinen Lungen war. Ich versuche, meinen Blick auf etwas zu richten, ganz egal worauf, doch mir tanzen nur weiße Punkte vor den Augen herum. Vielleicht ist es aber auch der Sternenhimmel über mir, den ich sehe. Mein Körper fühlt sich an, als wäre er in zwei Teile gebrochen. Ich mache die Augen zu. Alles verschwindet.

„Guten Morgen, James."

Aus meilenweiter Entfernung dringt die sanfte Stimme einer jungen Frau zu mir und holt mich aus dem tiefen schwarzen Loch in mir selbst. Da drin war es bitterkalt. Je weiter ich mich in mein

Bewusstsein zurückkämpfe, umso wärmer wird mir.

„Es ist Zeit, zurückzukommen", fordert mich die Stimme auf und klingt diesmal etwas näher. Wahrscheinlich steht sie am anderen Ende des Zimmers. Aber wessen Zimmer ist das?

„Wo bin ich?", möchte ich fragen, doch alles, was aus meinem Mund kommt, ist ein heiseres Stöhnen. Ich huste — und bereue es im selben Moment. Die Schmerzen in meiner Brust sind entsetzlich. Ich greife mir ans Brustbein, um die Qual zu lindern, und bin überrascht, als ich meine nackte Haut berühre. Wer auch immer hier mit mir spricht, muss mir mein Hemd ausgezogen haben.

„Du bist in meinem Haus. Es ist leichter, deine Wunden zu versorgen, wenn ich alles vor Ort habe, was ich brauche."

Wessen Haus? In der Luft hängt ein feiner Duft von warmer Milch und Blaubeerkuchen. Der Duft erinnert mich an meine Kindheit — ich hatte schon so viele Jahre keinen Blaubeerkuchen mehr. Aber die Frau, die sich hier um mich kümmert, ist nie und nimmer meine Mutter. Ihre Stimme würde ich erkennen. Außerdem ist sie tot.

Ein kalter, nasser Lappen wird mir auf die Stirn gelegt und eisige Finger streichen von meinem Hals über meine Schulter und meinen rechten Arm hinunter. Ein prickelndes Frösteln durchzuckt mich. „Bre?", krächze ich.

Sie lacht leise. „Oh ja, Captain. Es freut mich zu sehen, dass du zumindest nicht deinen Verstand verloren hast."

Ich nehme einen langen, tiefen Atemzug, der meine Brust aufbläst und brennt wie Feuer. „Warum bin ich noch am Leben?" Oder bin ich das überhaupt? Den Schmerzen nach könnte ich ebenso gut in der Hölle gelandet sein, und die Person neben mir könnte lediglich eine Betrügerin sein.

„James Hook, jetzt enttäuschst du mich aber." Sie schnalzt mit der Zunge, als sie ihre flache Hand auf meinen Bauch legt. Eine unerwartete Übelkeit kommt und geht bei dieser Berührung. „Du bist so viel stärker, als du glaubst. Ein Regenbogen wird dich nicht umbringen."

„Regenbogen?" Meine Lider flattern kurz, bevor ich es schaffe, die Augen ganz aufzumachen. Doch sofort legt Bre'Shun mir ihre Hand darüber und schließt sie wieder.

„Nein", summt sie. Ihre kalten Hände schicken immer noch Kälteblitze durch meinen Körper. Im Moment konzentrieren sie sich in meinem Kopf. Bre legt mir ihre Hände auf die Wangen und streicht sanft mit den Daumen darüber. Das Pochen, das ich in meinem Schädel gespürt habe, seit ich zu mir gekommen bin, wird leichter und verschwindet schließlich ganz. „Jetzt darfst du", teilt sie mir mit.

Ich öffne noch einmal die Augen.

Erst sehe ich nur verschwommene Farben, hauptsächlich Braun- und Weißtöne, doch allmählich wird mein Blick scharf. Ich liege auf dem Rücken und starre an Holzlatten, die das Dach formen. Das Bett, in dem ich mich befinde, steht in einer Ecke und zu meiner Linken ragt eine weiße Wand auf. Ich lasse meinen Blick durch den Raum schweifen. Der Boden besteht aus Stein, genauso wie die Feuerstelle, die in die Wand geschlagen wurde. Ein eiserner Kessel hängt an einer Stange über gemütlich flackernden Flammen. Als Bre mit einem langen Holzlöffel darin umrührt, steigt rosa Dampf aus dem Kessel.

„Was kochst du da?", frage ich sie immer noch etwas heiser.

Sie dreht ihren Kopf in meine Richtung und lächelt mir zu. „Medizin. Es tut mir leid, dass ich dich noch nicht vollständig heilen konnte, aber du hältst meinen Berührungen nur eine gewisse Zeit stand, ehe dir Eiszapfen aus der Nase wachsen."

„Oh ja." Ich lache, und es tut höllisch weh. „Deine Persönlichkeit hat einfach etwas Frostiges an sich, gute Fee."

„Zu Scherzen aufgelegt, Pirat? Das freut mich." Sie schöpft ein wenig von dem Gebräu ab und gießt es in einen Becher. Ich war der Meinung, die Medizin sei für mich, doch Bre überrascht mich, als sie diese stattdessen selber schlürft. Ihre Augen fixieren meine über den Becherrand hinweg, während sie alles austrinkt. Danach stellt sie den Becher weg und kommt wieder an mein Bett. „Dreh dich um, James Hook."

Es ist nie eine gute Idee, die Befehle einer Fee in Frage zu stellen, doch bei dem Gedanken an die gleich auftretenden Schmerzen, wenn ich mich bewege, und daran, von ihren kalten Händen schockgefrostet zu werden, zögere ich einen Moment.

„Nur keine Scheu", ermutigt sie mich liebevoll, als würde sie mit einem Kleinkind reden. Die Matratze sinkt ein wenig ein, als sie sich auf die Bettkante setzt. „Wir sollten das hinter uns bringen, solange die Medizin noch frisch durch meine Adern fließt."

Stöhnend vor Höllenqualen drehe ich mich auf den Bauch. „Also, was genau bist du? Der Verstärker für die Medizin, die du gerade getrunken hast?"

„Oh nein, mein Freund. Im Gegenteil." Sie zieht die Bettdecke runter bis zu meinen Hüften und legt dann ihre bitterkalten Hände auf meine Nieren. In einer sanften, streichelnden Bewegung wandern sie nach oben und ziehen Kreise über meinen Rücken. „Wenn ich dir die Medizin gegeben hätte, anstatt die Kraft durch mich in dich hineinfließen zu lassen, wärst du vom heutigen Tage an und für alle Zeit glücklich, allwissend und unzerstörbar." Eine kurze Pause, dann kichert sie leise. „Aber das wäre Mogelei, nicht wahr?"

Im Augenblick wäre mir ein wenig Mogelei ganz recht, besonders was den Unzerstörbar-Teil angeht. Aber ich bin Bre dankbar, egal was sie gerade mit mir macht. Der Schmerz lässt nach. Bald kann ich wieder atmen, husten und sprechen, ohne das Gefühl zu haben, als würde mir ein Schwertfisch in der Brust stecken.

Sie massiert weiter die Stelle zwischen meinen Schulterblättern, bis mir ein genussvolles Seufzen entweicht. „Verflucht aber auch, du betreibst da echt gute Magie", stöhne ich.

Bre lacht und stoppt die Massage im selben Moment. „Dieser letzte Teil war nur dazu gut, um dich aufzulockern, James Hook. Viel zu verspannt die Region hier oben." Sie kneift mich in den Nacken.

Ich reibe mir über die Stelle, als ich mich wieder umdrehe und im Bett aufsetze. Erst jetzt sehe ich, was sonst noch alles in dem Zimmer steht – oder vielleicht war es vor zwei Minuten auch noch gar nicht da, wie so oft im Haus der Feen. In der Wand hinter dem Bett befindet sich eine Tür, und gegenüber scheint warmes Sonnenlicht durch ein Fenster, das geradezu darum bettelt, wieder einmal geputzt zu werden. Blumentöpfe in allerlei Größen stehen auf und unter dem Fensterbrett. Obwohl das Fenster geschlossen ist, schwirren trotzdem ein paar Bienen und Schmetterlinge in dem Dschungel aus bunten Blüten herum.

Das Seltsamste im Raum jedoch ist eine sonderbare Holzkonstruktion, die neben der Feuerstelle steht. Das Teil ist so groß wie Bre'Shun und hat Zahnräder, die mit einer Art kleinem Schiffssteuerrad angetrieben werden. Bre legt ihre Hände auf die Griffe und dreht das Rad dreimal im Kreis. Krallen an beiden Seiten der Konstruktion halten, was aussieht wie mein Hemd. Nur ist es nicht mehr weiß, sondern schimmert in allen Farben des –

„Regenbogens", beendet Bre meinen Gedanken laut und wirft mir dabei einen ihrer typisch allwissenden Blicke zu, die sie immer mit ihrem Lächeln kombiniert. „Endlich hast du einen erwischt."

„Hab ich das?"

Je weiter sie an dem Steuerrad dreht, umso fester wird mein Hemd von den Krallen ausgewrungen. Eine glitzernde Flüssigkeit tropft dabei in einen Eimer darunter.

„Na ja, man könnte vielleicht eher sagen, der Regenbogen hat *dich* erwischt, als du dich vom Rand des Vulkans gestürzt hast. Aber dass sich deine Kleidung damit vollgesaugt hat, ist das, was wirklich zählt. Dabei fällt mir ein ... wärst du so nett, mir bitte auch noch deine Hose zu geben? Ich war mir nicht ganz sicher, wie du reagieren würdest, wenn ich dich komplett ausgezogen hätte, also hab ich dir die Hose angelassen. Vorerst."

Ich hebe die Decke an und spähe darunter. Von der Hüfte bis zur Mitte meiner Oberschenkel schillert meine Lederhose in Blau- und Lilatönen. Der Rest ist schwarz wie immer. „Du, ähm, willst also, dass ich nackt zurück zu meinem Schiff laufe?"

„Aber nein, Dummerchen. Natürlich nicht! Es ist ein Tauschhandel, wie immer." Sie zwinkert mir zu. Dabei funkelt das Türkis in ihren Augen. „Da wo du hingehst, brauchst du andere Kleider als diese."

„Wohin gehe ich denn?"

Ihr Lächeln wird noch mal um ein ganzes Karat strahlender. „London?"

Ich verschlucke beinahe meine Zunge. Angel. Ihr Blick, ihr Lachen, ihr Grollen, wenn sie böse ist – all die Erinnerungen an sie überfallen mich und rauben mir den Atem. „Ich werde sie wiedersehen?"

Bre'Shun nickt. „Es wird Zeit, Captain." Noch einmal wringt sie das glitzernde Zeug aus meinem Hemd. „Du hast mir die letzte Zutat für meine Mixtur gebracht, und ich werde nun meinen Teil der Abmachung erfüllen. Der Zauber sollte in ein paar Minuten fertig sein.“

Wieder ganz bei Kräften steige ich aus dem Bett, gehe zu Bre und stecke meinen Finger in den bunt schillernden Schleim, den sie in dem Eimer aufgefangen hat. „Das ist also das Zeug, aus dem große Wünsche gemacht sind?“

„Nicht jedermanns Wunsch. Nur deiner.“ Sanft nimmt sie meine Hand aus dem Eimer und wischt mit dem Saum ihres dunkelroten Kleides den Schleim von meinem Finger. „Regenbogenessenz ist eine kraftvolle Materie“, erklärt sie mir in ihrem immer freundlichen Tonfall. „Falls du dich über Nacht nicht in ein Einhorn verwandeln möchtest, schlage ich also vor, dass du deine Finger nicht mehr da reinsteckst.“

Ihr amüsiertes Lachen wirkt total fehl am Platz, während ich vor Schreck erschauere. Ich werde mir ihre Warnung ganz bestimmt zu Herzen nehmen. „Aber wie bringt mich dieses verrückte Zeug denn nun nach London?“

In diesem Moment poltert die andere Feenschwester durch die Tür – ohne diese dabei zu öffnen. „Hat hier jemand meinen Namen gerufen?“

Verrückte? Das war dann wohl ich. Ich beiße mir auf die Zunge und mache einen Schritt zurück, um ihr keinen Anlass zu geben, durch mich genauso hindurchzugehen, wie sie durch Türen geht.

Remona neigt ihren Kopf zur Seite und streift sich dabei das lange Silberhaar über die Schulter. „Das hab ich gehört, Käp’n! Du kannst von Glück sagen, dass ich dich mag.“ Grinsend kneift sie mich in die Wange. Dann überreicht sie ihrer Schwester ein Glasgefäß so hoch wie mein Stiefel, das mit weißem Sand gefüllt ist.

Bre schraubt den Deckel ab. „Nur zu“, fordert sie Remona auf.

Die verrückte Fee gibt sich einem Schluckauf ähnlichem Gekicher hin und schöpft mit ihren bloßen Händen die Regenbogenessenz in das Glasgefäß.

Über Remonas Schulter hinweg nagle ich Bre mit einem ernsten Blick fest und forme leise mit den Lippen: „Weiß sie über die Sache mit dem Einhorn Bescheid?"

Bre wirft ihren Kopf zurück und lacht aus voller Brust. „Das ist der wahre Grund, warum sie es kaum erwarten konnte, dass du uns endlich einen Regenbogen bringst. Sie wird diese Woche die beste Zeit ihres Lebens haben."

Aufgeregt gießt Remona ein wenig von der schimmernden Essenz über sich selbst, was dazu führt, dass sie plötzlich gelbe und violette Strähnen in ihrem Silberhaar hat. „Ach, das wird ja so ein Spaß!"

Erst als nichts Buntes mehr im Eimer übrig ist, scheint Bre mit dem Regenbogenschleim im Glas zufrieden zu sein. Sie schraubt den Deckel zu und schüttelt das Gefäß, bis der Sand die leuchtenden Farben des Regenbogens angenommen hat. Dann macht sie den Deckel noch einmal auf und eine blaue Wolke pufft heraus. Der bunte Sand wird zu reinem Goldstaub, in dem kleine Lichtpunkte schimmern. Sie überreicht mir das Glas.

Ich ziehe eine Augenbraue hoch. „Elfenstaub?"

„Elfenstaub." Sie nickt. „Ein klein wenig modifiziert. Wenn du dein Schiff damit bestäubst, bringt es dich aus Nimmerland raus."

Ich frage mich, ob ich wohl —

„Ja, du kannst ihn anfassen", schneidet mir Bre den Gedanken ab. „Davon wirst du nicht zum Einhorn." Dann erklärt sie mir: „Wenn du mit dem Verteilen des Staubes fertig bist, iss eine Sehnsuchtsbohne." Ihre Augen werden schmal und sie sieht mich prüfend an. „Du hast doch noch eine übrig, nicht wahr?"

Ich hole die letzte Bohne aus meiner Hosentasche. An dem Tag, an dem Peter mir eine davon gestohlen hat, habe ich die gesamte Mannschaft so lange das Deck absuchen lassen, bis ich die letzte von den dreien wieder sicher in meiner Hand gehalten habe.

„Gut", sagt Bre'Shun. „Iss sie, wenn du bereit bist, dich auf den Weg zu machen. Das Schiff wird dann deinem Kurs folgen, egal wohin."

Gut zu wissen, denn wenn meine Befürchtungen zutreffen, werden wir wohl hinauf in den Himmel fliegen müssen, um Angel zu finden.

„Aber sei auf der Hut, Käpt'n!" In diesem Moment verliert die Stimme der Fee all ihre Sanftmut. „Du darfst nur nachts in Angels Welt ankern. Wo du hingehen wirst, sind nicht immer alle Leute freundlich. Setze dein Schiff niemals den Augen der Menschen dort aus. Nachts werden Wolken dein Schiff verbergen, doch du musst unbedingt vor Tagesanbruch in den Himmel zurückkehren."

Okay, das schaff ich schon irgendwie.

Remona starrt mich an, als könnte sie meine Gedanken lesen – was sie wahrscheinlich auch gerade macht. „Die Jolly Roger ist dein Schiff, Captain Hook. Nur du kannst sie befehligen. Überlasse sie tagsüber keinem anderen, sonst wirst du deinen Weg nicht mehr zu ihr zurückfinden."

„Na schön. Dann bleiben mir immer noch die Nächte, um Angel zu finden und sie zurückzugewinnen."

„Ja, die Nächte bleiben dir." Bre'Shun macht ein unheilvolles Gesicht, bei dem es mir eiskalt über den Rücken läuft. Oh nein. „Drei, um genau zu sein", stellt sie in den Raum.

„*Was? Nur drei?*" Das ist viel zu wenig Zeit mit Angel!

„Der Ort, an den du reisen wirst, liegt weit entfernt. Ein Drittel des Elfenstaubs reicht aus, um dich dorthin zu bringen. Sobald du spürst, dass die Jolly Roger sich nicht mehr am Himmel halten kann, musst du sie erneut einstäuben. Ein Drittel hält sie exakt einen Tag lang in der Luft. Am Ende der dritten Nacht wird die Jolly Roger von allein nach Nimmerland zurückkehren. Zu diesem Zeitpunkt musst du dich um jeden Preis an Bord befinden." Aufgrund meines stechenden Blicks lässt Bre einen Seufzer los. „Hör auf meine Worte, James Hook. An dieser Bedingung führt kein Weg vorbei."

„Also gut", murmle ich nach langem Zögern. „Drei Nächte sind vermutlich besser als gar nichts."

Remona klopft mir auf die Schulter. „Sei einfach du selbst, Käpt'n, und sie werden völlig ausreichend sein." Möglicherweise ist ein versteckter Hinweis in ihrer Antwort vergraben. Sollte das der Fall sein, dann verstehe ich ihn leider nicht. Im nächsten Moment streift sie mit ihrem Fingernagel von meinem Nabel über meinen Bauch nach unten zum Bund meiner Lederhose. Sie hakt ihren Finger darin ein, zieht leicht daran und zwinkert mir zu. „Die kriegen wir doch auch noch, nicht wahr?"

Ich verdrehe die Augen und nicke, woraufhin sie quietschfidel aus dem Zimmer tanzt. Meine nächste Frage richtet sich an Bre. „Du sagtest, du hättest andere Kleidung für mich."

„Gleich hier drin." Sie lächelt und tippt dabei mit dem Finger auf den Deckel einer schweren weißen Truhe, die gerade neben ihr — wie immer — wie aus dem nichts aufgetaucht ist.

Nichts kann mich hier noch überraschen, sage ich mir immer wieder leise vor.

„Ich lasse dich für einen Moment allein. Häng deine Hose einfach da drüben hin." Mit einem Kopfnicken deutet sie auf das Fußende des Bettes. „Wenn du dann soweit bist, klopf dreimal auf die Truhe. Klopf, als würdest du es ernst meinen. Dann wirst du auch die richtigen Sachen in der Truhe finden."

„Was meinst du denn damit? Als würde ich es —" Ich schaffe es nicht einmal, den Satz zu Ende zu sprechen, denn Bre ist bereits aus dem Zimmer gehuscht und die Tür schließt sich ganz von allein hinter ihr. *Großartig.*

Ich atme tief durch. Warum nur finde ich mich immer in diesem Haus wieder?

Aber was nützt mir all das Kopfzerbrechen? Dadurch komme ich auch nicht schneller aus Nimmerland raus, also ziehe ich mir die Hose aus und hänge sie über das Fußende des Bettes. Dann klopfe ich auf den Deckel der Truhe, wie es mir befohlen wurde. Doch jetzt mal ernsthaft, wie klopft man auf Holz, als würde man es ernst meinen? Ich versuche mir die Truhe als das Haus eines kleinen Trolls vorzustellen, an dessen Tür ich gerade klopfe. Hinterher erwarte ich beinahe, dass jemand von drinnen herausruft: „Tritt ein!"

Natürlich erhalte ich keine Antwort. Etwas zaghaft hebe ich den Deckel an und hole ein Bündel dunkle Kleidungsstücke heraus.

Die Hose ist aus einem fast schwarzen Stoff geschneidert, der mich ein wenig an das Material der Schiffssegel erinnert. Sie ist weit und hat an beiden Seiten große Taschen aufgenäht. Ohne passenden Gürtel sitzt sie locker auf meinen Hüften. Das Hemd sieht so ähnlich aus wie das, das Angel am Tag ihrer Ankunft in Nimmerland anhatte. Ich glaube, sie nannte es Sweatshirt. Es ist schwarz, hat eine Kapuze und vorne zwei Taschen.

Graue Schuhe befinden auch noch in der Truhe. Ich setze mich aufs Bett, um sie anzuziehen. Die Sohlen sind überraschend elastisch, und lange Schnürsenkel sind kreuz und quer durch kleine Metallösen gefädelt. Nachdem ich sie zugebunden habe, gehe ich zum Test ein paar Schritte durchs Zimmer. Fühlt sich ein wenig seltsam an, nichts um die Knöchel zu haben. Zumindest sind die Hosenbeine lang genug, um sie zu bedecken, nur streifen sie beim Gehen über den Fußboden. Aber das gehört vermutlich so.

Das sonderbarste Teil meiner neuen Ausstattung ist aber ohne Zweifel der dunkelgraue Hut ... sofern man das überhaupt einen

Hut nennen kann. Es sitzt keine Feder darauf und die Krempe existiert praktisch nicht einmal. Da ist nur dieser schmale Teil, der meine Augen vor der Sonne schützt. Ich streife mein Haar zurück und setze mir diesen eigenartigen Hut auf. Genau wie der Rest passt er perfekt. Doch das bedeutet nicht, dass ich mich auch nur ein bisschen in diesen Sachen wohlfühle.

Als ich die Truhe wieder schließe und mich umdrehe, steht Bre plötzlich hinter mir. Da ich gar nicht gehört habe, wie sie zurück ins Zimmer gekommen ist, springe ich vor Schreck einen kleinen Schritt zurück.

„Du siehst recht gut aus in der Londoner Kleidung, James Hook." Sie richtet mir die Kapuze auf den Schultern und produziert dabei eine frostige Aura um mein Gesicht. „Jenseitig."

Und so komme ich mir auch vor. Diese Sachen anzuziehen hat einen Hauch von Abenteuer mit sich gebracht. Mit der aufsteigenden Hoffnung, Angel bald wiederzusehen, beginnt mein Herz aufgeregt zu schlagen. Vielleicht sogar schon heute Nacht?

Ich hoffe es.

Für den Augenblick versuche ich nicht an Peter und seinen hinterhältigen Plan zu denken, sondern lasse mich von der Vorfreude auf Angel mitreißen. Später ist noch genug Zeit, um mir über alles andere Gedanken zu machen.

Ich schnappe mir das Glas mit dem Elfenstaub und stecke die letzte Sehnsuchtsbohne in meine Hosentasche. Bre begleitet mich zur Tür hinaus. Sie führt in den vertrauten Vorgarten ihrer niedlichen, kleinen Hütte. „Danke ... für alles", sage ich und marschiere über den schmalen Pfad zu dem kleinen Türchen im Gartenzaun. Auf halber Strecke kehre ich jedoch noch einmal um und laufe zurück zur Fee.

Bre wartet mit einem Lächeln auf mich und ich küsse sie auf die

Wange. „Wirklich! Vielen Dank, gute Fee."

„Viel Glück, James Hook."

Ich nicke und mache dabei den Fehler, über ihre Schulter zu blicken. Hinter ihr – im Inneren des Hauses – ist wieder einmal sämtliche Einrichtung verschwunden. Alles, was noch übrig ist, ist eine große Halle mit Steinwänden und einem Schachbrettboden aus Marmor. Kopfschüttelnd schmunzle ich und mache mich auf den Weg aus dem Wald hinaus.

Als mich erneut ein Schwall an Aufregung und Vorfreude überkommt, werde ich schneller. Ich springe über die Wurzeln am Boden hinweg und laufe durch das Dickicht. Diese neuen Schuhe sind perfekt dafür geeignet. Als ich endlich wieder den freien Himmel über mir habe, kann ich die brennende Vorfreude kaum noch aushalten und renne nun so schnell ich kann.

Es sind nur noch wenige Meter bis zum Schiff, da höre ich Bulls Eye Ravi vom Krähennest rufen: „Commander Smee! Da kommt jemand! Sieht seltsam aus – will vermutlich an Bord!"

Aus fünfzig Fuß Entfernung sehe ich, wie Jack sich über die Reling beugt und in meine Richtung späht. Einen Moment später übertönt seine donnernde Stimme die der anderen. „Zieht die Landungsbrücke ein!"

Ich schlittere ein paar Meter über den Schotter an der Küste und fange mich gerade noch rechtzeitig, ehe ich über die Kante in den Ozean stürzen kann, da mir die Holzplanke gerade vor der Nase weggezogen wird. „Was zur Hölle – Smee!"

Die gesamte Mannschaft kommt an die Reling und starrt mich verdutzt an; am schlimmsten von allen blickt Jack drein. „Käpt'n?", ruft er mir zu und verzieht dabei argwöhnisch das Gesicht.

„Wer denn sonst?", kläffe ich mit verärgertem Blick zurück und ziehe mir diesen verrückten Hut vom Kopf. „Jetzt schieb schon die

Landungsbrücke rüber, zum Teufel noch mal!"

Die Planke wird blitzschnell ausgefahren. „Danke, dass sie mich an Bord meines eigenen Schiffes kommen lassen, Mr. Smee", grolle ich, als ich das Deck betrete.

„Keine Ursache." Er präsentiert ein breites Grinsen, das sich aber rasch zu einer vollkommen ratlosen Grimasse verzieht. „Was, bei Davie Jones' Grab, hast du da bloß an?"

„Sachen."

„Nicht deine eigenen."

Was für ein Fuchs ... „Die Feen haben sie mir gegeben."

„Du warst wieder bei den wahnsinnigen Weibern? Warum hast du mir das nicht gesagt, als du gestern einfach so abgehauen bist?" Er tritt etwas näher und senkt seine Stimme. „Ich hab mir diesmal echt Sorgen um dich gemacht, James."

„Es ist alles in Ordnung." Mit einem schiefen Grinsen im Gesicht gebe ich ihm einen kameradschaftlichen Klaps auf die Schulter. „Ich hatte nicht vor, die Feen zu besuchen. Aber so wie es aussieht, bin ich wohl in einen Regenbogen rein gekracht. Buchstäblich."

Smees Augen werden riesengroß. „Du hast einen erwischt?"

„Aye. Und jetzt lifte den Anker. Ich hab eine Verabredung mit meinem Mädchen."

Nachdem er endlich damit fertig ist, mich verdattert anzugaffen, dreht sich Jack zur Crew um und legt die Hände wie einen Trichter um den Mund. „Alle Mann an Deck, ihr verlausten Hunde! Holt den Anker ein! Setzt die Segel! Wir verlassen Nimmerland!"

Aufgeregtes Treiben bricht auf dem Hauptdeck aus. Die Männer singen ein altbekanntes Lied, während sie gemeinsam anpacken und die Ankerwinde drehen. In der Zwischenzeit schraube ich den Deckel vom Glas und fange an, das gesamte Schiff mit dem schimmernden Goldstaub zu bestreuen. Dabei gebe ich Acht, dass ich ja nicht mehr als ein Drittel des Inhalts verbrauche. Wo auch immer der Staub niederrieselt, nehmen die Bodendielen und die Reling eine schillernde Goldfarbe an. Um mich herum erhebt sich erstauntes Gemurmel. Oh ja, die Jolly Roger sieht ziemlich eindrucksvoll aus, als ich mit ihr fertig bin.

„Welchen Kurs nehmen wir?", fragt Jack, als ich mich zu ihm auf die Brücke geselle.

„Lass das nur meine Sorge sein." Mit einem aufgeregten Pochen in der Brust hole ich die letzte Bohne aus meiner Hosentasche und stecke sie in meinen Mund. Unmittelbar, als sie zwischen meinen Zähnen zerplatzt, überkommt mich wieder diese unbeschreibliche Sehnsucht nach dem Himmel. Nur weiß ich diesmal ganz genau, was ich tun muss, um auch dorthin zu gelangen.

Mit einer schwungvollen Drehung des Steuers reiße ich die Jolly Roger so hart nach backbord, dass die Männer reihenweise an Deck ihren Halt verlieren und auf den Knien landen. „Haltet euch fest, ihr elenden Hunde!", belle ich und lache aus voller Kehle, als der Bug des Schiffes langsam aus dem Wasser steigt. Das Holz ächzt, die Segel blasen sich auf. Wasser tropft vom Schiffsrumpf, als wir in stetem Steigflug den Himmel erklimmen.

„Hol mich der Klabautermann", flüstert Smee ehrfürchtig neben mir und krallt sich an der Reling fest.

Ich werfe ihm seitlich einen Blick zu und konzentriere mich dann rasch wieder darauf, was vor uns liegt. „Warte nur, Peter Pan. Jetzt hol ich mir mein Mädchen zurück."

Kapitel 7

Egal was ich mache, egal in welche Richtung ich das Steuerrad drehe, es fühlt sich einfach richtig an. Die Männer halten sich mit aller Kraft an der Reling oder an Seilen fest, damit sie nicht über Bord gehen. Fin Flannigan kniet auf dem Hauptdeck, die Arme krampfhaft um den Segelmast geschlungen, und klappert mit den Zähnen. Der Rest der elenden Meute sieht kein bisschen fröhlicher drein. Außer Smee – er lacht vor Begeisterung, als die Jolly Roger durch die Lüfte schneidet und dabei höher und höher in den Himmel steigt.

„Verflucht noch eins, James! Wenn das die Belohnung für einen Regenbogen ist, hätten wir die Bemühungen der Männer von Anfang an verdoppeln sollen."

Bei so viel Enthusiasmus kann ich nur nickend zustimmen. Doch insgeheim frage ich mich, ob ich Jack wohl jemals die wahre Geschichte erzählen werde, wie es zu dem Zusammenstoß zwischen mir und dem Regenbogen gekommen ist. Wohl eher nicht ...

Der Himmel verdunkelt sich rapide, bis wir schließlich unter einem mitternachtsblauen Firmament dahinsegeln, das vor funkelnden Sternen nur so blitzt. Mit ruhiger und konstanter

146

Geschwindigkeit schippert die Jolly Roger durch einen Regen aus fallenden Sternen. Anschließend wiege ich das Steuerrad leicht nach rechts und führe sie um einen atemberaubenden Mond herum.

„Woher weißt du, dass wir uns in die richtige Richtung bewegen?", fragt mich Smee und lehnt sich über die Reling hinaus. So weit er kann, streckt er seinen Arm aus, doch es reicht bei Weitem nicht, um die leuchtende Silberkugel zu berühren – falls das seine Absicht war.

„Durch die Sehnsuchtsbohne, nehme ich an. Ich weiß es einfach." Hinter dem Mond brauche ich nur „abwärts" zu denken, und das Schiff beginnt einen gemächlichen Sinkflug. Wenn ich dem Gefühl in meinem Bauch vertrauen kann, dann sind wir unserem Ziel bereits sehr nahe. Und tatsächlich, nur wenige Minuten später taucht unter dem Schiffsbauch ein Meer aus neuen Lichtern auf.

Wir weichen der überfüllten Gegend aus, von der ein seltsamer Lärm zu uns heraufdringt. Unser Ziel liegt etwas außerhalb dieser gewaltigen Stadt, die wohl London sein muss. Je tiefer wir sinken, umso dichter wird die Wolkenschicht, die das Schiff umgibt. Bald verändern die Wolken auch ihre Beschaffenheit. Es kommt mir fast so vor, als würden wir durch eine unruhige Wasseroberfläche auf den Meeresgrund hinabblicken. Darunter ist zwar alles ein wenig verschwommen, aber trotzdem noch gut erkennbar. Das ist es wohl, wovon die Fee gesprochen hat. Ein Schild, das uns vor der fremden Welt unter uns und den Augen der Menschen dort verbirgt.

Auf mein Kommando neigt sich die Jolly Roger ein klein wenig nach backbord, nachdem wir einen imposanten Glockenturm passiert haben, und bleibt auf diesem Kurs. Die grellen Lichter verblassen hinter uns und machen Platz für leere Straßen, die von Bäumen gesäumt sind. Hin und wieder steht an einer Ecke eine Straßenlaterne, doch sonst ist nicht mehr viel zu erkennen.

Auf einmal macht sich ein lustiges Kribbeln in meinem Bauch breit. Es fühlt sich fast so an, als würde jemand meinen Magen zu einer Spirale zwirbeln. Das Schiff schwebt gerade über eine gebieterische Villa mit einem dunklen Dach, zwei halbrunden Balkons und einem üppigen Garten. Aus manchen der Fenster fällt ein warmer Lichtschein hinaus in die Dunkelheit.

„Ich glaube, wir sind da", flüstere ich Jack zu.

„Sollen wir den Anker werfen?"

„Das wird nicht nötig sein." Die Jolly Roger hält ganz von allein an. Wir müssen uns wohl gerade genau über Angels Haus befinden. „Ravi!", rufe ich mit unterdrückter Stimme zu dem Mann im Krähennest hinauf. „Was kannst du sehen?"

Der glatzköpfige Pirat hebt das Fernglas an sein gutes Auge. „Nicht viel, Käpt'n. Es ist niemand draußen. Etwas tut sich im ersten Stock. Jemand hat gerade ein Fenster geschlossen."

Mein Herz schlägt wilde Purzelbäume in meiner Brust. „Ich gehe runter."

„Wie? Jetzt gleich?" Smees Augenbraue zuckt nach oben. „Wir haben doch noch gar nicht die Umgebung untersucht. Was ist, wenn dich jemand sieht? Und wie willst du überhaupt da runter kommen? Du kannst doch nicht fliegen!"

„Ist mir egal. Es ist dunkel und die Straßen sind leer. Lasst mich an einem Seil hinunter, wenn's sein muss."

„Und was dann?"

„Dann klopfe ich an ihre Tür."

Smee mustert mich mit unverdecktem Argwohn. Es kratzt mich kein bisschen. Aus diesen Blickduellen gehe ich immer als Gewinner hervor. Dafür sorgt die Autorität des Captains. Schließlich schnappt sich Smee ein Seil, schlingt es um den Mast in der Mitte des Schiffes und reicht mir das andere Ende. „Zieh zweimal daran, wenn du wieder nach oben willst."

Ich wickle mir das Seil um die Brust und verknote es. Dann lassen mich die Männer hinunter in diese fremde Welt. Am Boden ist die Luft viel kühler als auf dem Schiff. Ich schleiche ums Haus herum und trete an die große Tür aus schwerem Eichenholz, in die zwei schmale Fenster aus milchigem Glas eingearbeitet sind. Ein Knopf mit einem Glockenzeichen leuchtet gelb in der Dunkelheit. Als ich draufdrücke, spielt im Inneren des Hauses eine Melodie aus acht Tönen.

Nur Sekunden später öffnet eine ältere Dame mit grauem Haar, das sie zu einem Knoten am Hinterkopf zusammengebunden hat, und begrüßt mich mit einem freundlichen Gesicht. Schnell streift sie sich noch das graue Kleid über ihrem molligen Körper glatt, so als ob sie es eilig gehabt hätte, an die Tür zu kommen. „Guten Abend, Sir. Was kann ich für Sie tun?"

Wenn das Angels Mutter ist, hat Angel ihre Schönheit bestimmt von anderer Seite geerbt. „Wohnt hier vielleicht ein Mädchen namens Angelina McFarland?", frage ich die alte Maid.

„Sehr richtig, Sir."

Ich kann meine Freude kaum verbergen und versuche krampfhaft meine Gesichtszüge im Zaum zu halten, während mein Herz bereits doppelte Rückwärtssaltos schlägt.

„Aber ich fürchte, Sie kommen zu einem ungelegenen Zeitpunkt", fährt die Dame fort. „Das junge Fräulein ist mit ihren Eltern und Schwestern ausgegangen."

Ah, also ist das nicht ihre Mutter. Wahrscheinlich eine Bedienstete. Ich versuche mehr wie ein Gentleman und weniger wie ein Pirat zu klingen. „Sie müssen dann wohl Miss Lynda sein." Ein Lächeln erwärmt ihren Blick noch etwas mehr. „Können Sie mir sagen, wann Sie die Familie zurückerwarten?"

„Leider erst spät heute Abend, fürchte ich. Vielleicht ist es das Beste, wenn Sie morgen noch einmal vorbeikommen und nach der jungen Lady fragen."

„Ja, *vielleicht*." Oder auch nicht. „Gute Nacht, Ma'am." Ich nicke höflich und spaziere die Straße hinunter. Als ich mich noch einmal umblicke, ist die Tür bereits wieder zu. Da husche ich schleunigst zurück in Angels Garten und signalisiere Smee mit einem doppelten Ruck am Seil, dass mich die Männer wieder an Bord holen sollen.

„Hast du sie gesehen?", fragt Jack mit aufgeregter Stimme, als er mich über die Reling zieht.

„Nein. Nur die Hausdame. Angel ist mit ihrer Familie ausgegangen." Das gibt mir genug Zeit, um mir einen Plan zu überlegen. Wenn sie erst spät nachts nach Hause kommen, werden ihre Eltern wohl nicht so begeistert sein, wenn ich noch einmal an der Tür klingle und Angel aus ihrem Haus entführe. Aber bis morgen kann ich auch nicht warten. Besonders, da ich tagsüber ja gar nicht dort unten auftauchen soll. Es muss also noch heute Nacht sein.

„Und, wie lautet dein Plan?"

„Ich muss einen Weg finden, sie später aus ihrem Haus zu locken. Heimlich ..." Ich ziehe mir den seltsamen Hut vom Kopf und schleudere ihn mit einem Grinsen gegen Jacks Brust. „Das ist es!"

Jack verzieht fragend das Gesicht, doch ich habe keine Zeit für Erklärungen. Stattdessen rufe ich zum Krähennest hoch: „Ravi, halt weiter Ausschau nach Angel. Gib mir Bescheid, wenn sie und ihre Familie heimkommen."

„Was hast du vor, James?", bohrt Smee weiter, als er mir unaufgefordert in mein Quartier folgt.

„Ich werde ihr eine Nachricht zukommen lassen." Oh, was für

ein genialer Einfall! „Und dann hoffe ich, dass sie auf ihren Balkon rauskommt." Der, von dem sie gestürzt ist, als sie damals ins Nimmerland gefallen ist. „Sie soll mich dort treffen. Dann wird niemand aus ihrer Familie etwas davon erfahren."

Smee wackelt langsam mit dem Kopf hin und her, als würde er meinen Plan gerade in Gedanken durchspielen. „Könnte funktionieren."

„Es *wird* funktionieren." Ich stiefle in mein Arbeitszimmer und suche in der obersten Schublade meines Schreibtisches nach einem Stück Papier. Nachdem ich die Worte „Ich warte auf deinem Balkon auf dich" auf die untere Hälfte geschrieben habe, reiße ich den Streifen ab und schiebe ihn in meine Hosentasche. Alles, was ich jetzt noch tun kann, ist zu warten, bis Angel nach Hause kommt.

Ich lehne mich über die Reling und beobachte die verschwommene Straße unter uns. Minuten werden zu Stunden. Nun bin ich meinem Ziel schon so nahe, und doch kann keiner sagen, wann ich meinen Engel endlich wiedersehen werde. Meine Geduld wird hart auf die Probe gestellt, während mir die Sehnsucht nach Angel Löcher in die Brust frisst. Mein Kopf sinkt schwer auf meine verschränkten Arme.

Dann ruft Ravi plötzlich: „Käpt'n! Es kommt jemand!"

Augenblicklich schieße ich in die Höhe und lehne mich mit angehaltenem Atem weit über die Reling hinaus, um sehen zu können, was Ravi gesehen hat. Die Menschen, die gerade die Straße heraufkommen, sind viel zu weit entfernt, um sie genau erkennen zu können. Sicher ist nur, dass es fünf sind. „Ravi, her mit dem Fernglas!"

Bulls Eye Ravi wirft mir das Fernrohr vom Mast herunter. Ich fange es mit einer Hand, fahre es aus und hebe es an mein rechtes Auge. In dem Moment, als ich Angel entdecke, nimmt mein

Herzschlag einen aufgebrachten Rhythmus an. Sie spaziert ein paar Schritte hinter einem etwas älteren Paar. Der Mann trägt ein kleines Mädchen, das wohl an seiner Schulter eingeschlafen ist. Ein weiteres Mädchen, das genauso aussieht, geht an Angels Hand. Keine Ahnung, welches der Mädchen Paulina und welches Brittney Renae ist, aber im Augenblick kümmert mich das auch herzlich wenig. Mein Blick ist an Angel festgefroren. Endlich nehme ich den erlösenden Atemzug, auf den ich schon so lange gewartet habe.

Die Vorfreude in mir schäumt über. Ich greife mir das Seil und – ich schwöre – ich strahle Smee an. „Lass mich runter. Sofort!"

Smee zögert keinen Moment. Ist auch besser für ihn. Still und heimlich gleite ich durch die Nacht nach unten, bis meine Füße den Boden hinter Angels Haus berühren. Im Schutz der Bäume und Sträucher schleiche ich zum Gartenzaun und springe darüber. Ein unaufhörliches Kribbeln in meinem Bauch macht mir bewusst, wie nahe ich gerade dem Mädchen bin, das ich liebe.

Nur noch ein paar Schritte, dann erreichen sie und ihre Eltern ihr Haus. Es ist so weit. *Es ist so weit*! Ich trete aus dem Schatten und steure auf die Familie zu.

Weder Angels Vater noch ihre Mutter schenken mir auch nur die geringste Beachtung, als sie mir auf der Straße ausweichen. Ich halte meinen Kopf gesenkt, sodass die sonderbare Krempe meines neuen Hutes mein Gesicht verdeckt. Wie auch immer Angels Reaktion ausfällt, wenn sie mich gleich sieht – ob sie mich wiedererkennt oder ich nur ein Fremder für sie bin –, ich will diesen Moment so lange hinauszögern, bis ich ihr so nahe wie möglich bin. Erst als ihr Schatten in mein Blickfeld dringt, hebe ich den Kopf.

Peng! Die Zeit bleibt stehen.

Alles, was ich sehe, ist ihr wunderhübsches Gesicht; alles, was ich höre, ist ihr überraschtes Nach-Luft-Schnappen, als sich unsere

Blicke begegnen. Sie lächelt nicht und schlingt auch ihre Arme nicht um meinen Hals. Nach dem, was Peter mir erzählt hat, war ich darauf gefasst, was aber nicht bedeutet, dass ich es mir nicht trotzdem anders gewünscht hätte.

Verdammt, jetzt ist nicht die richtige Zeit, um zu jammern. Mir bleiben nur wenige Sekunden, um ihr die Nachricht zu übergeben. Ich gehe ganz nah an ihr vorbei und lege ihr dabei den gefalteten Zettel in die Hand. Instinktiv schließen sich ihre Finger darum. Warm und weich. Versenk mich, wie gerne würde ich diese zarte Hand jetzt in meine nehmen. Sie halten, sie spüren, sie küssen. Angel so nahe zu sein ruft all diese starken Gefühle hervor, die ich kaum unter Kontrolle halten kann. Aber ich muss mich zusammenreißen. Zumindest im Moment ...

Ohne auch nur langsamer zu werden, gehe ich weiter die Straße entlang. Erst als das Klacken ihrer Sandalen auf dem Gehweg verstummt, riskiere ich einen Blick zurück. Sie starrt mir hinterher. Überrascht und neugierig. Mein linker Mundwinkel wandert nach oben. *Lies endlich die Nachricht!*, möchte ich ihr zurufen, aber das ist gar nicht nötig. Ich weiß, dass sie das Papier auffalten wird, sobald ich außer Sichtweite bin. Also gehe ich einfach weiter.

Drei Minuten sollten für Angel ausreichen, um den Zettel zu lesen, ihren Eltern nachzueilen und ins Haus zu gehen. So lange brauche ich, bis ich den Block umrundet habe und von hinten wieder über den Zaun in Angels Garten springe. Oben auf einem Baum sitzend, mit perfekter Aussicht auf die beiden Balkone im ersten Stockwerk, warte ich ungeduldig, bis endlich das Licht in den beiden Zimmern dahinter angeht.

Durch den transparenten Vorhang hinter der Tür des rechten Balkons sehe ich, wie die Mutter eins der Mädchen zu Bett bringt. Angel kommt ebenfalls ins Zimmer und setzt sich für einen

Augenblick zu der Kleinen ans Bett. Sie gibt ihrer Schwester einen Gutenachtkuss auf die Wange.

Das ist alles, was ich wissen muss. Mein Ziel ist das andere Zimmer.

Angelina

Nachdem ich den Zwillingen eine gute Nacht gewünscht habe, eile ich in mein eigenes Zimmer und schließe die Tür. Meine Eltern sind auch gerade schlafen gegangen. Vor morgen früh werden sie nicht aufstehen, und selbst wenn, keiner von ihnen wird in mein Zimmer kommen. Trotzdem schließe ich heute Nacht meine Tür ab.

Mein Herz pocht wie das eines ängstlichen Hasen, nur habe ich gerade kein bisschen Angst. Ich bin voller Neugier. Und mehr als nur ein bisschen aufgeregt, um die Wahrheit zu sagen. Wer ist der junge Mann? Und wieso diese Nachricht? Ich bin mir ganz sicher, dass ich ihn nicht kenne; ich kann mich absolut nicht erinnern, dass ich sein Gesicht schon einmal in der Schule oder bei irgendwelchen beruflichen Veranstaltungen meines Vaters gesehen hätte. Er ist ein Fremder, daran besteht kein Zweifel.

Trotzdem hat er mich angesehen, als würden wir uns kennen.

Ich schlüpfe aus meinen weißen Sandalen, damit ich draußen auf dem Balkon keinen Lärm mache, dann zupfe ich mein dunkelblaues Kleid mit den Blümchen darauf zurecht und richte mir die dünnen Träger. Mit einem Anflug von unbändigem Nervenkitzel öffne ich schließlich die Balkontür und trete hinaus in die Nacht.

Ohne meinen Mantel dauert es nur Sekunden, bis ein Frösteln

über meine Arme huscht. So spät nachts im Mai sind die Nächte immer noch etwas kühl. Ich reibe mir die Gänsehaut von den Armen und gehe barfuß über den kalten Boden an die Balustrade, um hinunterzuschauen. Da unten wartet niemand auf mich. Auf Zehenspitzen versuche ich, einen Überblick über den ganzen Garten zu bekommen, und halte Ausschau nach einem Gesicht in der Dunkelheit. Aber da ist nichts. Hab ich die Nachricht vielleicht falsch aufgefasst? Vielleicht meinte er ja gar nicht heute Nacht. Oder er meinte erst *später* heute Nacht. Mit einem Seufzer, der mir in den letzten zwanzig Minuten die Kehle zugeschnürt hat, löst sich meine Anspannung.

Und dann spüre ich plötzlich, wie mich von hinten Wärme umgibt. Die Körperwärme einer Person. Zwei Hände berühren sanft meine Oberarme. Ich schrecke hoch und wirble herum.

Derselbe junge Mann, der mir auf der Straße die Notiz zugesteckt hat, steht nun nur wenige Zentimeter von mir entfernt. Mit herunterhängender Kinnlade und scheinwerfergroßen Augen starre ich in sein schockierend hübsches Gesicht. Tiefblaue Augen erwidern meinen Blick unter langen Wimpern hervor. Ohne seine Baseballkappe fallen die blonden Haare chaotisch in seine Stirn und unterstreichen seine jugendlichen Züge, die hinter der Maske eines erwachsenen Mannes verborgen liegen. Ein freudestrahlendes Lächeln zerrt enthusiastisch an seinen Mundwinkeln, obwohl es aussieht, als wollte er es mit aller Kraft unterdrücken.

Schließlich holt mich die Realität zurück aus meiner Benommenheit. Ich schlucke meine Faszination hinunter und fauche: „Wie bist du hier heraufgekommen?" Das Bild des ängstlichen Hasen trifft plötzlich etwas mehr ins Schwarze als noch vor zwei Minuten. Die Vorstellung, dass dieser Bursche unten in meinem Garten auf mich warten würde, war überaus romantisch.

Ihn hier oben, gleich vor meinem Zimmer vorzufinden ist schlichtweg gruselig.

Er nickt zum Baum neben meinem Balkon.

Ein Stirnrunzeln zieht meine Brauen zusammen. „Du bist raufgeklettert? Wieso?"

Er zögert einen Moment, bevor er schließlich antwortet: „Weil ich keine weitere Minute mehr warten konnte, dich endlich wiederzusehen, Angel." Seine melodisch tiefe Stimme legt sich wie ein Schleier um mich. Sie versucht, etwas in mir wachzurütteln. Vielleicht eine Erinnerung ...

„*Wieder*zusehen?" Ich mustere ihn scharf. „Kennen wir uns?"

Er nimmt meine Hände und streichelt mit den Daumen über meine Fingerknöchel. Ruckartig ziehe ich meine Hände zurück. „Es tut mir leid", sagt er. „Es ist nur schon so lange her ... und du hast keine Ahnung, wie schwer es war, endlich hierher zu gelangen und dich zu finden."

Ich hab nicht den geringsten Schimmer, wovon er spricht. Womöglich hat der Kerl ja ein Rad ab? *Großer Gott*, vielleicht ist er sogar ein Stalker – oder schlimmer noch ein Serienkiller! Ich weiche einen Schritt zurück und stoße prompt gegen die Balustrade.

Seine Hände schießen nach vorn, weil er mir offenbar helfen will, doch diesmal ist er klüger und fasst mich nicht noch einmal an. „Sei vorsichtig", warnt er mich. „Du willst doch nicht schon wieder vom Balkon fallen."

Falls ich wirklich stürzen sollte, wäre das nur seine Schuld, denn beim Klang seiner Stimme dreht sich alles in meinem Kopf auf verrückteste Weise. Wo habe ich sie nur schon einmal gehört? Er tut, als würde er mich kennen, aber ich kenne ihn mit absoluter Sicherheit nicht. „Wer *bist* du?"

„Mein Name ist Jamie. Wir haben uns vor einiger Zeit getroffen.

An einem anderen ... Ort?" Das letzte Wort klingt, als versuchte er, auf etwas hinzuarbeiten. Leider weiß ich nicht, welcher Ort das sein sollte, und schüttle ratlos den Kopf.

Der hoffnungsvolle Ausdruck verschwindet aus seinem Gesicht. „Ich weiß, du kannst dich nicht an die Zeit erinnern, die wir zusammen verbracht haben. Peter hat mir alles erzählt."

„Peter?" Ich erstarre zu Eis. Das kann doch unmöglich ein Zufall sein. „Peter von nebenan?"

„Nein. Peter aus Nimmerland."

Ja, sehr witzig. „Warum spricht in letzter Zeit bloß jeder von Nimmerland?" Jetzt bin ich mir sogar ziemlich sicher, dass die beiden Jungs sich kennen. „Habt du und Peter euch diesen dämlichen Scherz etwa gemeinsam ausgedacht?" Ich stupse mit dem Finger gegen seine steinharte Brust. „Ich finde das nämlich absolut nicht komisch!"

Jamie weicht zurück und hebt abwehrend die Hände. Der Schatten eines Lächelns zieht über sein Gesicht. Was findet er denn gerade so amüsant?

Es dauert einen Moment, doch dann wird sein Blick wieder ernst. „Ich habe schon seit einiger Zeit nicht mehr mit meinem Bruder gesprochen. Und das ist ganz sicher kein Scherz."

„Ach, jetzt seid ihr auch noch Brüder? Na, wenn das nicht von Minute zu Minute spannender wird."

„Bitte, lass es mich erklären."

„Nur zu. Ich sterbe vor Neugier." Zuckersüßer Sarkasmus tropft aus meinem Mund.

Ganz plötzlich nimmt Jamie meine Hand und verhindert so, dass ich ihn noch mal in die Brust steche. Sein Griff ist fest, aber trotzdem sanft. Diesmal lässt er mich nicht los, egal wie stark ich versuche, meine Hand aus seiner zu befreien. Stattdessen zieht er mich sogar noch weiter zu sich heran. Uns trennen jetzt nur noch wenige Zentimeter. Der unbändige Duft von Mandarinen und Salzwasser hängt an ihm wie ein exotisches Parfüm. Es zieht mich in seinen Bann. Meine Knie werden weich und ich erkenne – zu meinem Horror –, dass ich mich in seiner Nähe wohlfühle.

Nein, nein, nein! Serienkiller! Serienkiller! Das einzig Vernünftige wäre jetzt, mich loszureißen und laut zu kreischen. Aber ich kann nicht. Hinter der Aura aus Gefahr, die ihn wie ein kühler Winternebel umgibt, liegt etwas Aufrichtiges ... etwas unbeschreiblich Vertrauenerweckendes. Es liegt außerhalb jeglicher Reichweite, und trotzdem ist es unübersehbar.

„Vor ein paar Monaten bist du genau von diesem Balkon gefallen und in Nimmerland gestrandet, wo Peter Pan dich aufgefangen hat", beginnt Jamie mit seiner Erklärung. Und das ist genau der Moment, in dem ich mich entscheide, an dieser Unterhaltung nicht länger teilzunehmen, und tief Luft hole um aus Leibeskräften um Hilfe zu schreien.

Ich weiß nicht, was mich verraten hat – vielleicht ja der entsetzte Ausdruck in meinem Gesicht –, aber bevor auch nur der leiseste Pieps aus meiner Kehle kommt, hat Jamie mir schon seine Hand auf den Mund gepresst. „Bitte, hör mir zu", fleht er mich an.

In meiner momentanen Position – also fest an ihn gedrückt, gefangen durch seinen um mich geschlungenen Arm, während er die andere Hand sicher über meinen Mund gelegt hat – bleibt mir ja wohl keine große Wahl. Mit weit aufgerissenen Augen starre ich in sein Gesicht. Mit einem zarten Lächeln versucht er mich zu beruhigen, mir vorzumachen, alles sei in bester Ordnung. Und ich komme in Versuchung, ihm sogar zu glauben.

„Versprichst du, nicht zu schreien, wenn ich meine Hand wegnehme?"

Klar, ihm fällt es leicht, diese Forderung zu stellen. Er ist ja auch nicht derjenige, der hier gefangen gehalten wird. Weder nicke ich, noch schüttle ich den Kopf.

„Na schön." Seine Schultern sinken enttäuscht nach unten. „Vielleicht glaubst du mir ja, wenn ich dir zuerst vertraue." Langsam rutscht seine Hand von meinem Mund.

Schreien, oder nicht schreien ...?

Unsere Blicke bleiben fest ineinander verhakt, selbst dann noch, als er vorsichtig seinen Arm von mir nimmt und nur noch seine Fingerspitzen sanft meine Ellbogen berühren. Mir scheint, er versucht zwar, schafft es aber doch nicht ganz, mich loszulassen. Bis jetzt habe ich noch nicht geschrien, allerdings denke ich immer noch ernsthaft darüber nach. Vielleicht sollte ich es davon abhängig machen, was er mir als Nächstes auftischen will. Nur leider sagt er für einen wirklich langen Moment gar nichts mehr.

Einmal senkt er dabei seinen Blick kurz auf mein Dekolleté, zieht ihn aber rasch wieder hoch. „Wieso trägst du die Kette mit dem Rubin nicht mehr?", fragt er dann leise.

Also damit hat er auf jeden Fall mein Interesse geweckt. „Woher weißt du von der Halskette? Und es ist kein Rubin, es ist nur ein Glasstein von meiner Schwester", füge ich in einem belehrenden Ton hinzu.

„Denkst du?"

„Natürlich. Was sollte es sonst sein?"

„Soweit ich mich erinnern kann, war ich derjenige, der sie dir um den Hals gelegt hat. Von daher bin ich mir ziemlich sicher, dass das Herz ein Stück aus meinem Schatz ist. Aus Nimmerland."

„Sei still!", fauche ich und halte ihn mit ausgestreckten Armen auf Abstand. „Ich weiß nicht, wie du von der Halskette erfahren hast, aber ich höre mir diesen Unsinn nicht länger an. Und hör endlich auf mit dem Geschwätz über Nimmerland. Ich kenne die Geschichte von *Peter Pan* auch. Jedes Kind hat sie schon einmal gehört. Doch du und Peter von nebenan, ihr seid ganz bestimmt keine Charaktere daraus. Also sag mir endlich, was hier gespielt wird, oder besser noch, verschwinde von meinem Balkon." Mit strengem Finger zeige ich auf den Baum, den er ja vorhin schon mal als Leiter benutzt hat. Sollte ich vielleicht auch erwähnen, dass ich gleich die Polizei rufen werde?

Das Schweigen, das daraufhin folgt, gibt meinem Herz die Möglichkeit, sich wieder ein wenig einzubremsen, und ich verliere mich in seinen wunderschönen Augen. Sie sind blau wie der Ozean, und egal wie er auch gerade dreinblickt – verwirrt, entschlossen oder sogar wenn er lächelt –, da ist immer dieses teuflische Funkeln darin.

Jamie stößt einen tiefen Seufzer aus, als würde er meine Worte gerade genau abwägen. Dann holt er noch einmal tief Luft. „Als deine Schwestern zur Welt kamen, hast du dich nachts immer in ihr Zimmer geschlichen, nachdem alle anderen schon im Bett waren." Er macht einen kleinen Schritt auf mich zu und seine Stimme wird noch etwas leiser. „Du hast zwischen ihren Wiegen am Fußboden geschlafen, weil du es nicht einmal eine Nacht ausgehalten hast, von ihnen getrennt zu sein."

Meine Kinnlade knallt gegen meine Brust. Wo um alles in der Welt hat er diese geheimen Informationen her? Das habe ich noch nie jemandem erzählt. Aber er ist noch lange nicht fertig. „Wenn dich deine Mutter damals entdeckt hätte, hätte sie dir eine beschissen lange Lektion darüber erteilt, dass wohlerzogene Mädchen nicht auf dem Fußboden schlafen." Er hebt kurz die Hände, Handflächen nach vorne, und grinst verschmitzt. „Deine Worte, nicht meine."

Reglos und voll Verwunderung starre ich ihn einfach nur an. „Du willst doch auf etwas hinaus."

„Das will ich gewiss. Ich möchte, dass du mir glaubst. All diese Dinge hast du mir erzählt, als du dabei warst, deine Erinnerungen für immer zu verlieren. Damals in –" Er hüstelt verhalten und verdreht die Augen. „Na ja, du weißt schon wo."

„In Nimmerland", antworte ich flach.

„Tja, siehst du ..." Er zögert kurz. „Wir haben nie herausgefunden, wie du in meiner Welt gelandet bist." Langsam hebt er seine Hand an mein Gesicht und streicht mir mit den Fingerrücken über die Wange. „Und glaub mir, es war echt nicht leicht, einen Weg zu finden, wie wir dich wieder nach London zurückschicken konnten."

Ich kann nicht glauben, dass ich ihm wirklich zuhöre und ihm auch noch erlaube, mich anzufassen. Am liebsten möchte ich ihn aus dem Weg stoßen und wegrennen, doch sein gequälter Blick fesselt mich an Ort und Stelle.

Und dann trifft es mich wie ein Schlag aus heiterem Himmel. Etwas, das Jamie vorhin erwähnt hat. „Du hast gesagt, ich sei von meinem Balkon gefallen und in Nimmerland gelandet. Und dort hast du mir die Halskette geschenkt?"

Er nickt.

Mann, wenn das wirklich ein Streich sein sollte, dann haben die beiden aber ganze Arbeit geleistet. Das Glasherz hing an dem Morgen um meinen Hals, nachdem ich über die Brüstung gestürzt war. Die Zwillinge sind die Einzigen, die von dem Unfall wissen. Wir haben beschlossen, es meinen Eltern lieber nicht zu erzählen, sonst machen sie sich nur unnötig Sorgen und suchen womöglich noch eine neue Nanny, die zukünftig statt mir auf meine Schwestern aufpasst. Das ist doch total schräg. Verwirrt senke ich den Blick auf meine Zehen.

„Immer noch nicht überzeugt?", fragt Jamie, als könnte er die Zahnräder in meinen Gedanken rattern hören.

Ich blicke hoch in sein Gesicht und schüttle leicht den Kopf. „Mm-mh."

Nach einem tiefen Atemzug durch die Nase schlägt Jamie vor: „Lass mich etwas versuchen."

„Was hast du vor?"

Er hält meinen Blick mit seinem. „Ich möchte dich gerne küssen."

„*Was*? Du spinnst wohl!"

„Bitte. Nur einmal. Wenn du dich dann immer noch nicht an mich erinnern kannst und absolut gar nichts für mich empfindest, verspreche ich, werde ich verschwinden und du hörst nie wieder etwas von mir."

„Kommt gar nicht in Frage!"

Er analysiert meine Reaktion – das kann ich klar und deutlich an seinem Blick erkennen. Zum Schluss verzieht er den Mund zu einem schiefen Grinsen. „Wieso nicht? Hast du Angst, ich könnte recht haben und du fühlst am Ende doch etwas?"

„Natürlich nicht!"

Er neckt mich mit hochgezogenen Brauen. „Ah, ich verstehe. Du willst am Ende gar nicht, dass ich verschwinde ..."

Ich weiß nicht, wie das möglich ist, aber seine verschmitzte, selbstsichere Art bringt mich doch tatsächlich zum Lachen. „Du hast doch einen Knall, Jamie."

Der neckische Ausdruck verschwindet aus seinem Gesicht. Die Hände hinterm Rücken verschränkt, lehnt er sich weiter zu mir nach vorn und flüstert mir ins Ohr: „Sag das noch einmal."

Wahnsinn. Wie gut er riecht ... „Was?", krächze ich, plötzlich viel zu sehr damit beschäftigt, nicht den Boden unter den Füßen zu verlieren.

„Meinen Namen." Seine Lippen streifen sanft über meine Haut. „Du bist die Einzige, die mich jemals Jamie genannt hat."

„Ich – ähm ..." Mein Atem geht doppelt so schnell wie sonst. Als er seine Wange federleicht an meiner reibt und ich nur das Kitzeln seiner Bartstoppeln spüre, sind statt klarer Gedanken plötzlich nur noch lauter Sterne in meinem Kopf. Wie macht er das nur? Ich lecke mir über die Lippen.

Behutsam legt er seine Hände auf meine Hüften. „Bist du bereit für einen Kuss?", flüstert er, wobei seine Lippen bereits zart über meinen Mundwinkel gleiten.

Meine Knie beginnen zu zittern und in meinem Bauch erwacht ein ganzer Schmetterlingsschwarm zum Leben. Wo kommt der denn plötzlich her? Mit bebender Stimme wende ich ein: „Ich denke nicht, dass das eine gute Idee ist."

„*Ich* denke, das ist die beste Idee, die ich seit Langem hatte." Er lehnt seine Stirn an meine. Wir stehen uns Auge in Auge gegenüber, und wieder verliere ich mich im endlosen Blau des Ozeans.

Als sich seine Hand sanft an meine Wange schmiegt, sinkt mein scheuer Blick nach unten. Sein Atem streicht wie eine Feder über meine Haut. Aus unerklärbarem Wahnsinn heraus entwickeln meine Hände ein Eigenleben und landen vorsichtig auf seiner Brust. Darunter schlägt ein kräftiges Herz etwas schneller als normal. Ich muss komplett verrückt sein, denn ich erwäge gerade ernsthaft, mit einem völlig Fremden zu knutschen.

Ach, was soll's? Zum Teufel mit all den Einwänden!

Die Lider halb geschlossen, öffne ich meine Lippen für Jamie. Doch er kommt gar nicht dazu, mich zu küssen. Etwas Riesiges fliegt von der Seite auf uns zu und katapultiert ihn aus meinen Armen direkt über die Balkonbrüstung. Zu schockiert, um zu schreien, stürze ich zur Balustrade, umklammere den kalten Marmor mit den Fingern und lehne mich weit darüber. Jamie liegt reglos unten im Gras. Über ihm steht der Kerl, der ihn gerammt hat. Mir bleibt vor Entsetzen das Herz stehen.

Der Angreifer tritt Jamie hart in die Seite, doch der rührt sich immer noch nicht. Er ist durch den Aufprall bestimmt ohnmächtig geworden. Oh mein Gott! Hoffentlich ist er nicht tot! Die Angst um ihn packt mich wie eine Bärenklaue im Genick. Doch im nächsten Moment dringt ein tiefes, leises Stöhnen aus Jamies Kehle. Dem Himmel sei Dank!

So schnell mich meine wackeligen Beine tragen, laufe ich in mein Zimmer und fummle am Türschloss herum. Meine Eltern müssen sofort die Polizei rufen. „Mutter! Vater!", rufe ich, immer noch so unter Schock, dass nur ein heiseres Piepsen herauskommt. Diese verdammte Tür will auch nicht aufgehen. Und dann ist da plötzlich dieses unheilvolle Klicken hinter mir, als jemand die Balkontür schließt. Von innen.

Zitternd wie Espenlaub kämpfen meine Finger immer noch mit dem blöden Schlüssel. Gerade als ich es schaffe, ihn in die richtige Richtung zu drehen, greifen starke Hände um mich herum und legen sich auf meine. Ich werde von der Tür weggezogen und immer noch kommt kein Laut aus meiner Kehle.

„Schhh", wispert die Person hinter mir und dreht mich herum.

Es dauert einen Moment, bis ich wirklich erkenne, wer da vor mir steht. Dann falle ich Peter um den Hals und drücke mich schluchzend an ihn.

„Hey", sagt er. „Es ist alles okay. Er kann dir nichts mehr tun. Das lasse ich nicht zu."

Er? Der Kerl, der mich küssen wollte? Oder derjenige, der ihn von meinem Balkon geschubst hat? Plötzlich wird mir etwas klar. Bestürzt stolpere ich rückwärts und versuche, mit einem entsetzlich engen Hals zu schlucken, um endlich meine Stimme wiederzuerlangen. „Wie bist du hier raufgekommen?"

Peter geht nicht auf meine Frage ein. Stattdessen sagt er unterkühlt: „Wir müssen reden."

Diese Worte und dazu sein Blick machen mir noch mehr Angst. Voll Misstrauen versuche ich, mich weiter von ihm zu entfernen, doch die Tür hinter mir blockiert meinen Weg. „Hast *du* etwa den Jungen von meinem Balkon gestoßen?"

Seine Körperhaltung und der immer düsterer werdende Blick verheißen nichts Gutes. Er zögert eine Sekunde, bevor er nickt. „Ich musste das tun, Angel. Er ist hier, um dich zu entführen."

„Was?" Verzweifelt drücke ich mir beide Hände gegen die Schläfen.

Peter kommt langsam näher und entwirrt meine Finger aus meinem Haar. Er führt mich zu meinem Bett und drückt mich an den Schultern runter, sodass ich mich hinsetze. Und das ist auch ganz gut so, denn meine Beine hätten jeden Moment unter mir nachgegeben.

„Hör mir jetzt genau zu!", sagt er in einem Tonfall, der mich erschaudern lässt, und sinkt dabei vor mir auf die Knie, damit er mir in die Augen sehen kann. „Ich hab versucht, es dir an dem Tag zu erklären, als wir uns zum ersten Mal im Park getroffen haben. Aber du hast dich weder an mich noch Hook oder Nimmerland erinnert. Du dachtest, es sei nur ein Scherz gewesen. Aber das war es nicht. Nimmerland ist keine erfundene Geschichte aus irgendeinem Buch. Den Ort gibt es wirklich." Nach einer kurzen Atempause fügt er mit Nachdruck hinzu: „Ich lebe dort."

Ich blinzle ein paarmal. „Du lebst in Nimmerland?" Meine

Stimme enthält so gut wie keine Emotion. Alles wirkt plötzlich, als wäre ich durch eine massive Glaswand von der Realität abgeschnitten.

„Ja, das tue ich. Und vor einiger Zeit warst du ebenfalls dort."

„Als ich von meinem Balkon gefallen bin."

Peters Augen funkeln hoffnungsvoll. „Du erinnerst dich?"

Da entkommt mir doch glatt ein hysterisches Lachen. „Jamie hat mir das erzählt, bevor du ihn über die Brüstung gestoßen hast." Du lieber Gott! Ein neuer Schub von Panik lässt mich erzittern. „Hast du ihn umgebracht?" Als ich vom Bett aufspringe, drückt mich Peter zurück und lässt diesmal seine Hände auf meinen Schultern liegen.

„Ich wünschte, das hätte ich." Er verdreht die Augen. „Aber nein. Der Mistkerl lebt noch."

„Dann müssen wir sofort runter und ihm helfen!"

Seine Finger drücken gegen meine Knochen. „Hast du gehört, was ich gerade gesagt habe? Er will dich entführen."

Ja, und er hat auch seltsame Dinge über Nimmerland erzählt. Aber ich glaube immer noch kein Wort davon. „Er wollte mich einfach nur küssen, das ist alles."

„Er wollte dich auf sein Schiff locken. Damit er dich mit nach Nimmerland nehmen kann. Angel! Er ist ein Pirat. Einer der übelsten, die die See je ausgespuckt hat. Glaub mir, da ist gar nichts Romantisches an seinen Absichten."

„Sagtest du, sein Schiff?" Offenbar sind wir mit den verrückten Nachrichten heute Nacht noch lange nicht durch. „Wo um alles in der Welt würde er hier ein Schiff parken. Wir sind in einem Vorort von London. Hier gibt es weit und breit kein Wasser."

„Es schwebt gleich über deinem Haus."

Großer Gott, ich bin mit einem Geisteskranken in meinem Zimmer eingeschlossen. Für einen endlosen Moment starre ich Peter sprachlos an. Im Park hat er wie ein ganz normaler Junge gewirkt. So nett und höflich. Jetzt habe ich Angst, dass ich dem falschen Jungen vertraut habe. Er ist wahnsinnig.

Diesmal ignoriere ich den Druck seiner Hände auf meinen Schultern, als ich mich langsam von meinem Bett erhebe, und winde mich aus seinem Griff. Dann gehe ich zur Balkontür. Durch die Fensterscheibe kann ich in der Dunkelheit nicht viel erkennen, also werfe ich Peter einen fragenden Blick über die Schulter zu. Seine Brust bläst sich mit einem resignierenden Atemzug auf, bevor die Luft pfeifend wieder entweicht. Ich öffne die Tür und trete ins Freie.

Unter mir liegt der Garten ruhig da wie eh und je. Keine Spur von Jamie oder einem Kampf, der vor Kurzem dort unten stattgefunden hat. Als Nächstes hebe ich den Kopf – und ich sage hier nicht, dass ich Peter den Schwachsinn über ein fliegendes Schiff abkaufe –, um in den Himmel zu sehen.

Da oben ist gar nichts. Kein Dampfer, kein Fischkutter, ja nicht einmal ein Floß schwebt über unserem Dach. Der Himmel ist frei von jeglichem Wasserverkehr. Still, mitternachtsblau, mit einer Milchstraße zum auf die Knie gehen.

„Seine Männer haben ihn geholt."

Peters Stimme ist so nah, dass ich vor Schreck zusammenzucke. Ich drehe mich zu ihm um. „Du willst mir also allen Ernstes weismachen, dass Jamie der Captain eines unsichtbaren Schiffes über meinem Haus ist?"

„Sein Name ist Captain James Hook und sein Schiff ist bereits weg. Es ist nicht *unsichtbar*." Seine Augenbrauen bilden ein argwöhnisches V. „Jedenfalls nicht für mich."

„James Hook? Aus dem Märchen von *Peter Pan*?", frage ich zynisch und reibe mir dann die Schläfen. „Ich glaube, ich kriege gleich Migräne."

„Du machst es mir wirklich nicht leicht, dich zu überzeugen, Angel", brummt Peter und massiert seinen Nasenrücken zwischen den Augen. Anschließend wirft er mir einen entschlossenen Blick zu. „Flipp jetzt bitte nicht aus, okay?" Ohne weitere Erklärung oder Vorwarnung nimmt er mich in die Arme und hebt mich hoch. Ein panischer Schrei platzt endlich aus meiner Kehle, doch den hört niemand mehr, denn wir schießen gerade wie eine Rakete in den Himmel hinauf.

Peter verzieht bei meinem Gekreische zwar das Gesicht, aber langsamer fliegt er deshalb nicht.

Er *fliegt*.

Großer Gott!

Ich verliere den Verstand.

Als die hellen Lichter der Innenstadt unter uns vorbeirasen wie wahnsinnig gewordene Glühwürmchen, fängt Peter endlich an zu reden. „Du hast dieses Buch auf deinem Nachttisch. *Peter Pan*. Ich hab's mir vor einiger Zeit ausgeliehen und gelesen."

Okay?

„Ich weiß zwar nicht, was diese Wendy in der Geschichte verloren hat, aber an Tootles erinnere ich mich. Vor vielen Jahren ist er plötzlich in Nimmerland aufgetaucht." Peter neigt seinen Kopf und sieht mich todernst an. „Genau wie du."

Mir ist kalt hier oben. Im Traum friert man doch normalerweise nicht, oder?

„Irgendwie hat er es geschafft, in eure Welt zurückzukehren, und dürfte dann wohl aufgeschrieben haben, was er in Nimmerland so alles gesehen hat. Für dich ist es nur ein Märchen. Für mich ... ist es real."

Ich schlucke laut, denn nicht einmal ich kann jetzt noch leugnen, dass an Peter und der Art, wie er mit mir über London fliegt etwas sehr Fiktionales ist. „Willst du damit sagen, dass du Peter Pan bist? Der *echte* Peter Pan?"

In seinem Kiefer zuckt ein Muskel. „Der *einzige* Peter Pan."

Aber das ergibt doch alles keinen Sinn. Wie kann so etwas möglich sein? Mir dreht sich der Kopf. „Bring mich bitte nach Hause", flüstere ich.

Peter mustert mich eindringlich, bevor er fragt: „Also glaubst du mir jetzt?"

Ein tiefer Atemzug. Zwei. Drei. Ich nicke.

„Gut. Denn da ist noch mehr, das du wissen musst. Aber darüber können wir auch in deinem Zimmer reden." Er fliegt eine Schleife, dabei hält er mich die ganze Zeit fest an sich gepresst und trägt mich auf seinen Armen zurück auf meinen Balkon. Sobald wir gelandet sind und er mich loslässt, stapfe ich durch mein Zimmer und in den Flur hinaus.

Peter schließt die Balkontür und folgt mir. „Wohin willst du?"

Meine Stimme ist flach und emotionsleer und ich mache mir nicht länger die Mühe zu flüstern. „Ich brauch 'n Drink." Meine Nerven liegen blank. Was Peter vorhin mit mir getan hat, kann nicht ungeschehen gemacht werden. Wen kümmert es also, ob mich meine Eltern hören oder nicht? Das hier ist viel größer als nur heimlich einen Jungen nach Mitternacht in mein Zimmer zu lassen.

Unten in der Küche hole ich die Milch aus dem Kühlschrank und trinke – zum ersten Mal in meinem Leben – direkt aus der Flasche. Erst als sich meine Nerven etwas beruhigt haben, gebe ich Peter die Möglichkeit, mir alles noch einmal in Ruhe zu erklären. „Rede! Was hat es mit dir, dem anderen Kerl und diesem Schiff auf sich? Warum flatterst du plötzlich in der wirklichen Welt herum, anstatt in deinem Märchenbuch zu bleiben? Und warum will Captain Hook *unter allen Menschen* auf dieser Welt ausgerechnet *mich* kidnappen?"

Peter zögert eine Sekunde. „Weil er weiß, dass du mir etwas bedeutest."

Das tue ich? Beinahe ersticke ich an einem weiteren Schluck Milch und setze hustend die Flasche ab. Jetzt bin ich endgültig sprachlos.

„Als du damals über das Balkongeländer gestürzt und nach Nimmerland gefallen bist, habe ich dich aufgefangen. Du hast einige Zeit mit meinen Freunden und mir im Dschungel verbracht." Er grinst verlegen, was so was von gar nicht zu seinem Charakter passt, dass ein Kichern meinen Hals hoch gluckert. „Wir hatten viel Spaß miteinander ...", fügt er hinzu. „Du und ich."

„Spaß?"

Er kommt zu mir um die Kochinsel herum und lehnt sich dagegen. „Na ja, ein bisschen mehr als Spaß war's schon."

Warum wird seine Stimme denn gerade so weich? Unbehagen breitet sich in mir aus, als er seine Hand zärtlich auf meine Wange legt. „Meinst du damit, wir waren ..." *Tja, was genau waren wir?* „Zusammen?"

Er zieht seinen Mund niedlich auf eine Seite, neigt seinen Kopf leicht schief und zuckt mit den Schultern. „Ich schätze, so könnte man es nennen."

Peter ist ein attraktiver junger Mann. Vor zwei Tagen im Park hätte ich mir noch vorstellen können, in eine kleine Schwärmerei für ihn zu geraten. Doch das war, bevor mir Jamie heute über den Weg gelaufen ist. *Er* hat mein Herz im Bruchteil einer Sekunde höher schlagen lassen, und das mit nicht mehr als einem heißen Blick. *Ihn* hätte ich beinahe geküsst, ohne etwas über ihn zu wissen. Egal wie sehr mir Peter hier auch weismachen will, dass Jamie gefährlich ist, etwas an ihm hat mich unwiderruflich in seinen Bann gezogen — abgesehen von der Tatsache, dass er all diese persönlichen Dinge über mich wusste. Sein aufregender Duft von Freiheit und Abenteuer schwirrt mir immer noch im Kopf herum. Ich möchte dabei in ein verträumtes Seufzen verfallen.

Durch diese Flut an sinnlichen Gedanken an einen vollkommen Fremden in Verlegenheit gebracht, steigt mir eine leichte Hitze in die Wangen und ich räuspere mich. „Wie genau passt denn nun Captain Hook in deine Geschichte?", frage ich kleinlaut.

Peters Hand sinkt nach unten. Er lehnt sich wieder an die Kochinsel und verschränkt die Arme vor der Brust. „Hook hat dich mir gestohlen. Er hat dich in der Hoffnung auf sein Schiff gebracht, dass er durch dich an mich rankommen würde."

„Warum sollte er so etwas tun?" Nach allem, was heute geschehen ist, frage ich mich, wie viel Wahrheit tatsächlich in dem originalen Märchen über Peter Pan steckt. „Wollte er dich umbringen?"

„Das wäre ihm zuzutrauen. Doch in erster Linie wollte er an den Schatz kommen, den die Verlorenen Jungs und ich vor ihm versteckt haben. Hook ist ein gieriger Pirat. Kümmert sich um nichts und niemanden außer sich selbst und darum, was er anderen wegnehmen kann."

Für meine nächste Frage möchte ich mich am liebsten selbst ohrfeigen. „Wie ist die Geschichte ausgegangen? Hat er mich gegen den Schatz eingetauscht?"

„Nein. Er hätte dich niemals gehen lassen, selbst wenn wir ihm den Schatz ausgehändigt hätten."

„Wie bin ich denn dann entkommen?"

Jetzt grinst Peter wie ein Teenager, der gerade eine Eins in einem Test geschrieben hat. „Ich hab dich gerettet."

„Ah." Dann war ich also die wirkliche Wendy in dieser Geschichte. Das wäre ja so romantisch ... wenn es nicht total geisteskrank wäre. „Wie bin ich nach London zurückgekommen?"

„Ich hab dir das Fliegen beigebracht."

„Wie?" *Halt, nicht sagen! Ich weiß es, ich weiß es!* „Mit einem fröhlichen Gedanken und Elfenstaub?"

„Ganz genau." Sein Grinsen verzieht sich zu einem Stirnrunzeln. „Aber damit haben wir dich nicht wieder hierherschicken können. Du musstest noch einmal *fallen*, genau so, wie du in Nimmerland hineingefallen bist."

„Oh. Ist ja ulkig", murmle ich und versuche dann, meiner Stimme etwas mehr Kraft zu verleihen. „Und warum bist du jetzt hier?"

„Du hast mir gefehlt, also hab ich angefangen, nach dir zu suchen. Und Hook muss mir gefolgt sein. Er glaubt bestimmt, wenn er dich noch einmal stehlen kann, bekommt er endlich unser Gold."

„Dann bin ich also nichts weiter als ein einfacher Bauer in eurem genialen Schachspiel um einen Schatz?"

„Für ihn bist du das wohl. Aber für mich −" Peter nimmt meine Hand und drückt sie liebevoll. „Für mich bist du weit mehr als das."

Dass man ein Mädchen nicht so überrumpeln soll, hat er wohl noch nie gehört. Denkt er etwa, ich sei seine Freundin? Das ist doch verrückt! Ich kenne ihn ja noch nicht einmal richtig. Energisch ziehe ich meine Hand zurück. Und damit das nicht noch einmal passiert, verschränke ich lieber die Arme. „Was schlägst du also vor, soll ich jetzt tun?"

„Bleib im Haus, bis ich die Sache mit Hook erledigt habe."

Da muss ich lachen. „So weit kommt's noch. Ich muss doch zur Schule. Und außerdem ist morgen Abend der Ball." Darauf haben sich meine Freunde und ich schon das ganze Jahr über gefreut. Das ist mein Abschlussball. Nichts und niemand wird mich davon abhalten, dort hinzugehen.

„Es ist zu gefährlich für dich, solange sich Hook in deiner Welt aufhält."

Ich nehme mir einen Augenblick Zeit, um die ganze Situation noch einmal zu durchleuchten. Peter kann fliegen, also ist er aller Wahrscheinlichkeit nach der echte Peter Pan. Falls das *wirklich* so ist, dann ist Jamie wohl auch der echte Captain Hook. Und ich hab das dumme Buch oft genug gelesen, um zu wissen, wie grausam Hook tatsächlich ist. Obwohl das ja überhaupt nicht zu dem charmanten Jungen passt, der vor weniger als einer Stunde versucht hat, mir einen Kuss zu entlocken. Ich meine, habt ihr den gesehen? Er hatte doch sogar noch beide Hände – und ich muss es wissen, denn sie lagen auf meinen Hüften, als er mir nähergekommen ist, um mich zu küssen.

Nach allem, was ich gerade gehört habe, sollte ich schreiend vor Jamie davonlaufen. Dennoch stehe ich hier und träume davon, wie der Abend ausgegangen wäre, wenn Peter nicht dazwischengefunkt hätte. Nun ja, wenn Jamie wirklich dieser übellaunige Piratencaptain ist, sollte ich Peter vermutlich dankbar für seine Hilfe sein.

„Wie soll ich dich denn beschützen, wenn du ihm draußen vor der Nase herumtanzt?", protestiert Peter.

Da kommt mir ein lustiger Gedanke. „Ganz einfach. Komm morgen mit mir mit."

„Wohin? Auf den Ball?" Nachdenklich kräuselt Peter die Lippen.

„Und, was denkst du?", fordere ich ihn auf.

Er kratzt sich am Kinn, das mittlerweile wieder einen leichten Bartschatten aufweist. „Es könnte funktionieren."

Im nächsten Moment hören wir Schritte die Treppe herunterkommen. Peter und ich wirbeln beide erschrocken zur Tür herum. „Das ist meine Mutter", flüstere ich.

Hilflos hebt er die Arme und macht ein panisches Gesicht. Damit wir nicht von ihr erwischt werden, flitze ich zum Fenster und öffne es für Peter. Wie versteinert steht er einfach nur da und starrt mich an, also deute ich ihm mit schwungvollen Armbewegungen an, dass er endlich verschwinden soll. „Raus mit dir!" Er kann ja fliegen, also sollte das kein großes Problem für ihn darstellen. Als er endlich an mir vorbeigleitet, packe ich ihn noch einmal kurz am Ärmel und halte ihn zurück. „Es ist ein Frühlingsball. Zieh an, was du willst, und hol mich um acht ab."

Er nickt und zischt dann ab wie ein Spaceshuttle.

Du meine Güte! Peter Pan ist gerade aus meinem Haus geflogen.

Geschwind schließe ich das Fenster hinter ihm und drehe mich dann zu meiner Mutter um, die gerade mit einem verschlafenen Gesichtsausdruck in der Tür erscheint. „Mir war, als hätte ich Stimmen gehört. Was machst du denn noch so spät hier unten?", fragt sie mich und versteckt ein Gähnen hinter ihrer Hand.

Verlegen beiße ich mir auf die Innenseite meiner Wange. „Ich hatte plötzlich Lust auf Milch." Das ist nicht die ganze Wahrheit, na gut, aber was hätte ich denn sonst sagen sollen? Ich meine, kein Mensch wird mir je glauben, dass ich morgen ein Date mit dem berühmt-berüchtigten Peter Pan habe.

Peter Pan

Das lief doch gar nicht so schlecht. Hook ist weg. Sein Schiff ist weg. Und ich hab eine Verabredung mit seinem Mädchen.

Nachdem mich Angel so abrupt aus der Küche gescheucht hatte, wollte ich eigentlich über ihren Balkon zurück in ihr Zimmer fliegen. Nur war ich zuvor so clever gewesen, die Tür von innen abzuschließen, bevor wir nach unten gegangen sind. Nun hocke ich wieder einmal auf dem Schornstein auf ihrem Dach und beobachte die Umgebung. Alles ist ruhig.

Als ich zum Sternenhimmel aufschaue, frage ich mich, wo Smee wohl das Schiff hingesteuert hat. Hook ist heute Nacht ganz sicher nicht mehr in der Lage, noch etwas selbst in die Hand zu nehmen. Der Sturz vom Balkon hat ihm die Lichter ausgeknipst. Wird wohl einige Zeit dauern, bis er wieder zu sich kommt und dann bestimmt mit mächtigen Kopfschmerzen.

Sieht aus, als hätte Angel den Köder geschluckt, den ich ihr heute Nacht präsentiert habe – wenn auch nicht zu hundert Prozent. Wenn Hook sich das nächste Mal an sie ranmacht, wird sie jedenfalls auf der Hut sein. Ich will verdammt sein, wenn sie sich tatsächlich noch einmal von ihm küssen lässt. Ein höhnisches Grinsen erklimmt meine Lippen, doch ich halte ein Kichern zurück.

Phase eins meines Plans, mich an meinem Bruder zu rächen, hat ja hervorragend funktioniert.

Ich glaube sogar, dass es Angel gefallen hat, als ich sie berührt habe. Vor zwei Tagen im Park hat sie sich auch für ein Foto von mir in den Arm nehmen lassen. Ihr Blick dabei hat sich in mein Gedächtnis gebrannt. Sie war total hingerissen. Es ist mir hinterher auch gar nicht so leicht gefallen, das Bild in Hooks Quartier zurückzulassen. Die halbe Nacht habe ich hin und her überlegt, ob ich es vielleicht lieber selbst behalten soll oder nicht. Angel hat darauf wirklich hübsch ausgesehen. Stundenlang hätte ich es anschauen können, und dennoch kommt das Bild nicht einmal annähernd an das Original heran.

Als sie sich mir vorhin um den Hals geworfen hat, während sie immer noch unter Schock stand, hätte ich viel darum gegeben, sie noch länger auf diese Art festzuhalten. Sie fühlt sich so zart und zerbrechlich an. Und im nächsten Moment kann sie ein ganz schön freches Ding sein. Das gefällt mir. Ich möchte in ihrer Nähe sein, möchte sie zum Lachen bringen.

All diese neuen Gedanken sind überaus irritierend. Kommen sie etwa davon, weil ich nun erwachsen bin? Verdammt, ich muss sofort damit aufhören, auf diese Weise über Angel nachzudenken. Ob hübsch oder nicht spielt gar keine Rolle. Ich kann nicht zulassen, dass sie mich von meinem Plan ablenkt. Denn am Ende zählt nur eins. Rache.

Kapitel 8

„Einen Schluck Wasser, Käpt'n?"

Krampfhaft bemühe ich mich, die Augen zu öffnen und meinen Kopf in die Richtung zu drehen, aus der Smees besorgte Stimme kommt. Erst einmal muss ich schlucken, um meine Stimmbänder zu befeuchten, dann versuche ich, mich zu bewegen, aber mein Kopf fühlt sich dabei an, als würde er von einem Elefantenhintern zerquetscht werden. Als ein Becher meine Lippen berührt, trinke ich in kleinen Schlucken. Es dauert eine Weile, bis ich vollends zur Besinnung komme und schließlich auch die schwarzen Flecken vor meinen Augen verschwinden und ich wieder eine klare Sicht erlange.

„Verrätst du mir, was ich in meinem Quartier mache und warum ich dich brauche, um mich wie ein Kleinkind zu bemuttern?", stöhne ich.

„Hast einen Schlag auf den Kopf bekommen."

Nicht nur auf den Kopf, wie mir scheint. Mein ganzer Körper zuckt vor Schmerzen, als ich versuche, mich aufzusetzen. „Was ist passiert?"

„Soweit ich durch den Wolkenschleier erkennen konnte, wolltest du das Mädel gerade küssen. Doch Pan ist von der Seite in dich reingekracht und ihr seid beide vom Balkon gestürzt."

Unter erneutem Stöhnen reibe ich mir die Schläfen. Langsam kommen die Erinnerungen zurück. Ich wollte Angel wirklich küssen. Sie war gerade dabei, mir endlich zu glauben. Peter und sein verfluchtes Timing – ich könnte den Mistkerl umbringen. „Wie bin ich zurück aufs Schiff gekommen?"

„Pan ist geflüchtet, als Wade Dawkins und ich uns am Seil runtergelassen haben, um dir zu Hilfe zu kommen. Wir haben dich zurück auf die Jolly Roger gebracht. Sobald du wieder an Bord warst, ist sie ganz von allein losgesegelt."

„Losgesegelt? Wo sind wir?" Durch die Fenster in meinem Quartier kann ich nicht viel erkennen. Draußen herrscht stockfinstere Nacht. In der Ferne leuchten ein paar kleine Punkte, bei denen es sich wohl um Sterne handeln muss.

„Wir sind höher in den Himmel hinauf geseg ... *geflogen*. Wenn du mich fragst, befinden wir uns gerade irgendwo zwischen Angels Welt und Nimmerland. Du warst beinahe zehn Stunden lang bewusstlos."

„Was?! Zum Teufel noch mal!" Das kann doch nicht wahr sein! Dann habe ich also die erste von drei Nächten damit vergeudet, nutzlos in meiner Kabine vor mich hin zu dösen, anstatt zu versuchen, Angel zurückzugewinnen. Ich werfe die Decke zur Seite und springe aus dem Bett. Nach einem Schlag auf den Kopf ist das allerdings keine so gute Idee, denn mir wird augenblicklich schwarz vor Augen. Ich konzentriere mich und schiebe Smee aus dem Weg, um zur Tür zu stolpern. Als ich sie aufreiße, finde ich die Crew draußen an Deck vor; kartenspielend. Einige schlagen die Stunden auch mit einer Flasche Rum in der Hand tot.

Das Schiff schwebt reglos am Himmel. Um uns herum befindet sich nur endlose Dunkelheit mit einer Vielzahl an Sternen.

Es grenzt an ein Wunder, dass mich meine wackeligen Beine bis hinauf zur Brücke tragen, ohne dass ich unterwegs zusammenbreche. Ich schnappe mir das Steuer und reiße es herum. Aber nichts passiert. Das Schiff hat keinen Wind in den Segeln, der es von Ort und Stelle bewegen würde. „Jetzt mach schon, du verdammtes Ding!", grolle ich und trete frustriert gegen das Steuerrad. „Beweg dich endlich!"

„Vielleicht liegt es ja daran, dass niemand das Schiff tagsüber in Angels Welt sehen darf", gibt Smee zu bedenken. „Du selbst hast doch gesagt, dass die Feen darauf bestanden haben, dass wir nur nachts tiefer sinken dürfen."

Er hat recht. Trotzdem – eine ganze Nacht vergeudet und jetzt auch noch hier oben gestrandet, bis es in London wieder dunkel wird? Das ist einfach nicht fair!

Smee bearbeitet mich so lange mit seinem nervigen Geschwätz, bis ich nachgebe und doch ein paar Bissen esse, dann lege ich mich noch eine Weile hin, da ich im Moment sowieso nicht viel tun kann. Als die Kopfschmerzen endlich nachlassen, stiefle ich wieder raus an Deck und stundenlang an der Reling auf und ab.

Plötzlich dringt das Geräusch der Segel, die Wind aufnehmen, durch die Stille und ich reiße meinen Kopf hoch. Das weiße Leinen bläht sich auf. Das Schiff schwankt. Dann beginnt es langsam zu sinken.

Sinken? Bei Davie Jones' nassem Grab, wo ist der Feenstaub? Panisch laufe ich in mein Quartier, wo das Gefäß mit dem Regenbogensand auf meinem Schreibtisch steht. Ich bestäube die Jolly Roger erneut damit und eile hinterher zurück auf die Brücke. Das Steuer fest in der Hand, reichen diesmal meine Gedanken aus, um das Schiff in Gang zu setzen. Wir kehren nach London zurück, und in weiter Ferne erscheinen bereits die vielen Lichter der Stadt.

Auf gleichem Kurs wie beim letzten Mal erreichen wir schon bald die friedlichen Ausläufe der belebten Stadt und schweben über Angels Haus. Ich habe keine Zeit zu verlieren. „Lass mich am Seil runter, Smee!", befehle ich aufgeregt, als mich ein Schwall der Vorfreude übermannt. Mein Herzschlag gerät dabei komplett außer Kontrolle.

Jack reicht mir ein Ende des Seils. Gleichzeitig ruft Bulls Eye aus dem Krähennest herunter: „Käpt'n! Jemand verlässt gerade das Haus. Ich glaube, es ist Angel. Und sie ist nicht allein."

Ich blicke hoch zum Krähennest und entdecke Bulls Eyes unglückliche Grimasse, als er mir mitteilt: „Pan ist bei ihr."

Aus der Kiste neben dem Steuerrad fische ich ein weiteres Fernrohr und blicke selbst hinunter in Angels Welt. Sie zieht gerade die Eingangstür hinter sich zu. Das zartrosa Kleid, das sie trägt, gibt einen Blick auf ihre bildhübschen Beine von den Knien abwärts preis. In den hochhackigen Schuhen, die nur aus Riemchen bestehen, geht sie mit sicherem Schritt durch ihren Vorgarten zur Straße hinunter. Dabei hängt sie an Peter Pans Arm, als wäre er ihre Begleitung für heute Nacht.

Vor dem Gartenzaun wartet eine schwarze Kutsche ohne Pferdegespann auf die beiden. Peter hilft Angel beim Einsteigen und beugt sich anschließend vor, um selbst in dieses seltsame Gefährt zu klettern. Sie ziehen die Tür zu, dann beginnt die Kutsche die Straße runterzurollen; erst langsam, doch sie wird rasch schneller und bewegt sich in Richtung der Stadt.

„Folgt ihnen!", befehle ich meinen Männern in rauem Ton. Jack, der genau neben mir steht, zieht den Kopf ein, denn mein Schrei dringt direkt in sein linkes Ohr.

Wo immer Angel heute Nacht auch hingeht, da gehe auch ich hin. Es ist mir egal, ob ich ihr über den ganzen Erdball folgen muss.

Das ist die zweite Nacht von dreien, die ich mit ihr habe, und ich werde keine einzige Minute davon vergeuden.

Angelina

Während der vergangenen drei Tage wurde die Turnhalle unserer Schule erfolgreich in ein Reich aus *Tausend und eine Nacht* transformiert. Alle Achtung, da hat sich unser Ballkomitee aber große Mühe gegeben. Laternen und bunte Schleier dekorieren nun die Wände und Decke und in den Ecken stehen Schlösser aus Pappkarton mit flammenartigen Turmspitzen. Ein unverkennbar orientalischer Duft hängt in der Luft.

Ich sitze gerade mit fünf meiner besten Freunde um einen Tisch, der mit einem gelben Tischtuch bedeckt ist. Ein Blumenbouquet steht in der Mitte des Tisches und neben mir sitzt Peter Pan.

Natürlich weiß niemand hier, wer er wirklich ist. Für die anderen ist er nur ein Freund von mir – sozusagen mein Last-minute-Date, das seine Lederjacke um keinen Preis ausziehen will, obwohl wir hier drin gefühlte achtundsiebzig Grad haben. Sie alle scheinen ihn zu mögen, obwohl Peter mir immer mal wieder einen unsicheren Blick zuwirft. Das ist aber auch nur zu verständlich, denn sie reden ja gerade über Videospiele und die Vor- und Nachteile einer Gangschaltung gegenüber einer Automatikschaltung ihrer Autos. Dinge, die – soweit ich das beurteilen kann – in Peters Welt gar nicht existieren.

„Überfordert?", frage ich leise, als ich mich näher zu ihm rüberlehne.

„Nur ganz leicht", gibt er mit einem sarkastischen Unterton zurück.

„Dann kannst du dir jetzt vielleicht ja vorstellen, wie es mir gestern gegangen ist, als du mir vor den Latz geknallt hast, dass du in Wahrheit eine Figur aus meinem Lieblingsmärchen bist."

Peter grinst etwas selbstsicherer. „Ah, du machst mir nichts vor. Das Fliegen hat dir doch gefallen. Ich hab's an deinem aufgeregten" — er wackelt mit den Augenbrauen — „Kreischen gemerkt."

Kreischen? Ja. Aufgeregt? Nicht so sehr. „Eher hysterisch, würd ich sagen." Obwohl ich mir ja selbst zugestehen muss, dass ich diese verrückte Situation ziemlich gut handhabe. Zugegeben, ich hatte eine halbe Nacht und einen ganzen Tag Zeit, mich an den Gedanken zu gewöhnen, dass ich heute Nacht mit Peter Pan ausgehen würde. Nachdem das Rattern in meinem Kopf endlich aufgehört hatte und ich auch nicht länger meinen Verstand angezweifelt habe, konnte ich sogar noch eine Mütze voll Schlaf kriegen, bevor es hell wurde.

Das Schwierige an dieser ganzen Geschichte ist eigentlich nur, meinen kleinen Schwestern nichts davon zu erzählen. Wenn sie wüssten, was vor ihrer Nase abgeht, würden die beiden komplett durchdrehen. Da aber meine Eltern so *gar* nicht in einer Fantasiewelt leben, schweige ich lieber und riskiere somit nicht, dass mich die beiden Zwillinge verraten. Ein Termin beim Psychiater wäre sonst garantiert die Folge.

Und dann gibt es da immer noch Hook ...

Ich habe letzte Nacht vielleicht nicht viel geschlafen, doch in der kurzen Zeit, die ich im Land der Träume verbracht habe, haben mich Hooks Augen und sein Lächeln ständig verfolgt. Und das nicht einmal auf schreckliche Weise. Tatsächlich frage ich mich heute schon den halben Tag lang, wieso ein so charmanter Junge wie Jamie nur mit so einem Piratenpack befreundet ist. Schlimmer noch, wie er angeblich sogar der Captain dieser wilden Horde sein kann. Vielleicht liegt es auch nur daran, dass ihm die lange schwarze Lockenperücke fehlt, der Piratenhut und Disneys unverkennbarer roter Gehrock, dass ich ihn mir nicht als diesen üblen Schurken vorstellen kann. Jamie kam mir gestern wirklich nicht wie jemand vor, der andere Leute kidnappt oder sogar töten würde.

Andererseits, was weiß ich schon über Piraten? Gar nichts. Wahrscheinlich ist es vernünftiger, vorerst nicht mehr an seine sanften Lippen zu denken und mich stattdessen lieber an Peter zu halten. Immerhin ist er ja der Gute, nicht wahr? Ich meine, das weiß doch jeder. Obwohl er in meiner Vorstellung ja immer ein Junge von vielleicht fünfzehn Jahren war, mit grasgrünem Leibchen und einem spitzen Hut mit roter Feder – ganz und gar nicht der erwachsene Mann neben mir, der gerade das Etikett einer Red-Bull-Flasche betrachtet, als wäre es das exotischste Getränk der Welt.

Er nimmt einen Schluck und verzieht sofort das Gesicht. „Wuäh. Wer trinkt denn so was?", flüstert er mir zu.

Ich versuche, ihn nicht auszulachen, aber es gelingt mir nicht. „Möchtest du lieber einen Orangensaft?" Als er erleichtert nickt, stehe ich auf. Gerade will auch Peter aufstehen und mit mir an die Bar kommen, da dreht sich Sebastian Wilton zu ihm und fragt ihn nach seinem Profilnamen auf Facebook. Ich weiß, es ist gemein, ihn so auflaufen zu lassen, aber ich warte gespannt mit verschränkten Armen und einem Grinsen auf seine Antwort.

Peter wählt den sichersten Ausweg und schüttelt langsam den Kopf. „Kein Facebook." Damit tritt er bei Sebastian gerade einen Redeschwall über soziale Netzwerke los und darüber, wie sie von so vielen unfairerweise verdammt werden, wo sie doch eine Vielzahl

185

von unglaublichen Möglichkeiten bieten. Peter ist ein geduldiger Zuhörer.

Da die beiden eben erst miteinander warm werden, will ich Peter nicht aus dieser Unterhaltung reißen. „Ich hol dir schnell ein Glas O-Saft", flüstere ich ihm leise zu und Peter nickt, obwohl er ein hilfloses Gesicht dabei macht. Sebastian ist ein netter Junge. Ich vertraue voll und ganz darauf, dass er Peter bei Laune hält, bis ich in ein paar Minuten wieder zurück bin.

Leider komme ich aber nicht sehr weit. Auf meinem Weg zur Bar laufe ich geradewegs in Melissa Strathford hinein. Sie hat früher in meiner Straße gelebt, doch vor zwei Jahren ist sie mit ihrer Familie nach Soho gezogen. Mit ihrer neuen Frisur hätte ich sie beinahe nicht erkannt. Statt der welligen blonden Mähne, die sie immer so sehr geliebt hat, trägt sie jetzt einen frechen Kurzhaarschnitt.

Da wir uns schon eine ganze Weile nicht mehr gesehen haben, komme ich nicht umhin, bei ihr stehen zu bleiben und mich kurz mit ihr zu unterhalten. Schnell erzählen wir uns, was sich so in letzter Zeit in unserem Leben ereignet hat. Allerdings lasse ich das kleine Detail über Peter Pan und einen Piraten, der sich neuerdings in meiner Nachbarschaft herumtreibt, lieber weg.

Alle paar Minuten strecke ich meinen Hals und blicke hinüber zu unserem Tisch, um sicherzugehen, dass Peter immer noch gut unterhalten wird. Offensichtlich leistet Sebastian diesbezüglich hervorragende Arbeit. Einmal ertappt mich Peter dabei, wie ich nach ihm sehe. Er macht ein freches Gesicht und streckt mir in einem unbemerkten Moment sogar die Zunge raus. In diesem Augenblick kommt er mir um Jahre jünger vor. Gerade so, wie ich mir Peter Pan immer vorgestellt habe. Ich muss dabei schmunzeln und drehe mich dann wieder zu Melissa um. Nur dieses Mal bleibt mein Blick an einem Paar funkelnder Augen in der Menge hängen.

So blau wie der Ozean ...

Ein unsichtbarer Eiszapfen bildet sich entlang meiner Wirbelsäule.

„Angelina? Geht's dir nicht gut?" Melissa berührt mich am Ellbogen und ich wirble erschrocken zu ihr herum.

„Was? Oh ja, alles bestens." Im selben Moment drehe ich mich aber bereits auf den Zehenspitzen und versuche, diese tiefblauen Augen wiederzufinden. Sie sind verschwunden. Ein ungutes Gefühl nistet sich in meinem Bauch ein. Hab ich mir das gerade nur eingebildet? Wahrscheinlich. Was würde auch ein Pirat auf meinem Schulball machen?

Außer mich aufzuspüren und nach Nimmerland zu verschleppen natürlich ...

„Es tut mir leid, Mel", entschuldige ich mich bei meiner alten Freundin und wippe nervös auf den Fußballen auf und ab. „Können wir uns vielleicht später weiter unterhalten? Ich muss dringend zurück zu meinem Freund dort drüben am Tisch." Ich deute auf den runden Tisch, an dem wir vorhin alle gemeinsam gesessen haben. Und plötzlich erstarre ich zu Eis. Peter sitzt nicht mehr bei den anderen. Sein Stuhl ist weit zurückgeschoben, als ob er in Eile aufgestanden wäre. Seine Flasche Red Bull steht immer noch auf dem Tisch.

„Klar. Wir sehen uns später", höre ich Melissa sagen, aber ich widme ihr schon keine Aufmerksamkeit mehr. Ich muss Peter finden. Wenn er den Tisch verlassen hat, gibt es keinen Zweifel mehr daran: Hook ist hier.

Voller Angst lasse ich meinen Blick durch den Saal schweifen. Mein Herzschlag hat sich in den letzten zehn Sekunden dem Rhythmus der Band angepasst, die oben auf der Bühne einen Rocksong schmettert. Wo zum Teufel ist er nur? Er sollte doch auf mich aufpassen. War das nicht der eigentliche Grund, warum ich ihn heute als Last-minute-Date mitgeschleppt habe? Um einen Bodyguard an meiner Seite zu haben? Und hier stehe ich nun, mutterseelenallein. Mit einem frei herumlaufenden Piraten auf den Fersen.

Nur keine Panik!, versuche ich mich selbst zu beruhigen. Ich bin in einer Turnhalle, die mit Schülern vollgepackt ist wie eine Dose mit Sardinen. Niemand würde so dumm sein und versuchen, jemanden aus der Menge zu kidnappen. Tja, zumindest hoffe ich das.

Langsam wandere ich von einem Ende des Saals zum anderen und blicke dabei verunsichert um mich. Weg ist das sehnsüchtige Gefühl, das ich nach letzter Nacht und dem Traum von Jamie hatte. Komplett erloschen. Alles, was übrig geblieben ist, ist das Zittern meiner Knochen.

Hinter mir sagt jemand meinen Namen. Ziemlich nahe und so leidenschaftlich, dass sich dabei die kleinen Härchen in meinem Nacken aufrichten. Ich fahre herum. Mein Mund ist staubtrocken und in meinem Bauch rumort es, aber hier ist niemand, den ich kenne. Offenbar habe ich mich wohl doch geirrt. Ich drehe mich erleichtert wieder zurück. Und dann gefriert mir das Blut in den Adern.

„Jamie", entweicht mir ein Flüstern.

„Angel", antwortet er.

Während mein Blick nach allen Seiten saust, um einen Ausweg zu finden, kommt Hook einen Schritt näher. Er dringt selbstsicher in meine persönliche Zone ein und schenkt mir dabei ein kleines Lächeln. Ich versuche zurückzuweichen, doch er nimmt meine Hände und zieht mich an sich, langsam und vorsichtig.

„Was willst du von mir?", krächze ich, weil mir irgendwie die

Luft wegbleibt.

Er lehnt sich dicht an mein Ohr und sagt ganz leise: „Ich bin hier, um etwas einzufordern." Seine Hände streifen über meine Arme nach oben und bleiben locker auf meinen Schultern liegen. Diese sanfte Berührung löst in mir eine Gänsehaut aus. „Wenn ich mich recht erinnere, hast du mir letzte Nacht einen Kuss versprochen."

Ich atme tief durch die Nase ein und sofort bringt der abenteuerliche Duft des Ozeans, vermischt mit dem von Mandarinen, eine Horde Schmetterlinge in meinem Bauch zum Erwachen. „Die Dinge haben sich geändert", erkläre ich mit schwacher Entschlossenheit.

Jamie lehnt sich ein klein wenig zurück und lässt ein Killergrinsen von der Leine. „Ach, haben sie das?"

Ich versuche, seinem eindringlichen Blick tapfer standzuhalten, doch alles, was ich sehe, sind Augen, für die es sich lohnt zu sterben. Nach einer unendlich langen Weile gelingt mir schließlich ein Nicken.

„Ich verstehe. Also kein Kuss." Bei dem jungenhaften Schmollmund, den er gerade zieht, kommt mir doch beinahe ein Lächeln aus. Das seidig blonde Haar, das ihm über die Stirn fällt, bedeckt nun auch zum Teil seine Augen, als er mit vorgetäuschter Betrübnis sein Kinn etwas tiefer senkt. „Aber vielleicht bist du ja stattdessen mit einem Tanz einverstanden?"

Und wieder denke ich: *Wo zum Teufel ist nur Peter?* Er sollte mich doch vor einem fiesen Hinterhalt wie diesem beschützen!

Mein Herz trommelt einen ungesunden Rhythmus, als Hook mich langsam rückwärts in die Mitte der tanzenden Menge führt. Dann legt er meine beiden Hände, die er immer noch festhält, in seinen Nacken. Seine warme Haut, die ein Streicheln geradezu

189

erbettelt, wirkt wie unsichtbarer Kleber auf meine Finger.

Gefangen im Zauber seiner tiefblauen Augen, verliert mein Gedanke an Flucht plötzlich an Wichtigkeit.

Heute trägt er nicht den Kapuzenpulli von gestern Nacht. Und zu meiner völligen Überraschung steht ihm Weiß sogar noch viel besser als Schwarz. Das weiße Hemd, das er bis auf die obersten beiden Knöpfe zugeknöpft hat, hängt leger über den Bund seiner schwarzen Hose und verleiht ihm die nötige Lässigkeit, um optisch perfekt dem Großteil der männlichen Gäste auf diesem Ball zu entsprechen. Das Einzige, was ihm noch fehlt, ist eine locker sitzende Krawatte um den Hals. Aber ein Pirat mit einer Krawatte? Keine Chance, dass das auch nur im Geringsten zu ihm passen würde.

Es gibt im Leben diese seltsamen Momente, in denen man jemanden ansieht und der Rest der Welt in dieser Sekunde völlig verblasst. In denen die rockige Musik, die eben noch gespielt hat, plötzlich auf wundersame Weise zu einer sanften Melodie wird. In denen einem die Knie weich werden und sich ein komplettes Herzversagen durch tausend Schmetterlinge im Bauch ankündigt. Tja, so einen Moment durchlebe ich gerade. Nur dass ich keine Möglichkeit habe, vor Schwäche umzukippen, denn Hooks Arme umschließen mich fest, als wäre er mein Rettungsring.

Er beginnt sanft mit mir zur Musik hin und her zu schwingen. „Jemand ist hier ganz schön angespannt. Mache ich dich etwa nervös?"

Das wäre dann wohl die Untertreibung des Jahrhunderts.

„Warum hast du Angst vor mir, Angel?", flüstert er, als er sich wieder weiter zu mir herunterbeugt.

„Weil du ein Pirat bist."

„Sagt der Junge, der mich letzte Nacht beinahe umgebracht hätte, als er mich von deinem Balkon gestoßen hat?"

„Sagt Peter Pan."

Da beginnt Hook zu schmunzeln, nur leider kann ich nicht feststellen, ob er amüsiert oder frustriert dabei ist. „Kann ich davon ausgehen, dass er dir auch alles andere über Nimmerland erzählt hat? Und glaubst du mir jetzt?"

Mit neuer Entschlossenheit fordere ich ihn mit einem festen Blick heraus. „Er hat mir erzählt, dass du hinter mir her bist, um ihn dann zu erpressen."

„Oh, er hat recht. Ich bin definitiv hinter dir her, Angel." Hook neigt seinen Kopf noch etwas tiefer und liebkost meine Schläfe mit seiner Nasenspitze.

Herr im Himmel, wie kann sich etwas, das so falsch ist, nur so richtig anfühlen?

„Aber warum sollte ich Peter erpressen wollen?", fragt er mich mit einem Hauch von Verwunderung in der Stimme, der mich den Kopf neigen und in sein Gesicht blicken lässt.

„Na, weil er einen Schatz hat, hinter dem du offenbar her bist", antworte ich schnippisch. Als ob wir das nicht beide wüssten.

Eine Sekunde verstreicht, bevor Hook etwas erwidert. Dieses Mal aber mit unterdrücktem Ärger. „Tatsächlich?"

Ich weiß nicht, wie ich das verstehen soll. „Willst du mir weismachen, das sei eine Lüge?" Nicht dass ich ihm auch nur ansatzweise glauben würde, wenn das sein Plan sein sollte.

„Aye."

Tja, wie ich schon sagte, ich glaube ihm nicht. Allerdings hält mich das nicht von der Frage ab: „Weshalb bist du denn dann hier?"

Die verhärteten Muskeln in seinem Kiefer lösen sich allmählich wieder und er streicht mir mit den Fingerknöcheln über die Wange. „Das habe ich dir bereits gestern gesagt. Ich bin nur deinetwegen gekommen."

„Was ist an mir schon so Besonderes, dass du meinetwegen unbedingt Nimmerland verlassen wolltest?" Großer Gott, führe ich hier etwa ernsthaft diese Unterhaltung mit einem berühmt-berüchtigten Seeräuber? Irgendwie habe ich plötzlich das Gefühl, dass ich meinen Schwestern die Geschichte einmal zu oft vorgelesen habe. Sie ist mir wohl zu Kopf gestiegen. Aber dann erinnere ich mich wieder daran, wie Peter Pan vergangene Nacht mit mir über die Stadt geflogen ist, und jeder Zweifel ist wie weggeblasen.

„Du bedeutest alles für mich, Angel, und ich werde dir auch alles erzählen, was du wissen musst."

Was hat er gerade gesagt? Peters Worte hallen in meinen Ohren wider: *Er will dich auf sein Schiff locken, um dich nach Nimmerland zu entführen.* Als hätte ich gerade einen Stromstoß erhalten, springt mein Verstand endlich wieder an und ich reiße mich aus Hooks Umarmung los. „Du bist ein Pirat. *Du* bist hier der Lügner, nicht Peter", fauche ich. „Mit dir gehe ich nirgendwo hin. Vergiss es! Und jetzt verschwinde besser, sonst zeige ich mit dem Finger auf dich und schreie ‚Mörder' in die Menge."

Für einen endlos langen Moment betrachtet mich Hook eindringlich, als würde er gerade abwägen, ob ich meine Drohung tatsächlich wahr machen würde. Dann wandert eine Augenbraue auf herausfordernde Weise nach oben. Gerade als ich denke, ich hätte diesen Kampf verloren und müsste tatsächlich gleich wie am Spieß loskreischen, nimmt er meine Hand und führt sie an seine Lippen. Er haucht einen zarten Kuss auf meinen Handrücken. „Bis zum nächsten Mal, Angel."

Dann macht er auf den Absätzen kehrt und verlässt den Saal.

Ich brauche eine Minute, um mich zu fangen, oder vielleicht sind es auch zwei. Als ich mich endlich wieder stark genug fühle, um auf meinen eigenen Beinen laufen zu können, egal wie wenig anmutig, stolpere ich zurück an unseren Tisch. Auf die Rückenlehne von Peters verlassenem Stuhl gestützt finde ich den nötigen Halt.

„Angelina, was ist denn mit dir los?", fragt Carla Norris besorgt und blickt mich entsetzt an. „Du siehst aus, als hättest du einen Geist gesehen."

„Wohl eher einen Pirat", murmle ich, allerdings leise genug, sodass es niemand hört. „Ich glaube, ich bekomme wohl gerade eine Migräne." Lahme Ausrede, schon klar, aber was hätte ich denn sonst sagen sollen? „Weiß einer von euch vielleicht, wo Peter steckt?"

„Er hat gesagt, dass ein paar seiner Freunde aufgekreuzt sind und er mal zu ihnen rübergeht", antwortet Sebastian. „Das war vor zehn Minuten."

Großartig. Einfach großartig. „Dann werd ich wohl meinen Vater anrufen, damit er mich abholt. Könnt ihr Peter bitte ausrichten, dass ich nach Hause gefahren bin, wenn er zurückkommt?"

„Klar. Aber du wirst deinen Vater bestimmt nicht um diese Uhrzeit aus dem Bett läuten", meint Shawn Chennings, der gerade aufsteht und sich mit einer Hand durch die glatten braunen Haare streift. „Ich kann dich fahren."

Shawn versucht mir schon seit einer ganzen Weile den Hof zu machen. Da er am Ende unserer Straße wohnt und wir uns schon unser ganzes Leben lang kennen, kann ich mir allerdings nicht vorstellen, dass zwischen uns jemals mehr sein wird als gute Freundschaft. Das weiß er genau, und das ist auch der einzige Grund, warum ich heute sein Angebot annehme. Na ja, das und die Tatsache, dass ich so schnell wie möglich nach Hause will, ohne dabei James Hook noch einmal über den Weg zu laufen. Ihm einen Kuss zu verweigern ist nämlich eine viel größere Herausforderung, als nur meinem Freund Shawn zu widerstehen.

Als wir im Auto sitzen, reibe ich Kopfschmerzen vortäuschend meine Schläfen, wodurch mir jegliche Unterhaltung mit Shawn erspart bleibt. Er konzentriert sich einfach nur auf die Straße. Wenn man es genau nimmt, ist das Kopfweh allerdings gar nicht so sehr vorgetäuscht wie ursprünglich angenommen.

Shawn hält vor meinem Haus und lässt mich aussteigen. „Ich seh dich am Montag in der Schule."

Ich nicke und denke dabei heimlich: *Nur, wenn ich es bis dahin schaffe, nicht in Hooks Fänge zu geraten.* Für diesen Gedanken könnte ich mich selbst treten, denn er löst zusätzlich zur kühlen Abendluft einen Schauer aus, der mir unangenehm über den Rücken läuft. Mein Blick schweift nach allen Seiten, als ich über den Bürgersteig und durch unseren Vorgarten husche. Verdammt, wenn es wirklich so gruselig ist, eine Märchengestalt in echt anzutreffen, dann revidiere ich augenblicklich meinen Wunsch, einmal in Schneewittchens Zauberwald oder in Mittelerde aufzuwachen.

Gott sei Dank passiert nichts Ungewöhnliches auf dem Weg zur Eingangstür. Mit einem ordentlichen Seufzer der Erleichterung lasse ich mich selbst ins Haus. Drinnen ist alles mucksmäuschenstill. Meine Eltern sind wohl schon zu Bett gegangen. Sie erwarten mich auch bestimmt nicht eher zurück als knappe dreißig Sekunden vor dem Zapfenstreich, was an Wochenenden üblicherweise zwei Uhr morgens bedeutet. Aber die große Standuhr im Wohnzimmer verrät, dass es kaum Mitternacht ist.

Schnell eile ich noch unter die Dusche, schlüpfe dann in meine schwarzen Sweatshorts und ein weißes Tanktop und schleiche zurück in mein Zimmer. Kein Grund, sich Sorgen zu machen, rede ich mir ein, als ich das Licht einschalte. Hier drin bin ich sicher. Und wenn Peter erst einmal weiß, dass ich bereits nach Hause gefahren bin, kommt er sicher rasch angeflogen und beschützt mich, so wie er es versprochen hat.

Als wäre das sein Stichwort gewesen, klopft es leise an meiner Balkontür. Mein Bett kann noch einen Moment warten. Erst muss ich mit Peter reden. Barfuß tappe ich zur Balkontür und ziehe sie auf. Aber hier ist kein Peter. Hier ist gar niemand. Nur eine einsame Goldmünze liegt auf dem Fußboden.

In dem Moment, als ich sie aufhebe, landet eine weitere Münze auf meinem Balkon. Diese Dinger sehen seltsam aus. Sie sind schwer und auch nicht makellos rund. Die eine Seite der Münzen zeigt eine Insel, auf der anderen steht die Zahl Eins. In den unteren Rand wurde das Wort Dublone gepresst.

„Peter?", flüstere ich und untersuche den finsteren Garten unter mir, um herauszufinden, woher diese Münzen geflogen kamen. „Bist du das?"

„Komm raus", flüstert er seltsam heiser zurück. „Wir müssen reden."

Ich kratze mich am Kopf und frage mich, warum er nicht einfach in mein Zimmer fliegt. Hat es womöglich etwas damit zu tun, was auf dem Ball passiert ist? Vielleicht hat er ja ein schlechtes Gewissen, weil er mich dort allein gelassen hat, und traut sich nun nicht, mir unter die Augen zu treten.

Leise wie eine Katze schleiche ich durchs Haus und zur Hintertür in den Garten hinaus. Das Gras ist nach dem sonnigen Tag heute immer noch warm. Aus Sicherheitsgründen bleibe ich lieber in der Nähe des Hauses und flüstere noch einmal Peters Namen hinaus in die Dunkelheit. Diesmal antwortet er nicht, doch eine weitere Golddublone landet direkt vor meinen nackten Füßen. Ich bücke mich, um sie aufzuheben, da landet noch ein Goldstück ein paar Schritte weiter weg vor mir. Und dann noch eine, wieder ein paar Meter weiter. Es kommt mir beinahe so vor, als wollte Peter mich so vom Haus weglocken. Was spielt er denn gerade für ein Spiel?

Glücklicherweise brauche ich mir mit Peter in der Nähe ja nicht allzu große Sorgen zu machen, also nehme ich einen tiefen Atemzug und folge dann der Spur aus Münzen.

Mit einem kleinen Schatzhaufen in den Händen erreiche ich den hinteren Teil unseres Gartens und bleibe in einem Dreieck aus alten Eichenbäumen stehen, den Blick nach oben gerichtet. Eine Minute lang ist alles still hier draußen. Ich glaube, sogar der Wind hält gerade seinen Atem an. Dann setzt plötzlich ein sanfter Regen aus Gold ein.

Münze für Münze fällt vom Himmel und landet im langen, weichen Gras, das mich an den Füßen kitzelt. Jedes Mal, wenn eine Dublone auf eine andere trifft, ertönt ein leises Klingen. Immer mehr Münzen regnen vom Himmel und spielen eine romantische Melodie, während Gold auf Gold fällt.

Ich kann die Schönheit gar nicht in Worte fassen, in deren Mitte ich mich in diesem Augenblick befinde. Mein Gesicht auf den Himmel gerichtet und die Hände weit nach oben gestreckt, tanze ich lachend in diesem wundersamen Regen. Ob er nun vom Himmel, aus den Wolken oder von den Bäumen über mir fällt, kann ich nicht sagen, aber schon bald ist der Boden unter meinen Füßen mit einer Goldschicht bedeckt, die im zarten Mondlicht schimmert.

Wenn das Peters Art ist, sich bei mir zu entschuldigen, weil er mich vorhin alleine gelassen hat, dann ist ihm auf der Stelle verziehen.

Als ein sanftes Rascheln in den Baumwipfeln hinter mir ertönt, blicke ich erst zurück und drehe mich dann um. Spannung prickelt auf meiner Haut, so wie vorhin die Goldmünzen, die auf mich herab geprasselt sind. „Komm runter, Peter", wispere ich. „Ich bin dir nicht mehr böse."

Er springt aus dem wohl höchsten Ast des alten Baumes auf die Erde herunter und landet in der Hocke, um seine Balance auf dem mit Goldmünzen bedeckten Boden wiederzuerlangen. Das Erste, was mir dabei ins Auge fällt, sind seine blonden Haare. Blond — nicht braun. Dann das weiße Hemd. Und als Hook schließlich seinen Kopf hebt und mir in die Augen blickt, erstarre ich zu Eis.

Kapitel 9

Dem Schock in Angels Gesicht nach zu urteilen, hat sie mich wohl als Allerletzten hier erwartet. Sie ist nur einen Atemzug davon entfernt, sich gleich die Seele aus dem Leib zu schreien. Diesmal gehe ich die Sache mit ihr wohl lieber etwas langsamer an.

„Hook." Mein Name ist nur ein Flüstern auf ihren Lippen – eine Beschimpfung. Es trifft mich schwer, dass sie mich heute Nacht nicht Jamie nennt. Also hat Peter mir auch dieses letzte bisschen Hoffnung genommen. Am liebsten möchte ich ihn dafür hängen sehen, aber jetzt ist nicht der richtige Zeitpunkt, um seinen Tod zu planen.

Langsam komme ich aus der Hocke hoch. Unter keinen Umständen wende ich meinen Blick von ihrem ab, und ich glaube, das allein ist der Grund, warum sie immer noch nicht loskreischt.

Ich weiß nicht, ob es sicher ist, auf sie zuzugehen – sicher für sie und auch für mich, denn als mein Blick schließlich an ihrem Körper hinabgleitet, kämpft der habgierige Pirat in mir um die Vormacht. Angel trägt so gut wie nichts; eine kurze Hose und ein seltsames Oberteil, das sich für ein junges Mädchen ihres Standes nicht geziemt. Das sind mit absoluter Gewissheit die reizvollsten Sachen, in denen ich sie bis jetzt gesehen habe.

„Was machst du hier?", faucht Angel mich an. Ihr Körper bebt dabei, doch sie bleibt wie angewurzelt stehen.

Das ist zumindest besser, als wenn sie um Hilfe schreien würde, nehme ich an und zucke ratlos mit den Schultern. „Ich hatte gehofft, wir könnten uns unterhalten."

Ihre wunderhübschen kohlschwarzen Haare fallen ihr ins Gesicht, als sie ihr Kinn etwas tiefer neigt und mir einen mörderischen Blick zuwirft. „Ist das dein Werk?", schnappt sie und deutet mit ihrem Arm in einer schwachen Geste um sich. „Das Gold, der Schatz? Hast du das ganze Zeug auf mich heruntergeworfen?"

Ich weiß nicht, wie sie das immer wieder schafft, aber sie braucht mich nur auf diese gewisse Weise anzusehen oder etwas zu sagen, und sofort will der Pirat in mir die Flucht ergreifen. „Vor ein paar Minuten hast du noch ganz glücklich darüber ausgesehen", erwidere ich kleinlaut.

„Weil ich dachte, Peter hätte das gemacht. Du hast mich hierhergelockt. Wieso?"

Mein kleiner Schritt nach vorn scheucht sie gleich zwei große Schritte nach hinten, also bleibe ich wieder stehen und versuche sie mit erhobenen Händen zu beschwichtigen. „Um dir etwas zu beweisen." Es ist nicht zu übersehen, dass all die Lügen, die ihr Peter über mich erzählt hat, mittlerweile ihre Wirkung getan haben. Sie hat jegliches Vertrauen in mich verloren. Und dabei musste ich so hart darum kämpfen, als sie auf meinem Schiff war. „Peter hat dir erzählt, ich hätte vor, dich zu entführen, um über dich an ihn und somit an meinen Schatz zu gelangen. Richtig?" Zumindest hat sie mir das vorhin auf dem Ball vorgeworfen.

Angel grübelt einen Moment über meine Worte und versteht offensichtlich nicht, worauf ich hinaus will.

„Tja, hier ist er", sage ich mit fester Stimme und schwenke dabei meinen Arm so wie sie vorhin, damit sie begreift, dass wir mitten in meinem Schatz stehen. „Oder zumindest ein Teil davon. Der Rest befindet sich noch auf meinem Schiff. Ich habe angenommen, das hier würde reichen, um dich zu überzeugen, dass ich dich nicht brauche, um damit etwas zu erreichen. Ich habe mein Gold." Im nächsten Moment senke ich meine Stimme ein wenig. „Das Einzige, was ich nicht habe, bist du, Angel. Als du mich verlassen hast, wäre ich beinahe zugrunde gegangen."

„Ich hab dich verlassen?" Als Angel laut loslacht, klingt es eher empört als amüsiert. „Wie könnte ich? Als ich in Nimmerland war, war ich doch" – ihre glatte Haut verknittert zu einem verwirrten Stirnrunzeln und ein Hauch von Unsicherheit schleicht in ihre Stimme – „mit Peter zusammen?"

„Hat er dir das erzählt? Dass ihr beide zusammen wart, wie ein Paar?"

Ihr zögerliches Nicken gibt mir ein wenig Hoffnung, dass sie zumindest neugierig genug ist, um sich gleich meine Version der Geschichte anzuhören. „Als du vor gut drei Monaten bei uns in Nimmerland warst, war Peter fünfzehn Jahre alt. Wie alt bist du, Angel? Achtzehn?" Unter meinen Stiefeln klingen die Goldmünzen, als ich einen weiteren Schritt auf sie zu wage. „Macht es für dich Sinn, dass du dich angeblich in ein Kind verliebt hast?"

Zweifel schleicht sich in ihren Blick. Sie schüttelt den Kopf. „Für mich ergibt überhaupt nichts mehr einen Sinn. Und Peter ist kein Kind. Sieh ihn dir doch an. Er muss mindestens zwanzig Jahre alt sein."

„Im Moment sieht er aus wie zwanzig." Ein schmerzhaftes Seufzen entweicht mir. „Und das ist allein meine Schuld. Peter Pan war der Junge, der niemals erwachsen werden wollte. Seit über hundert Jahren habe ich versucht, ihn in die Finger zu kriegen, weil er meinen Schatz gestohlen hat. Vermutlich hätte ich ihn sogar umgebracht, wenn ich die Chance dazu gehabt hätte." Ich räuspere mich, damit meine Stimme aus Ärger über damals nicht so knurrig klingt. „Dann bist du nach Nimmerland gekommen und es sind seltsame Dinge passiert. Dinge, die ihn betroffen haben, und mich, und ... uns." Bei diesem letzten Wort neige ich meinen Kopf schräg und versuche sie mit einem überzeugenden und vielleicht auch etwas andeutenden Blick einzufangen. „Die Zeit mit dir war die beste, die ich seit einer Ewigkeit hatte." Einer verdammt langen Ewigkeit. Im Moment frage ich mich, wie ich all diese Jahre überstanden habe, ohne dabei wahnsinnig zu werden. „Aber trotzdem mussten wir am Ende einen Weg finden, wie wir dich wieder nach London zurückbringen konnten." Ich ziehe die Nase hoch. „Und das war gar nicht so leicht."

Angel schweigt einen langen Augenblick. Verflucht aber auch, wie ich es hasse, nicht zu wissen, was gerade in ihrem Kopf vorgeht. Am Ende verzieht sie ihren Mund grüblerisch auf eine Seite. „Gestern hast du gesagt, dass ihr beide Brüder seid."

Versenk mich! Da ist es! Wie es damals schon so typisch für sie war, wenn ihr unverwüstliches Temperament zum Vorschein kam, hebt sie auch jetzt gerade wieder ihr Kinn auf so herausfordernde Weise. Ein Freudenschauer durchzuckt mich. Ich kann mein schiefes Grinsen dabei kaum noch zurückhalten. „Aye."

„Und ihr habt also euer Kriegsbeil begraben?"

„Das haben wir. Deinetwegen. Du hast uns dazu gebracht."

Der Vertrauensschimmer, der gerade noch hervorgeblitzt hat, verschwindet nun gänzlich. Was hab ich denn nun wieder falsch gemacht?

„Warum lügst du mich an, James Hook? Peter hasst dich aus

tiefster Seele. Warum sonst hätte er mich wohl vor dir gewarnt?"
Und plötzlich stockt ihr der Atem, als würde gerade ein Puzzleteil in ihren Gedanken an seinen richtigen Platz fallen. Ihre Stimme ist eiskalt, als sie mich langsam fragt: „Wo ist er? Was hast du ihm auf dem Ball angetan?"

„Peter geht es gut. Meine Männer haben sich um ihn gekümmert."

„Hast du ihm etwas angetan?"

Die Angst um Peter in ihren Augen schnürt mir vor Eifersucht die Kehle zu, wo sie sich doch offensichtlich überhaupt nicht mehr daran erinnert, wie viel ich ihr noch vor einiger Zeit bedeutet habe. „Nein. Ich sorge lediglich dafür, dass er seine Nase aus dieser Angelegenheit heraushält, damit wir beide ausnahmsweise mal eine ungestörte Unterhaltung führen können. Es war ziemlich fies von ihm, gestern so ungebeten dazwischenzufunken." Leider kommen diese Worte mit einem finsteren Knurren hervor. Ich kann's wohl schlecht zurücknehmen, aber erschrecken will ich Angel damit bestimmt nicht. Wieder mache ich zwei Schritte auf sie zu, die sie sogleich in die entgegengesetzte Richtung spiegelt. Was sie nicht bemerkt, ist, dass sie beim nächsten Schritt gegen den Baumstamm hinter ihr stoßen wird. Das ist meine Chance. Sie wäre gefangen.

Ich gehe weiter auf sie zu und ignoriere dann ihr erschrockenes Japsen, als sie in der Sackgasse landet. „Du hast recht", sage ich mit sanfter Stimme, während ich meine Hand an ihre Wange lege und zärtlich mit den Fingerrücken darüber streiche. „Heute hasst er mich. Um zu dir zu gelangen, musste ich ihn dazu zwingen, etwas zu tun, das ihn für immer verändert hat. Er musste den Fluch brechen."

„Welchen Fluch?"

„Hmm?" Ich weiß, sie hat gerade etwas gefragt, aber ich hab's total verpasst, weil ich gerade völlig in ihren wunderhübschen Augen versunken bin. Außerdem verblüfft es mich, dass sie sich gerade meine zarte Berührung gefallen lässt, ohne dabei den Kopf angewidert zur Seite zu drehen. Versenk mich, sie hat nicht einmal gezuckt!

„Du hast gesagt, er hat den Fluch gebrochen. Welchen Fluch?"

„Der Fluch, der in Nimmerland die Zeit angehalten hat", gebe ich abwesend als Antwort. Ich kann mich plötzlich nur noch schwer konzentrieren. Sie ist so bezaubernd schön. Weiß sie das überhaupt? Ihre Haarsträhne, die ich gerade zwischen den Fingern reibe, fühlt sich so weich an wie die Regenbogenessenz, die Bre aus meinem Hemd gewrungen hat. Ich streife ihr die Strähne hinters Ohr und neige meinen Kopf etwas tiefer zu ihr hinunter, um den verlockenden Duft einzuatmen, der mich vom ersten Tag an, an dem ich sie auf meinen Armen getragen habe, berauscht hat.

Ihre zarten Hände wandern verstohlen nach oben und legen sich auf meine Brust. Falls sie gerade versucht, mich von sich wegzustoßen, dann nur sehr halbherzig. „Wenn du deinen Schatz bereits wiederhast, warum bist du mir dann hierher gefolgt?"

Ermutigt durch ihr fehlendes Widerstreben, streiche ich mit der Spitze meiner Nase über ihre, von oben nach unten, bis zur Spitze. So nahe kann ich ihren warmen, ruckartigen Atem in meinem Gesicht spüren. Es gefällt mir. Und plötzlich fällt mir auf, dass sie mich keineswegs von sich stoßen will. Im Gegenteil, sie spreizt ihre Finger und lässt sie in einem sanften Streicheln über meine Brust gleiten, um mich zu spüren. Ich lege auch noch meine zweite Hand auf ihre andere Wange und neige ihren Kopf etwas höher, sodass sie mir direkt in die Augen sehen kann, wenn ich ihr sage: „Weil nur der Gedanke an dich die Ewigkeit für mich erträglich macht."

Ich glaube, sie erkennt die Wahrheit an meiner Stimme, denn sie zieht kurz die Luft ein, als ihr klar wird, dass ich ihr nichts tun will. Das Einzige, was ich will, ist, meine Lippen auf die ihren zu pressen, und zwar jetzt sofort. Ohne Zweifel weiß sie, was mir im Kopf herumgeht. Ihre Finger krallen sich in mein Hemd. Sanfter als es für jemanden in meiner augenblicklichen Lage möglich sein sollte, lege ich meinen Mund auf ihren.

Angel beißt nicht, faucht nicht und spuckt mir auch nicht ins Gesicht. Außerdem schreit sie auch nicht „Mörder" und zeigt dabei mit dem Finger auf mich, so wie sie es mir vor Kurzem angedroht hat. Sie lässt sich einfach nur von mir küssen und mir wird bewusst, dass ich einen Schritt weiter bei ihr gekommen bin, selbst wenn sie immer noch keine wirkliche Ahnung hat, wer ich eigentlich bin. Unsere Lippen verschmelzen miteinander. Liebevoll. In ihrem eigenen langsamen, sinnlichen Rhythmus. Verflucht noch mal, Angel fühlt sich so wunderbar an, schmeckt so gut ... ich verzehre mich buchstäblich nach ihr.

Doch in ihrem Kuss liegt immer noch eine leichte Zurückhaltung. *Gib endlich auf!*, möchte ich am liebsten laut schreien. Wie kann ich sie nur davon überzeugen, mir voll und ganz zu vertrauen? Wie kann ich zu dem Mädchen durchdringen, das in der Meerjungfrauenlagune die ganze Nacht in meinen Armen geschlafen hat? Ich weiß es einfach nicht. Sicher ist nur, dass ich sie nie wieder gehen lassen werde ... für nichts auf der Welt.

Sinnlich lasse ich meine Zunge über ihre Lippen und in ihren Mund gleiten. Oh, wie herrlich, Angel endlich wieder küssen zu können! Und schließlich gibt auch sie sich mir hin. Jeder eben noch dagewesene Zweifel ist wie weggeblasen. Egal was sie von mir denkt, egal wie viel Angst sie eben noch vor mir hatte, sie will das hier genauso sehr wie ich. Meine Hände sinken auf ihre Schultern und ich lasse sie über ihre Arme nach unten gleiten bis zu ihren Hüften.

Angel zittert ein wenig.

Als sie sich ein paar Zentimeter zurücklehnt, mich aber meine Stirn an ihre drücken lässt, flüstert sie schüchtern gegen meine Lippen: „Wer bist du nur?"

Die Wahrheit ist, ich weiß die Antwort selbst nicht länger. So lange Zeit war ich einfach nur ein Pirat, doch immer wenn ich mit diesem Mädchen zusammen bin, ist nur eine Person gegenwärtig. „Ich bin Jamie", sage ich in einem ebenso leisen Flüstern und küsse sie noch einmal.

Diesmal trifft mich die ungehaltene Leidenschaft ihres Kusses wie ein Windstoß in Orkanstärke, der mir den Boden unter den Füßen raubt. Ich muss sie nicht länger überzeugen oder aus ihrem Versteck herauslocken. Angel küsst mich; es ist nicht mehr andersherum. Sie drückt sich an mich, als würde endlich auch sie die Anziehungskraft spüren, die schon die ganze Zeit zwischen uns knistert. Als wäre ich der einzige Mann, den sie in ihrem Leben je wieder küssen wollte. Wie mit einer eigenen Willenskraft versehen, schlingen sich meine Arme eng um sie und ich drücke sie noch fester an mich. Ich liebe dieses kleine Stöhnen, das ihr dabei entweicht; liebe es, wie ihre zitternden Hände nach oben in meinen Nacken wandern und sich in meinem kurzen Haar festkrallen. Kurzum, ich liebe sie. Von Anfang an waren wir füreinander bestimmt, und wenn es sein muss, werde ich immer wieder aufs Neue Mittel und Wege finden, um sie davon zu überzeugen.

Als ich mich langsam zurücklehne und ihr tief in die Augen sehe, dauert es ein paar Sekunden, bis sich ihr Atem wieder beruhigt hat. Ein niedlicher rosa Schimmer schleicht sich auf ihre Wangen, der sie nur noch hübscher macht. Obwohl sie aus meiner Umarmung gleiten möchte und sich ihr Killergriff langsam aus meinen Haaren löst, lasse ich sie nicht los. Durch meine Hände, die immer noch dort sind, wo sie auch die letzten beiden Minuten waren, sollte sie eigentlich von selbst darauf kommen, dass sie nicht einfach so einen überwältigenden Kuss abziehen und dann wieder diese nervige Distanz zwischen uns aufkommen lassen kann. Kommt gar nicht in Frage.

Ich nehme mir die Zeit, um selbst wieder zu Atem zu kommen, dann schenke ich ihr ein schiefes Lächeln. „Du genießt das, nicht wahr?"

„Hör zu!" In ihrer Stimme liegt so gut wie keine Kraft, also räuspert sie sich erst einmal energisch und versucht es dann erneut. „Ich weiß zwar nicht, was hier gerade passiert ist, aber es ist sicher nicht das Klügste, einen gefährlichen Piraten nach Mitternacht zu küssen."

„Das sollte kein Problem sein. Wir können den *Nach-Mitternacht-Teil* auf wann immer du willst verlegen."

Angel funkelt mich finster an. „Es ist sicherlich nicht der *Nach-Mitternacht-Teil*, der mir Kopfzerbrechen bereitet."

Das war mir klar, doch ich konnte einfach nicht umhin, sie damit aufzuziehen. Als sie dann aber hinter ihren Rücken greift und meine Arme von sich streift, versickert mein lockeres Grinsen. „Was denn? Jetzt erzähl mir nicht, du hast immer noch Angst vor mir." Sie hält meinem Blick noch eine Sekunde lang stand, dann senkt sie ihren auf ihre nackten Zehenspitzen. Und da dämmert es mir. „Nein, du hast keine Angst. Der Kuss hat tatsächlich etwas wachgerufen, nicht wahr?"

„Wirst du mich in Ruhe lassen, wenn ich Nein sage?"

„Nein."

Ihre Augen finden zurück zu meinen und sie schnappt nach Luft. „Aber du hast es versprochen. Gestern Nacht –"

„Engelchen, ich bin ein Pirat. Ich gebe den ganzen Tag lang

Versprechen, nur damit ich sie im nächsten Moment wieder vergessen kann." Seltsamerweise sind es genau jene Versprechen, die ich *ihr* gebe, die ich am Ende auch halten will. „Vielleicht hättest du eine Chance gehabt, mich loszuwerden, wenn du tatsächlich gar nichts gefühlt hättest. Aber was gerade zwischen uns passiert ist, war mit Sicherheit nicht *gar nichts*. Daher tut es mir leid, aber diesmal wirst du deinen Willen bei mir nicht durchsetzen."

„Was meinst du?"

Was ich meine? Na, dass ich noch genug Regenbogenstaub für genau eine weitere Nacht habe. Wenn ich am Ende ohne Angel nach Nimmerland zurückkehre, werde ich sie womöglich nie wiedersehen. Wenn ich sie allerdings heute Nacht mitnehme, bleibt mir genug Staub, um sie nach einer Weile zurückzubringen. Und ich werde verflucht noch mal nicht alleine nach Nimmerland zurücksegeln. Der erbitterte Kampf um Angel, all der Mist, den ich Peter aufgeladen habe, um zu ihr zurückzufinden – das war sicher nicht nur für einen Tanz und einen teuflisch guten Kuss.

Als Angel die Entschlossenheit in meinen Augen erkennt, spannt sich jeder Muskel in ihrem Körper an. Mit einem waghalsigen Sprung zur Seite versucht sie, mir zu entkommen. Doch ich bin schneller als sie und habe bereits ihr Handgelenk umfasst, bevor sie sich überhaupt bewegt. „Tut mir leid, aber das kann ich leider nicht zulassen."

Ich ziehe sie zurück an meine Brust und gebe dann einen kurzen Pfiff auf zwei Fingern ab.

„Was hast du vor? Lass mich sofort los!" Das Mädel tritt mir doch tatsächlich auf den Fuß. Es ist zwar nicht so schmerzhaft wie der Hieb, den sie mir damals auf meinem Schiff in die Rippen versetzt hat, aber dennoch sehr wirkungsvoll. Mir entweicht ein Grollen, als ich zusammenzucke.

„Mir bleibt nur noch eine Nacht in deiner Welt, verstehst du?", knurre ich in ihr Ohr. „Und so wie die Dinge stehen, willst du mich morgen vielleicht gar nicht wiedersehen. Das kann ich nicht zulassen. Wir werden nach Nimmerland zurücksegeln. Jetzt gleich. Und zwar du und ich."

„Spinnst du?"

Vielleicht ein klein wenig, aber das — wie alles andere — ist nur ihre Schuld.

„Was wird aus Peter?", faucht sie und wehrt sich verbissen.

Warum muss sie sich ständig mehr Sorgen um ihn machen als um mich? „Peter bleibt hier. Ich werde ihm nichts tun. Immerhin ist er mein Bruder." Als meine Männer ihn aus dem Tanzsaal geschleppt und ganz oben auf einem Baum in einem Park nicht weit von hier festgebunden haben, konnte ich es einfach nicht über mich bringen, ihm die Kehle aufzuschlitzen, egal wie sehr er es auch verdient hat. „Aber das heißt nicht, dass ich ihn noch einmal dazwischenfunken lasse, wenn es um uns geht."

Je fester ich Angel halte, umso stärker wehrt sie sich. Aber darauf nehme ich im Moment keine Rücksicht. Sie kann so heftig um sich treten, wie sie will. Am Ende wird sie froh sein, dass ich das hier getan habe. Na ja, hoffentlich.

Auf mein Zeichen hin hat Smee ein Ende des Seils heruntergeworfen, das nun vor uns in der Luft baumelt. Schnell wickle ich das Seil um uns beide herum und drücke eine Hand auf Angels Mund, um den Schrei zu ersticken, zu dem sie gerade angesetzt hat. Anschließend rufe ich: „Zieh uns hoch, Smee!"

Das Seil spannt sich. Wir werden nach oben gezogen, raus aus ihrem Garten, durch die schützende Wolkenschicht, direkt auf die Jolly Roger. Ich hasse es, Angel so viel Angst einzujagen, doch im Moment sehe ich einfach keinen anderen Weg. „Setzt die Segel!", befehle ich der Crew in einem scharfen Bellen, sobald wir sicher an Deck stehen. Nun ja, ich stehe. Angel strampelt immer noch in meinen Armen. „Wir fahren nach Hause!"

Smee deutet ein fragendes Stirnrunzeln an. Er weiß es besser, als mich in diesem Moment zur Rede zu stellen. „Ihr habt gehört, was der Käpt'n gesagt hat!", scheucht er die Männer auf. „Macht euch an die Arbeit, ihr verlausten Schiffsratten!"

Da meine Hand immer noch fest über Angels Mund liegt, kommt kein Mucks von ihr. Doch als sich ihr Burstkorb eine halbe Minute lang nicht mehr mit Atem füllt, ist es leicht zu erkennen, wie schockiert sie darüber ist, sich gerade auf einem Schiff mit richtigen Piraten wiederzufinden. Genau wie beim ersten Mal, als ich sie an Bord gebracht habe. Was für mich süße Erinnerungen sind, war für sie wohl ein erschütterndes Erlebnis.

Wahrscheinlich ist es keine gute Idee, Angel jetzt gleich loszulassen. Lieber suche ich uns ein ruhiges Plätzchen, an dem wir reden können und ich ihr alles erklären kann. Ich hebe sie hoch und trage, beziehungsweise schleppe das zappelnde Ding in mein Quartier. In ihr steckt ganz schön viel Kraft. Damit bringt sie mich zum Schmunzeln ... aber nicht dazu, sie runterzulassen.

In meinem Schlafgemach trete ich die Tür hinter mir zu und bleibe vor meinem Bett stehen. „Ich werde dich jetzt loslassen. Bitte dreh nicht durch oder versuch abzuhauen. Es gibt einen Grund, warum ich dich an Bord meines Schiffes gebracht habe. Kannst du mir also bitte einfach versprechen, dass du hier stehen bleibst und wir die Sache in Ruhe ausdiskutieren können?"

Das Nicken, auf das ich gehofft habe, bleibt aus. Zumindest atmet sie wieder, wenn auch viel zu schnell. Ich kann nicht nur spüren, wie sich ihre Brust unter meinem Arm rasch hebt und senkt, sondern auch, wie der warme Atem aus ihrer Nase meinen

Handrücken benetzt, da ich ihr ja immer noch den Mund zuhalte. Vielleicht sollte ich erst mal nur diese Hand wegnehmen.

„Du hinterlistiger, gottverdammter Pirat! Nimm sofort deine dreckigen Hände von mir! Du elender Lügner! Du hast mich entführt!"

Für Runde eins war das erst mal genug und ich halte ihr wieder den Mund zu. „Eigentlich habe ich vorhin gemeint, dass *ich* das Reden übernehme und du erst mal nur *zuhörst*", grolle ich ihr ins Ohr, leicht irritiert von ihrem Erguss an Beleidigungen. Bin ich denn wirklich so schlimm?

Angel schlägt weiter hysterisch um sich, aber – seien wir doch mal ehrlich – sie ist ein zierliches Mädchen und ich bin ... na ja, ich bin ein Pirat. Ich weiß, wie man mit widerspenstigen Weibern umgeht. Zu schnell, als dass sie es kommen sieht, drücke ich sie mit Brust und Bauch an die Wand und halte sie mit der Kraft meines Körpers dort gefangen. Meine Brust und mein Bauch berühren dabei ihren Rücken. Dieses Gefühl ist so berauschend, dass ich mich mit aller Macht konzentrieren muss, um nicht zu vergessen, was ich eigentlich vorhabe. In dieser Position nehme ich ihre Hände und führe sie über ihren Kopf, um sie ebenfalls gegen die Wand zu pressen. Ihren Kopf hat sie zur Seite gedreht. Es kann bestimmt nicht angenehm sein, wie ihre Wange gegen die Wand scheuert, als sie Runde zwei ihrer wüsten Beschimpfungen auf mich abfeuert.

Dieses Mal unterbreche ich sie nicht. Erst als sie bemerkt, dass ich schon die ganze Zeit ihren Nacken und ihre Schläfe mit meiner Nasenspitze liebkose, verstummt sie.

„Fühlst du dich jetzt besser, wo alles raus ist?", necke ich sie.

„Fahr zur Hölle!", ist ihre knappe Antwort.

„Gib mir eine Chance, Angel. Bitte. Lass mich dir erzählen, was wirklich passiert ist, als du damals in meine Welt gefallen bist."

Sie schnaubt zwar verächtlich, doch ich habe das Gefühl, dass sie zumindest bereit ist, sich meine Seite anzuhören. Selbst wenn nicht, ich muss es versuchen. „Peter hat dich gerettet, als du vom Himmel gefallen bist, aber er wollte dir nicht helfen, wieder nach Hause zu finden. Daraufhin sind wir beide uns über den Weg gelaufen. Ich hab dich an Bord meines Schiffes gebracht, zugegeben, mit ziemlich üblen Absichten. Doch du hast dich auf so einfache Weise in mein Herz gestohlen ... und ich weiß, dass auch ich dir eine Menge bedeutet habe, denn sonst hättest du mich nicht unter den Sternen geküsst. Am Ende blieb mir nichts anderes übrig, als dir zu helfen, in deine Welt zurückzugelangen, denn deine Sehnsucht nach deinen Schwestern hätte dich früher oder später zerstört. Und deinen Schmerz hätte ich nicht ertragen können."

„Und wie hast du mich bitte zurückgebracht?", schnappt Angel nach einem Moment des Überlegens.

Wie immer gelingt es ihr mit ihrer trotzigen Art auch jetzt wieder, mir ein Lächeln zu entlocken, aber das verstecke ich lieber vor ihr. „Peter hat herausgefunden, dass du noch einmal *fallen* musstest, um Nimmerland verlassen zu können. Und das haben wir dann gemacht. Aber als du einfach so aus meinem Leben verschwunden bist, konnte ich an nichts anderes mehr denken, als an dich und die Zeit mit dir. Ich brauche dich, Angel. Mir ist klar geworden, dass ich lieber sterben würde, als mein Leben ohne dich zu verbringen." Es besteht kein Grund, ihr die ganze Wahrheit über meinen Sprung in den Vulkan und das seltsame Erwachen am nächsten Morgen im Haus der Feen zu erzählen. Dafür haben wir hoffentlich später noch genug Zeit.

„Also hast du irgendwas gemacht, damit Peter älter wird, und ihr seid mir beide nach London gefolgt." Anhand ihres kühlen, flachen Tonfalls kann ich nicht erkennen, ob sie diesen Teil nun ernsthaft glaubt oder ob sie nur das wiedergibt, was Peter und ich ihr bereits erzählt haben.

„Ich wollte nicht, dass er so schnell älter wird. Ich hatte wirklich keine Ahnung, dass es dazu kommen würde. Aber ja, so ungefähr ist es abgelaufen. Und natürlich ist er nun ziemlich angepisst deswegen." Ist ja auch verständlich. „Deshalb ist er dir als erster hinterher gereist. Allerdings ist er immer wieder auf meinem Schiff aufgetaucht und hat mir unter die Nase gerieben, wie er vorhat, sich an mir zu rächen. Nämlich indem er dich mir wegnimmt. Vor ein paar Tagen hat er zum Beweis sogar ein Bild von euch beiden mit einem Dolch an meiner Tür befestigt."

Angel dreht ihren Kopf etwas weiter in meine Richtung, bis sich unsere Blicke über ihrer Schulter kreuzen. „Welches Bild meinst du?"

„Das, auf dem er dich auf seinen Armen trägt." Ich kann nichts gegen das Knurren tun, das bei der Erinnerung aus meiner Kehle bricht. „Ich kann nicht glauben, wie glücklich du dabei aussiehst."

„Peter hat mich überrascht, als er mich so schnell hochgehoben hat", feuert Angel zurück. Doch dann rollt sie mit den Augen, murmelt: „Warum verteidige ich mich hier überhaupt?", und dreht ihr Gesicht wieder so weit weg von mir, wie es die Wand erlaubt.

Sie mag sich vielleicht darüber ärgern, aber in mir steigt deshalb gerade eine Freudenfontäne hoch. „Weil du irgendwo ganz tief hier drin", sage ich leise, ergreife ihre beiden Handgelenke mit nur einer Hand und streiche mit der anderen sanft über ihren Bauch, „weißt, dass ich die Wahrheit sage. Vielleicht kannst du dich nicht mehr daran erinnern, was zwischen uns war, aber du empfindest immer noch etwas für mich." Ich schmiege meine Wange an ihr Haar und schwelge in diesem zauberhaften Duft, den ich so sehr vermisst habe. „Hab ich nicht recht?"

Sie antwortet nicht mit Runde drei der wüsten Beschimpfungen, was mich hoffen lässt, dass ich langsam zu ihr durchdringe. Ich habe das Gefühl, dass ich meinen Griff nun lockern kann. Als sie frei ist, startet sie auch keinen Fluchtversuch, was immerhin ein guter Anfang ist. Sie bleibt einfach reglos an derselben Stelle stehen und betrachtet einen Moment lang die kaputte Tür zu meinem Arbeitszimmer. Ihr Blick ist scharf und doch verwirrt. Dann dreht sie sich mit einem genervten Schnauben zu mir um und stakst ohne ein weiteres Wort hinaus an Deck. Selbstverständlich folge ich ihr, doch nach diesem ersten kleinen Durchbruch sehe ich davon ab, sie wieder an der Hand zu packen und zu mir zurückzuziehen. Wo sollte sie schon groß hinlaufen? Vom Schiff kommt sie nicht runter, schließlich befinden wir uns hoch am Sternenhimmel.

Wow, zumindest hatte ich das angenommen, bis ich raus ins Freie trete. Das samtige Blau des Nachthimmels umgibt uns nicht länger. Stattdessen blicke ich in die aufgehende Sonne über Nimmerland. Die Jolly Roger befindet sich bereits im Sinkflug, und es dauert nur noch eine Minute, bis sie endlich wieder in die gewohnten Gewässer vor der Küste eintaucht. Versenk mich! Wie lange waren wir denn in meinem Quartier? Es kam mir nicht einmal halb so lang vor, wie es tatsächlich gewesen sein muss.

Nach Luft ringend bleibt Angel auf dem Achterdeck stehen und dreht sich entsetzt auf der Stelle. „Wo zum Teufel sind wir?"

Ich trete langsam an sie heran und lege meine Hände auf ihre Schultern. „Das ist Nimmerland. Meine Heimat."

„Wie sind wir denn hierhergekommen?" Ohne mich antworten zu lassen, reibt sie sich die Schläfen, schüttelt verzagt den Kopf und murmelt: „Nein, sag's mir nicht. Ich will es gar nicht wissen."

„Angel —"

Ihr Blick schnellt nach oben zu meinem. „Nein! Lass es! Und fass mich nicht an. Es ist mir egal, ob du vorhin die Wahrheit erzählt hast oder nicht. Ich möchte – nein, ich *verlange*, dass du mich sofort wieder nach Hause bringst."

„Ich werde dich wieder nach Hause bringen, das verspreche ich."

„Wann?"

„Bald."

„Nein. Du bringst mich *jetzt* nach London. Auf der Stelle."

„Das kann ich nicht." Es tut mir schrecklich leid für Angel, aber im Moment sind mir in dieser Angelegenheit die Hände gebunden. Ich kann diese Gelegenheit nicht einfach so wegwerfen. „Gib mir doch bitte etwas mehr Zeit, damit ich dir helfen kann, dich wieder zu erinnern."

Angel verschränkt ihre Arme vor der Brust und beginnt mit dem Fuß fordernd auf den Boden zu klopfen. „*Sofort.*"

Großer Gott, ihr Knurren macht mich an, aber in diese Richtung darf ich meine Gedanken nun wirklich nicht abschweifen lassen. Ich schüttle den Kopf, doch das war wohl ein Fehler. Ich kann die Entscheidung in ihren Augen aufblitzen sehen, noch bevor Angel sie überhaupt getroffen hat. Daher bin ich dieses Mal auch darauf vorbereitet, als sie herumfährt und quer übers Deck saust. Ich hetze ihr nach und kriege sie mit dem Arm gerade noch um die Taille zu fassen, bevor sie in die Wellen springen kann. „Oh nein, das machst du nicht!"

Und darauf folgt schließlich Runde drei von Angels beißenden Beleidigungen. Eine Show, die ganz offensichtlich jeder hier an Bord überaus amüsant findet. Diese elenden Hunde lachen sich ihre Bäuche krumm.

Ich kümmere mich nicht darum. Für den Augenblick bin ich am Ende meiner Weisheit, was Angel und ihre Sturheit betrifft. Verflucht noch mal, sie hat es mir beim letzten Mal nicht so schwer gemacht, sie von meiner Zuneigung zu überzeugen – und das, obwohl sie damals am Tag zuvor beinahe meinetwegen ihr Leben im Dschungel verloren hätte.

Rasch beuge ich mich nach vorn und werfe Angel über meine Schulter. Sie kann mir auf den Rücken trommeln, so viel sie will; das wird ihr genauso wenig nützen wie das Strampeln oder Fluchen. Mit energischen Schritten trage ich sie übers Deck zu der Kajüte, die sie einst auf der Jolly Roger bewohnt hat. Die Bilgeratte, die ihretwegen das Quartier räumen musste, ist nie wieder eingezogen.

Ohne ein Wort werfe ich Angel aufs Bett und lasse sie dort allein, doch erst ziehe ich noch den Schlüssel von der Tür ab und verriegle sie dann von außen. Ihr wildes Gezeter dringt durch die Wände. Man kann nicht einmal behaupten, Runde vier ihrer Beschimpfungen hätte begonnen, denn Runde drei hat sie ja eigentlich nie beendet.

Meinen Blick hilflos zum Himmel gerichtet, fahre ich mir mit den Händen durch die Haare und seufze tief. Schließlich stiefle ich zurück in mein eigenes Quartier, fest entschlossen, Angel ein oder zwei Stunden zu gönnen, in denen sie sich hoffentlich beruhigt. Vielleicht können wir ja dann noch einmal von vorne anfangen.

Peter Pan

Grundgütiger, Peter Pan, wie bist du so schnell alt geworden? Hooks entsetzte Worte klingen noch lange in meinen Gedanken nach.

Während ich versuche, meine Hände aus dem Seil zu winden, mit dem er mich an diesem Baum festgebunden hat, kommt in einem verzweifelten Flüstern jedes einzelne Schimpfwort für ihn über meine Lippen, das ich kenne. Es juckt mich nicht, wie mitleidig oder innerlich zerrissen er dreingeblickt hat, als er seine lausige Entschuldigung gestammelt hat. Es ist mir auch scheißegal, dass er seine Hand mit dem Schwert hat sinken lassen, weil er es offenbar nicht über sich gebracht hat, mich an Ort und Stelle aufzuschlitzen. Und ganz sicher schert es mich einen Dreck, dass er mich *Bruder* genannt hat.

Für das, was er mir angetan hat, wird er sterben.

Und wenn er Angel auch nur ein Haar gekrümmt hat, werde ich ihn extra langsam mit seinem eigenen Schwert aufspießen.

Aber verdammt, was rede ich denn da? Mit einem grunzenden Stöhnen schüttle ich den Kopf. Hook würde ihr niemals etwas antun. Er liebt sie. Am Ende haben mich wohl doch meine eigenen Lügen eingeholt. Aber das ändert gar nichts. Er ist so gut wie tot. An die Haie werde ich ihn verfüttern, Stück für Stück, sobald ich hier wegkomme. Wenn ich doch nur dieses verfluchte Seil lockern könnte. Aber je mehr ich mich winde, umso tiefer schneidet es in mein Fleisch.

Hilflos und zutiefst gedemütigt beiße ich die Zähne aufeinander. Dabei schweift mein Blick über den ruhigen Park, der in der Dunkelheit unter mir liegt. In wenigen Stunden werden wieder Menschen die Pfade entlang spazieren. Vielleicht kann mir einer von ihnen helfen, wenn ich um Hilfe rufe. Aber der Morgen liegt noch in weiter Ferne.

Mit erhobenem Kopf schreie ich in die Nacht hinaus: „Hook, du gottverdammter Bastard! Dafür kriege ich dich! Ich werde dich zerquetschen und auf deine verwesenden Knochen spucken!"

Gerade als ich meinen Kopf wieder hängen lasse und versuche, den Kloß aus brennender Wut in meinem Hals runterzuschlucken, spüre ich, wie sich ein Ende des Seils ein klein wenig lockert.

Angelina

Seit dem Moment, als Hook mich unter den Bäumen in meinem Garten geküsst hat, kommt mir alles wie ein bescheuertes Déjà-vu vor. Ich hocke auf dem Bett, auf dem er mich abgesetzt hat, und starre auf die Tür. Der Mistkerl hatte doch tatsächlich die Nerven, mich hier einzusperren. Ist das etwa üblich in Nimmerland, nachdem man eine Frau geküsst hat? Sie gefangen zu nehmen?

Sehr überzeugend, Hook. Natürlich glaube ich dir deine Geschichte jetzt aufs Wort.

Das Seltsame ist nur, er hätte mich tatsächlich beinahe so weit gehabt, dass ich ihm geglaubt hätte. So leidenschaftlich wurde ich zuvor noch nie geküsst. Oder vielleicht doch, denn alles daran fühlte sich so unendlich vertraut an. Seine Berührung, sein Duft, sogar der Geschmack, den er in meinem Mund hinterlassen hat – ich reibe mit der Zunge gegen den Gaumen, um ihn noch einmal auskosten zu können. Und dann war da noch diese kaputte Tür in seinem Schlafzimmer. Ich weiß nicht, wohin sie führt, aber der Anblick der schief hängenden Angeln hat mich erzittern lassen. Es kommt mir fast so vor, als wäre ich dabei gewesen, als sie kaputtging, nur führt in meiner Erinnerung leider gerade kein Pfad zu dieser Information.

Was für eine Absicht verbirgt er hinter meiner Gefangennahme?

Er hat mich gekidnappt, Herrgott noch mal! Glaubt er wirklich, dadurch gewinnt er mein Vertrauen? Oh Junge, hätte ich doch nur auf Peter gehört! Ich hätte niemals alleine in der Dunkelheit das Haus verlassen dürfen.

In kleinen Kreisen massiere ich meine Schläfen und versuche, mir einen Plan auszudenken. Wie komme ich am besten von diesem Schiff runter und weg von der dreckigen Mannschaft und ihrem Captain? Wenn meine Eltern erst einmal merken, dass ich verschwunden bin, werden sie sicher ganz krank vor Sorge. Aber sie werden wohl kaum verstehen, was passiert ist. Ihre Tochter ist verschwunden und im hinteren Teil des Gartens liegt ein kleiner Schatzhaufen. Himmel, vielleicht denken sie ja, dass mich jemand mit dem Gold kaufen wollte!

Ich verdrehe die Augen und hätte mich am liebsten selbst für diese dämliche Idee geohrfeigt. Natürlich werden sie sofort wissen, dass ich entführt wurde. Bestimmt rufen sie die Polizei.

Und weiter?, grolle ich in mich hinein und blicke an die Decke. *Sollen die Bullen mich etwa in Nimmerland suchen kommen? Ja, klasse Einfall.*

Ohne Ende zermürbt, schlinge ich meine Arme um meine Beine und ziehe die Knie an meine Brust, um meinen Kopf darauf sinken zu lassen. Erst als ich an meine beiden Schwestern und ihre traurigen Gesichter denke, wenn sie erst einmal bemerkt haben, dass ich nie wieder zurückkomme, verwandelt sich meine Wut auf Hook in einen traurigen Kloß in meinem Hals. Außerdem bekomme ich es mit der Angst zu tun. Was wird hier an Bord mit mir geschehen? Obwohl mir ja nichts so schnell Angst macht, treten mir in diesem Moment die Tränen in die Augen. Aber ich lasse nicht zu, dass meine Furcht und Traurigkeit mich überwältigen.

Ich habe Hook vorhin auf so üble Weise und auch so lautstark beschimpft, dass mir nun der Hals kratzt, als ich mich räuspere. Ich schniefe, hebe den Kopf und blicke mich in meinem Gefängnis um. Irgendwie muss man hier doch rauskommen. Leider ist das Fenster verriegelt, also kann ich da wohl nicht rausklettern. Draußen vor dem schmutzigen Glas schrumpft die Küste von Nimmerland in weiter Ferne. Die Jolly Roger nimmt Kurs auf den Horizont.

„Wohin willst du nur mit mir, Hook?", murmle ich und lasse dabei das violette Satinband, mit dem eine Seite der Vorhänge zurückgebunden ist, locker durch meine Finger gleiten. Plötzlich wird mir etwas bewusst und ich wirble auf den Fersen herum. Dieses Zimmer mit den netten Vorhängen, dem lila Teppich und den sauberen Bettlaken ist wohl kaum das, was man eine schäbige Seeräuberkajüte nennen kann. Alles hier drin wirkt, als wäre es mit Bedacht ausgewählt worden. Ausgewählt, um einem Mädchen gerecht zu werden.

Etwa mir?

Ich schnappe nach Luft. Genau wie bei der kaputten Tür habe ich auch jetzt das Gefühl, als hätte ich diese Kajüte schon einmal gesehen. Ich war schon mal hier drin. Das Gefühl ist stark genug, um mir die Brust zuzuschnüren. Die Frage ist nur, war ich damals auch eine Gefangene an Bord, oder war ich ... ein Gast?

Betrübt sinke ich auf den weichen Teppich vor dem einfachen Bett nieder und ziehe an meinen Haarspitzen, wobei ich schwer aufseufze. Irgendwie glaube ich, dass alles gut wäre und ich einfach wieder nach Hause gehen könnte, wenn ich mich nur daran erinnern würde, was beim letzten Mal passiert ist, als ich angeblich in Nimmerland war. Die Geschichten aus Hooks und Peters Perspektive haben ihre Gemeinsamkeiten, aber einer der beiden muss ganz offensichtlich lügen. Ich möchte nur zu gerne glauben, dass Hook der Lügner ist, nur dass es sich auf so seltsame Weise richtig angefühlt hat, ihn zu küssen. Was ist, wenn seine Version der Geschehnisse eher der Wahrheit entspricht, als die von Peter?

Ach, wenn Peter doch nur hier wäre. So viele Fragen schwirren mir im Kopf herum, und langsam bin ich mir sicher, dass ich die Wahrheit nur herausfinden werde, wenn ich beide zur gleichen Zeit vor mir habe. Und dann kann mich Peter endlich nach Hause fliegen, denn Hooks entschlossenem Blick nach wird er das wohl nicht so schnell tun.

Ein Schlüssel rasselt im Türschloss und mein Kopf ruckt nach oben. Wer weiß, vielleicht habe ich mich ja in Hook getäuscht und er hat seine Meinung geändert?

Leider ist es nur ein fröhlich grinsender, alter Pirat mit einem roten Bandana auf dem Kopf und einem lustig im Sonnenlicht funkelnden goldenen Zahn, der seinen Kopf zur Tür hereinsteckt. „Der Käpt'n sagt, du kannst jetzt rauskommen. Du sollst aber bitte nich' wieder über Bord springen, wenn's geht, weil da draußen nämlich Haie sin' und er dir nich' unbedingt hinterher springen will, wenn's nich' sein muss."

Der gefährlichste dieser Haie ist ganz bestimmt der Captain selbst, da bin ich sicher. Als mir der Seeräuber auch noch ein Lächeln schenkt, das sogar eine Horde Zombies in die Flucht schlagen könnte, kommt mir ein unerwartetes „Danke" über die Lippen. Bevor ich aber meinen Verstand anzweifeln kann, hat er die Tür schon wieder geschlossen.

So so, Hook hat also meine Leine verlängert? Was bezweckt er damit? Will er, dass ich mich auf seinem Schiff wohlfühle? Das wird nicht passieren. Für die nächste Stunde bleibe ich reglos auf dem Fußboden sitzen und versuche mir eine Lösung für mein seltsames Problem zu überlegen. Aber die einzige Chance, die ich habe, um nach London zurückzukommen, ist, irgendwie von diesem doofen

Schiff zu flüchten. Also stehe ich letzten Endes doch mit einem finsteren Grollen und Gliedern so steif wie Baumstämme auf und schleiche zur Tür.

Nur ein klitzekleiner Spalt, um nach draußen zu spähen, der sollte für den Anfang reichen. Vergnügtes Singen in Seeräuberslang dringt vom Deck zu mir herüber, zusammen mit dem schallenden Gelächter einiger Männer, die zum Zeitvertreib wohl gerade ein Trinkspiel spielen. Ich ziehe die Tür etwas weiter auf und schiele um die Ecke. An Deck erblicke ich einige schmutzige Männer; ein paar von ihnen arbeiten, andere spielen Karten oder albern mit ihren Dolchen herum. Keiner von ihnen schenkt mir auch nur die geringste Beachtung. Wachsam trete ich ein paar Schritte aus meiner Kajüte und sehe mich auf dem Schiff um. In jeder Ecke liegen Berge aus Seilen herum, die dicker sind als meine Unterarme. In der Nähe der Reling stehen aufgetürmte Frachtkisten aus Holz und obenauf liegt zusammengefaltetes weißes Leinen, bei dem es sich womöglich um unbenutzte Segel handelt.

Auf der anderen Seite des Hauptdecks erkenne ich ein weiteres, nicht ganz so großes Deck, das etwas höher liegt. Dorthin hat mich Hook zuvor gebracht. Sein Quartier befindet sich dort oben, und gleich darüber dürfte die Brücke sein. Als mein Blick zu diesem letzten, kleinen Schiffsdeck hochschweift, begegne ich den scharfen blauen Augen des Captains. Erschrocken mache ich einen Satz zurück und verstecke mich wieder in meiner Kajüte.

Du meine Güte, ich hätte wissen müssen, dass er ein Auge auf meine Tür haben würde, wenn auch als Einziger an Bord. Also, warum überrascht es mich? In der Absicht, meine Nerven zu stählen, ziehe ich die Schultern zurück, hebe mein Kinn und trete noch einmal entschlossen ins Freie. Diesmal bin ich vorbereitet, als sich unsere Blicke treffen, und ich weiche keinen Millimeter zurück.

Seine Antwort auf mein finsteres Starren ist ein kleines Zucken in seinen Mundwinkeln, das sich zu einem unscheinbaren Lächeln formt.

Mit einer Miene, die immer noch finster genug ist, um die Vögel zu erschrecken, wende ich mich bewusst langsam von ihm ab und beginne mit einer Entdeckungstour auf dem Schiff. Falls er mich dabei immer noch beobachtet, schert es mich einen Dreck.

Der eine Pirat, der mich vorhin aus meinem Verlies befreit hat, kniet nun auf dem harten Dielenboden und schrubbt das Deck. Ein Blecheimer mit schmutzigem Wasser steht dicht neben ihm. Als ich zögerlich an ihm vorbeischleiche, hebt er kurz den Kopf und blickt mich beinahe verstohlen an, dann richtet er seine Aufmerksamkeit rasch wieder auf seine Arbeit. Dasselbe geschieht, als ich an einer kleinen Gruppe aus Männern vorbei tapse, die um ein Fass herumsitzen, das ihnen offenbar als Spieltisch dient. Ein Stapel Karten liegt oben auf, daneben steht eine Flasche Rum und ein paar Münzen liegen auch in der Mitte. Spielen die vielleicht Poker? Ich kann's nicht sagen und fragen werde ich bestimmt nicht.

Bei meinem Versuch, einem von ihnen in die Augen zu sehen, senken sie alle rasch den Blick auf die Karten in ihren Händen. Es scheint, als wollten sie alle nur zu gerne mit mir reden oder mich auch nur ansehen, doch etwas hindert sie daran. Hat der Captain es ihnen etwa verboten? Bei dem Gedanken wird mir noch unwohler, als mir ohnehin schon an Bord des Piratenschiffes ist.

Da mich aber anscheinend sowieso niemand von ihnen beobachtet, beschließe ich, rasch einen vorsichtigen Rundgang zu machen und dabei meine Chancen auf ein Entkommen auszuloten. Wir sind bereits so weit draußen auf dem Meer, dass ringsum nirgendwo mehr Land zu sehen ist. Selbst wenn ich ins Wasser springen würde, wüsste ich nicht, in welcher Richtung überhaupt die

Insel liegt. Und beim Anblick der vielen dunklen Rückenflossen, die in der Nähe des Schiffes durch die Wellen schneiden, vergeht mir die Lust aufs Schwimmen sowieso. Mich schüttelt's vor Angst. Nur die große Zehe dahinein zu halten, wäre schon Selbstmord.

Der Blick des Captains verfolgt mich. Egal wohin ich gehe, ich kann ihn ständig auf mir spüren. Es scheint, als würde Hook geduldig darauf warten, dass dieses scheue Kätzchen hier aus seinem Versteck kommt und ihm aus der Hand frisst. Aber darauf kann er lange warten. Soll er doch dort oben auf der Brücke stehen und mir nachgaffen, bis er schwarz wird. Inzwischen finde ich heraus, wie ich von diesem riesigen Schiff runterkomme, ohne dabei Haifischfutter zu werden.

Ich ignoriere seinen kribbelnden Blick in meinem Nacken und lehne mich weit raus über die Reling, wo ein Ruderboot an der Schiffsseite befestigt ist. Was wäre, wenn ich einfach mal schnell die Seile löse, das Boot zu Wasser lassen und dann runterspringen würde? Dann könnte ich an Land rudern ... oder zumindest mal weg vom Schiff.

Schnell werfe ich einen prüfenden Blick über meine Schulter, und natürlich beobachtet mich Hook immer noch gespannt, die Hände hat er dabei auf das Geländer gestützt. Als wir uns kurz in die Augen sehen, schüttelt er kaum merklich den Kopf. Denkt er allen Ernstes, damit könne er mich aufhalten? Na, da wird er aber gleich sein blaues Wunder erleben. Gelassen fange ich an, die Knoten der Seile zu lösen.

Nur leider hab ich dabei eins nicht bedacht. Ich bin kein Matrose. Die Knoten sind so festgezogen, dass es mir unmöglich ist, sie auch nur ein winziges bisschen zu lockern. Nach zwei Minuten sind meine Fingerspitzen rot und brennen, und ich bin keinen Schritt weitergekommen mit meiner Flucht.

Eine Stimme, viel zu nahe, schreckt mich aus meinen vergeblichen Anstrengungen auf. „Sieht aus, als könntest du hierbei Hilfe gebrauchen."

Ich zucke zusammen und blicke in das Gesicht eines jungen Mannes, der komplett in Schwarz gekleidet ist. Sein kupferrotes Haar steht nach allen Seiten ab und eine verblasste Narbe teilt eine seiner kantigen Augenbrauen. Vorhin hat er noch mit den anderen Karten gespielt.

„Nein danke", gebe ich in zynischem Tonfall zurück. „Ich schaff das schon."

„Das sehe ich." Der hat vielleicht Nerven – lacht mich einfach aus. Doch dann nimmt er meine Hände und führt sie beiseite. Seine sind rau und schwielig, aber nicht grob. Mit einem geschickten Zug an einem Ende löst er den Knoten und der Bug des Boots kippt nach unten. Während er zum Heck des kleinen Ruderboots marschiert, schielt er neugierig zu mir herüber. „Verrätst du mir, wo du mit der Jolle hinwillst, wenn du erst einmal drinsitzt?"

Zu erstaunt, um zu registrieren, was er gerade gesagt hat, lasse ich meinen Blick zwischen ihm und Hook hin und her springen, der uns mit eigenartigem Interesse zusieht. „Hast du denn keine Angst, dass dich der Captain später auspeitschen lässt, weil du mir hilfst?"

„Auf der Jolly Roger wird niemand ausgepeitscht, Angel."

Und wieder kennt hier jemand den Namen, bei dem mich einzig und allein meine beiden Schwestern rufen – und jeder in diesem sonderbaren Märchen, wie es scheint.

„Außerdem", fährt Pirat Narbenbraue fort, „ist James Hook ein verdammter Sturkopf. Er sollte es mittlerweile besser wissen, als zu versuchen, dich an Bord der Jolly Roger gefangen zu halten. Am Ende liegt er dir ja sowieso wieder zu Füßen und erfüllt dir jeden Wunsch. Daran führt kein Weg vorbei."

Obwohl dieser Kerl offenbar kein Problem damit hat, mir zur Flucht zu verhelfen, habe ich trotzdem das Gefühl, dass sich hinter seiner hilfsbereiten Masche noch etwas anderes verbirgt. Ist das eine Hinterlist? Jede Zelle in meinem Körper schreit gerade: Vorsicht!

„Du willst damit also wirklich nach London rudern?" Aus seinem Mund klingt die Frage beiläufig, doch es ist nicht zu übersehen, dass er sich beim Lösen des zweiten Knotens viel mehr Zeit lässt als beim ersten. „Ist ein langer Weg."

„Es ist mir piepegal, wie lange ich rudern muss, um nach Hause zu kommen", fauche ich. Und das ist die Wahrheit.

Von meinem schnippischen Tonfall überrascht – oder vielleicht tut er auch nur so – hebt er die Hände, um mich zu beschwichtigen, und werkelt dann weiter am Seil herum. „Schon gut, schon gut. Ich mein ja nur, vielleicht solltest du dir lieber etwas zu trinken mitnehmen und auch einen Happen zu essen, damit du unterwegs nicht krepierst."

Er macht sich Sorgen um mich? Ich mustere ihn argwöhnisch.

Narbenbraue grinst mich daraufhin schief an. „Wenn du stirbst, würde das den Käpt'n ziemlich mies gelaunt stimmen, und er war doch die letzten paar Wochen schon unausstehlich."

„Unausstehlich?" Ein sarkastisches Schnauben kommt über meine Lippen. „Ich kann mir nur zu gut vorstellen, woran das liegt. Wenn ich erst mal weg bin und er damit sein Druckmittel gegen Peter Pan wieder verloren hat, kommt er nie an seinen Schatz. Und den Ärger lässt er dann wohl an der Mannschaft aus. Genauso habe ich ihn auch eingeschätzt."

Die Augen des Piraten haften an mir, als plötzlich das Seil mit einem Zischen durch die Metallöse saust und mich halb zu Tode erschreckt. Eine Sekunde später platscht das Boot mit lautem Knall aufs Wasser.

Ich blicke nach unten und dann wieder zurück zu dem Seeräuber, der sich irgendwie überhaupt nicht wie einer benimmt.

„Und?" Sein Mund biegt sich zu einem freundlichen Lächeln. „Sollen wir dir jetzt noch schnell ein bisschen Proviant besorgen?" Als ich mit jeglicher Reaktion zögere, fordert er mich mit einem vertrauenserweckenden Blick heraus. „Komm mit. Ich bring dich runter in die Kombüse, und wenn du willst, zeig ich dir auch noch den Rest des Schiffes, bevor du dich auf die Reise machst. Ich verspreche dir, das Boot wird immer noch da unten auf dich warten, wenn wir zurückkommen." Und dann passiert das Unfassbarste überhaupt. Wie ein Kavalier hält er mir seinen Arm hin und lädt mich somit ein, mich unterzuhaken.

Vielleicht hat ja die Überraschung meinen Verstand außer Kraft gesetzt, aber mein Arm schlingt sich tatsächlich um seinen, ohne dass ich das überhaupt wollte. Pirat Narbenbraue scheint deswegen bei Weitem nicht so verwundert zu sein wie ich. Im Gegenteil, er wirkt hocherfreut. „Ich bin übrigens Jack. Jack Smee." Irgendwo unter dem kupferfarbenen Bartschatten erscheint ein Grübchen auf seiner Wange.

„Angelina", murmle ich aus einem Reflex heraus, als er mich von der Reling weg und in die Richtung zieht, aus der ich gekommen bin.

Jack schmunzelt nur darüber. „Ja, ich weiß ... Angel."

Total durch den Wind, weil ich überhaupt nicht verstehen kann, was hier gerade abgeht, schaue ich noch einmal schüchtern über meine Schulter hinauf zur Brücke, wo Captain Hook immer noch steht, die Arme mittlerweile verschränkt und die Miene gar nicht mehr so amüsiert. Das ganze Gequatsche von seinem Untergebenen und dann auch noch dessen Hilfe bei meiner Flucht muss Hook ebenso verwirrt haben wie mich, denn er zieht fragend eine perfekt geformte Augenbraue hoch.

Tja, ich kann ihm wohl kaum quer übers Schiff zurufen, dass sein Freund hier mir nur noch schnell ein Lunchpaket zusammenstellen will, bevor ich aufbreche, also sag ich lieber gar nichts und drehe mich wieder um.

Jack Smee hat nicht gelogen, was den Proviant und die Führung durchs Schiff angeht. Unser erster Halt ist die Schiffsküche, wo er einem langen, dünnen Koch, der mit dem Rücken zu uns steht, befiehlt, ein paar Happen für das „Mädel des Käpt'ns" einzupacken. Als der Mann sich in diesem Moment mit einer beunruhigend entzückten Miene zu uns umdreht und voller Begeisterung meinen Namen ruft, ducke ich mich schnell hinter Jack, um einer fetten Umarmung zu entkommen.

„Dann ist es also wahr? Du erinnerst dich nicht mehr an uns", schlussfolgert er mit herber Enttäuschung in den Augen. Das einzige Wort, das mir in den Sinn kommt, wenn ich ihn ansehe, ist Kartoffel, aber das hat bestimmt nichts weiter zu bedeuten. Vielleicht schwirrt es mir ja auch nur im Kopf herum, weil er gerade beim Kartoffelschälen war, als wir ihn unterbrochen haben.

Schnell findet der Mann allerdings seinen Enthusiasmus wieder, drückt sein Rückgrat durch wie ein echter britischer Gentleman, der er ganz bestimmt *nicht* ist, und streckt mir seine Hand entgegen. „Ich bin Ralph."

Siehst du? Sein Name ist Ralph. Nicht Kartoffel. Innerlich verdrehe ich die Augen.

Etwas zaghaft komme ich hinter Jack Smees Rücken hervor und schüttle dem Koch die Hand. „Gehst du etwa auf Reisen, oder warum brauchst du den ganzen Proviant?"

Jack antwortet für mich. „Das Mädel will mit der Jolle nach London rudern."

So langsam, dass es fast schon komisch ist, dreht der Koch seinen Kopf zu Jack und starrt ihn verdattert an. Der Pirat neben mir hebt daraufhin nur kurz seine Schultern, lässt sie wieder fallen und macht große, ratlose Augen. Dann zieht er mich weiter und ruft Ralph noch schnell zu: „Füll ihr auch eine Flasche mit Trinkwasser ab. Wir holen den Proviant in zehn Minuten."

Ich bin versucht, Jack zu fragen, was es mit all der offensichtlich vorgetäuschten Freundlichkeit auf sich hat, aber dazu bekomme ich keine Gelegenheit mehr, denn in diesem Moment öffnet Jack eine Tür, die direkt in ein Märchenbuch führen könnte.

„Ach du grüne Neune!", platzt es aus mir heraus, als ich am Rande einer Galerie stehen bleibe, unter der sich Berge über Berge von Gold und Silber befinden. Eine Leiter führt in diesen Teil des Schiffes hinunter, was im Augenblick jedoch völlig unnötig ist, denn ich bräuchte nur einen Schritt nach vorn zu machen und würde bereits auf dem höchsten Haufen aus Goldmünzen stehen. Das ist bestimmt hundertmal so viel Gold wie das, das Hook in meinen Garten hat regnen lassen, bevor er mich hinterlistig gefangen genommen hat.

„Wo kommt das denn alles her?", rufe ich von der Schönheit des funkelnden Schatzes überwältigt. „Ich dachte–"

„Dass der Schatz in Peters Besitz ist?", unterbricht mich Jack. „Das war er. Bis wir ihn vor Kurzem gefunden und uns zurückgeholt haben."

Nun richte ich meinen vollends skeptischen Blick auf Jack Smee. „Warum zeigst du mir das?"

„Ich denke, das spricht doch alles für den Käpt'n, oder nicht? Vorhin an Deck hast du etwas gesagt, das mich ein wenig verwirrt hat." Er zuckt beiläufig mit den Schultern. „Aber vielleicht wollte ich dir auch nur mal was wirklich Hübsches zeigen, keine Ahnung."

Natürlich hat er eine Ahnung. Das war also von Anfang an sein Plan – seinem Captain dabei zu helfen, Pluspunkte bei mir zu sammeln. Und beinahe wäre es ihm auch gelungen. Ach, wem mache ich hier etwas vor? Es *ist* ihm gelungen. Hook hat tatsächlich die Wahrheit gesagt, als er mir erzählt hat, der Schatz sei gar nicht mehr in Peters Händen. Und all die anderen Dinge, die er mir über uns beide und Nimmerland erzählt hat ... waren die vielleicht auch wahr? Langsam weiß ich wirklich nicht mehr, was ich noch glauben soll.

„Komm, Angel, lass uns gehen. Kartoffel Ralph hat inzwischen dein Lunchpaket bestimmt fertig."

Jacks Stimme holt mich aus meinen Gedanken. Ich wirble herum und starre ihm mit pizzatellergroßen Augen und offen stehendem Mund ins Gesicht. „Was hast du gerade gesagt?"

Zum ersten Mal seit er auf mich zugekommen ist, scheint Jack Smee in der Tat verwirrt zu sein und runzelt die Stirn. „Lass uns gehen?"

„Nein." *Nein!* Nicht das. „Du hast gesagt: Kartoffel Ralph."

„Ja ... weil das sein Name ist." Das verwunderte V zwischen seinen Augenbrauen wird immer tiefer. „Ist alles in Ordnung?"

In Ordnung ... nicht in Ordnung ... ich weiß gar nichts mehr. Dass ich den Namen des Kochs kannte – oder zumindest den halben Namen –, bevor ihn mir überhaupt jemand genannt hat, ist nicht gerade sehr beruhigend. Es ist ein weiterer Beweis für das, was ich hier mit aller Kraft versuche zu bezweifeln. Himmel, ich krieg schon wieder eine Migräne.

Während ich meine Schläfen einer leichten Druckmassage unterziehe, blicke ich misstrauisch zu Jack. „Alle Piraten an Bord kennen mich, nicht wahr?"

„Das tun wir in der Tat."

„Und ich habe euch auch gekannt?"

Er nickt.

„Also erinnert ihr euch alle an mich, aber ich erinnere mich an keinen von euch. Wie kann das sein?"

Jack Smee seufzt ein klein wenig. „Ich schätze, jedes Mal, wenn du nach Nimmerland kommst, passiert irgendetwas mit deinem Gedächtnis. Siehst du, beim letzten Mal hast du angefangen, nach und nach dein früheres Leben zu vergessen. Und als du dann wieder zu Hause in deiner Welt warst, wer weiß –" Er zieht ein mitleidiges Gesicht. „Vielleicht hast du dort nach und nach Nimmerland vergessen."

„Wie lange war ich denn letztes Mal hier?"

„Fünf Tage."

„Wie bitte? *Was*?!" Ich hole entsetzt Luft. „Niemals war ich so lange von zu Hause weg. Wenn es sich wirklich in jener Nacht zugetragen hat, als ich vom Balkon gefallen bin, dann kann ich nicht länger als ein paar Minuten hier gewesen sein!" Zumindest war ich für genau diese Zeit ohnmächtig gewesen. „In der Zeit könnte ich allen möglichen Blödsinn geträumt haben, aber *fünf Tage in Nimmerland*? Das ist doch Wahnsinn!"

Smee sieht mich an, als wäre diese Information so wertvoll für ihn, wie es verwirrend für mich ist. „Vielleicht arbeitet die Zeit in unser beider Welten ja unterschiedlich."

Die Zeit muss definitiv einen anderen Wert haben. Und plötzlich, trotz all dem Ärger und der Furcht, auf einem Piratenschiff gefangen gehalten zu werden, atme ich ein kleines bisschen leichter. Wenn fünf Tage hier nicht mehr als nur ein paar Minuten in der echten Welt sind, macht sich meine Familie vielleicht ja noch gar keine Sorgen um mich. Ich könnte wieder zurück sein, noch ehe jemand überhaupt etwas merkt.

Und ich werde auf jeden Fall zurückkehren, denn ganz bestimmt habe ich nicht vor, diesem arroganten Captain zu geben, was er will. Ich gebe nicht auf. Niemals. Aber etwas mehr Zeit ist dabei schon ganz praktisch. Ich meine, jetzt kommt schon, ich bin hier in Nimmerland! Die Welt des berühmten Peter Pan. Wer würde an meiner Stelle denn nicht herausfinden wollen, was hier eigentlich vor sich geht? Und mit all diesen seltsamen Déjà-vus, die mich unentwegt plagen, bin ich hier vielleicht sogar etwas ganz Großem auf der Spur. Einer *So-etwas-geschieht-nur-einmal-im-Leben*-Sache. Okay, in meinem Fall vielleicht zweimal, aber trotzdem!

Nachdem Jack und ich meinen Reiseproviant abgeholt haben und Kartoffel Ralph mir mit einem strahlenden Lächeln gute Reise gewünscht hat, gehen wir wieder nach oben an Deck. Als wir jedoch an der Stelle stehen, wo Jack vorhin das Boot zu Wasser gelassen hat, und er mir seine helfende Hand zum Hinabklettern anbietet, zögere ich.

„Was ist los?", fragt er unschuldig genug, sodass ich es ihm fast abgekauft hätte. Bestimmt reagiere ich total nach seinem Plan.

„Kannst du mal kurz aufpassen, dass mir keiner von der Piratenbande hier mein Lunchpaket wegfuttert?", bitte ich ihn. „Ich möchte noch schnell was erledigen, bevor ich aufbreche. Dauert nur ein paar Minuten."

Jack presst seine Lippen aufeinander und gibt sich nicht sehr viel Mühe dabei, ein schräges Grinsen zu unterdrücken. „Selbstverständlich."

Schnell spähe ich rauf zur Brücke, um zu sehen, ob der Captain immer noch an seinem Aussichtspunkt steht, und werde nicht enttäuscht. Hook hat mir den Rücken zugewandt und unterhält sich mit jemandem, der von ihm verdeckt wird. Als ob er meinen Blick spüren könnte, so wie ich vorhin seinen, sieht er kurz über seine

Schulter und dreht sich anschließend halb zu mir. Seine Augen werden schmal, genau wie meine, und er neigt seinen Kopf leicht schief.

Es ist, als würden wir über die Entfernung miteinander kommunizieren, obwohl wir beide keine Antworten auf die Fragen erhalten, mit denen wir uns stillschweigend gegenseitig bombardieren. Das Einzige, was bei der Sache rauskommt, ist, dass mein Herz etwas höher schlägt. Allerdings tut es das irgendwie dauernd, sobald ich ihn ansehe, und zwar schon seit dem Moment, als er mir vor unserem Haus den kleinen Zettel in die Hand gedrückt hat.

Ich lasse Jack hinter mir an der Reling stehen, doch anstatt in mein Gästezimmer auf diesem Schiff zu gehen, marschiere ich entschlossen zu Hooks Quartier.

Kapitel 10

Angel bewegt sich in meine Richtung. In ihren Augen schimmert eine neue Entschlossenheit, und ich frage mich, ob sie tatsächlich zu mir auf die Brücke kommen und mir an den Kopf werfen wird, was gerade so in ihrem vorgeht. Bekomme ich gleich Runde vier ihrer Beleidigungen ab? Das unangenehme Gefühl, als sich meine Brust in nicht allzu freudiger Erwartung zusammenzieht, verwandelt sich rasch in etwas völlig anderes, als Angel auf dem Achterdeck stehen bleibt, mir einen letzten, schüchternen Blick zuwirft und dann in meinem Quartier verschwindet. *Meinem. Gottverdammten. Quartier!*

Und was hatte überhaupt dieser Blick zu bedeuten? Hat sie mich herausgefordert, ihr zu folgen? Tja, daran wird mich niemand hindern — aber erst habe ich noch ein ernstes Wörtchen mit meinem ersten Maat zu reden. Worüber haben die beiden denn die letzte verfluchte halbe Stunde gesprochen?

Smee kann das wütende Zucken meiner Wangenmuskeln gar nicht übersehen, als er sich in meine Richtung wendet. Er tut es mit einem gelassenen Schulterzucken ab und kommt auf die Brücke. Dann setzt er auch noch eine Unschuldsmiene auf. „Käpt'n?"

„Komm mir nicht mit Käpt'n, Smee." Er und sein scheinheiliges Getue. Dafür werf ich ihn irgendwann den Haien vor, das schwöre ich. „Würdest du mir freundlicherweise verraten, warum zum Teufel du Angel zur Flucht verhilfst?" Mein sarkastischer Ton schwenkt schnell in ein beißendes Grollen um.

„Tue ich das? Soweit ich sehen kann, ist sie immer noch hier", beschwichtigt er mich mit einem dämlichen Grinsen. „Und jetzt beruhig dich. Ich hab dir schließlich einen Gefallen getan."

„Indem du das Ruderboot für sie losgemacht hast? Sie würde da draußen keine zwei Stunden durchhalten, ehe sie aus lauter Erschöpfung vom Rudern kraftlos umkippt."

„Ja, deshalb haben wir ihr auch ein kleines Lunchpaket zusammengestellt." Er hält einen Lederbeutel hoch, aus dem es nach Bratenfleisch und Käse riecht.

„Hast du sie noch alle?"

„Das hoffe ich doch. Dein Temperament hat dir vorhin mit dem Mädel ja nicht wirklich weitergeholfen, oder?" Er kneift die Augen vorwurfsvoll zusammen. „Und den Männern zu verbieten, auf sie zuzugehen, wo sie doch endlich anfängt, sich zu erinnern, war auch eine saublöde Idee von dir."

Mir klappt die Kinnlade auf die Brust. „Sie erinnert sich an die Crew?"

Wieder zuckt er nur beiläufig mit den Schultern. „Ich bin mir nicht ganz sicher. Möglicherweise hat sie Kartoffel Ralph wiedererkannt. Oder sie hat sich nur an seinen Namen erinnert, was weiß ich. Auf jeden Fall hat sie sehr überrascht reagiert, als sie ihn gehört hat."

Mein Herz gerät ins Stottern, was immer ein schlechtes Zeichen ist, denn wie die Vergangenheit beweist, kann ich nicht mehr klar denken, wenn ich aufgewühlt bin ... besonders wenn es um Angel geht. „Also, was machen wir jetzt?"

„*Wir*", sagt Smee und betont das Wort überdramatisch, „machen gar nichts. *Du* allerdings solltest schleunigst in dein Quartier gehen. Denn aus irgendeinem unerfindlichen Grund ist das Mädchen, das dir total den Kopf verdreht hat, gerade dort unten, und du wirst vermutlich keine bessere Gelegenheit mehr bekommen, um mit ihr zu reden."

Smee hat vollkommen recht. Worauf warte ich noch? Mit einem kurzen Nicken überlasse ich ihm das Kommando über das Schiff und haste die Treppe aufs Achterdeck hinunter, wobei ich zwei Stufen auf einmal nehme.

Die Tür zu meinem Schlafquartier steht offen. Vielleicht ist das ja eine Einladung? Andererseits könnte es auch Angels Absicherung für eine rasche Flucht sein, falls ihr der Kopf danach steht. Als mein Blick sie streift, bleibt mein Herz für einen Moment stehen. Angel kniet auf dem Boden vor meinem Bett und betrachtet schweigend die Tür, die nach all der Zeit immer noch schief in den Angeln hängt.

Niemand weiß, was sie gerade sieht, aber sie wirkt, als hätte sie sich in einer völlig anderen Welt verloren. Behutsam nähere ich mich, doch in der Tür überkommt mich ein Zögern und ich lehne mich mit einer Schulter gegen den Rahmen.

Angel schenkt mir keinerlei Beachtung, also bleibe ich einfach hier stehen und beobachte sie. Die Nostalgie, die mich bei ihrem Anblick in meinem Quartier überfällt, schnürt mir die Luft ab. Am liebsten möchte ich die Tür hinter mir zuziehen und uns beide für immer hier drin einschließen. Natürlich steht das nicht zur Diskussion.

Jetzt, wo sie endlich wieder in Nimmerland ist, weiß ich einfach nicht, was ich mit ihr anstellen soll. Bestimmt hasst sie mich. Sie will vermutlich nur zurück nach Hause. Und am Ende werde ich diesem Wunsch auch nachkommen müssen. Aber im Moment bin ich einfach nur froh, dass ich sie ansehen kann.

Nach einer Weile stößt sie ein schweres Seufzen aus. Da klopfe ich sanft an das Holz des Türrahmens, um mich bemerkbar zu machen. Angels Blick schweift kurz zu mir und dann wieder zurück zur kaputten Tür. Ihr Schweigen treibt mich langsam in den Wahnsinn.

„Warum bist du hier drinnen?", frage ich leise.

In ihrer Wange springt ein Muskel auf und ab, und ich frage mich, ob sie wohl immer noch wütend ist oder ob sie einfach nur versucht, sich vor mir zu verschließen. „Ich hatte gehofft, ich könnte dieses Puzzle in meinem Kopf zusammensetzen", antwortet sie und klingt dabei genauso verloren, wie sie die letzten paar Minuten dreingeschaut hat.

„Irgendwelchen Erfolg damit?" Als sie ihren Kopf schüttelt, biete ich ihr an: „Vielleicht kann ich dir ja dabei helfen."

Sie blinzelt nur langsam. Das ist die einzige Antwort, die ich von ihr bekomme.

„Darf ich reinkommen?"

„Es ist dein Zimmer", sagt sie ebenso leise wie ich.

Ich nehme die Einladung an, die wahrscheinlich nicht einmal eine war, und mache ein paar Schritte in den Raum. Aber anstatt zu ihr rüberzugehen, sinke ich auf halbem Weg auf meine Knie und setze mich auf die Fersen, den Blick auf sie gerichtet. Angel beachtet mich nicht und verfällt nur wieder in dieses nervenaufreibende Schweigen. Dabei möchte ich sie am liebsten bei den Schultern packen und die Worte aus ihr herausschütteln.

Geduld war noch nie meine Stärke. Doch da Zeit genau das ist, was Angel jetzt zu brauchen scheint, gebe ich mein Bestes. Und die

Kleine nutzt es schamlos aus. Nach ein paar Minuten beiße ich mir auf die Zunge, um nicht auszusprechen, was für ein Schwachsinn mir gerade auch immer durch die Gedanken zieht.

„Was ist mit der Tür passiert?", reißt mich ihre sanfte Frage schließlich aus meinem unerbittlichen Bemühen.

Ich warte eine Sekunde und versuche dann, ebenso sanft wie sie zu klingen, als ich ihr sage: „Ich hab sie eingetreten."

„Ich weiß." Langsam dreht sie ihren Kopf zu mir. „Und ich war da, als es passiert ist. Nicht wahr?"

Ihre letzte Frage lässt mich wieder hoffen. Es ist beinahe so, als *wollte* sie, dass ich Ja sage.

Ich nicke mit einem Lächeln.

„Das hab ich mir gedacht." Sie nickt ebenfalls, als brauchte sie die Geste, um sich selbst von der Wahrheit zu überzeugen, bevor ihr Blick wieder zur Tür zurückkehrt. „Ich kann mich nur nicht mehr daran erinnern, warum du sie eingetreten hast."

Na Gott sei Dank ist die Erinnerung in mir noch so lebendig, als wäre all das Schreien und Streiten erst gestern gewesen. Mit geneigtem Kopf lege ich die Hände auf die Schenkel und warte darauf, dass sie mich noch einmal ansieht. „Wir haben uns gestritten. Du hast mich mit einem Dolch bedroht, den ich zuvor gedankenlos in diesem Zimmer gelassen habe. Als du ihn mir an die Kehle gehalten hast, wollte ich dich so sehr küssen, dass ich es kaum ausgehalten habe."

Das Verlangen in meiner Stimme überrascht wohl uns beide. Aber, verflucht sei es, vielleicht hilft es Angel ja dabei zu erkennen, wie ernst es mir mit ihr ist. „Später an diesem Tag, nachdem du die Worte ‚Es tut mir leid' aus mir herausgequetscht hast, hast du mir die Tür vor der Nase zugeknallt. Ich war stinksauer und hab sie eingetreten, weil ich dachte, du hättest sie abgeschlossen und mich aus meinem eigenen Quartier ausgesperrt." Ich ziehe eine Grimasse. „Aber das hast du gar nicht."

Angel holt tief Luft. Ihr Blick weicht nicht von meinem. Ohne Mühe kann ich erkennen, was ihr die nächsten Worte, die sie gleich sagen wird, abverlangen. Die Hände im Schoß ringend, schluckt sie schwer und fragt dann mit leiser Stimme: „Wann haben wir uns zum ersten Mal geküsst?"

Völlig verblüfft starre ich sie so eindringlich an, dass sich ein zartes Rosa auf ihre Wangen schleicht. Sie hält meinem Blick nicht lange stand und senkt den Kopf mit dem offensichtlichen Drang, ihre Frage zu erklären. „Der Kuss in meinem Garten ... das war nicht unser erster. Die Art und Weise, wie du mich geküsst hast, hat es verraten." Schüchtern blickt sie kurz zu mir auf. Ihre Stimme ist nicht mehr lauter als ein Flüstern. „So intensiv."

Ihre Schüchternheit bringt mich zum Schmunzeln, während mein Herz einen triumphierenden Rhythmus trommelt. „Du hast recht, ich hab dich schon vorher geküsst. An demselben Tag, als wir unseren Streit hatten und ich die Tür eingetreten habe. Es war schon spät in der Nacht und wir beide waren alleine draußen an Deck." Bei der Erinnerung daran, wie Smee den besten Moment meines Lebens unterbrochen hat, kommt mir ein Schnauben aus. „Na ja, so gut wie. Ein paar kleine Störungen mussten wir leider in Kauf nehmen."

Angel nimmt sich ein paar Minuten, um diese neue Information zu verdauen. Sie wird so still, dass ich ihr am liebsten beim Atmen helfen möchte. Dann krächzt sie plötzlich: „Du hast mir dabei etwas aus der Hand genommen. Etwas Kleines." Mit fest geschlossenen Augen versucht sie offenbar, sich besser daran zu erinnern. „Ein Stück Papier oder so."

„Das Zugticket", erkläre ich ihr und fange an zu lachen. Wenn sie sich an dieses kleine Ding erinnert, dann können wir nicht mehr weit vom Rest der Wahrheit entfernt sein. Mit aufsteigender Freude vollgepumpt, krabble ich auf allen vieren zu ihr rüber. Sofort weicht sie wie ein verängstigtes Reh zurück. Ich bleibe, wo ich bin, und versuche meine Enttäuschung nicht durchdringen zu lassen. „Es tut mir leid. Ich wollte nicht ... Du sollst keine Angst vor mir haben. Es ist nur ... du erinnerst dich wieder, nicht wahr?"

Angel sieht immer noch nicht einhundertprozentig überzeugt aus. „Alles ist so vage. Beinahe so, als hätte ich die Situation von außen beobachtet, aber durch einen verschleiernden Nebel. Es fühlt sich nicht so an, als wäre ich wirklich hier gewesen. Da sind nur diese Bilder vor meinen Augen." Ihre Schultern sinken herab und sie neigt ihren Kopf zur Seite. Ihr Blick wirkt verloren und beunruhigt. „Wie ist das möglich?"

Uns trennen etwa zwei Meter. Ein viel zu großer Abstand zwischen uns. Ich möchte so gerne meine Hand nach ihr ausstrecken, sie auf meinen Schoß ziehen und ihr all die Dinge ins Ohr flüstern, die uns verbinden, bis sie endlich wieder ganz genau weiß, wer ich bin. Nur ist das wohl kaum der richtige Weg, um ihr Vertrauen zu gewinnen. Damit würde ich nur alles wieder zerstören, und dabei haben wir doch gerade einen riesigen Schritt nach vorne gemacht.

„Warum gehen wir das Problem nicht von einer anderen Seite aus an?", schlage ich vor. „Erzähl mir doch einfach von den Bildern in deiner Erinnerung, und ich erkläre dir, wo sie herkommen."

Angel seufzt, und es ist nicht einer dieser Seufzer, bei denen man vor Frust an die Decke springen möchte. Dieses Aufseufzen ist ein Zeichen der Kapitulation. Was für ein wunderbares Geräusch! Und dann beginnt sie wirklich zu erzählen. „Ich seh immer wieder uns beide, aber du siehst in meiner Erinnerung irgendwie anders aus." Ihr Blick landet auf der fremdartigen Hose, die ich auf Anraten der

Fee hin trage, und zuckt rasch wieder hoch in mein Gesicht. „Das Einzige, was ich deutlich erkennen kann, sind deine Augen. Ich erinnere mich an das strahlende Blau. Der Rest ist ... na ja, durch irgendetwas verdeckt?" Sie macht so ein hoffnungsvolles Gesicht, dass es mir fast unmöglich ist, mich ruhig zu verhalten und sie nicht in meine Arme zu schließen. „Es tut mir leid, das macht bestimmt keinen Sinn."

„Oh, es macht sogar mehr Sinn, als du dir vorstellen kannst. Ich habe damals ständig meinen Hut getragen. Du mochtest ihn nicht besonders."

„Woher weißt du, dass ich ihn nicht mochte?"

Mit einem Schmunzeln auf den Lippen reibe ich mir den Nacken. „Du hast es ein- oder zweimal erwähnt."

Einen endlosen Moment lang starrt mich Angel an. Dann werden ihre Augen schmal. „Du hast mir Angst gemacht", haucht sie in die Stille.

Mir wird flau im Magen. Warum muss sie sich zuerst ausgerechnet daran erinnern? Ich atme lange durch die Nase aus. „Ja, das habe ich. Am Anfang war ich nicht gerade sehr nett zu dir. Das ist auch der Grund, warum du überhaupt erst mit dem Dolch auf mich losgegangen bist."

Ihre Augen durchdringen meine. Plötzlich umspielt ein kleines Lächeln ihre Mundwinkel. „Und du hast ihn einfach beiseitegeschoben, als wäre er ein Spielzeug."

Mir stockt der Atem. „Was hast du gerade gesagt?"

Angelina

Ich weiß nicht, was genau es war, das den Nebel in meinem Gedächtnis gelüftet hat, aber mit dem ersten flüchtigen Rückblick auf meinen letzten Besuch in Nimmerland bricht plötzlich eine ganze Flut an Erinnerungen über mich herein. Obwohl es genaugenommen eher die Gefühle für James Hook sind, die mich gerade einholen, als detailgetreue Wiedergaben einzelner Situationen.

„Wir haben draußen auf den Frachtkisten gesessen, als du mich zum ersten Mal geküsst hast, nicht wahr? Und ich hab deinen Umhang getragen."

Sein Gesicht strahlt wie die Sonne, als er zustimmend nickt.

„Und ich *wollte*, dass du mich küsst, richtig?"

„Ich hab mich noch nie einem Mädchen einfach so aufgedrängt", brummt er durch ein schiefes Grinsen hindurch.

Das glaube ich ihm sogar. Schon die ganze Zeit, seit wir uns auf der Straße vor meinem Haus zum ersten Mal in die Augen gesehen haben, wollte ich ihn küssen. Schließlich habe ich es ja auch zugelassen, bevor er mich dann so Hals über Kopf entführt hat. Und nichts hat sich jemals so richtig angefühlt wie jener Moment. Aber es gibt noch so vieles zu entdecken. So viele Dinge ergeben für mich immer noch keinen Sinn. Am verwirrendsten ist die Vorstellung von Peter als einem frechen Jungen und nicht dem Mann, der er heute ist. „Wie viel Zeit ist vergangen, seit ich damals Nimmerland verlassen habe?"

„Etwa drei Monate."

Genauso lange ist auch mein Sturz vom Balkon her. Wenn also damals fünf Tage in Nimmerland nur fünf Minuten in London entsprochen haben, dann muss sich seither etwas verändert haben. Meine Theorie darüber, dass ich genau zu dem Zeitpunkt in meine Welt zurückkehre, an dem mich Hook geraubt hat, beginnt zu bröckeln.

„Es ist noch nicht alles wieder da, oder?"

„Hm?" Hooks Stimme schreckt mich aus meinem Gedanken auf, genauso wie die Tatsache, dass er plötzlich vor mir kniet; viel näher als noch vor einer Minute. „Was meinst du?"

„Dein Erinnerungsvermögen. Du machst mir nichts vor. Ich kenne diesen Blick von dir." Er hebt mein Kinn mit seinem Finger an. „Ich hab dich gerade wieder verloren."

Ein schwerer Seufzer kommt über meine Lippen. „In Nimmerland zu sein – schon wieder – ergibt überhaupt keinen Sinn. Ständig habe ich diese Einblendungen von dir, den Piraten an Deck und seltsamen Frauen." Bei dem Gedanken an ein Mädchen mit dunklen Haaren und einem Fischschwanz ziehe ich argwöhnisch die Brauen tiefer. „Hab ich jemals mit einer Meerjungfrau gesprochen?"

Als Hook schmunzelt, verschränke ich die Arme und starre ihn finster an. „Du findest das wohl sehr komisch. Gib mir lieber ein paar Antworten."

Sein Schmunzeln wächst zu einem ausgelassenen Lachen. Mir gefällt, wie sich das anhört. Als er sich langsam vom Boden erhebt, klebt mein Blick die ganze Zeit an ihm, bis er über mir steht und mir seine Hand entgegenstreckt. „Komm schon, Miss London. Ich glaube, diese Geschichte wird dir gefallen."

Zaudernd lege ich meine Hand in seine und er schließt sofort seine Finger darum. Dann zieht er mich auf die Beine.

Viel zu nahe stehe ich plötzlich vor ihm. Seine Hand auf meinen Rücken gelegt, sorgt er dafür, dass keine Luft mehr zwischen uns passt. Von der plötzlichen Intimität überrumpelt, drücke ich meine Hände gegen seine starke Brust, doch ich empfinde die Nähe als überraschend angenehm. Und dann legt Hook seine Stirn an meine.

„So lange habe ich auf diesen Moment gewartet", flüstert er. „Du hast keine Ahnung, was du mir angetan hast, als du gegangen bist, Angel."

In den Armen von James Hook zu liegen fühlt sich mehr als nur richtig an. Es ist perfekt. Selbst wenn mich der Schauer, der bei seiner Berührung durch meinen ganzen Körper rieselt, daran erinnert, dass ich immer noch so gut wie nichts über ihn weiß. „Du hast mir eine Geschichte versprochen", fordere ich mit zurückhaltender Stimme ein.

Er streicht mir ein paar Haarsträhnen aus der Stirn und streift sie mir hinter die Ohren. Meine Haut prickelt an der Stelle, wo er mich berührt hat. Alles deutet darauf hin, dass er meine schwache Aufforderung einfach ignorieren wird, aber ein paar Herzschläge später schiebt sich sein linker Mundwinkel auf niedlich neckende Weise nach oben. „Und eine Geschichte sollst du auch bekommen."

Ohne meine Hand loszulassen, setzt er sich auf die Bettkante und zieht mich näher zu sich heran. Einen Moment lang weiß ich nicht, was ich tun soll, denn der Drang, mich auf seinen Schoß zu setzen, überfällt mich urplötzlich. Natürlich wäre das viel zu seltsam, auch wenn es wirklich mal eine Zeit gegeben hat, in der ich das vielleicht gerne getan habe.

„Alles begann mit einem Apfel. Man könnte sagen, ich hab ihn dir gestohlen." Sein Blick mehr als nur ein bisschen schuldbewusst, neigt James Hook seinen Kopf nach oben und beginnt mit seinem Daumen über meine Fingerknöchel zu streicheln, während ich vor ihm stehe. „Unter dem Vorwand, dass ich dir helfen würde, nach Hause in deine Welt zurückzugelangen, hab ich dich auf mein Schiff gelockt."

Eine ganze Weile lang stehe ich einfach nur da und lausche dem grausamen Beginn unserer angeblichen Freundschaft. Der Kerl hat ja wohl wirklich eine fiese Ader. Aber als er berichtet, wie er mich aus der tödlichen Falle im Dschungel gerettet hat und wie er sich hinterher nach und nach in mich verliebt hat — und ich mich, wie er behauptet, auch in ihn —, bekommt meine Reserviertheit ihm gegenüber einen Sprung. Während James Hook immer weitererzählt, streife ich durch sein Schlafzimmer, auf der Suche nach Dingen, die mir helfen könnten, mich an *uns* zu erinnern. Hier sticht mir aber nichts ins Auge, also schiele ich um die Ecke in das Zimmer hinter der kaputten Tür.

Vor etlichen Fenstern steht ein riesiger Schreibtisch. Als ich darauf zu spaziere, entdecke ich einen schwarzen Hut mit einer imposanten Feder, der nur darum bettelt, genauer inspiziert zu werden. Ich wage es nicht, ihn anzufassen, aber bei seinem Anblick kommt eine weitere undeutliche Erinnerung in mir hoch: Bilder von James, der vornübergebeugt auf seinem Schreibtischstuhl sitzt und wie ein kleines Kind mit verschränkten Armen auf dem Tisch eingeschlafen ist. Damals hat der Hut genau an derselben Stelle gelegen. Ich ziehe meine Hand hinter mir her und streife über die Kante des Tisches, als ich drum herumgehe und mich dann auf den Stuhl des Captains sinken lasse.

„Außer Smee hatte bisher noch nie jemand Zutritt zu diesem Raum."

Ich blicke hoch und finde James am Türrahmen lehnend, die Arme locker vor der Brust verschränkt. Er beobachtet mich, als wäre ich seine Lieblings-TV-Serie, wobei ein halbseitiges Lächeln auf seinen Lippen ruht. „Von dem Tag an, als du mein Schiff betreten hast, hast du eine Vorliebe dafür entwickelt, in mein Quartier zu poltern, als würdest du hier wohnen."

„Das tut mir leid." Reumütig ziehe ich die Nase hoch und stehe rasch auf. „Ist es dir lieber, wenn ich nicht mehr hier hereinkomme?"

James stößt sich vom Türrahmen ab und kommt zu mir rüber. Er lehnt sich gegen den Tisch und greift mit beiden Händen an die Kante. Die Sonne, die ihm durch das Fenster hinter mir ins Gesicht scheint, lässt ihn sehr viel jünger aussehen. „Im Gegenteil", versichert er mir leise. „Es wäre mir am liebsten, wenn du mein Quartier nie wieder verlassen würdest."

Ich kann spüren, wie ein Teil von mir einst ebenso gedacht hat. Diesen Teil zu ergründen ist ganz leicht, da er gerade auf dem Vormarsch ist und alle anderen Gefühle in mir in den Schatten stellt. Allerdings habe ich nicht vor, diesem Teil in mir nachzugeben. „Du weißt, dass das nicht möglich ist, *Captain*", erkläre ich mit leicht neckischem Tonfall. „Irgendwann wirst du mich zurückbringen müssen."

„Muss ich das?" Ein kribbeliger Schauer läuft mir über den ganzen Körper, als er dabei verschmitzt eine Augenbraue hochzieht. Seine Hände schleichen sich still und heimlich an meine Hüften und ziehen mich zwischen seine gespreizten Beine. Immer noch dieses kleine Lächeln auf den Lippen neigt er sein Kinn etwas tiefer und sieht mir direkt in die Augen. „Ich hatte gehofft, wenn ich eine

Möglichkeit finden würde, um dich glücklich zu machen, würdest du vielleicht in Betracht ziehen, diesmal etwas länger hierzubleiben."

Seine Nähe sollte sich doch eigentlich unbehaglich anfühlen, doch stattdessen genieße ich es regelrecht, wie er gerade gewissermaßen seinen Anspruch auf mich erhebt. Ich weiß, dass wir hier von einem Piraten sprechen, und wenn man Disney Glauben schenken darf, dann noch dazu vom schrecklichsten, der je die Meere befahren hat. Da ist nur eine Sache: Wenn ich in seine verschmitzten, hoffnungsvollen Augen blicke, fühle ich mich absolut sicher in seiner Gegenwart. „Ich soll also bei dir bleiben und mein altes Leben hinter mir lassen?", frage ich in ungeniert frotzelndem Tonfall. „Meine Familie, mein Zuhause, einfach alles?"

Seine beiden Hände wandern hinter meinen Rücken, wo er seine Finger verschränkt. „Nimmerland hat seine ganz eigenen Qualitäten."

„Ich bin kein Pirat. Du kannst nicht von mir erwarten, den Rest meines Lebens auf einem Schiff zu verbringen."

„Ich bau dir ein Haus im Wald."

„Ohne meine Erinnerung wäre ich dort wohl ziemlich verloren."

„Ist mir egal. Wir schaffen neue Erinnerungen."

Ich mustere ihn prüfend von der Seite. „Versucht Ihr etwa, mich zu verführen, Captain Hook?"

„Möglicherweise ..." Ein kleines Lächeln huscht über seine selbstgefällige Miene. „Funktioniert es denn?"

Wieder gebe ich dem Teil von mir, der James Hook offenbar viel besser kennt als *ich*, ein kleines Stückchen mehr nach, lege meine Unterarme auf seine Schultern und verschlinge die Finger locker in seinem Nacken. „Keineswegs."

Erst beißt er sich auf die Unterlippe, dann fährt er mit der Zungenspitze darüber. „Und was wäre, wenn ich dich meinen Hut und Umhang tragen lassen würde und du eine Weile Captain spielen dürftest?"

Der verheißungsvolle Blick in seinen Augen ringt mir ein resignierendes Seufzen ab. Ich befreie mich aus seiner Umarmung und gehe zum Fenster, den Rücken zu ihm gewandt. „Das ist nicht mein Zuhause. Du weißt, dass ich zurück muss, Jamie." Trotz der unbestreitbaren Anziehung, die dieser Mann auf mich ausübt, und der vagen Erinnerungen, die ich wiedererlangt habe, ist hierzubleiben sicherlich keine Option.

Ich zucke kurz vor Überraschung zusammen, als er von hinten seine Hände über meine Arme nach unten gleiten lässt und dann unsere Finger ineinander verschlingt. Er bringt unsere Hände vor meinen Bauch und drückt mich dabei mit dem Rücken an seine Brust. Das lasse ich nur zu, weil mir seine Umarmung, genau wie zuvor, ein Gefühl von Trost und Sicherheit gibt. Offen gesagt fühlt es sich über alle Maßen vertraut an. Wenn ich doch auch noch den Rest meines Gedächtnisses wiedererlangen könnte. Zu gern möchte ich wissen, was wir beide hatten ... Jamie und ich. Ich wünsche es mir so sehr, dass ich gedankenlos meinen Kopf nach hinten neige und auf seine Schulter lege.

„Ich habe es immer geliebt, wenn du mich Jamie genannt hast", flüstert er in mein Ohr und liebkost dabei meine Schläfe.

Lachend erwidere ich: „Bestimmt nicht in der Nacht, als du gedroht hast, mir dafür die Kehle durchzuschneiden."

„Das hätte ich dir wohl lieber nicht erzählen sollen." Sein warmer Atem, als er dabei schmunzelt, federt gegen meine Haut.

Ich rolle meinen Kopf zur Seite, damit ich ihm ins Gesicht blicken kann. Bei jedem sanften Lidschlag streicheln seine langen blonden Wimpern die Haut unter seinen Augen. Aber egal was er tut, wie er dreinschaut oder was er sagt, sein Blick hält immer diesen

Extraschimmer von Dominanz. James Hook weiß genau, was er will. Und in diesem Moment will er ... mich.

Während er eine Hand auf meinem Bauch liegen lässt, streichelt er mit der anderen sanft über meine Wange. Geleitet von seiner Berührung, als er mit dem Daumen über meine Unterlippe streift, drehe ich meinen Kopf noch etwas weiter zu ihm.

Er lehnt sich so nahe zu mir herüber, dass ich die zarteste Berührung seiner Lippen auf meinen spüre, als er flüstert: „Was denkst du? Hältst du es einen Tag hier mit mir aus, bevor wir dich zurück in deine Welt bringen?"

Zehn Herzschläge vergehen ...

In dieser Zeit bin ich in seinem Blick gefangen, während ich in meinen Gedanken alle möglichen Szenarien durchspiele, was wohl passieren wird, wenn meine Eltern aufwachen und bemerken, dass ich verschwunden bin. Hysterie. Polizei. Tränen. Suchen. Hoffen. Freunde anrufen und meine Schwestern beruhigen. Noch nie in meinem Leben bin ich von zu Hause weggelaufen. Mir ist durchaus bewusst, welchen Sorgen ich meine Familie aussetze mit jeder weiteren Stunde, die ich hierbleibe.

Doch andererseits ist das hier Nimmerland! Das Land des Jungen, der niemals erwachsen werden wollte. Das Land, in dem es tatsächlich Feen gibt, Schätze, Elfenstaub und, verdammt noch mal, ja, auch Piraten und Captain Hook. Würde wirklich jemand sofort wieder verschwinden, ohne zumindest einmal im Leben eine Meerjungfrau gesehen zu haben?

Würde ich?

Mit einem tiefen Atemzug drehe ich mich in Jamies Armen zu ihm um und nehme sein Gesicht in beide Hände. „Ein Tag", erkläre ich mit Bestimmtheit, wobei ich mich auf die Zehenspitzen stelle, um ihm direkt in die Augen zu sehen. „Und du musst mir eine

Meerjungfrau zeigen."

Sein Versuch, sein hocherfreutes Grinsen zu unterdrücken, ist geradezu erbärmlich. „Versprochen", schnurrt er wie ein Kater und lehnt sich die letzten zehn Zentimeter vor, um mich zu küssen.

Ich lasse den Teil von mir, der sich bei Jamie am wohlsten fühlt, die Führung übernehmen und presse meinen Mund auf seinen. Mir ist durchaus bewusst, dass ich schon öfter von einem Piraten geküsst wurde, als ich tatsächlich noch weiß, trotzdem verblüfft es mich, wie ein berüchtigter Bösewicht wie Hook zu einem so zärtlichen Liebhaber werden kann. Er lehnt sich wieder zurück an den Schreibtisch und zieht mich so fest an sich, dass kein Blatt Papier zwischen uns passen würde. Eine seiner Hände streift meinen Rücken hinauf, über meine Schulter und meinen Nacken, bis sie in meinen Haaren verschwindet. Bei der Sanftheit seiner Berührung beginnt meine Haut überall zu prickeln. Jeder kleine Quadratzentimeter.

Seine Zunge lässt er dabei sanft durch meinen Mund gleiten; einmal, zweimal. Das Verlangen wächst in seinem Kuss. Mit der Hand in meinem Nacken hält er mich fest, als befürchte er, ich könnte mich jede Sekunde in Luft auflösen. Ich habe aber nicht vor zu verschwinden. Meine Hände sinken langsam auf seine Schultern hinab und streifen dann tiefer über seine starke Brust und seine harten Bauchmuskeln. Leidenschaftlich vergrabe ich meine Finger in seinem Hemd und stoße dabei ein feuriges Seufzen aus, das es nicht wirklich über meine Lippen schafft. Mein schmachtendes Stöhnen entzündet seine Hingabe sogar noch mehr, denn sein Kuss wird noch intensiver.

Jamie packt mich an den Hüften und ohne mein Zutun tauschen wir ruckartig die Position. Er hebt mich hoch und setzt mich vor sich auf den Schreibtisch. Den Moment nutze ich, um wieder zu

Atem zu kommen. Als er sich mit gefährlichem Blick zu mir herunterbeugt, lehne ich mich zurück, lasse meinen Blick aber nicht von seinem fort schweifen. Wie konnte ich nur je an seinen Absichten zweifeln? In seinen Augen steht die Zuneigung doch so offen geschrieben.

Überrascht, weil ich zurückweiche, neigt Jamie seinen Kopf zur Seite. Er scheint Gefallen an dem Spiel zu finden, das ja in Wirklichkeit gar keines ist, und nimmt ganz offenkundig die unausgesprochene Herausforderung an. Mit einem verschmitzten Lächeln lehnt er sich so weit vor, dass ich gar nicht anders kann, als noch weiter nach hinten auszuweichen. Ich muss mich auf den Händen abstützen und bald schon auf den Ellbogen.

Im nächsten Moment nimmt er meine Hände und zwingt mich somit dazu, auf meinen Rücken zu sinken. Meine Beine baumeln immer noch von der Tischkante. Unsere Finger fest miteinander verschlungen, führt er meine Arme seitwärts nach oben über meinen Kopf, als wollte er einen Schneeengel malen. Anschließend stützt er sich selbst auf seine Ellbogen, um mich nicht mit seinem Gewicht zu erdrücken, als er sich auf mich sinken lässt. Sein Körper ist meinem so nahe, dass ich ihn bei jedem Atemzug spüren kann.

Wir befinden uns Auge in Auge gegenüber – meine Lieblingsposition mit dem Captain, wie ich herausgefunden habe, denn ich kann mich dabei so einfach in seinen tiefen ozeanblauen Augen verlieren. Das schiefe Grinsen sitzt immer noch auf seinen Lippen und seine Haarspitzen kitzeln mich an der Stirn.

„Jetzt hab ich dich", sagt er in einem kratzigen Halbstöhnen. „Wie willst du da jemals wieder entkommen?"

„Ich schrei einfach so laut, dass du mich freiwillig gehen lässt", necke ich lächelnd zurück. „Später." Jetzt gerade habe ich nicht die Absicht, mich aus seinem Griff zu befreien. Im Gegenteil. Ich schlinge meine nackten Beine um seine Hüften, um zu verhindern, dass er mir entkommen könnte. Sein genüssliches Schnurren ist meine Belohnung. Dabei zischt ein aufregender Schauer durch meinen Körper. Gleichzeitig frage ich mich, wie jemand, der noch so jung und so gefühlvoll ist, ein Schiff mit ehrlosen Piraten kommandieren kann.

Mir bleibt keine Zeit, um die Antwort herauszufinden. Jamie neigt seinen Kopf tiefer und küsst meine Unterlippe, womit mir binnen eines Herzschlags sämtliche Gedanken an eine Welt außerhalb dieses Zimmers verloren gehen. Ich genieße es, wie er beginnt, mit meiner Lippe zu spielen, leicht an ihr saugt und knabbert und schließlich mit seiner Zunge über die Kurven meiner Oberlippe streift. Ich mache dasselbe bei ihm und hätte nie gedacht, dass etwas so Einfaches auch gleichzeitig so sinnlich sein kann. Er gibt mir noch einen Moment, um ihn voll und ganz zu erkunden, dann haucht er einen zarten Kuss nach dem anderen auf meine Haut, während er seine Lippen über mein Kinn und meinen Hals seitlich hinunter streifen lässt. Wie eine Fackel brenne ich, als ich seine Zähne sanft in meiner Nackenbeuge spüre. Mit seiner Nasenspitze unter meinem Kinn neigt er meinen Kopf etwas nach hinten, damit er besseren Zugang zu dieser Stelle hat und haucht dann einen weiteren zärtlichen Kuss in die Kuhle zwischen meinen Schlüsselbeinen.

Ich weiß, ich habe gesagt, ich möchte heute auch noch eine Meerjungfrau sehen, aber im Moment wäre ich absolut damit einverstanden, den ganzen Tag mit Jamie in seinem Quartier zu verbringen. Dabei ist es mir sogar egal, ob wir jemals von diesem Tisch runterkommen. Meinetwegen müssen wir bestimmt nicht.

Ein Klopfen an der Tür lässt meinen schönen Traum zerplatzen.

Vor Schreck spannt sich jeder Muskel meines Körpers an. Dabei schließen sich meine Beine noch fester um Jamies Hüften und quetschen einen überraschten Atemstoß aus ihm heraus. Und dann passiert etwas Sonderbares. Es ist, als hätte der Schock den Korken aus der Flasche meiner Erinnerungen gesprengt, denn plötzlich ist alles wieder da. Jeder einzelne Moment, den ich in Nimmerland erlebt habe, zeichnet sich detailgenau in meinen Gedanken ab und bringt mein Herz zum Pochen.

Jamie wirkt nicht einmal annähernd so entsetzt wie ich, als er sich gerade noch rechtzeitig aufrichtet, bevor die Tür aufgeht. Weil ich mit Blickrichtung auf Jamie und die Fenster hinter ihm liege, sehe ich nicht, wer gerade hereinkommt, aber ich erkenne Jack Smees Stimme an seinem ersten schuldbeladenen Räuspern.

„Es tut mir leid, ich wollte euch nicht – ähm ..." Schließlich hält der Pirat die Klappe.

In diesem Moment blickt Jamie auf mich herunter, und mir ist klar, was für eine grauenhafte Schamesröte er gerade in meinem Gesicht sehen muss. Ich schwöre, dieser Mann hat nicht den geringsten Anstand. Er schenkt mir ein vergnügtes Grinsen und kitzelt mich mit den Fingerspitzen sanft an meinem Oberschenkel. Was zum Teufel – will er mich jetzt auch noch vor seinem ersten Offizier vernaschen? Ich schnappe entrüstet nach Luft, bis mir klar wird, dass er vielleicht nur versucht, mich dezent darauf aufmerksam zu machen, dass meine Beine ihn immer noch umschlingen, als hinge mein Leben davon ab.

Oh Gott!

Augenblicklich löse ich meine verschränkten Knöchel und lasse meine Beine nach unten sinken. Die Hände schlage ich vor Scham über mein Gesicht. Das entlockt Jamie ein leises Lachen. Er schnappt sich den Hut neben mir und lässt ihn mir aufs Gesicht fallen.

Inzwischen räuspert sich Jack noch einmal. „Die Elfe ist draußen,

Käp'n. Sie flattert ums Schiff herum und weigert sich runterzukommen. Sie sagt, sie will nur mit dir alleine reden."

„Die Elfe? Was will sie denn?", fragt Jamie verblüfft. „Richte ihr aus, sie soll mich in einer Stunde an der Meerjungfrauenlagune treffen. Ich hab Angel sowieso einen Ausflug dorthin versprochen."

Die Tür fällt leise ins Schloss. Einen Moment später lüftet sich der Hut von meinem Gesicht und Jamie späht darunter. „Alles okay bei dir?"

„Argh, James Hook! Du solltest deinen Männern wirklich beibringen, nicht einfach so in dein Quartier zu platzen", jammere ich, während ich mich wieder auf meine Ellbogen stütze. „Langsam geht es mir wirklich auf die Nerven, dass der Kerl uns jedes Mal stört, wenn du mich küsst."

Sein Kinn fällt nach unten und seine Augen weiten sich fragend. „Angel?", testet er vorsichtig.

„Jetzt schau nicht so schockiert. War doch klar, dass meine Erinnerung irgendwann zurückkommen würde." Ein Grinsen zerrt an meinen Lippen, denn ganz ehrlich, sein momentaner Gesichtsausdruck ist wirklich herzallerliebst.

Er zieht die Augenbrauen zusammen. „Du erinnerst dich?"

„Ja."

„Du meinst, du erinnerst dich an *alles*?"

„Das hab ich doch gesagt, Jamie. Jetzt lass mich erst mal von diesem Tisch run–" Ich komme nicht dazu, den Satz zu Ende zu sprechen, da er meine Hände nimmt und mich so rasch hochzieht, dass ich gegen seine Brust falle. Seine starken Arme umfangen mich so fest, dass sie mir die Luft abschnüren. Wir halten uns gegenseitig einfach nur fest und Jamie vergräbt sein Gesicht in meinem Haar. Leider küsst er mich in diesem Moment nicht, was mich ein bisschen stört, um ehrlich zu sein, aber es fühlt sich auch immens gut an, von

James Hook gedrückt zu werden.

„Ich hab dich so unglaublich vermisst", krächzt er heiser.

Leider kann ich das von ihm nicht behaupten, denn bis vor Kurzem hatte ich ja gar keine Ahnung mehr von seiner Existenz. Allerdings ist die Flut der Freude, die mich gerade packt, nur schwer im Zaum zu halten. „Es ist schön, wieder hier zu sein."

Während ich in seinem berauschenden Duft aus Meer und Mandarinen vergehe, schließe ich die Augen und durchlebe all die glücklichen und aufregenden Momente noch einmal, die wir vor gar nicht allzu langer Zeit in Nimmerland gemeinsam erlebt haben.

Kapitel 11

Ich habe sie wieder! Nicht nur körperlich, sondern auch ihren Geist. Eine kaum auszuhaltende Freude bringt mein Herz fast zum Platzen. Angel ist hier bei mir in Nimmerland. Endlich! Ich drücke sie so fest an mich, dass sie förmlich um ein wenig Luft zum Atmen betteln muss. Nur zögerlich lasse ich sie wieder los.

„Jetzt, wo ich mich wieder an alles erinnere, kann ich kaum glauben, wie ich die letzten drei Monate nur ohne dich überstanden habe. Aber –" Angel macht einen Schritt zurück und stemmt ihre Hände in die Hüften, wobei sie mir einen dieser schneidigen Blicke zuwirft, die ich am meisten an ihr vermisst habe. „Echt jetzt, James Hook, du hast mich entführt! Schon wieder!"

Mit einem herzhaften Lachen streife ich ihr die zerzausten Haare hinter die Ohren. „Ich hatte doch keine andere Wahl. Und außerdem solltest du froh darüber sein."

Ihr Mund krümmt sich zu einem kapitulierenden Lächeln. „Das bin ich. Sogar mehr als froh."

„Gut. Heißt das jetzt, unser Deal von vorhin ist ungültig und du bleibst länger?"

„Nein. Der Deal gilt immer noch." Sie zieht die Nase hoch und kräuselt die Lippen. „Aber vielleicht können wir ja die beiden Feen im Wald besuchen. Als ich letztes Mal hier gestrandet bin, wussten sie genau, was zu tun war. Vielleicht haben sie ja diesmal auch eine Lösung für unser Problem."

Ich bin erleichtert, dass sie die Feen erwähnt, denn genau dorthin will ich später sowieso noch mit ihr. Sie kann doch nicht ernsthaft geglaubt haben, dass ich mich mit einem einzigen lausigen Tag zufriedengeben würde. „Du meinst, sie kennen vielleicht einen Weg, wie wir uns in Zukunft öfter sehen können?"

Angel nickt und in ihrem Gesicht spiegelt sich dieselbe Hoffnung, die in mein Herz Einzug gehalten hat, als ich sie wiedergesehen habe. „Also gut, lass es uns versuchen. Willst du vorher trotzdem noch eine Meerjungfrau sehen?", necke ich sie.

„Es wäre schon toll, Melody noch einmal zu begegnen, aber ich schätze, die Chancen stehen nicht so gut. Aber du hast gesagt, dass du dich mit Tami in der Meerjungfrauenlagune treffen willst. Macht es dir etwas aus, wenn ich mitkomme? Die Elfe möchte ich auf jeden Fall wiedersehen."

Mit schmalen Augen neige ich meinen Kopf zur Seite. „Natürlich kommst du mit." Wie kommt sie nur auf die dumme Idee, ich würde sie hier zurücklassen? Wer weiß, wie lange mir Angel diesmal bleibt? Ich habe nicht vor, auch nur eine Minute dieser kostbaren Zeit zu verschwenden.

„Großartig!" Sie klatscht in die Hände und wippt aufgeregt auf ihren Fußballen auf und ab. „Lass uns gehen!"

Sie hat wirklich keinen blassen Schimmer, wie niedlich sie sein kann, auch wenn sie es gar nicht versucht. Meinen Arm um ihre Schultern gelegt, manövriere ich sie um den Schreibtisch herum und hinüber in mein Schlafquartier. „Wir befinden uns gerade mitten auf dem Ozean, Engelchen. Im Moment gehen wir *nirgendwohin*."

Eine Sekunde lang macht sich Enttäuschung auf ihrem Gesicht breit, doch die verzieht sich schnell wieder. Angel schlingt ihre Arme um meine Hüften, stemmt ihr Kinn gegen meine Schulter und grinst mir ins Gesicht, während wir weitergehen. „Darf ich dann wenigstens das Schiff noch einmal steuern?"

„Das darfst du. Und ich hab auch noch eine Kleinigkeit für dich." Ich lasse sie los und hole das blaue Kleid aus meinem Schrank, das ich all die Zeit nach ihrem Verschwinden aufgehoben habe."

Als sie es erblickt, zupft ein ansteckendes Lächeln an ihren Mundwinkeln. Allerdings wird es schnell durch einen Schmollmund ersetzt. „Wie jetzt? Gefallen dir meine Sachen etwa nicht?"

Einen Finger in den elastischen Bund ihrer kurzen Hose gehakt, ziehe ich sie noch näher zu mir heran. „Du trägst immer die seltsamsten Kleider", necke ich sie und behalte dabei die Wahrheit — nämlich, dass ich es absolut nicht leiden kann, wie die Männer an Bord ihre nackten Beine begutachten — für mich. „Aber wenn du das Kleid nicht willst, kann ich Smee sagen, er soll es später irgendeinem Mädchen in der Stadt schenken."

„Bist du verrückt! Wag das ja nicht, *Captain*!" Sie entreißt mir das Kleid und drückt es liebevoll an ihre Brust. „Du wirst das sicher nicht verschenken!", lacht sie.

Ich krümme eine Augenbraue. „Hängen etwa zu viele Erinnerungen an dem Kleid?"

„Viel zu viele!" Als sie das Kleid hochhebt und es mit spürbarer Liebe betrachtet, ist ihr rügender Blick verschwunden. „Ich kann nicht glauben, dass du es wirklich aufbewahrt hast."

Bei der Erinnerung an die ersten harten Tage, nachdem Angel von der Mastspitze gesprungen war, wird mir der Hals schmerzhaft eng. „Was hätte ich denn sonst machen sollen? Das Kleid war das Einzige, was mir von dir geblieben ist."

Angel muss das Kratzen in meiner Stimme gehört haben, denn im nächsten Moment wirft sie das Kleid aufs Bett, kommt auf mich zugestürmt und schließt mich in eine Monsterumarmung. Ich liebe es, wenn sie ihren zarten Körper so fest an mich drückt. Nur ihr Mitleid bereitet mir gerade etwas Unbehagen. Ich greife nach ihren Schultern, schiebe sie ein kleines Stückchen zurück und sehe ihr fest in die warmen haselnussbraunen Augen. „Es geht mir gut." Jetzt. Das ganze Warten, das Leiden und die Mühsal mit dem Regenbogen haben sich gelohnt, denn ich halte Angel endlich wieder in den Armen. „Zieh das Kleid an und komm dann raus. Ich warte oben auf der Brücke auf dich."

„Halt mir einen Platz am Steuerrad frei", sagt sie mit verschmitzter Stimme und läuft zum Bett, um sich umzuziehen. Ein tiefes Seufzen steigt in mir hoch. Obwohl ich ja viel lieber hierbleiben und Angel nicht aus den Augen lassen möchte, ist es genau wie in alten Tagen. Sie lockt das Beste in mir hervor und ihretwegen möchte ich ein anständiger Kerl sein. Also gebe ich ihr die nötige Privatsphäre und verlasse mein Quartier.

Jack hat bereits Kurs auf die Meerjungfrauenlagune genommen. Mit dem Wind in den Segeln nimmt die Jolly Roger rasch Fahrt auf. „Das Gespräch verlief also ganz gut, wie?", fragt er mit humorvollem Schmunzeln, als ich das Steuer übernehme.

Obwohl es mich persönlich einen Dreck schert, dass Smee uns vorhin in einem so intimen Moment überrascht hat, ist mir nicht entgangen, wie sehr es Angel in Verlegenheit gebracht hat. Daher blitze ich meinen ersten Maat mit missbilligenden Augen an. „Solange das Mädel an Bord ist, schlage ich vor, wir verlegen unsere Unterhaltungen an einen Ort *außerhalb* meines Quartiers."

„Soll mir nur recht sein." Er lacht schallend und beschwichtigt mich mit erhobenen Händen. „Ich nehme an, wir sind wieder beim

Jamie-Status angelangt. Also, wie willst du weiter vorgehen?"

Verblüfft ziehe ich meine Brauen hoch. „Jamie-Status?"

„Ja. Ist auf Skylers Mist gewachsen." Mit geneigtem Kopf zieht Smee eine nachdenkliche Miene. Natürlich macht er das nur, um mich zu veralbern. „Muss wohl an dem Tag gewesen sein, als du ihm angedroht hast, seine Kehle durchzuschneiden, falls er Angel je wieder anfassen sollte."

An den Moment kann ich mich nur zu gut erinnern. Angel hat versucht, meine Crew zu einer Meuterei gegen mich aufzuhetzen. Der Schuss ging kläglich nach hinten los – für sie – und Yarrin' Brant Skyler ist ihr daraufhin für meinen Geschmack etwas zu sehr auf die Pelle gerückt. Bei dem Gedanken daran knirsche ich wütend mit den Zähnen und umklammere die Griffe am Steuerrad etwas fester.

Eine zarte Hand streichelt im nächsten Moment über meine. „Hey, was ärgert dich denn, du mürrischer Pirat?" Angels sanfte Stimme vertreibt einen Großteil meiner Wut in nur einer Sekunde. Sie endlich wieder in dem blauen Kleid zu sehen erledigt den Rest. Zu meiner Verwunderung hat sie meinen Hut mitgebracht und setzt ihn mir auf den Kopf. Obwohl er ja überhaupt nicht zu der seltsamen Hose und den Schuhen passt, die Bre mir für Angels Welt mitgegeben hat, fühle ich mich damit trotzdem gleich wieder etwas mehr als der Captain des Schiffs.

Ich schenke ihr ein verruchtes Lächeln und ziehe sie dann zwischen mich und das Steuerrad, damit sie übernehmen kann. Versenk mich, ihr betörender Duft steigt mir dabei geradewegs in die Nase. Mit einem tiefen Atemzug sauge ich so viel wie möglich von diesem Duft ein und genieße es ohne Ende, wie er mir buchstäblich die Sinne vernebelt. Dann lehne ich mich nach vorn und küsse Angels Nacken. „Ihr seht wahrlich bezaubernd aus, Miss

London."

Angel zittert leicht, das kann ich fühlen. Und es steigt mir sofort zu Kopf. Ich gebe mein Bestes, um sie nicht vor den Augen von sechzehn Männern zu vernaschen, und lasse sie stattdessen das Schiff zur Meerjungfrauenlagune segeln, wo wir vor der Küste ankern. Sie und ich sind die Einzigen, die an Land gehen. Mit mädchenhafter Kraft drückt Angel meine Hand, als wir gemeinsam über die Gangway schreiten, wobei ich vorausgehe. „Was glaubst du, will Tami von dir?", fragt sie, als wir etwas von der Jolly Roger entfernt Steine ins Wasser werfen und darauf warten, dass das Glühwürmchen endlich auftaucht.

Ich kann nichts weiter machen, als ratlos mit den Schultern zu zucken. „Vielleicht gibt es ja schlimmere Probleme mit Peter und sie will unsere Hilfe."

„Schlimmere?"

„Na ja ... weil er doch so schnell älter wird." Ich hebe einen flachen Stein auf und lasse ihn über die Wasseroberfläche hüpfen. „Aber ich hab wirklich keinen blassen Schimmer. Ich hoffe nur, sie kommt bald, denn ich möchte noch zu den Feen im Wald, bevor es zu spät wird."

Angel stimmt mir mit einem Nicken zu. Eine ganze Weile lang sagt sie kein Wort, doch dann meint sie: „Dann hast du Peter also endlich dazu gebracht, die Uhr zu zerstören?"

„M-hm."

Sie sieht mich erwartungsvoll an. „Wie hast du das angestellt?"

Ich seufze ungewollt. Der Gedanke an den Bruch unserer neu gewonnenen brüderlichen Freundschaft lässt mich eine Antwort hinauszögern. Aber die Wahrheit vor Angel zu verheimlichen hat wohl auch keinen Sinn, also erzähle ich ihr letztendlich die ganze Geschichte und fange dabei mit dem Moment an, als Jack, Peter und ich im Hafen das Badewasser besorgt haben.

Als Angel erfährt, dass ich Peter mit einer Pistole dazu überredet habe, die Uhr in den Vulkan zu werfen, fällt ihre Kinnlade auf ihre Brust. „Ich hätte ihn nicht erschossen", versichere ich ihr trotzig. Zumindest ist es das, was ich versucht habe, mir seit jenem Tag immer wieder selbst einzureden. Letzte Nacht, als ich es einfach nicht fertiggebracht habe, Peter mit meinem Schwert aufzuspießen, egal welchen Unfug er auch mit Angel angestellt hat, war schließlich der Beweis dafür.

Nach einer langen Pause, die Angel dazu genutzt hat, um diese vielen Informationen zu verarbeiten, werden ihre Züge wieder etwas weicher. Ich schätze, sie glaubt mir viel schneller als ich mir selbst.

„Sind dann alle so schnell gealtert wie Peter, nachdem der Zauber aufgehoben war? Weil ... du und Jack und der Rest deiner Mannschaft – ihr alle seht immer noch ziemlich unverändert aus, wenn du mich fragst."

„Niemand ist so schnell älter geworden wie er. Zumindest habe ich nichts Gegenteiliges festgestellt." Mit viel mehr Kraft als nötig werfe ich einen weiteren Stein hinaus aufs Meer, der weit draußen in die Wellen eintaucht. „In der Stadt gibt es eine junge Frau. Sie war die letzten hundertfünfzig Jahre schwanger."

„Weil sie zu dem Zeitpunkt schwanger war, als Peter beschlossen hat, nie erwachsen zu werden, richtig?"

„Ganz genau. Man hat ihr nie eine Veränderung angesehen. In all den Jahren nicht. Aber als ich in letzter Zeit ein paarmal im Hafen war, ist mir aufgefallen, dass ihr Bauch weiter angeschwollen ist. Wenn ich nicht völlig falsch liege, sollte sie das Kind inzwischen zur Welt gebracht haben."

„Na, das ist doch schön." Aus meinem Augenwinkel sehe ich, wie Angel mich hoffnungsvoll anblickt. „Also ist Nimmerland –

abgesehen von Peter – wieder ganz normal."

„Ich muss mich jetzt wieder rasieren", gebe ich als Antwort darauf. „Das musste ich seit über hundert Jahren nicht tun. Die Dinge sind also wieder normal, ja." Mit den Fingerrücken streichelt sie über die kurzen Bartstoppeln auf meiner Wange und grinst verschlagen. „Es gefällt mir, wie du im Moment aussiehst. Wenn Peter den Fluch jemals wieder aktivieren sollte, sieh zu, dass du nicht glatt rasiert bist."

Schmunzelnd lege ich einen Arm um ihre Schultern und ziehe sie dicht an mich heran. „Gott behüte, dass es jemals wieder dazu kommt!" Als ich ihr im nächsten Moment einen sanften Kuss auf die Stirn drücke, werden wir von oben bis unten nass gespritzt. „Was zum Teufel –?"

„Hi Angel!", ruft jemand vom Wasser her.

Angel dreht sich in meinem Arm um. Ihr ganzer Körper bebt vor Freude. „Melody!" Sie befreit sich aus meiner Umarmung und läuft an den Rand der felsigen Küste.

„Hab ich mir doch gedacht, dass du das bist, als ich deine Stimme gehört habe", erklärt die rothaarige Wassernixe aufgeregt, als sie mit den Schultern aus dem Wasser auftaucht und in den sanften Wogen der Wellen auf und ab schaukelt. „Wie lange bist du denn schon wieder in Nimmerland? Und wie bist du zurückgekommen?"

„Jamie ist mir nach Hause gefolgt und hat mich –" Sie zögert einen Atemzug lang. „Er hat mich mit seinem Schiff hergebracht. Ich bin erst seit ein paar Stunden wieder hier."

Ja, ich muss gestehen, ich bin erleichtert, dass sie das Wort *entführt* diesmal gnädigerweise nicht gebraucht hat. Als mich das Fischmädchen mit einem zurückhaltenden Nicken begrüßt, hebe ich die Hand und winke schwach als Gegengruß. Das letzte Mal, als ich sie gesehen habe, hat sie Peter für mich eine Nachricht überbracht.

„Warte einen Moment!", ruft sie Angel zu. „Ich hab was für dich." Sie springt in die Wellen, wobei ihr Fischschwanz nach oben schnellt, bevor sie schließlich ganz unter Wasser verschwindet. Angel sieht mich verblüfft an. Ich zucke ebenso ratlos wie sie mit den Schultern. Wer weiß schon, was in so einem Fischmädchen vorgeht? Doch die Kleine braucht Gott sei Dank nicht lange, bis sie wieder auftaucht. Und in ihren Händen hält sie etwas Schwarzes. Sie kommt näher an die Küste heran und wirft den nassen Fetzen zu uns an Land.

Ich fange ihn für Angel auf und wringe das Wasser aus ihm, bevor ich ihn auseinanderfalte. Angels erstaunter Blick ist unbezahlbar. „Das ist ja mein Kapuzenpulli!", quietscht sie und reißt mir das Teil aus der Hand. „Wo hast du denn den her?"

„Hab ihn vor einiger Zeit auf dem Meeresgrund gefunden. Ich konnte mich dunkel daran erinnern, dass du bei unserer ersten Begegnung so etwas Ähnliches getragen hast, also hab ich ihn mit nach Hause genommen."

„Und die ganze Zeit über habe ich mich gefragt, wo er abgeblieben ist, wo doch meine Schwestern steif und fest behauptet haben, er hätte sich in den Ästen des Baumes zwischen unseren Zimmern verfangen." Angel strahlt förmlich auf die Meerjungfrau hinab. „Vielen Dank!" Der Fetzen, dessen Aufdruck aussieht wie eine Piratenflagge, tränkt gerade die Vorderseite ihres Kleides, und trotzdem drückt sie ihn liebevoll an ihre Brust.

„Keine Ursache." Melody schenkt ihr ein freundliches Lächeln, doch dann blickt sie über ihre Schulter nach hinten, wo aus sicherer Entfernung ein Schwarm weiterer Fischmädchen nach ihr schreit und sie zu sich winkt. „Tut mir leid, aber ich muss jetzt los", entschuldigt sich Melody. „Mein Vater hat heute Geburtstag und meine Schwestern nörgeln immer an mir rum, wenn ich zu spät komme."

„Dann los! Und hab Spaß!", sagt Angel. „Und noch mal vielen Dank, dass du mir das Sweatshirt zurückgebracht hast."

Die Meerjungfrau nickt und schwimmt nach einem Rückwärtssalto in die Wellen zurück zu ihrer Familie.

Ich trete näher an Angel heran und schließe sie wieder in meine Arme, denn ich will jede Minute mit ihr auskosten. Leider bleiben wir nicht lange allein. Der verräterische Duft von Blaubeeren und Honig steigt mir in die Nase. Ich weiß genau, wann ich diesen Duft zum letzten Mal gerochen habe. „Hallo, kleine Elfe", sage ich und drehe mich um.

Das kleine Ding mit goldenem Lockenkopf und einem Kleid aus Efeublättern steht etwas abseits und ringt nervös ihre winzigen Hände. Bis sie sieht, wen ich mitgebracht habe. Ihre Augen schäumen vor Freude über und die beiden Mädchen fallen sich kreischend in die Arme. Zuvor drückt mir Angel allerdings noch den nassen Fetzen in die Hand. Tameeka schwebt einen halben Meter über dem Erdboden, damit sie ihre Arme um Angels Hals schlingen kann. Sie begrüßen sich wie zwei uralte Freundinnen, wobei Angel die ganze Zeit aufpasst, dass sie die zarten Schmetterlingsflügel der Elfe nicht versehentlich zerquetscht.

Als die beiden sich endlich voneinander lösen, bleibe ich neben Angel stehen und lege einen fürsorglichen Arm um ihre Schultern, in der Hoffnung, mit dieser Geste eher das Vertrauen der Elfe zu wecken, als wenn ich ihr meine Hand entgegenstrecken würde. Obwohl sie keine Angst mehr vor mir zu haben scheint, zieht sie es vor, nur mit Angel zu sprechen, anstatt mit uns beiden. „Ich hatte ja keine Ahnung, dass du wieder hier bei Hook bist. Doch du siehst glücklich aus, also nehme ich an, dass dir nichts Schlimmes zugestoßen ist."

„Nichts Schlimmes? Was meinst du?", fragt Angel. Ich kann die Anspannung fühlen, die sich gerade in ihrem Körper ausbreitet.

„Peter." Das Gesicht der kleinen Elfe wird rot vor kindlichem Zorn. „Ich hatte Angst, er hätte dir etwas angetan. Als ich ihn zuletzt gesehen habe, war er so schrecklich wütend."

„Nun ja, er hat versucht, mich von Jamie fernzuhalten, das ist alles. Er hat mir nicht wehgetan. Bestimmt würde er das niemals tun."

Da bin ich mir gar nicht so sicher. Doch jetzt ist nicht der richtige Zeitpunkt, um die beiden Mädchen zu unterbrechen.

„Nein, du hast vermutlich recht. Peter mag dich. Er würde dir nie etwas antun. Aber er hat darüber gesprochen, dass er sich an Hook rächen will, für das, was er ihm angetan hat." Tami wirft mir einen finsteren Blick zu. „Er hatte so fürchterliche Schmerzen. Und seither ist er unglaublich schnell gealtert."

Ich knirsche mit den Zähnen. Im Moment bin *ich* es, der vorzieht, nicht mit *ihr* zu reden.

„Obwohl er mich weggeschickt hat, habe ich ihn weiter im Auge behalten. Und dich auch, Angel. Als ihr beide dann letzte Nacht plötzlich verschwunden wart, habe ich schon das Schlimmste –"

„Warte", schneidet Angel ihr das Wort ab und kneift die Augen etwas enger zusammen. Abwesend nimmt sie meine Hand von ihrer Schulter und verschränkt unsere Finger miteinander, dann drückt sie fest zu. „Er hat dich weggeschickt?"

„Ja. Als er uns von seinem Plan erzählt hat – wie er dich benutzen wollte, um Rache an Hook zu üben –, haben ihm die Verlorenen Jungs und ich gesagt, dass er einen Vogel habe und nur verwirrt sei. Wir wollten ihm dabei nicht helfen. Da wurde er so wütend, Angel, sein Zorn hat ihn völlig blind gemacht. Am Ende hat er sicher geglaubt, wir hätten uns alle gegen ihn verschworen und ihn verraten."

Mit verkrampfter Brust einzuatmen ist ein furchtbares Gefühl. Durch das schlechte Gewissen, das mich plagt, ist es mehr als schwer, Angels verständnisvolles Drücken meiner Hand zu erwidern. Ich lockere meine Finger und ihre Hand rutscht aus meiner.

„Gestern Abend habe ich euch beide aus deinem Haus kommen sehen", fährt die Elfe fort. „Aber nur du allein bist nach Hause gekommen. Da Hook bereits in deine Welt gekommen war, dachten die Verlorenen Jungs und ich, es wäre einen Versuch wert, noch einmal mit Peter zu reden. Ich hab mich auf die Suche nach ihm gemacht, konnte ihn aber nirgends finden; weder in dem Haus, in das er vorübergehend eingezogen ist noch sonst irgendwo. Und dann warst du plötzlich ebenfalls verschwunden."

An dieser Stelle hole ich tief Luft. „Du konntest ihn nicht finden, weil ihn meine Männer und ich hoch oben an einem Baum festgebunden haben. Ein ganzes Stück weit weg von Angels Haus."

„Du hast *was*?!", schreien mich beide Mädchen gleichzeitig an.

„Was?", schnappe ich zurück. „Irgendwie musste ich ihn schließlich aus dem Weg schaffen, sonst hätte er nur wieder alles ruiniert. Du hast die Elfe gehört", verteidige ich mich vor Angel. „Er wollte dich benutzen, um sich an mir zu rächen."

„Weil er verletzt war", kontert sie mit viel mehr Mitgefühl, als Peter verdient hat, und legt dabei ihre Hände sanft auf meine Unterarme. „Stell dir doch nur mal vor, wie schockiert er gewesen sein muss, als er eines Morgens aufwachte und um so viel älter geworden war. Gemeinsam können wir ihn sicher zur Vernunft bringen. Wir müssen sofort zurück und ihn befreien."

„Kommt gar nicht in Frage! Es ist nur noch Zauberzeug für eine letzte Reise in deine Welt übrig. Das verschwende ich sicher nicht an

Peter Pan." Zähneknirschend mache ich eine kurze Atempause, dann murmle ich: „Die Fesseln waren sowieso nicht sehr fest geknotet. Der Bastard konnte sich inzwischen bestimmt befreien. Höchstwahrscheinlich ist er sogar schon wieder hier in Nimmerland."

Und das ist auch der Grund, warum ich Angel so schnell wie möglich zu den Feen schaffen will. Peters Plan, mir mein Mädchen zu stehlen, ist fehlgeschlagen. Wer weiß, was ihm als Nächstes einfällt, damit er seine Rache bekommt? Ich muss ihn alleine erwischen und die Dinge zwischen uns klären. Aber eine Möglichkeit zu finden, wie Angel und ich zusammenbleiben können, ist im Moment wichtiger. Diesmal werde ich sie nicht so einfach aufgeben. Jetzt nicht und auch nicht irgendwann.

Angelina

Jamies Sturheit verblüfft mich. Schon klar, dass die beiden in der Vergangenheit so ihre Differenzen hatten, aber letztes Mal, als ich in Nimmerland gelandet bin, haben die beiden ein echt gutes Team zusammen abgegeben. Was ist wohl der Preis dafür, dass jeder in dem anderen wieder das erkennt, was sie ineinander gesehen haben, als sie gemeinsam dafür gekämpft haben, mich zurück nach London zu bringen?

Als ob er meine Gedanken gerade irgendwie aufgeschnappt hätte, sagt Jamie: „Es hat keinen Sinn, Angel. Seit du weg warst, sind zu viele Dinge passiert."

„Na schön, dann stell dich eben an, wie du willst", meckere ich leise. Aber wenn er glaubt, dass ich aufgebe, dann hat er sich geschnitten. Und plötzlich sehe ich sie. Ein Paar funkelnd blaue Augen, die uns aus den Büschen heraus beobachten. Mein Herz beginnt zu pochen wie das Trampeln einer ganzen Elefantenherde, denn ich kenne diese Augen nur zu gut. Ich hatte sie den ganzen Morgen lang direkt vor der Nase; immer wenn ich in Jamies Gesicht geblickt habe. Hat überhaupt je einer bemerkt, wie ähnlich die beiden Brüder sich tatsächlich sehen?

Den anderen beiden ist offenbar noch nicht aufgefallen, dass

Peter uns beobachtet. Er allerdings hat bestimmt jedes einzelne Wort mitgehört, das wir gesprochen haben. Vielleicht ist er ja gekommen, um alles wieder in Ordnung zu bringen. Er hat Tami ganz schön wehgetan, als er sie einfach so weggeschickt hat, denn nach allem, was ich weiß, waren die beiden für sehr, sehr lange Zeit unzertrennlich. Bestimmt vermisst er sie genauso sehr wie sie ihn.

Und Jamie? Jetzt wo ich hier bin, weiß ich einfach, dass ich die beiden wieder miteinander versöhnen kann. Sie hassen sich nicht wirklich. Egal wie sehr sie es auch glauben, tief in mir spüre ich die Gewissheit, dass es für sie noch eine Chance gibt.

Vor Aufregung platze ich fast mit Peters Versteck heraus und zeige mit dem Finger auf ihn, aber ich halte mich gerade noch zurück. Er leidet und – bei Gott – ich weiß, was für ein Sturkopf er sein kann. Das liegt wohl in der Familie.

Während Tami sich bemüht, Jamie davon zu überzeugen, dass sie Peter unbedingt finden müssen, bevor noch etwas Schreckliches passiert, nutze ich die Gelegenheit und schnappe mir meinen nassen Pulli von Jamie. Er mustert mich mit fragendem Blick, also sage ich schnell: „Ich häng den mal über ein paar Zweige, damit er trocknen kann."

Er streichelt mir über die Wange, ganz bestimmt erleichtert, dass ich nicht mehr böse auf ihn bin, und lässt mich gehen.

Wie zu erwarten war, duckt sich Peter sofort, als er mich auf die Büsche zusteuern sieht. Da er aber nicht wegfliegt, steigt meine Hoffnung, dass er bereit ist zu reden. Ich widme meine ganze Aufmerksamkeit dem Sweatshirt und flüstere dabei mit gesenktem Blick: „Ich weiß, dass du da drin bist, Peter. Hör mal, alle sind bereit zu einem –"

Mehr kriege ich nicht heraus, denn Peter schnappt mich urplötzlich am Handgelenk und zieht mich in die Büsche. Das

Sweatshirt fällt dabei zu Boden. Er hat mir eine Hand über den Mund gelegt, damit ich keinen Mucks von mir geben kann. „Es tut mir leid, Angel, aber du hast mir keine andere Wahl gelassen", faucht er in mein Ohr. Dann schlingt er seinen Arm um mich und zischt mit mir nach oben in den Himmel.

Wir haben bereits gut einhundert Meter zurückgelegt, bevor Tami und Jamie überhaupt merken, was los ist. Beide rufen unsere Namen, doch ich kann sie nicht mehr sehen, denn Peter rast viel zu schnell. Unter mir ist alles nur noch ein Wirrwarr aus Farben.

Während Jamies Stimme schnell leiser wird, folgt uns die von Tami für ein paar Sekunden. Doch auch der Abstand zwischen ihr und uns wird rasch größer. Sie kann zwar fliegen, aber bei Weitem nicht so schnell wie Peter. Bald schon haben wir sie abgehängt.

Einen Moment lang überlege ich mir, ob ich mich gegen Peter wehren und mich freikämpfen soll, aber in Anbetracht der Höhe, in der wir uns befinden, ist das wohl keine so gute Idee. Wenn er mich von hier oben fallen lässt, bin ich Matsch auf dem Boden.

Als er allerdings seine Hand von meinem Mund nimmt, hole ich Luft für einen ohrenbetäubenden Schrei tief aus meinen Lungen. „Jamie! Tami! Wir sind hier! *Hilfe*!"

„Du kannst dir das Gekreische sparen. Sie hören dich sowieso nicht mehr. Keiner wird dich hören." Die Kälte in Peters Stimme macht mir Angst.

Da er mich mit dem Rücken an sich gedrückt hält, kann ich sehen, wie unter uns der Dschungel vorbeizieht. Rechts von uns liegt der Vulkan, doch dorthin will Peter offenbar nicht. Er fliegt weiter Richtung Osten, bis vor uns ein Triangel aus drei riesigen Bergen auftaucht. In einem von ihnen, direkt unterhalb des Gipfels, befindet sich eine Höhle. Dort landet Peter und setzt mich ab.

Sobald er mich loslässt, wirble ich herum und verpasse ihm eine

Ohrfeige. Sein Kopf ruckt durch die Wucht des Schlags zur Seite.

„Verdammt noch mal, Peter! Was hast du dir dabei gedacht?" Und dann schnappe ich entsetzt nach Luft. Als er sich in der Meerjungfrauenlagune in den Büschen versteckt hatte, konnte ich nur seine Augen sehen. Jetzt, wo er direkt vor mir steht, beginnen meine Lippen zu zittern. Falten furchen die Haut rund um seine Augen und durch sein braunes Haar ziehen sich graue Strähnen. Peter ist wieder älter geworden. Mindestens fünfzehn Jahre seit ich ihn zuletzt gesehen habe.

Er beißt die Zähne aufeinander und funkelt mich bösartig an. „Mach das nicht noch einmal, sonst überleg ich es mir vielleicht noch und stoße dich lieber gleich über den Rand."

„Was?" Meine Stimme bricht bei diesem einzigen Wort.

„Du bist eine miese Verräterin. Tust so, als ob wir Freunde wären." Er ringt sich zu einem gemeinen Lächeln durch. „Aber heute habe ich gesehen, auf welcher Seite du wirklich stehst. Du wirst immer wieder bei Hook landen."

Ich mache einen Schritt zurück, als er mir diese Sachen mit giftigem Tonfall an den Kopf wirft. So viel Schmerz ist in seinen Augen zu sehen, dass mir dabei das Herz ganz eng wird. Aber als er auf mich zukommt und mich damit zwingt, weiter nach hinten auszuweichen, bis ich an der Wand klebe und er sich mit den Händen links und rechts neben meinem Kopf abstützt, verspüre ich nichts als nackte Angst.

Peter blickt mir finster in die Augen. Der Lederduft seiner Jacke steigt mir dabei in die Nase und verursacht bei mir eine seltsame Übelkeit. „Ich dachte, du magst mich. Doch in Wahrheit hast du nichts anderes getan, als mein Leben zu zerstören. Du bist schuld. Seit dem Tag, als du ins Nimmerland gefallen bist, hat sich alles verändert. Du hast es verändert. Er hat alles nur wegen *dir* getan!"

„Peter ... es tut mir so leid. Ich wollte nicht, dass –"

„Halt den Mund!" Das Echo seines Schreis hallt von den Wänden in der Höhle und ich zucke zusammen.

Plötzlich werden seine Augen wässrig. Er streichelt sanft über meine Wange und lehnt seine Stirn an meine. „Bitte verzeih mir, Angel. Es ist nur –" Er drückt sich von der Wand ab und geht nervös auf der fünf mal fünf Meter großen Plattform aus Stein auf und ab. Mit gespreizten Fingern streift er sich durchs Haar. „Ich halte es in diesem Kopf nicht mehr aus. Das ist nicht mein Körper. Und es sind auch nicht meine Gedanken!" Abrupt bleibt er stehen und wirbelt mit verlorener Miene zu mir herum.

Nach der Panik, die er in mir verursacht hat, versuche ich immer noch, zu Atem zu kommen. Den Rücken gegen die Wand gepresst, schlucke ich schwer. „Komm mit mir zurück zu Tami und Jamie. Uns fällt schon etwas ein, wie wir die Dinge wieder gerade richten können."

„Nein!" Wieder stürmt er auf mich zu, der traurige Junge von gerade eben – ganz verloren. „Versuch ja nicht, mich reinzulegen. Ich werde mich nicht mit James abgeben." Peter macht eine kurze Pause und spricht dann durch ein fieses Grinsen weiter. „Zumindest nicht nach seinen Regeln."

„Wie meinst du das?"

Sein wahnsinniges Grinsen wird noch breiter, als er mit dem Kopf zum hinteren Teil der Höhle deutet. Auf dem Boden liegt ein Seil, zusammen mit einer Steinschleuder und einem Schwert. Was auch immer Peter vorhat, diesmal meint er es todernst. Meine Panik kehrt zurück. Als wir hergeflogen sind, habe ich den steilen Weg gesehen, der hier herauführt. So schmal und rutschig, wie er ist, ist ein Abstieg darauf zweifellos gefährlich, aber ich muss versuchen, von hier wegzukommen.

Peter hat gemerkt, wie mein Blick zum Eingang der Höhle geschweift ist, und sicher kann er eins und eins zusammenzählen. Er packt mich schroff am Arm und zieht mich weiter nach hinten. Er ist einfach zu stark. All mein Kreischen und Kämpfen nützt mir gar nichts, als er meine Handgelenke mit dem Seil fesselt.

„Und? Was willst du jetzt tun?", schreie ich ihn an. „Wie sieht dein genialer Plan aus, Peter Pan? Willst du mich hier für alle Zeit gefangen halten? Ist das deine Art, dich an mir zu rächen?"

„Oh, aber doch nicht an dir, Angel. Ich nehme Rache an meinem Bruder. Du hilfst mir nur dabei." Er zieht hart am Seil, sodass ich ihm an den Rand der Höhle folgen muss. Dann fliegt er raus und windet das Seil um einen Baum, der neben dem Höhleneingang seitlich aus der Felswand wächst. Es dauert nur ein paar Sekunden, bis er wieder vor mir steht, das Seil fest in seiner Hand. Fünf Atemzüge lang sehen wir uns einfach nur gegenseitig an. Meine Augen weiten sich dabei vor Entsetzen, während sein mordlustiges Grinsen immer breiter wird. „Rate, was jetzt kommt", sagt er.

Im nächsten Moment verliere ich den Boden unter den Füßen, werde aus der Höhle gerissen und baumle schließlich in der Luft. Mein angsterfüllter Schrei hallt als Echo zwischen den Bergen wider. Peter muss nur einmal kräftig genug an seinem Ende des Seils ziehen und schon werde ich nach oben katapultiert. Durch den Schwung schaukle ich noch ein paar Sekunden vor und zurück. Erneute Panik und der harte Zug an meinen Handgelenken, an denen ich mittlerweile über meinem Kopf aufgehängt zapple, treiben mir die Tränen in die Augen.

„Peter! Zieh mich bitte wieder rein! Du musst das doch nicht tun! *Bitte*!"

„Oh doch, das muss ich." Er bindet das andere Ende des Seils um einen vorstehenden Felsen.

Ich hänge vom Baum neben der Höhle mit einem zweihundert Meter tiefen Abgrund unter mir. Peter hat das Seil extra lang gelassen, damit ich nicht einmal an den Baum rankomme. Zappeln ist im Moment wohl das Schlimmste, was ich machen kann, also verhalte ich mich stattdessen ganz ruhig und konzentriere mich einfach nur auf meinen Atem.

In der Höhle sehe ich, wie Peter sich hinsetzt und aus seiner hinteren Hosentasche einen kleinen Notizblock und einen Bleistift zieht. „Tja, was schreibe ich jetzt nur meinem geliebten Bruder?" Während er mit dem Stift auf seine gespitzten Lippen trommelt, sieht er langsam zu mir herüber.

Plötzlich verändert sich etwas in seinem Blick. Sein Mund öffnet sich leicht, seine Augen werden groß vor Schreck und Einsicht. Mich durchdringt ein Schwall von Hoffnung. *Herr im Himmel*, Peter hat endlich seinen Verstand wiedererlangt. Er wird mich befreien.

Einen Augenblick später reibt er sich wild über die Stirn wie ein kleines Kind, das zu lange zu hart nachdenken musste. In seiner Wange springt ein Muskel hin und her, als er mit den Zähnen knirscht. „Nein. Es geht nicht anders", murmelt er vor sich hin.

Tränen laufen mir über die Wangen. „Bitte, Peter! Lass mich gehen." Ich wickle meine Finger fest um das Seil über dem Knoten und versuche den schmerzhaften Zug an meinen Handgelenken dadurch etwas zu verringern. „Ich habe dich nicht verraten. Wir sind doch Freunde."

Mit starrem Blick sieht er mich an und schüttelt den Kopf. Dann richtet er seine Aufmerksamkeit auf den Block, den er gegen sein aufgestelltes Bein hält, und beginnt zu schreiben. „Wenn du sie wiederhaben willst, komm und kämpfe." Rasch sieht er zu mir auf. „Wie klingt das?"

Ist das seine Nachricht für Jamie? „Du bist grausam, Peter Pan!

Damit kommst du nicht durch."

„Du hast recht." Seine schmalen Augen kehren zurück auf den Notizblock. Er reißt die erste Seite ab, zerknüllt sie und wirft sie gegen die Wand. Dann murmelt er wieder etwas, als er auf die nächste Seite schreibt. „Dein Leben für ihres."

In dieser Sekunde drehen wir beide unsere Köpfe in dieselbe Richtung. Tamis besorgte Stimme dringt über den Himmel zu uns, als sie immer wieder meinen Namen ruft.

„Tameeka! Ich bin hier!", krächze ich so laut ich kann.

Peter springt sofort auf die Beine. „Verfluchtes, kleines Ding. Wie hat sie uns hier nur so schnell gefunden?" Er läuft in der Höhle nach hinten zu seinen Waffen, nimmt die Steinschleuder und lädt sie mit einem walnussgroßen Stein, den er vom Boden aufhebt. Mit gespanntem Gummi zielt er in die Richtung, aus der Tamis Stimme kommt.

„Nein! Peter, tu das nicht!", schreie ich. „Bitte! Du darfst nicht auf sie schießen! Tami ist deine Freundin!"

Peter zögert und ebenso Tami, als sie uns endlich erreicht hat. Mit Entsetzen in ihrem Blick schwebt sie vor dem Höhleneingang. Was auch immer Peter in der Vergangenheit getan hat, bestimmt hat er noch nie eine Waffe auf sie gerichtet. Es bricht ihr das kleine Herz. Und meines bricht mit ihrem.

„Peter", flüstert sie.

Nach einer schier endlosen Weile senkt Peter die Steinschleuder und dreht sich grollend um. „Hau ab, Tami. Das hier geht dich nichts an."

Tami landet hinter ihm und berührt ihn sanft am Arm.

„Ich sagte, du sollst verschwinden!", schreit Peter sie an und zieht seinen Arm weg.

Obwohl sie bei seinem barschen Ton zusammenzuckt, gibt die

Elfe nicht auf und fragt mit leiser Stimme: „Was geschieht nur mit dir?"

„Du weißt genau, was geschieht! Ich werde alt. Sieh mich an!" Er packt sie bei den Schultern und schüttelt sie einmal kurz. „Ich altere immer schneller und es lässt sich nicht aufhalten."

Ich weiß nicht, wann Tami ihn zuletzt gesehen hat oder wie alt er zu dem Zeitpunkt ausgesehen hat, aber beim Anblick seines faltigen Gesichts verstummt sie vor Erschütterung. Sie erkennt wohl, dass Peter die Wahrheit sagt. Uns beiden wird es in diesem Moment klar.

Der Junge, der niemals erwachsen werden wollte, wird bald sterben.

Und ich weiß das ganz sicher, weil sein Haar jetzt noch grauer ist als noch vor fünfzehn Minuten.

Leise Tränen kullern über Tamis Wangen wie Tropfen aus flüssigem Silber. Eine Träne tropft von ihrem Kinn. Als sie Tamis Haut verlässt, verwandelt sie sich in einen kleinen Diamanten und springt klirrend auf dem harten Granitboden davon.

„Verschwende deine Tränen nicht an mich", sagt Peter in einem viel sanfteren Tonfall als zuvor. „Ich weiß, dass mir nicht mehr viel Zeit bleibt. Niemand kann es stoppen." Plötzlich werden seine Gesichtszüge wieder hart wie Stein. „Aber ich gehe nicht unter, bevor ich nicht Hook zerstört habe, das schwöre ich."

Niemand hört mein Schluchzen.

„Nein, Peter. Ich will nicht, dass du zu diesem Monster wirst", fleht ihn Tami an, doch Peter stößt sie einfach beiseite.

„Es ist mir egal, was du willst. Jetzt lass mich endlich allein!"

Der Körper der kleinen Elfe beginnt zu zittern. Noch nie zuvor habe ich gesehen, wie jemand so kreidebleich geworden ist wie Tami.

„Und da du sowieso zu Hook zurückfliegst", fährt Peter fort und drückt Tami den kleinen Zettel, den er vorhin geschrieben hat, in ihre Hand, „kannst du ihm das auch gleich überbringen. Sag ihm, wo ich bin und dass er allein kommen soll."

Verzagt schüttelt Tami den Kopf. In diesem Moment regnet zum ersten Mal kein goldener Elfenstaub aus ihren Locken. „Ich werde dir nicht helfen. Du bist gemein und weißt nicht mehr, was du tust. Du bist nicht länger mein Freund, Peter Pan!" Mit dem Handrücken wischt sie sich über die Nase. „Nicht, wenn du so bist wie jetzt."

„Wie? Alt?"

„Nein. *Grausam.*"

Was sie gesagt hat, trifft Peter tief, aber er versucht seinen Schmerz hinter zusammengepressten Lippen zu verbergen.

„Bring Hook den Zettel doch selber", sagt Tami.

„Damit du Angel in der Zwischenzeit befreien kannst? Wohl kaum." Peters Stimme bricht, doch er reißt sich schnell wieder zusammen. „Gib Hook die Nachricht. Und beeil dich lieber. Er hat zwei Stunden. Dann schneide ich das Seil durch."

Fassungslos folgt Tami mit ihrem Blick dem Seil, bis wir uns in die Augen sehen. Ohne ein weiteres Wort schließt sie ihre Finger fest um die Nachricht, die Peter ihr gegeben hat, und braust mit flatternden Flügeln davon.

„Warum hast du das getan?", frage ich Peter, als wir beide wieder alleine sind. Meine Stimme ist kaum laut genug, dass er mich überhaupt wahrnimmt. Flüchtig blickt er über seine Schulter zu mir herüber. „Warum musstest du ihr so weh tun?", frage ich noch einmal.

Er schießt so schnell in die Luft, dass ich vor Schreck nach Atem ringe, als seine Nase sich plötzlich direkt vor meiner befindet. „Weil sie mich genauso verraten hat wie du und Hook und die Verlorenen Jungs. Ich brauche sie nicht – keinen von euch."

Das ist es zwar, was er laut ausspricht, doch in seinem Blick verbirgt sich die Wahrheit. Und plötzlich sinkt er so abrupt ab, als hätte sich ein Abgrund in der Luft unter ihm aufgetan. Wenn er nicht so rasch reagiert und den Ast neben mir ergriffen hätte, wäre er wohl wer weiß wie weit in die Tiefe gestürzt.

„Was ist passiert?", frage ich mit mehr Besorgnis, als er verdient hat.

„Gar nichts", grollt er zurück und wirft einen Blick zur Höhle, während er hilflos neben mir im Baum hängt.

„Du kannst nicht mehr fliegen", flüstere ich und kreische dann heiser vor neuerlichem Entsetzen: „Warum kannst du plötzlich nicht mehr fliegen, Peter Pan?"

„Sei still! Natürlich kann ich fliegen." Und doch tut er es nicht. Er ist genauso nervös, wie ich es bin. Nach einer Minute des Grübelns, beginnt er, sich an dem Ast vor und zurück zu schwingen. Als er beim nächsten Schwung loslässt, saust er in einem leichten Bogen durch die Luft. Ich schreie panisch auf, denn er schafft es nicht ganz bis zur Höhle und bekommt nur noch die Kante des Plateaus mit den Fingern zu fassen. Doch das reicht Gott sei Dank aus, damit er sich nach oben ziehen und sicher auf die Plattform klettern kann. Ich atme erleichtert aus.

Als er sich den Kragen seiner Jacke richtet und mich mit einem vernichtenden Blick straft, wird mir bewusst, dass er erneut mich für diesen Schlamassel verantwortlich macht. Aber was habe ich mit seiner Fähigkeit zu fliegen zu tun?

Und dann trifft mich die Wahrheit wie eine Ohrfeige ins Gesicht.

„Du meine Güte, *sie* war's. Zum Fliegen braucht man einen fröhlichen Gedanken, und du hast deinen gerade verloren." Ich versuche den Schmerz, der mir gerade den Hals zuschnürt, um Peters willen hinunterzuschlucken. „Tami war dein fröhlicher Gedanke."

Kapitel 12

Wo zum Teufel bleibt nur die Elfe? Sie sagte, sie werde Angel finden und dann gleich zurückkommen und mir mitteilen, wohin Peter sie verschleppt hat. Was hält sie denn so lange auf?

Aufgekratzt wie ein Opossum in der Falle laufe ich an Deck auf und ab. Ich fahre mir mit den Händen durchs Haar und blicke zum hundertsten Mal binnen der letzten halben Stunde zum Himmel hinauf. Immer noch kein Anzeichen von der Elfe. Am liebsten möchte ich mich selbst auf die Suche nach Angel machen, doch ich kann den Männern nicht einmal befehlen, die Segel zu hissen, da ich keine Ahnung habe, welchen Kurs wir einschlagen sollen. So schwer es auch auszuhalten ist, im Moment ist die Elfe meine einzige Chance. Und dann schießt sie plötzlich quer über den Himmel wie eine grüne und goldene Kanonenkugel, direkt in meine Arme. Der Zusammenstoß haut uns beide beinahe um. Ich stolpere ein paar Schritte rückwärts und kann gerade noch die Balance halten. „Wo ist sie?", will ich sofort wissen, als ich die Elfe absetze.

Ihre Wangen sind nass vom Weinen und sie wischt sich rasch die Tränen weg. „In einer Höhle hoch oben in einem Berg auf der anderen Seite von Nimmerland. Du musst sofort aufbrechen. Peter sagt, du hast zwei Stunden." Sie drückt mir ein Stück Papier in die Hand. „Wenn du bis dahin nicht bei ihm bist, wird er Angel wehtun."

Als ich Peters Nachricht lese, verkrampft sich mein Kiefer so sehr, dass ich mir wohl gleich einen Backenzahn ausbeiße. Ich zerknülle die Nachricht und werfe sie über Bord. „Smee! Setz Kurs auf die Ostseite der Insel!"

„James", sagt Smee und überrascht mich, als er direkt neben mir steht. „Wir brauchen mindestens einen halben Tag, bis wir auf der anderen Seite ankommen. Die Elfe hat etwas von zwei Stunden gesagt."

„Und du musst alleine kommen", fügt das kleine Mädchen noch hinzu.

„Was soll ich denn eurer Meinung nach tun?", brülle ich, weil meine Nerven blank liegen, dann kneife ich die Augen zusammen und massiere mir den Nasenrücken. „Egal wie ich es auch angehe, so schnell komme ich nie zu den Bergen auf der anderen Seite."

„Doch, es gibt einen Weg." Es ist die leise Stimme der Elfe, die meinen Blick zu ihr nach unten zieht. „Wie schnell kannst du laufen?"

„So schnell es sein muss, um Angel zu retten."

Sie nickt. „Dann musst du durch den Dschungel."

„Machst du Witze?", bellt Smee empört. „Er wird es nicht einmal ansatzweise hindurch schaffen mit all den Fallen, die ihr dort für uns ausgelegt habt."

„Doch, das wird er. Wenn ich ihm den Weg zeige." Tamis Entschlossenheit und ihre Besorgnis um Angel überzeugen mich in Sekundenschnelle.

„Also gut. So machen wir's. Du −", ich drehe mich zu Smee um, „kommst mit der Jolly Roger nach. Falls mir im Dschungel etwas zustößt, musst du Angel für mich retten." Ich warte gar nicht erst ab, bis Jack mir eine bescheuerte Predigt darüber hält, wie gefährlich dieser Plan ist, sondern laufe bereits über die Landbrücke und anschließend in Richtung Wald. Die Elfe flattert ängstlich über meinem Kopf und passt sich meinem Tempo an.

Die Schuhe, die ich von Bre erhalten habe, erweisen sich endlich mal als nützlich. Ich glaube nicht, dass ich mit meinen Stiefeln auch nur halb so schnell rennen könnte.

Als ich etwa dreißig Minuten später die ersten Bäume des Dschungels vor mir sehe, bin ich in Schweiß gebadet und ziemlich außer Atem. Die Hände auf die Knie gestützt, nehme ich mir ein paar Sekunden Zeit, um zu verschnaufen.

„Komm schon, Captain!" Tami zieht an meinem Hemd und flattert dabei aufgeregt mit den Flügeln. „Wir dürfen keine Zeit verlieren."

Ich würde sie gerne wegschubsen, aber sie hat recht. Nach einem letzten, tiefen Atemzug richte ich mich wieder auf und folge ihr in den Dschungel. Sie fliegt im Zickzackkurs vor mir her und gibt mir dabei genaue Anweisungen, wo und wann ich besonders Acht geben, über etwas springen oder mich ducken muss. Hin und wieder soll ich auch einfach nur stehen bleiben und warten, bis sie eine Falle vor uns ausgelöst hat, damit ich nicht von einem herabsausenden Baumstamm oder Ähnlichem umgenietet werde.

Die Zeit läuft uns davon und wir sind noch nicht sehr weit gekommen. Vielleicht war es ja doch keine so gute Idee, den Weg durch den Dschungel zu nehmen. Bei dieser Geschwindigkeit erspart mir die Rennerei höchstens eine Stunde, nicht mehr.

„Warte hier!", ruft die Elfe von oben und schlägt dann kräftiger mit den hauchdünnen Flügeln, um die höchste Spitze des gewaltigen Baums vor uns zu erreichen. Die Hände wie einen Trichter um den

Mund gelegt, schreit sie zwischen den Zweigen hindurch: „Verlorene Jungs, kommt raus! Ich brauche eure Hilfe!"

Vor einer Stunde hat sie mir noch erzählt, ich solle allein zu Peter gehen, und jetzt holt sie plötzlich Unterstützung? Ich runzle fragend die Stirn, als sie wieder leise an meine Seite sinkt. Den Jungs wird es vermutlich gar nicht schmecken, mich hier zu finden. Ich hoffe nur, sie sorgen sich immer noch so sehr um Angel wie vor ein paar Monaten.

Nur Sekunden später klappt die Schnittfläche eines Baumstumpfes nach hinten auf und zwei der Rotzbengel, die Peter immer mit sich rumschleppt, klettern heraus. Einer von ihnen sieht aus wie ein mannshohes Eichhörnchen, mit großen Ohren und Zähnen so schief wie die eines Trolls. Der andere trägt eine Mütze mit Fuchsohren. Ich kann mich nicht an den Namen von Fuchskopf erinnern, aber das Eichhörnchen heißt Skippy, da bin ich sicher. Als sie mich entdecken, schauen sie genauso bitterböse, wie ich es erwartet habe, und ziehen die Messer, die sie an ihren Gürteln bei sich tragen.

Mit beschwichtigenden Handbewegungen sage ich in so ruhiger Stimme, wie mir nur möglich ist: „Ich bin nicht hier, um zu kämpfen. Ich muss nur so schnell wie möglich –"

„Peter hat Angel entführt!", fällt mir Tami ins Wort und fliegt dabei schützend vor mich. „Er hat sich total verändert. Ich glaube, dass nicht einmal er weiß, was er da eigentlich tut. Er hat gedroht, Angel zu töten, wenn Hook es nicht schafft, innerhalb der nächsten Stunde zu den Dreiecksbergen zu gelangen."

„Warte!", platzt es nun aus mir heraus und ich drehe die Elfe zu mir herum. „Er wird sie umbringen? Du hast gesagt, er wird ihr wehtun, aber nicht, dass er sie töten will."

„Lass sie sofort los", knurren die Verlorenen Jungs gefährlich.

Einer hat bereits sein Messer an meine Kehle gesetzt. Flink, dieses Eichhörnchen. „Du hast bereits genug Schaden bei Peter angerichtet. Wir lassen nicht zu, dass du Tami auch noch verletzt."

Ich nehme meine Hände von den Schultern der Elfe und mache einen Schritt zurück. Mein Schwert zu ziehen und die beiden in einen Kampf zu verwickeln hilft Angel im Moment gar nichts. Außerdem hatte ich nicht vor, der kleinen Elfe wehzutun. Oder meinem Bruder, wenn wir schon dabei sind …

„Hört sofort auf damit, Jungs", warnt sie uns drei. „Wir müssen Hook zu den Bergen bringen, und zwar schnell. Er muss Angel retten. Befördert ihn durch den Dschungel."

Was meint sie denn bloß damit? Was können die Jungs schon machen, das mich schneller zu Peter bringt, als wenn ich laufe?

Die zwei Bengel vor mir starren mich mit düsterer Miene an, doch schließlich scheinen sie den Ernst der Lage zu begreifen. Angel braucht unsere Hilfe. Skippy pfeift auf seinen Fingern, als er uns zum Loch im Baumstumpf führt, das ganz offenbar der Eingang zu ihrem Versteck ist. „Kommt raus, Jungs!", schreit er hinein.

Drei weitere Jungs kommen an die Oberfläche und Tami erklärt ihnen allen mit nur einem Atemzug, was passiert ist. Mein Herz bleibt stehen, als ich höre, dass Angel an einem Baum über dem Abgrund hängt. Vielleicht wollte ich Peter Pan bis jetzt ja nicht wirklich schaden, aber das ändert sich in dieser Sekunde. Jetzt will ich ihn tot sehen.

Ein Bursche mit schwarzem Haar, das er zu einem Pferdeschwanz gebunden hat, und einer wadenlangen Büffellederhose scheint der neue Anführer der Bande zu sein, seit Peter sie im Stich gelassen hat. Er ruft alle – außer mir – zu einem kleinen Kreis zusammen, in dem er erklärt, was wohl seiner Meinung nach zu tun ist. Nachdem alle einverstanden sind und nicken, schnappt er sich eine Faustvoll von meinem Hemd und zieht mich mit sich und seinen Freunden durch den Dschungel.

Nicht weit von ihrem Versteck entfernt soll ich einen Baum hinaufklettern. Zu diesem Zeitpunkt habe ich bereits aufgehört, Fragen zu stellen, und befolge nur noch ihre Befehle, in dem Vertrauen, dass sie alles tun und mir helfen werden, mein Mädchen zu retten. Oben auf dem Baum befindet sich eine wackelige Holzplattform, wo wir warten, bis alle oben angekommen sind. Über dieser Plattform ist ein Seil gespannt, an dem drei einem Boot nicht ganz unähnliche Gefährte hängen, in denen jeweils zwei Mann sitzen können. Kleiner Bär schubst mich in eines davon. Das Ding schaukelt ein wenig hin und her, und ich beginne mich wirklich zu fragen, was zur Hölle die Jungs vorhaben. Kleiner Bär steigt ebenfalls ein und setzt sich vor mich hin.

Es überrascht mich, dass ausgerechnet er zu mir in dieses Gefährt steigt. Immerhin habe ich ihm in der Nacht, als ich Angel gezwungen hatte, meine Männer und mich um die Fallen in diesem Dschungel herumzuführen, mein Schwert an die Kehle gesetzt. Peter wollte Angel damals nicht aus einer der Fallen retten und ich brauchte ein Druckmittel. Hat leider null Komma gar nichts genützt.

„Seid ihr bereit?", fragt der Anführer meinen Bootskumpel, der dieselbe Bärenfellweste trägt wie immer, wenn wir uns begegnen.

„Und ob!", antwortet kleiner Bär und dreht sich dann zu mir nach hinten um. „Halt dich lieber fest."

Ein mulmiges Gefühl im Magen plagt mich. Ich klammere mich am Rand des Boots fest. Toby, der immer noch auf der Plattform steht, drückt einen Ast wie einen Hebel nach unten und unser Karren gleitet vorwärts. Erst fahren wir nur ganz langsam, aber nach ein paar Metern neigt sich das Seil, an dem wir hängen, nach unten und wir erreichen eine Geschwindigkeit, bei der mir ein erstauntes

Schnauben entweicht. Der Wind in meinem Gesicht bringt meine Augen zum Tränen.

Während wir auf diese Weise durch den Dschungel flitzen, streifen Äste und Zweige meine Schultern und Wangen. Kleiner Bär lehnt sich nach vorn. Er kennt sich hier besser aus als ich und weiß vermutlich, was uns erwartet, also folge ich seinem Beispiel und vermeide so weitere Schnitte im Gesicht.

Für etwa drei oder vier Minuten rasen wir in dem Boot an dem Seil entlang. Dann werden wir schließlich von Büschen unter uns gebremst. Hier wurde das andere Ende des Seils an einem weiteren Baum befestigt, viel tiefer als an unserem Ausgangspunkt. Oben in der Krone dieses Baums befindet sich wieder eine kleine Plattform aus Holzlatten. Von dort aus sind zwei weitere Seile gespannt. Eines führt zurück in die Richtung, aus der wir gerade gekommen sind. Das zweite führt weiter geradeaus.

„Wir müssen das Boot losbinden und es dort hinauftragen", teilt mir der Verlorene Junge mit, der mir zugeteilt wurde. Das Boot wurde aus Bambus gebaut, es ist also nicht allzu schwer. Nachdem wir es wieder ans Seil gehängt haben, beginnt der zweite Abschnitt unserer Reise. Dieses Mal greift Kleiner Bär selbst an den Hebel und schon geht die Fahrt erneut los.

Versenk mich! Die Jungs waren hier ganz schön einfallsreich. In weniger als zehn Minuten haben wir eine Strecke zurückgelegt, für die ich allein wohl mindestens zwei Stunden gebraucht hätte.

Als wir am Ende dieser Fahrt aus dem Boot steigen, kann ich zwischen den lichter werdenden Bäumen bereits die Berge erkennen. Wir warten noch auf die anderen, die nur wenige Minuten nach uns eintreffen, und marschieren dann den Rest zu Fuß.

Gemeinsam besteigen wir den Fuß des Berges, bis wir den Dschungel hinter uns gelassen haben. Jeder blickt nach oben, hoch zu einer Höhle unterhalb des Gipfels. Mir stockt das Blut in den Adern. Trotz der weiten Entfernung kann ich Angel an einem Seil von einem Baum neben der Höhle baumeln sehen. „Peter, du verfluchter Bastard", murmle ich und knirsche verbissen mit den Zähnen. Dann wende ich mich zu meiner Gefolgschaft um. „Hört zu, die Elfe hat gesagt, ich soll allein zu Peter hochkommen. Was ihr getan habt, war einfach großartig. Aber ab hier gehe ich alleine weiter."

Die Jungs tauschen unbehagliche Blicke aus. Ich bin beeindruckt, wie gerne sie mich dort hinauf begleiten und Angel helfen möchten. Nur auf Tamis Drängen hin geben sie nach und bleiben zurück.

„Wir warten hier auf euch. Wenn du Hilfe benötigst, pfeif einfach", sagt Toby mit Nachdruck.

Ich nicke und bedanke mich mit einem Händeschütteln. Dann beginne ich den steilen Pfad an der Bergwand hinaufzusteigen. Bestimmt kann mich Peter von oben aus erkennen. Ich frage mich, ob ich wohl einen Stein auf den Kopf abbekommen werde, bevor ich es überhaupt bis zur Höhle schaffe. Aber es trifft mich Gott sei Dank nichts am Kopf. Vielleicht hält er sich ja weiter hinten in der Höhle auf und sieht mich gar nicht.

Alle paar Minuten werfe ich einen Blick nach oben zu dem Baum, von dem Angel hilflos hängt. Obwohl ihre Augen geschlossen sind, steht ihr der Schmerz ins Gesicht geschrieben. Zum ersten Mal in meinem Leben wünsche ich mir wirklich, ich könnte fliegen, damit ich hochrauschen und Angel von ihren Qualen befreien könnte. Aber im Moment wage ich es nicht einmal, ihren Namen zu rufen.

Ich hab es fast bis nach oben geschafft, als Angel zum ersten Mal zu mir runtersieht. Sie schnappt nach Luft und ihre Augen füllen sich gleichzeitig mit Hoffnung und Angst. Gleich wird sie nach mir rufen, doch das darf nicht passieren. Ich schüttle meinen Kopf, ohne ein Wort zu sagen. Wenn Peter mich bis jetzt noch nicht entdeckt hat, möchte ich alles dafür tun, die Überraschung auf meiner Seite zu haben.

Angel nickt langsam und positioniert ihre Hände neu über dem Knoten um ihre Handgelenke. Ihren Schmerz zu sehen ist wie eine Folter für mich. Ich kann sie nicht länger ansehen, denn ich bin jetzt am Eingang der Höhle angelangt und muss einen klaren Kopf bewahren, wenn ich Peter gleich stellen will. Ich habe vielleicht nur diese eine Chance, um Angel zu befreien, und die darf ich durch nichts gefährden.

Angelina

Er ist hier! Jamie ist gekommen, um mich zu befreien. Ich weiß nicht, ob ich mich deswegen freuen oder lieber Angst um ihn haben soll. Peter ist schon so lange so still, ich habe Angst, er plant etwas ganz Schreckliches in seinem erwachsenen, wahnsinnigen Geist. Und er ist außerdem wieder älter geworden. Sein Haar ist noch grauer als zuvor und tiefe Falten durchziehen sein Gesicht.

Er sitzt gerade mit dem Rücken an die Wand gelehnt auf dem Boden, wo er vor einer Weile angefangen hat, einen dünnen Ast mit seinem Taschenmesser anzuspitzen. Er hat nicht mehr mit mir gesprochen, hat keine meiner Fragen beantwortet. Die ganze Zeit bearbeitet er nur diesen Stock mit rachsüchtiger Verbissenheit.

Doch unter all der Wut ist auch zu erkennen, wie traurig ihn die Sache mit Tami gemacht hat. Es gibt Grenzen, was ein Mensch ertragen kann, und Peter ist offenbar an solch eine Grenze gestoßen. So schnell zu wachsen muss schmerzhaft sein – nicht nur für die Seele, sondern auch körperlich. Er hat in kürzester Zeit seinen Bruder und nun auch all seine Freunde verloren. Und dann ist da noch die Sache mit dem Tod. Peter weiß, dass er bald sterben wird. Da ist es doch kein Wunder, dass er durchdreht.

Anstatt ihn zu hassen, empfinde ich nur tiefes Mitleid mit Peter.

Er war mein Freund. Ich wünschte, ich könnte ihm irgendwie helfen, nur habe ich keine Ahnung, wie. Aber mich hier über dem Abgrund hängen zu lassen hilft sicher niemandem. Am wenigsten mir. Meine Handgelenke brennen wie Höllenfeuer und dem Schmerz in meinen Schultern nach zu urteilen, müsste mein Körper mindestens zweihundert Kilo schwer sein. Warum kann mich Peter nicht einfach losbinden, damit wir alle gemeinsam eine Lösung finden können?

Der verhasste Blick, den er mir immer mal wieder zuwirft, erinnert mich daran, dass er sich selbst schon lange aufgegeben hat. Alles, was er jetzt noch will, ist, seinen Bruder zu vernichten, bevor er sterben muss.

Jamie hat den Höhleneingang schon fast erreicht, als Peter aufsteht und nach hinten geht. Ich drehe mich zur Seite, um zu sehen, was er dort macht, aber mein Arm ist mir im Weg und ich bin zu schwach, um mich weiter nach vorn zu lehnen. Mehr als nur einmal habe ich in den letzten beiden Stunden darum gebetet, dass ich durch den teuflischen Schmerz in meinen Schultern und Armen doch endlich ohnmächtig werden möge. Sieht aus, als würde mir ausgerechnet jetzt dieser Wunsch gewährt werden.

Ich kämpfe gegen das aufkommende Schwindelgefühl an und versuche mit aller Macht, bei Bewusstsein zu bleiben. Jamie ist hier. Er wird mich retten. Es dauert nicht mehr lange.

All meine Konzentration nur noch auf mein tiefes Ein- und Ausatmen gerichtet, schließe ich meine Finger noch einmal fester um das Seil, das mich hält. Dabei entweicht mir ein ungewolltes Stöhnen und Jamie blickt zu mir. Die Besorgnis in seinem Blick wird rasch zu eiskaltem Hass. Er ist bereit zu töten, als er sich im nächsten Moment über die Felskante hochstemmt.

Am Eingang der Höhle ist er wieder auf den Beinen und zieht sein Schwert. Peter tritt aus dem Schatten und hält selbst ein

Schwert in der Hand. Das wollte er also von dort hinten holen. Bestimmt hat er Jamie heraufklettern gehört.

Beim Anblick von Peters neuerlich gealtertem Ich rollt eine Welle des Schocks über Jamies Gesicht. Er zieht scharf seinen Atem ein. Es muss noch viel schlimmer sein, als er angenommen hat, und er erkennt wohl erst in diesem Moment, was es Peter gekostet hat, dass Jamie und ich wieder zusammen sein können.

„So treffen wir uns also wieder, mein lieber Bruder", sagt Peter gedehnt mit Gift in der Stimme. „Zum letzten Mal, nehme ich an."

Jamie bewegt sich keinen Zentimeter. „Lass Angel gehen."

„*Du* gibst mir keine Befehle, Pirat!", spuckt Peter und im nächsten Moment ist das Klingen ihrer Schwerter zu hören.

Es hilft zwar keinem, aber trotzdem kreische ich auf. Tränen der Angst, die ich um Jamie habe, verdrängen die der Schmerzen.

Beide Männer teilen harte Hiebe aus, die der andere jeweils kraftvoll pariert. Als bereits mehrere Schnitte an ihren Armen und auch an Jamies Hals zu sehen sind, kämpfen sie immer noch unerbittlich weiter, ohne auch nur mit der Wimper zu zucken. Peter schleudert Jamie an die Wand und will ihm anschließend einen Tritt gegen die Brust verpassen, doch Jamie weicht ihm aus, sodass Peter hart gegen die Felswand tritt. Dadurch verliert er für einen Moment die Balance. Jamie nutzt die Gelegenheit, um ihm gegen das Knie zu treten, und bringt Peter zu Fall. Bevor er ihm das Schwert jedoch in den Rücken rammen kann, rollt sich Peter Pan zur Seite. Er springt auf die Beine und das kaltblütige Gefecht geht weiter.

Noch nie habe ich zwei Männer so erbarmungslos miteinander kämpfen sehen. Ich zittere am ganzen Leib aus Furcht um jeden von ihnen.

Peter stößt Jamie erneut gegen die Wand und drückt ihm dann mit dem Unterarm die Kehle zu. Hilflos schreie ich ihre beiden

Namen hinaus und flehe sie an, endlich aufzuhören. Aber sie beachten mich gar nicht. Ich glaube nicht einmal, dass sie mein Gekreische überhaupt wahrnehmen.

Jamie verpasst Peter einen harten rechten Haken mit dem Griff seines Schwerts in der Hand. Als Peter nach hinten stolpert, stürzt ihm Jamie mit wutentbranntem Blick nach und versetzt ihm einen zweiten Hieb ins Gesicht. Peter taumelt zur Seite, wobei er an dem Seil hängen bleibt, an dem ich baumle. Ich spüre den harten Zug an meinen Handgelenken. Wieder entweicht mir ein Aufschrei. Wie es scheint, fällt mir als Einzige auf, dass sich das Seil langsam vom Felsbrocken löst.

„Jamie! Das Seil!", schreie ich nun aus Leibeskräften. „Hilf mir! Ich stürze ab!"

In diesem Moment unterbrechen die beiden ihren Kampf und drehen sich zu mir. Jamie blutet aus der Nase und aus einer Wunde an seiner Schulter, während Peter sich das Blut aus dem Mundwinkel wischt. Er ist dem Seil am nächsten. In seinen Augen kann ich den Schock erkennen – sie hätten mich beinahe umgebracht, während sie versucht haben, sich gegenseitig zu erschlagen. Vielleicht kommt er ja jetzt wieder zu Sinnen.

„Hilf mir, Peter! Bitte", flehe ich.

Er jedoch starrt mich nur weiterhin entsetzt an.

„Bei Davie Jones' nassem Grab, hol sie da endlich runter!", brüllt Jamie ihn an und stürzt durch die Höhle, um mir zu Hilfe zu eilen. Er muss wohl ebenfalls glauben, dass Peter gerade einen Moment der Gesinnung erlebt und einsieht, was er wirklich tut.

Aber Peter Pan überrascht uns beide, als er sich umdreht und Jamie den Weg versperrt. Er rammt seine Faust so hart in Jamies Magen, dass er hustend zu Boden sinkt und Blut spuckt.

„Du kannst sie nicht retten", faucht Peter und zementiert seine

Drohung mit einem harten Tritt gegen Jamies Schläfe.

Ich schließe die Augen, denn ich kann es nicht länger mit ansehen. Aber es bringt mir wenig; die Faustschläge und Fußtritte, die folgen, dröhnen in meinen Ohren. Die Männer stöhnen und schreien einander an, während sie immer weiter gegeneinander kämpfen. Letztendlich erklingt das schrecklichste aller Geräusche und mir wird schlecht. Ein dumpfer Aufprall, als jemand gegen die Wand platscht und anschließend leblos zu Boden fällt.

Ich will Jamie nicht verletzt sehen oder gar ... *Oh Gott, bitte sei nicht tot!*

Vorhin war schon so viel Blut auf seinem Hemd und in seinem Gesicht. Und dann auch noch gegen die Wand geschleudert zu werden ... Es klang, als wäre jemandes Schädel gebrochen. Warum nur ist Peter so grausam? Warum musste er Jamie wirklich töten?

Plötzlich sinke ich ruckartig einen Meter nach unten. Ein heiserer Schrei entfährt meiner Kehle und brennt dabei mörderisch. Erst jetzt schlage ich erschrocken wieder die Augen auf. „Was hast du mit mir vor?", schreie ich Peter an.

Nur steht nicht Peter am Eingang der Höhle mit dem Seil fest um seine Hand gewickelt. Es ist Jamie, der blutig und erschöpft gegen die Wand fällt, um sich abzustützen. „Angel", stöhnt er gequält. „Du musst dich an dem Seil zu mir rüberschwingen. Ich werde dich auffangen."

Was? Das kann er doch unmöglich ernst meinen, wo mein Leben an einem morschen Baum zweihundert Meter über dem Abgrund hängt.

Beim bloßen Anblick meiner Panik zwingt sich Jamie unter sichtlichen Schmerzen zu einem weiteren Schritt in Richtung Rand. Er hustet kläglich und spuckt das Blut auf den Boden, dann windet er das Seil noch zwei weitere Male fest um seine Hand. „Komm schon, Engelchen. Es ist gar nicht so weit. Schwing."

Über dem buchstäblichen Nichts zu baumeln ist meine persönliche Hölle, aber dabei auch noch zu schaukeln verleiht dem Wort Panik eine völlig neue Bedeutung. „Ich kann nicht!"

„Doch, das schaffst du! Ich fang dich auf. Vertrau mir!" Er streckt seinen freien Arm nach mir aus, um mich zu ermutigen. „Komm schon! Du musst dich jetzt zu mir rüberschwingen, bevor Peter wieder zu sich kommt. Uns bleibt nicht viel Zeit."

Meine eigene Panik spiegelt sich in seinen Augen wider, nur ist er nicht besorgt, dass ich abstürzen könnte. Er hat Angst davor, was aus mir wird, wenn Peter wieder aufwacht. Die Zähne fest zusammengebissen, bringe ich all meinen Mut auf und fange an, meine Beine in einem langsamen Rhythmus vor und zurück zu schwingen. Jeder einzelne Muskel in meinem Körper schreit dabei vor Schmerzen auf. Ich umklammere das Seil über meinem Kopf so fest, dass meine Finger bereits taub werden. Am Ende schaukle ich wirklich hoch, nur leider ist es immer noch nicht hoch genug. Jamie kann mich nicht erreichen.

„Dreh jetzt nicht durch, Angel, aber ich werd dir noch etwas mehr Seil geben." Er wickelt das Seil von seiner Hand und lässt mir damit einen weiteren halben Meter. Ich schlucke krampfhaft gegen meine Furcht an und schwinge erneut. „Nur noch ein kleines Stück", ermutigt mich Jamie.

Die Augen fest zusammengekniffen, lege ich etwas mehr Gewicht in meinen nächsten Schwung. Am höchsten Punkt schlingt sich ein starker Arm um meine Taille und stoppt mich abrupt ab. „Ich hab dich, Angel", flüstert Jamie und zieht mich an seine schützende Brust. „Jetzt bist du sicher."

Es tut höllisch weh, als ich meine Arme auf Jamies Schultern sinken lasse, und doch hat sich noch nie etwas so gut angefühlt. Er schneidet meine Fesseln durch und reibt sanft über die roten Stellen an meinen Handgelenken. Dann streift er mir die Haare aus dem Gesicht. Den Blick fest in meine Augen gerichtet, stößt er einen erleichterten Seufzer aus. „Jag mir bloß nie wieder solche Angst ein, hörst du? Wenn du schaukeln willst, dann besorgen wir dir etwas Ungefährlicheres als das."

Er bringt mich beinahe zum Lachen, aber mir tut alles viel zu weh dafür. Stattdessen bringe ich nur ein schwaches Schluchzen zustande. Nachdem er mich auf den Mund geküsst hat – rasch und fest – zerquetscht er mich beinahe in seiner Umarmung. Ich drücke meine Wange an seine Brust und genieße diesen kurzen Moment der Erleichterung.

Als ich jedoch wieder aufschaue und sehe, was hinter seinem Rücken passiert, erstarre ich vor Schreck. Peter hat sich auf die Beine gerappelt. Mit bitterböser Entschlossenheit in seinem Blick schließt er seine Hand fest um den Dolch, mit dem er vorhin den Ast angespitzt hat, und stürzt auf Jamie zu. Zu viele Dinge passieren auf einmal.

Ich kreische.

Jamie wirbelt herum, schubst mich zur Seite und duckt sich.

Peter rammt die Schneide durch die Luft, anstatt in das Herz seines Bruders.

Er verliert das Gleichgewicht.

Jamie wirft sich gegen Peters Beine und wirft ihn über seine Schulter.

Er weiß es nicht.

Ich kreische wieder.

Viel zu nahe am Abgrund kommt Peter mit lautem Stöhnen hart auf dem Felsboden auf und rutscht weiter auf die Kante zu. Er schießt über den Rand hinaus und stürzt in die Tiefe. Ich haste nach vorn, doch ich kann nichts unternehmen. Peter fällt. Und er hat seinen fröhlichen Gedanken verloren.

„Nein! Jamie, *nein!*" Ich packe ihn an den Hemdsärmeln. „Peter kann nicht fliegen. Er wird sterben!"

Nach dem blutigen Kampf mit seinem Bruder könnte man glauben, Jamie würde sich über diese Neuigkeit freuen. Stattdessen beweist der Horror in seinem Gesicht meine Vermutung. Er wollte Peter Pan nie töten, sonst hätte er es längst getan, als Peter ohnmächtig auf dem Boden lag.

Jamie fällt neben mir auf seine Knie und krallt die Finger in die Felskante. Peter rudert verzweifelt mit Armen und Beinen, doch es nützt ihm nichts. Er kann sich selbst nicht mehr in die Luft schwingen. Mein Herz bleibt sekundenlang stehen und ich muss mich beinahe übergeben.

Plötzlich schießt ein kleiner grüner Punkt aus dem Abgrund empor. Ein Punkt mit goldenen Locken. „Tami!" Sie schlägt so schnell sie kann mit ihren Flügeln, um Peter noch rechtzeitig zu erwischen. Als sie endlich auf gleicher Höhe mit ihm ist und ihn am Kragen seiner Jacke packt, zieht sie ihn mit aller Kraft nach oben, doch Peter ist zu groß und zu schwer für sie. Alles, was sie tun kann, ist, seinen Sturz abzubremsen ... zumindest ein wenig. Er zieht sie mit sich nach unten. Und dann verschwinden sie aus unserer Sicht.

„Wir müssen zu ihm runter!", rufe ich, springe auf und mache mich an den steilen Abstieg. Jamie ist dicht hinter mir. Dass er so still ist, macht mir bei all dem am meisten Angst. Es kann nur eins bedeuten: Er hat dieselbe Befürchtung wie ich – dass Peter Pan den Absturz nicht überlebt hat.

Ich bin barfuß und die Wildnis bei Weitem nicht so gewohnt wie Jamie. Ich halte ihn nur auf, während er verzweifelt zu seinem Bruder gelangen möchte. Nach der halben Wegstrecke bleibe ich stehen und lasse Jamie vor. Als er sich zu mir umdreht und sein Gesicht so bleich ist, dass es kaum noch menschlich sein kann, schiebe ich ihn weiter. „Geh. *Geh!* Ich komme nach."

Endlich nickt er. Ich spüre seine Erleichterung darüber, dass ich alleine klarkomme, doch er sagt immer noch nichts. Ich wünschte, ich könnte ihn beruhigen und ihm Gewissheit geben. Ich wünschte, ich könnte schneller nach unten laufen und Peter finden. Ich wünschte, ich könnte etwas für ihn tun.

Und für den kürzesten Augenblick wünschte ich, ich wäre nie von meinem Balkon gefallen.

Auf mein unerbittliches Drängen hin gibt Jamie endlich nach und macht sich auf den Weg. Halb laufend und halb schlitternd legt er den schmalen, geschlängelten Pfad zurück. Als er den Teil erreicht, in dem der Wald beginnt, verliere ich ihn aus den Augen. Ich brauche eine gefühlte Ewigkeit, bis auch ich endlich am Fuß des Berges angekommen bin. Je näher ich dem Dschungel komme, umso lauter wird das Schluchzen von Tami und den Verlorenen Jungs.

Mein Gott, es darf nicht sein. Peter muss weiterleben!

Tränen laufen mir über die Wangen, während ich ein Stoßgebet nach dem anderen zum Himmel schicke. Als ich aber die Jungs und Jamie um eine Person am Boden versammelt sehe, breche ich beinahe zusammen. Unsicher werde ich langsamer und krächze Jamies Namen. Alle Köpfe drehen sich in meine Richtung.

Jamie blickt auf und sieht mich mit entschlossener Miene an. Dabei murmelt er leise vor sich hin, während er Peter eine Herzmassage gibt. „Komm. Schon. Komm. Schon ..." Kurz wundere ich mich, wo er das wohl gelernt hat. Andererseits ist das Leben auf See wohl oft rau und er musste vielleicht schon das ein oder andere Mal einen seiner Männer aus den Fluten ziehen und ihm so das Leben retten.

Nach ein paar weiteren Stößen zuckt Peter plötzlich unter ihm und beginnt zu husten. Alle seufzen erleichtert auf. Ich falle nach vorn auf die Knie und nehme Peters Hand. Er erwidert meinen Druck aber nicht. Für einen Moment fliegen seine Augenlider auf. Sein Blick ist glasig und in die Ferne gerichtet, dann schließt er die Augen wieder. Zumindest atmet er jetzt wieder tief ein und aus.

„Wir müssen ihn hier wegschaffen", befiehlt Jamie. Seine Stimme ist so voller Sorge, dass es mir das Herz bricht.

„Wohin willst du ihn bringen?", fragt Toby.

Offenbar haben Jamie und ich denselben Gedanken und antworten wie aus einem Mund: „Zu den Feen."

An ihren Blicken kann ich erkennen, wie sehr die Jungs die beiden Frauen im Wald fürchten. Doch sie sind Peters einzige Rettung ... wenn es denn überhaupt noch Hoffnung für ihn gibt. Und das wissen die Verlorenen Jungs auch. Langsam nicken sie, einer nach dem anderen.

Stan, der größte der Jungs, und Jamie hieven Peter auf die Beine und schlingen seine Arme über ihre Schultern, um ihn zu stützen. Dass Peter zwischen den beiden mit stolpert, ist das beste Zeichen, das wir haben, selbst wenn er dabei seinen Kopf benommen hängen lässt.

Nervös reibe ich mir über die Oberarme und folge mit dem Rest der Jungs. Alle sind betroffen und still. Es ist egal, was Peter in den vergangenen Wochen getan oder gesagt hat – zu jedem von ihnen. Seine Familie hält zu ihm. Sie lieben ihn alle wie einen richtigen Bruder. Das ist es, was Familie wirklich ausmacht, denke ich bei mir selbst und sehe zu, wie Jamie Peter halb tragend, halb schleppend aus dem Dschungel rausbringt.

Wir wandern über die Wiese zum Feenwald, der verheißungsvoll vor uns liegt. Die ganze Zeit verfolgt mich dabei ein leises Geräusch.

Es dauert eine Weile, bis mir klar wird, was das für ein Geräusch ist. Ich drehe mich um und entdecke Tami leise schluchzend hinter mir. Tröstend lege ich einen Arm um ihre schmalen Schultern und ziehe sie an meine Seite. „Alles wird gut. Die Feen wissen bestimmt, wie sie Peter helfen können. Sie lassen ihn nicht im Stich. Du musst nur daran glauben." Ich frage mich, ob ich mit diesen Worten wohl wirklich Tami oder eher mich selbst ermutigen wollte. Tami nickt leicht, doch darin befindet sich kein Gramm Zuversicht. Und dann erkenne ich plötzlich, was sie wirklich beschäftigt. Ruckartig bleibe ich stehen und drehe die Elfe zu mir herum. „Peter hat ganz bestimmt nicht gemeint, was er dort oben zu dir gesagt hat. Er war nicht er selbst."

Tami schnieft und wischt sich mit dem Handrücken über die Nase. „Er hasst mich."

„Nein, das tut er nicht. Er war einfach nur ... verwirrt." Sanft streiche ich ihr die goldenen Locken aus den Augen. „Nachdem du weg warst, wurde Peter so traurig, dass er seinen fröhlichen Gedanken verloren hat. Ich weiß, dass er all die grauenvollen Dinge zurücknehmen würde, die er zu dir gesagt hat, wenn er nur könnte. Er wollte sicher nichts von –" Hilflos zucke ich mit den Schultern und blicke dabei zum Berg zurück, den wir hinter uns gelassen haben. „Alldem."

„Er darf nicht sterben, Angel", schluchzt Tami. „Ich kann ihn doch nicht verlieren."

Ich drücke sie so fest ich kann an mich und streichle ihr übers Haar. „Und das wirst du auch nicht." Dann nehme ich ihre Hand und ziehe sie mit mir weiter, damit wir nicht zu weit zurückfallen. Als wir die anderen eingeholt haben, frage ich Tami: „Wie habt du und Peter euch eigentlich kennengelernt?" Das wollte ich immer schon mal wissen, obwohl ich im Moment eher versuche, uns durch die Unterhaltung von unserem Kummer abzulenken.

Tameeka holt tief Luft und wischt sich tapfer die Tränen weg. „Wusstest du, dass ich nicht in Nimmerland geboren wurde?"

Ich schüttle den Kopf.

„Der Ort, an dem ich zur Welt gekommen bin, liegt weit entfernt von hier. Es ist ein endloser Wald, in den ich wohl nie zurückkehren werde. Dort gibt es viele andere Elfen wie mich und auch ein paar wundersame Tiere, die in Nimmerland nicht existieren."

„Das klingt nach einem sehr schönen Ort."

„Das war er. Nur war mein Volk leider nicht sehr freundlich. Es sind alles hart arbeitende Leute, die sich um die Natur kümmern, die vier Jahreszeiten und die Elemente. Jede Elfe bringt ihre ganz eigene Fähigkeit mit, die sie im Alltag einsetzen kann. Alle, nur ich nicht." In ihre Wangen schießt eine beschämte Röte und sie senkt den Blick auf ihre glitzernden Zehennägel. „Meine Aufgabe wäre es gewesen zu lernen, mit dem Wind zu kommunizieren, denn das ist das Talent meiner Familie. Aber ich konnte es nicht. Und anstatt mich um das Wohl des Waldes zu kümmern, habe ich mich immer von ganz einfachen Gegenständen ablenken lassen. Ich habe es geliebt, Dinge zu basteln."

Wieder fallen wir ein Stück zurück und ich frage mich, ob Tami vielleicht nicht möchte, dass die Verlorenen Jungs ihre Geschichte hören. „Eines Tages brachte mich meine Familie wieder einmal zum Weinen — wie so oft, wenn sie sich darüber geärgert hatten, dass ich mich einfach nicht einfügen konnte. Ich war so fürchterlich traurig, dass ich mich weggewünscht habe. Weg aus dem Zauberwald und von den anderen Elfen."

Meine Augen gehen vor Staunen fast über. „Und das hat funktioniert?"

„Das Nächste, woran ich mich erinnere, ist, dass ich mit meinen

Flügeln in einem Baum festhing und Peter Pan mich befreit hat. Ich hatte keine Ahnung, wie ich zurück in den Zauberwald gelangen sollte. Und es war mir auch schnurzpiepegal. Peter hatte zu dem Zeitpunkt schon beschlossen, niemals erwachsen zu werden, und er war genauso einsam wie ich. Er meinte, wenn ich bei ihm bleiben würde, dann würde er von nun an meine Familie sein. Er hat versprochen, immer auf mich aufzupassen, wie auf eine kleine Schwester. Und nie würde er mich wie die anderen zum Weinen bringen."

„Hat er sein Versprechen gehalten?", frage ich leise.

„Das hat er. Bis heute."

Ich ringe mir ein kleines Lächeln ab. „Dann warst du also in Wirklichkeit das erste Verlorene *Mädchen.*"

„Peter Pan ist meine Familie. Er und die anderen Verlorenen Jungs. Ich war noch nie in meinem Leben so glücklich wie in dem Moment, als Peter mich bei sich aufgenommen hat. Er war ein toller großer Bruder. Ganz und gar nicht so gemein wie in den letzten Tagen."

Das kann ich mir gut vorstellen. Peter war wirklich ein lustiger und netter, wenn auch rotzfrecher Junge, als ich ihn zum ersten Mal getroffen habe. Der Mann, den Jamie und Stan vor uns hertragen, hat nichts mehr mit diesem Jungen von einst gemeinsam. Es muss daran liegen, dass er viel zu schnell alt geworden ist. Armer Peter Pan.

Den Rest des langen Weges gehen wir schweigend. Toby und Loney wechseln Stan beim Tragen ab, aber Jamie lässt seinen Bruder kein einziges Mal los, selbst als ihm die Jungs ihre Hilfe anbieten. Er trägt ihn die ganze Strecke bis zum Haus der Feen.

Bre'Shun wartet bereits am Gartenzaun und empfängt uns mit besorgtem Blick. Keiner schenkt dem wunderhübschen weißen Pferd

Beachtung, das hinten im Garten friedlich grast. Erst als es einen Schritt auf uns zu macht, den Kopf dabei hebt und uns interessiert mustert, erkenne ich das lange weiße Horn auf seiner Stirn, das im Sonnenlicht schimmert. Das Einhorn neigt seinen Kopf schief, als wollte es mich damit begrüßen. Mir ist bewusst, dass mich in diesem Teil des Waldes wirklich nichts überraschen sollte, also grüße ich mit einem dezenten Kopfnicken zurück und folge rasch den anderen.

Die Jungs legen Peter sanft ins Gras und alle sinken um ihn herum auf die Knie. Tami und ich halten seine beiden Hände.

„Warum hast du nur so lange gewartet?" Die Fee, die ihre goldenen Locken am Hinterkopf aufgetürmt hat, blickt Jamie mit skeptischen türkisen Augen an. „Ich habe dich viel früher erwartet."

Jamie muss nach dem langen Weg und der Schlepperei erst mal wieder zu Atem kommen. „Wie meinst du das?", fragt er keuchend.

„Sieh ihn doch an. Musstest du wirklich erst warten, bis sein Herz aussetzt, ehe du zu mir kommst?"

Wie alle anderen um mich herum blicke auch ich in diesem Moment auf Peter hinunter. Sein Haar ist mittlerweile weiß wie Schnee. Als mein Großvater im Alter von dreiundsiebzig Jahren an Herzversagen gestorben ist, sah er bei Weitem nicht so alt aus wie Peter jetzt. „Kommen wir zu spät?", flüstere ich.

Bre'Shun lässt sich neben Jamie auf den Boden nieder. Ihr langes dunkelrotes Kleid sinkt dabei wie ein Rad rund um sie herum ins Gras. „Zu spät für das Heilmittel, das ich euch hätte anbieten können", antwortet sie mit schmerzlicher Stimme.

Mir schnürt es die Kehle zu. Ich schüttle den Kopf, erst langsam, dann immer heftiger, als ich den herzzerreißenden Aufschrei einer kleinen Elfe höre.

Kapitel 13

Ich habe meinen Bruder getötet. Die einzige Familie, die mir noch geblieben war. Peters Atemzüge werden immer flacher und sie setzen immer häufiger für mehrere Sekunden aus.

„Das kann doch nicht alles sein! Du weißt immer, was zu tun ist!", schreie ich die Fee an. In meiner Verzweiflung packe ich sie an den Schultern und schüttle sie. Dabei grolle ich durch zusammengebissene Zähne: „Tu etwas! Sofort!"

Der Blick, den ich von Bre bekomme, ist voller Enttäuschung und Mitleid. An der Stelle, an der ich sie berühre, wird ihre Haut zu eisig kaltem Kristall. Meine Hände brennen und ich ziehe sie schockiert zurück. Erfrierungen zeichnen sich auf meinen geröteten Handflächen ab.

Mit zitternden Nasenflügeln atmet sie tief ein und aus. Ihre türkisgrünen Augen nehmen ein dunkles Blau an. Ich erwarte jede Sekunde einen Gewittersturm, der mich zu Boden streckt, als wir uns gegenseitig eisern in die Augen blicken; besonders da auch Remona, die im Moment als Einhorn bestimmt die beste Zeit ihres Lebens hat, an Bres Seite tritt und mir wütend ins Gesicht schnaubt. Aber nichts dergleichen geschieht. Bres Wut kühlt rasch ab ... oder man könnte sagen, sie schmilzt dahin.

Als sie ihr freundliches Lächeln wieder perfekt in Position gebracht hat, seufzt sie tief. „James Hook, was soll ich nur mit dir anstellen?" Sie wendet sich Peter zu und streicht ihm mit der kalten Hand über die Stirn. Ich nehme an, es ist ein Akt des Mitleids, bis mir auffällt, wie Peters Lippen plötzlich lila und seine Haut weißer als Kreide wird. Außerdem hebt und senkt sich seine Brust nicht länger.

„Hör auf damit!", flehe ich und greife erneut nach Bre'Shun, doch Remona stupst meine Hand mit ihrem Horn beiseite. „Sie lässt ihn zu Eis gefrieren", argumentiere ich mit dem wahnsinnigen Pferd. „Er wird sterben!"

„Peter Pan wird tatsächlich sterben, wenn wir seinen Alterungsprozess nicht auf der Stelle stoppen", antwortet mir Bre in ihrer sanften Stimme, den Blick immer noch auf Peter gerichtet. Eiskristalle überziehen seine Haut, so wie ihre vorhin, als ich sie so gedankenlos gepackt habe. Sein Körper wird hart wie Stein und seine Augen, immer noch halb offen, gefrieren.

Als die Mädchen schmerzlich neben mir schluchzen, schnürt sich auch meine Kehle zu. Egal wie hart ich auch schlucke, der Kloß in meinem Hals will einfach nicht weggehen. „Und was jetzt?", ächze ich. „Soll er für alle Zeit ein Eiszapfen bleiben?" Wie kann das eine bessere Lösung sein, als ihn sterben zu lassen?

„Nicht für immer, James Hook. Nur so lange, bis du eine Entscheidung getroffen hast."

„Wie bitte?" Was kann ich schon tun? Mein Blick schweift über Peters reglosen Körper zu Angel hinüber und meine Hände beginnen zu zittern. Welche Entscheidung könnte ich schon treffen, die meinem Bruder das Leben rettet?

Bre liest wohl gerade wieder meine Gedanken — oder auch nur

die unausgesprochene Frage in meinen Augen – und meint: „Die Entscheidung darüber, wie viel dein Bruder dir wirklich bedeutet."

Ich drehe meinen Kopf zur Seite und mustere die Fee schweigend. Peter bedeutet mir eine ganze Menge. Mehr, als ich jemals für möglich gehalten hätte. Er ist ein Teil von Nimmerland. Ein Teil meiner Familie …

„Wenn du deinen Bruder retten willst, müssen die Dinge wieder so sein, wie sie waren", erklärt Bre. „Er muss wieder der Junge sein, der niemals erwachsen werden will. Und die Zeit wird wieder stillstehen."

„Ich bin einverstanden", erwidere ich durch zusammengebissene Zähne.

Sie zieht beide Augenbrauen nach oben. „Die Pforten zu Angelinas Welt werden sich wieder schließen."

„Ich verstehe."

„Und sie kann nicht hier bei uns bleiben."

Nein!

Ich kneife die Augen zu. Das ist die einzige Bedingung, die ich nicht akzeptieren kann. Ich kann Angel nicht schon wieder verlieren. Sie ist alles für mich. Ich brauche sie doch hier bei mir.

„Jamie, er ist dein Bruder", wispert Angel und nimmt dabei vorsichtig meine Hand. Ich frage mich gerade, wie viele meiner Gedanken *sie* lesen kann.

Ich schlinge meine Finger durch ihre und schüttle verzagt den Kopf.

„Bitte, James, lass Peter nicht sterben", murmelt Skippy und all die anderen Jungs durchbohren mich mit ihren flehentlichen Blicken. Am meisten würde jedoch vermutlich die kleine Elfe unter Peters Tod leiden. Die Hoffnung, die sie in mich setzt, schnürt mir die Brust zu.

Mit einem Gefühl in den Armen und Beinen, als wären Felsen daran gebunden, erhebe ich mich und ziehe Angel in meine Arme. Ich drücke sie so fest an mich, dass ich ihr gut und gerne ein paar Rippen gebrochen haben könnte. Ihre Wange an meine Brust gelegt, erwidert sie die Umarmung mindestens genauso stark. Das ist der Ort, an dem ich für den Rest meines Lebens sein will.

Aber ich kann nicht zulassen, dass mein Bruder meinetwegen stirbt, und das bedeutet, ich muss Angel loslassen. Soweit ich vorhin Bres Blick deuten konnte, wird es diesmal keine Möglichkeit mehr geben, Angel jemals wiederzusehen. Mir ist, als hätten mir die Feen einen verteufelten Streich gespielt. Sie haben mir das größte Abenteuer, wie es Bre vor einiger Zeit so passend genannt hat, vor die Nase gehalten und es mir im nächsten Moment mit einem Fingerschnippen wieder entrissen.

Doch Nimmerland wäre niemals dasselbe ohne Peter Pan.

Ich muss eine Entscheidung treffen. Mein Bruder. Oder die Liebe.

„Du liebst deinen Bruder", flüstert Angel in mein Ohr, als sie ihre Arme um meinen Nacken schlingt und sich dabei für einen Moment auf die Zehenspitzen stellt. „Genauso sehr, wie ich meine Schwestern liebe. Es gibt also gar keine Wahl, die du treffen könntest. Peter zu retten ist das Einzige, was jetzt noch zählt."

Ich vergrabe mein Gesicht in ihrem weichen Haar und koste jede Sekunde aus, in der ich sie noch halten kann. Ihr wunderbarer Duft wird für immer in meine Erinnerung gebrannt bleiben, genau wie das Gefühl, sie auf diese Weise zu umarmen.

Ich weiß, dass Angel angefangen hat zu weinen; ihre Tränen benetzen meine Wange. Ausnahmsweise bin ich froh, dass ich ihr gerade nicht ins Gesicht sehe. Sonst könnte ich mich wohl kaum selbst noch zusammenreißen.

Nach einem schmerzhaften Räuspern richte ich den Blick auf die Fee und frage leise: „Was ist zu tun?"

Bre'Shun steht auf und streift über ihr langes Kleid. „Jemand muss Peter die Jahre abnehmen."

„Ich mach's!", platzt Toby augenblicklich heraus, gefolgt von Skippys: „Ich auch!"

Einer nach dem anderen bieten die Verlorenen Jungs voll Eifer an, einen Teil von Peters Jahren auf sich zu nehmen. Damit wären sie am Ende alle wie alt? Etwa fünfundzwanzig? Auch die kleine Elfe meldet sich freiwillig.

Doch Bre schüttelt den Kopf, ihr Blick von Mitgefühl zerrissen.

„Es tut mir leid. Nur einer kann Peters Jahre übernehmen", sagt sie.

Ich.

Ihr Blick schweift zu mir. Mit einem Nicken gebe ich mein Einverständnis.

„Peter hat sich achtzig Jahre aufgeladen, James Hook. Bist du bereit, sie alle zu übernehmen, um deinen Bruder zu retten?"

Angel bleibt wie versteinert in meinen Armen und alle anderen auf dem Boden schnappen betroffen nach Luft.

Versenk mich, achtzig Jahre.

Ich bin neunzehn. Das würde meinen sofortigen Tod bedeuten. Aber wenn ich an all die grausamen Dinge denke, die ich Peter angetan habe – in seiner Kindheit und später, nachdem ich ihn dazu gezwungen habe, den Fluch zu brechen –, steht mir dieses Schicksal wohl zu. Und in Nimmerland weiterzuleben, ohne Angel je wiederzusehen, ist für mich sowieso keine Option.

Eine Hand in Angels Haar drücke ich sie fest an mich. Sie soll den Schmerz, den ich ihretwegen verspüre, nicht in meinen Augen sehen müssen, während ich der Fee entschlossen mitteile: „Na schön. Ich werde es tun."

Angels zarter Körper bebt unter ihrem Schluchzen. „Nein", flüstert sie.

Ich streichle ihr übers Haar und lege mein Kinn auf ihren Kopf. Die Entscheidung ist gefällt. Sie hatte recht, in Wahrheit gab es gar keine Wahl. Tief seufzend nehme ich ihr Gesicht in beide Hände und neige ihren Kopf zu mir nach oben, um sie noch einmal küssen zu können. Ihre Lippen zittern und sind nass von ihren Tränen. Und doch hat sie noch nie wahrhaftiger geschmeckt als in diesem Augenblick. Ich weiß, ich könnte nun viele Dinge sagen, wie „Ich liebe dich" oder „Ich werde dich immer in meinem Herzen behalten". Was ich ihr aber tatsächlich sage, ist: „Es war mir eine Ehre, dich kennenzulernen, Angelina McFarland."

Angel sagt gar nichts. Sie lässt nur zu, dass ich sie noch einmal sanft küsse. Ein letztes Mal, um ihre Lippen für immer in Erinnerung zu behalten.

Am Ende sinken meine Hände von ihren Wangen. Langsam lasse ich meine Finger über ihre Schultern an ihren Armen hinuntergleiten und verschränke sie dann mit ihren. „Dann los", sage ich anschließend zur Fee.

Bre sieht uns beide für einen langen Moment an. Etwas stimmt nicht, das kann ich spüren. Doch genau wie Angel bleibt auch sie still. Schließlich sinkt sie neben Peter nieder und ruft Remona mit einem Wink noch einmal herbei. Ihre andere Hand streckt sie inzwischen nach mir aus. Ohne weiter zu zögern, nehme ich sie und lasse mich von der Fee ihr gegenüber auf den Boden ziehen.

„Leg jetzt deine Hand über Peters Herz", fordert sie mich auf und führt meine Hand bereits an die richtige Stelle. Mein Bruder ist eiskalt. Ein Schauer durchzuckt mich bei der ersten Berührung. „Nur das Horn eines Einhorns kann diesen Zauber ausführen."

Na, haben wir da nicht Glück gehabt, dass zufällig eines in ihrem

Garten steht? Ein zynisches Kichern verebbt in meiner Kehle.

„Peter wird aufwachen, sobald der Austausch vollzogen ist." Nun richtet sich Bre auf und sieht mir fest in die Augen. „Danach bleibt dir nicht mehr viel Zeit. Wenn du ihm noch Lebewohl sagen willst, musst du dich beeilen."

Ich verstehe.

Remona senkt ihren Kopf, wobei ihre seidig weiße Mähne nach vorne fällt. Angel, die neben mir kniet, drückt meine Hand. Ich schließe meine Augen.

„Warte!"

Erschrocken von Angels Ruf zucke ich hoch.

„Mach das nicht! Ich habe eine Idee."

Was um alles in der Welt hat sie vor? Meine Augenbrauen zu einer skeptischen Linie gezogen, blicke ich von Bre zu Angel und wieder zurück. Obwohl der Blick der Fee immer noch starr auf Peter gerichtet ist, huscht ein kleines Lächeln über ihre Lippen, und ich frage mich, ob sie wohl darauf gewartet hat. Freut sie sich etwa über Angels Einwand?

Die Spitze von Remonas Horn verharrt über meiner Hand, die immer noch auf Peters eiskalter Brust liegt. Das Einhorn bewegt sich keinen Millimeter. Im mystischen Licht des Waldes schimmert sein schwarzes Auge und ich erkenne in der Spiegelung die bangen Gesichter der Verlorenen Jungs, die rings um ihren Freund im kühlen Gras knien.

„Erzähl mir von deiner Idee, Angelina", sagt Bre'Shun und neigt langsam ihren Kopf zur Seite.

„Ich — ich dachte, vielleicht gibt es eine Möglichkeit, die Jahre für Jamie irgendwo zwischenzulagern. Sodass er immer nur eins nach dem anderen auf sich nehmen muss. Dann könnte er älter werden wie ein ganz normaler Mensch."

Sie versucht, mich zu retten. Ich liebe dieses Mädchen von ganzem Herzen. Aber sie macht es mir damit nicht leichter. Ohne sie in Nimmerland zu leben, ist nicht, was ich will. „Das wären dann achtzig Jahre ohne dich, Angel." Meine Stimme nimmt ein unangenehmes Krächzen an. „Das ertrage ich nicht."

„Und er kann auch nicht älter werden, wenn für den Rest von Nimmerland die Zeit wieder stillsteht", erklärt Bre mit einem leisen Schmunzeln. Sie scheint mir aus irgendeinem Grund viel zu glücklich über den Verlauf dieser Unterhaltung zu sein. Was zum Teufel —?

„Dann lass ihn mit mir kommen", wendet Angel ein.

„Mit dir?", platzt es aus mir heraus.

„Ja, Jamie." Auf den Knien rutscht sie näher zu mir. Ihr Gesicht strahlt vor neuer Hoffnung. „Komm mit mir. In meine Welt. Dort hätten wir achtzig Jahre. Gemeinsam."

Die Jungs brechen in aufgeregtes Gemurmel aus. Die Elfe flattert erwartungsvoll mit den Flügeln. Ich weiß ja nicht einmal, ob es überhaupt möglich ist, aber zusammen mit Angel alt werden ... Bei den Regenbögen von Nimmerland, das hört sich einfach wundervoll an. „Ist das denn — ich meine, kann ich?"

In diesem Moment erscheint das gewaltigste Lächeln auf Bres Lippen, das ich seit dem Tag gesehen habe, als wir uns hier im Wald zum ersten Mal begegnet sind. „Oh ja, James Hook. Du kannst." Dann dreht sie sich zu Angel und ihr strahlendes Lächeln verwandelt sich in ihre immer freundliche Miene zurück. „Wie immer hat auch diese Magie ihren Preis. Wenn ein Bewohner Nimmerlands die Insel verlässt, muss jemand seinen Platz einnehmen."

Aber wer?

Die beiden sehen einander lange Zeit schweigend in die Augen, wobei sie offenbar auf ihre ganz eigene Weise miteinander kommunizieren. Der Rest von uns hält den Atem an. Tami legt ihre kleine Hand auf Angels Schulter und beißt sich dabei angespannt auf die Lippen. Ein übles Gefühl macht sich in meinem Magen breit. Ein Handel mit den Feen ist niemals einfach zu erfüllen. Ich drücke Angels Hand noch etwas fester und möchte ihr sagen, dass sie sich nicht darauf einlassen soll. Doch als ich den Mund aufmache, ist es bereits zu spät.

„Einverstanden", sagt Angel.

Die ruhige Entschlossenheit in ihrer Stimme macht mir Angst. Bre nickt nur leise. Was zur Hölle haben die beiden nur vereinbart? Eine Gänsehaut zieht mir über den Rücken.

Anmutig erhebt sich die Fee vom Boden und streckt Angel ihre Hand entgegen. „Niemand kann je dazu gezwungen werden, in Nimmerland zu bleiben. Das Einzige, was du tun musst, ist, zur rechten Zeit deine Zustimmung zu geben."

Angel setzt ein Lächeln auf, als sie ebenfalls vom Boden aufsteht, doch es wirkt nicht echt. „Ich verstehe."

„Nein!", schreie ich sie an. „Du weißt genau, wie trickreich ein Handel mit einer Fee ist. Mach das nicht, Angel! Nicht meinetwegen."

„Das ist schon in Ordnung. Begleite mich und lebe mit mir in meiner Welt." Sie streichelt mir über die Wange und dabei wird ihr Lächeln warm und aufrichtig. „Es wird alles gut werden, daran glaube ich fest."

Aus einem mir rätselhaften Grund verspüre ich in diesem Moment dieselbe Zuversicht. Vielleicht ist es nur Wunschdenken, oder die Feen gewähren mir wirklich gerade einen Blick in meine Zukunft, wer weiß? Aber was ich sehe, ist ein gemütliches Heim. Angel steht in der Küche und ich hinter ihr. Ich halte sie mit all der Liebe fest, die ich auch jetzt für sie empfinde. Kinderlachen dringt aus dem Garten zu uns. Ich wäre nirgendwo lieber, als an diesem Ort.

„So soll es sein", sagt Bre mit gedämpfter Stimme, dann befiehlt sie den anderen hier bei Peter zu warten, während sie mich auffordert, ihr zu folgen. Ich will meinen Bruder und Angel nicht alleine lassen, aber es gibt vermutlich noch ein wenig Feenzauber zu praktizieren, ehe ich mein Mädchen in eine neue Welt begleiten kann.

Bre und ich spazieren Seite an Seite durch ihren märchenhaften Gemüsegarten, der gerade in voller Blüte steht. Als wir an dem kleinen Beet vorbeikommen, das das Etikett *Horrorkarotten* trägt, und dann den Pfad weiter zum hinteren Teil des Gartens beschreiten, wird mir plötzlich klar, wohin Bre mich führt. „Der Baum der vielen Wünsche?"

Von der Seite aus wirft sie mir einen Blick zu und schmunzelt dabei ein wenig. Als wir an die Stelle kommen, an der eigentlich ein junger Spross stehen sollte, dem ich vor nicht allzu langer Zeit beim Wachsen geholfen habe, bleibt mir die Luft weg. An derselben Stelle steht nun ein gigantischer Apfelbaum mit saftig grünen Blättern und unzähligen blutroten Früchten an den Ästen, der seinen Schatten über den halben Gemüsegarten wirft. „Versenk mich! Was hast du mit dem Baum angestellt?"

„Nicht ich war das, James Hook, sondern du."

Ich ziehe eine hinterfragende Augenbraue hoch. „Wie das? Weil ich damals in deine Suppe gespuckt habe?" Als ich mich an jenen sonderbaren Morgen im Garten der Fee zurückerinnere, wird mir plötzlich noch eine ganz andere Sache bewusst. „Du hast das alles hier geplant! Von Anfang an!"

„Ja, natürlich."

„Aber wieso?"

Mit einem schwermütigen Seufzen greift Bre nach oben und pflückt einen schillernden Apfel. „Weil du und Angel doch euer Happy End braucht."

„Du hast es also kommen sehen?"

„Oh ja, das habe ich." Sie reibt die Frucht an ihrem Kleid und hält sie mir dann hin. „Die einzige Sache, die ich noch nicht ganz verstehe, ist, warum auf deinem persönlichen Baum der vielen Wünsche Äpfel wachsen. Möchtest du mir das vielleicht erklären?"

„Wie meinst du das? Wachsen die denn nicht auf jedem Wünschebaum?" Ich nehme den Apfel von Bre und betrachte ihn mit unverblümtem Argwohn. Soll ich nun reinbeißen oder ihm vielleicht nur ein Gesicht in die Schale schnitzen? Bei dem Zauberkram der Feen kann man nie wissen.

„Nein. Normalerweise tragen diese Bäume immer Nüsse oder in seltenen Fällen auch mal Kirschen." Sie runzelt die Stirn. „Noch nie habe ich einen mit Äpfeln gesehen."

Ein kleines, geheimes Lächeln huscht über meine Lippen, denn ich denke, ich weiß, warum mein persönlicher Wünschebaum ausgerechnet diese Früchte trägt. Die kostbare Erinnerung an meine erste Begegnung mit Angel zieht vor meinem inneren Auge vorbei.

„Ah", meint die Fee ahnungsvoll und zieht das Wort in die Länge.

Ist schon gruselig, wie sie ständig meine Gedanken liest. Aber da ich offensichtlich gerade – freiwillig oder nicht – ihre Frage beantwortet habe, ist es wohl nur fair, dass auch sie mir eine Antwort gibt. Ich lehne mich mit verschränkten Armen an den Baum und stemme dabei einen Fuß gelassen gegen den Stamm. „Nachdem der Fluch gebrochen war ... warum ist Peter da so viel schneller älter geworden als alle anderen?"

Bre grinst verschlagen. „Magie ist eine tückische Angelegenheit.

313

Ich hab dir gesagt, du sollst Peter dazu überreden, den Fluch zu brechen."

„Das hab ich doch auch gemacht."

„Tatsächlich? Oder hast du ihn eher dazu *gezwungen*? Peter Pan wollte bei der ganzen Sache niemals wirklich erwachsen werden."

„Mir blieb keine Wahl. Er hätte sich nie dazu überreden lassen."

„Ich weiß."

Ich verstehe weder die Logik der Fee noch was sie daran gerade so offensichtlich amüsiert. „Und trotzdem hast du es mich machen lassen, damit ich meinen Wunsch erfüllt bekomme. Du hast gewusst, was passieren würde. Du hast alles vorhergesehen. Warum hast du mich also das Leben meines Bruders zerstören lassen?"

„Mein lieber Junge." Bre seufzt und streicht mir mit ihrer kalten Hand über die Wange. „Du und Peter, ihr seid beide Nimmerlands Kinder. Wir lieben euch. Und ihr beide verdient euer Happy End. Peter hat seines bereits gefunden. Er hat sich entschlossen, für immer ein Junge zu bleiben, und er war glücklich mit dieser Entscheidung. Du, andererseits, brauchtest dein Abenteuer."

Es gibt da draußen nur ein wirkliches Abenteuer. Die Liebe. Es geht allein darum, die eine Person zu finden, für die du besser sein möchtest, als du bist. Die Worte erklingen mit feenhaftem Schmunzeln und einer Beschwingtheit aus vergangenen Tagen in meinen Gedanken.

„Um euch beiden das zu geben, was ihr braucht, mussten Remona und ich vor sehr langer Zeit etwas kreieren. Etwas, das dich letztendlich in die richtige Richtung führt."

Sie haben etwas kreiert? Dabei kann es sich nur um eines handeln. „Einen Zauber, gebunden an eine Taschenuhr", murmle ich und hebe meinen Blick vom Boden in ihr Gesicht. „Peter hätte die Uhr niemals zerstören müssen, um älter zu werden, hab ich recht?

Er hat die Entscheidung getroffen, nicht erwachsen zu werden – also kann er sich auch einfach wieder anders entscheiden."

„Du bist ein cleverer junger Mann, James Hook."

„Das hättest du mir auch vorher sagen können."

„Ja", ist ihre ganze Antwort darauf. Und dann erkenne ich, dass, wenn sie es mir gesagt hätte, nichts zu dem Ende geführt hätte, vor dem wir jetzt stehen. Peter wird wieder der Junge sein, der niemals erwachsen werden will. Er wird mit seinen Freunden und der Elfe für immer glücklich sein. Und ich habe Angel. Mehr will ich nicht.

Bre spiegelt meinen zuversichtlichen Gesichtsausdruck und legt mir ihre Hände auf die Unterarme. „Und jetzt, wenn du nichts dagegen hast, beiß in den Apfel, aber lass mich den Wunsch für dich formulieren. Wir wollen schließlich nicht, dass noch mehr schiefgeht, nur wegen einer unglücklichen Wortwahl."

Nein, das wollen wir nun wirklich nicht. Ich nicke und beiße dann, den Blick fest auf sie gerichtet, ein Stück aus der magischen Frucht. Ein exotischer, süß-saurer Geschmack explodiert sogleich in meinem Mund. Das ist der beste Apfel, den ich je probiert habe, und ich beiße gleich noch einmal hinein.

Die ganze Zeit über murmelt Bre'Shun etwas Unverständliches vor sich hin, hebt die Arme seitlich an und sinkt auf ihre Knie nieder. Als vom Apfel nicht mehr viel übrig ist, hebt sie den Kopf und meint: „Wärst du wohl so freundlich und würdest hier ein Loch graben? Im Boden ist etwas, das du brauchen wirst."

Graben? „Mit meinen Händen?"

„Du kannst natürlich auch den Spaten dazu nehmen."

„Welchen Spa–?"

Mit einem Nicken zu meinen Füßen schneidet mir Bre das Wort ab. Ich sehe nach unten und natürlich lehnt eine kleine Schaufel am Baum. Die war aber bis vor einer Sekunde ganz bestimmt noch nicht da. Weil ich die Fee schon seit über hundert Jahren kenne, sehe ich davon ab, sie deswegen zu löchern, und mache mich an die Arbeit. Die Erde ist locker in diesem Bereich ihres Gartens und lässt sich leicht ausheben. Bereits beim dritten Spatenstich stoße ich auf etwas Hartes.

„Sei vorsichtig", mahnt sie mich. „Du darfst es nicht zerbrechen."

Ich stelle die Schaufel zur Seite und lege das Teil behutsam mit meinen Händen frei. Zum Vorschein kommt eine Sanduhr aus Elfenbein. Der goldene Sand darin erinnert verdächtig an Elfenstaub.

„Remona wird Peters Jahre in diese Sanduhr transferieren. Wenn der Sand einmal begonnen hat zu fließen, kann die Zeit durch nichts mehr gestoppt werden. Warte also, bis du in deiner neuen Heimat bist, bevor du die Uhr umdrehst."

Dankbar für alles, was die Fee für mich getan hat, lehne ich mich vor und küsse sie auf die eiskalte Wange. Sie schmunzelt, als wir schließlich beide vom Boden aufstehen. „Komm jetzt. Lass uns diese Geschichte zu Ende schreiben."

Während wir ums Haus zurück in den Vorgarten gehen, reibe ich mir über den Nacken. „Wie sollen Angel und ich denn nach London kommen?"

„Mit deinem Schiff natürlich. Ich gehe doch recht in der Annahme, dass du noch genügend Regenbogenstaub für eine weitere Fahrt übrig hast, oder?" Der Unterton in ihrer Stimme ist unüberhörbar. Bre und ihre Schwester wussten, dass ich Angel nach Nimmerland entführen würde, ehe der ganze Staub aufgebraucht ist. Vielleicht hat Remona ja genau das damit gemeint, als sie mir vor zwei Tagen in ihrem Haus den Rat gegeben hat, ich solle einfach ich selbst sein. Jetzt kann ich herzlich darüber lachen. Nach allem, was passiert ist, bin ich wohl doch immer noch ein waschechter Pirat.

Sobald wir wieder vorn bei den anderen ankommen, springt

Angel auf die Beine und schlingt ihre Arme um mich. „Ist es erledigt? Du hast doch deine Meinung nicht noch einmal geändert, oder?"

Wenn ich wirklich einen Rückzieher gemacht hätte, hätte mir Angels hoffnungsvolles Gesicht in diesem Moment mit Sicherheit das Herz gebrochen. „Wir haben's bald geschafft", versichere ich ihr mit einem Lächeln und drücke ihr einen raschen Kuss auf den Mund. Dann zeige ich ihr die Sanduhr. „Remona muss nur noch kurz Peters Jahre für mich abfüllen."

„Remona?" Angel blickt sich fragend im Garten um, bis das Einhorn seinen Kopf hebt und fröhlich wiehert. Da sickert auch bei ihr endlich die Erkenntnis durch. „Ist sie etwa –?"

Ich nicke und ziehe Angel dann mit mir rüber zu Peter. So wie Bre vorhin meine Hand über sein Herz gelegt hat, stelle ich nun die Sanduhr darauf. Die Verlorenen Jungs machen Platz, damit das Einhorn durchkann. Mit einer kurzen Berührung des Horns beginnt die Sanduhr zu glühen. Und damit beginnt auch das Eis in Peters Körper zu schmelzen.

Alle halten den Atem an und ihre Münder stehen weit offen, während Peters Alterungsprozess plötzlich in die andere Richtung läuft. Das Weiß weicht aus seinem dicken braunen Haar, die buschigen Augenbrauen formen sich wieder zu schlanken Linien. All die Falten in seinem Gesicht glätten sich binnen Sekunden. Er schrumpft sogar wieder um die paar Zentimeter, die er mir in den vergangenen paar Wochen voraus hatte.

Als seine Kleider nur noch locker an ihm herunterhängen und seine Haut wieder glatt ist wie die einer Perle, öffnet er langsam die Augen. Das gemeinschaftliche Aufseufzen um mich herum macht mich darauf aufmerksam, dass auch ich die ganze Zeit über mit angehaltenem Atem um Peter gebangt habe. Da fange ich an zu lachen. Ich bin der Erste, der Peter schnappt und fest an sich drückt. Diese Umarmung war längst überfällig.

„Hey, was soll das? Was ist denn pass–?"

Er bekommt keine Gelegenheit, Fragen zu stellen, denn ich schneide ihm zweifellos die Luft ab. „Oh, du verfluchter kleiner Bastard! Ich hatte solche Angst um dich!" Ich verstrubble ihm sein zerzaustes Haar noch ein wenig mehr und quetsche ihn dann wieder an meine Brust. „Mach das nicht noch einmal, hast du verstanden?"

Nachdem er endlich wieder frei atmen kann und sich etwas nach hinten lehnt, mustert er mich mit schmalen Augen. „Ich bin kein alter Mann mehr?"

„Nein, bist du nicht."

„Und dafür bist du verantwortlich? Du hast mich wieder jünger gemacht?"

„Ich schätze, irgendwie schon. Mit der Hilfe von ein paar Freunden."

Komplett neben sich blickt sich Peter um und macht ein konfuses Gesicht, als er die ganze Bande um sich versammelt sieht. Bis er die kleine Elfe entdeckt. Da strahlt er plötzlich vor Freude wie der erste Sonnenschein am Morgen. Als ich ihn loslasse, stürmt er auf sie zu und wirbelt sie ausgelassen herum. Tami quietscht vor Überraschung und Glück. „Es tut mir so leid, dass ich all diese fruchtbaren Dinge zu dir gesagt habe. Ich wollte dich nicht zum Weinen bringen", sagt er zu ihr. „Bitte verzeih mir!"

Sie nickt heftig mit ihrem Lockenkopf und lässt es dabei goldenen Elfenstaub regnen. Aber sie ist nicht die Einzige, die Peter um Vergebung bittet. Anscheinend hat er auch bei den Verlorenen Jungs einiges gutzumachen. Und natürlich auch bei Angel. Als Bre ihm von unserem Handel erzählt, nimmt er Angel zur Seite und umarmt sie mit tiefempfundener Reue und Dankbarkeit. Ich schnappe die Worte „wollte dir niemals wehtun" und „hoffe, dass du immer glücklich sein wirst" auf, doch ich will ihnen im Moment nicht im Weg stehen, daher nutze ich die Gelegenheit und verabschiede mich von den beiden Feen.

Während ich Remonas seidenweiche Mähne streichle, blicke ich über ihren Kopf hinweg zu Bre'Shun. Sie scheint mit dem Ausgang der Geschichte sehr zufrieden zu sein. Ich werde sie und ihr verrücktes Haus garantiert vermissen. Auf einmal wird mir der Hals ganz eng.

„Ich habe Smee mit dem Schiff losgeschickt, um mir bei Angels Rettung zu helfen", sage ich, um den Kloß loszuwerden. „Wo kann ich es finden?"

„Die Jolly Roger ankert immer noch vor der Meerjungfrauenlagune. Aus irgendeinem seltsamen Grund haben die Männer den Anker einfach nicht hochziehen können." Sie zwinkert mir mit einem türkis funkelnden Auge zu.

Bereit für einen eiskalten Schock, gehe ich auf Bre zu und schließe sie in meine Arme. „Danke, gute Fee", wispere ich in ihr Ohr.

Sie drückt mich ebenfalls kurz, aber lässt mich dann rasch wieder los, damit ich mich nicht wie Peter vorhin in einen Eiszapfen verwandle. „Du hast dich in diesem Spiel wacker geschlagen. Jetzt geh und genieß den Ausgang."

Nachdem Angel zu mir herübergekommen ist, verschränke ich unsere Finger miteinander, und wir folgen den anderen durch das niedrige weiße Törchen aus dem Garten der Feen.

„James."

Bei Bres sanfter Stimme bleibe ich noch einmal stehen und blicke mich um. „Hm?"

„Das Schiff wird einen Captain brauchen."

Wir sehen uns für ein paar Sekunden schweigend an, beide ein schiefes Grinsen auf den Lippen, und ich nicke. Dann lassen wir den Feenwald hinter uns — Angel und ich dieses Mal für immer.

Dank der geselligen Begleitung der Verlorenen Jungs, der Elfe und eines fliegenden Peter Pan obendrein ist der Rückmarsch zur Jolly Roger, obwohl er Stunden dauert, viel zu schnell vorüber. Und wer hätt's gedacht, jetzt habe ich nach all den Jahren doch tatsächlich noch sämtliche Namen der Verlorenen Jungs gelernt. Die Geschichten, die sie unterwegs erzählt haben, waren wirklich zu komisch. In den meisten davon kam natürlich auch ich auf die eine oder andere Art vor. Nimmerland wäre nicht dasselbe, wenn auch nur einer der kleinen Kerle fehlen würde.

Ich frage mich, ob sie wohl dasselbe auch über mich denken. Um eine Antwort zu erhalten, muss ich allerdings nur in ihre traurigen Gesichter blicken, als wir bei Sonnenuntergang die Jolly Roger erreichen. Es ist an der Zeit, auf Wiedersehen zu sagen. So viele Umarmungen und so viele gute Wünsche für die Zukunft — oh ja, zum Teufel noch mal, sie werden sich ohne mich garantiert zu Tode langweilen!

Sogar die kleine Elfe fliegt hoch und wickelt ihre zarten Arme um meinen Nacken. „Danke, dass du meinen Peter gerettet hast!"

Ihren Peter? Bei dieser Wortwahl muss ich schmunzeln. Jetzt ist wohl Peter dran, den großen Bruder für jemanden zu spielen. Ich hoffe nur, er macht seine Sache besser als ich. Als mich der flatternde Honigmuffin wieder loslässt, gehe ich zu Peter.

Ihm Lebewohl zu sagen ist schon irgendwie komisch. Wir stehen uns nur gegenüber und grinsen einander blöd an. Es gibt wirklich nicht viel, was ich zu dem Rotzbengel sagen könnte.

Die Hände in die Hosentaschen gesteckt, bohrt Peter mit der Fußspitze verlegen ein Loch in den Sand. „Wir hatten schon auch ein paar gute Momente, nicht wahr?"

„Auf jeden Fall." Ich strecke ihm meine Hand entgegen. Als er sie nimmt, ziehe ich ihn an mich und umarme ihn kurz. „Pass auf dich auf, kleiner Bruder."

„Du auch. Nimmerland wird echt ätzend sein ohne dich." Er zieht die Nase hoch und grinst dann verschlagen. „Schätze, ich muss dann wohl zukünftig deinen ersten Maat auf Trab halten."

Oh, Smee wird sich ja so darüber freuen, denke ich und verdrehe dabei die Augen. Oder auch nicht ... Er weiß bis jetzt ja noch nicht einmal, dass ich weggehe.

Als Peter und ich auseinandergehen, stößt Angel zu uns und verabschiedet sich ebenfalls mit einer innigen Umarmung. Es fällt ihr schwer, ihn loszulassen. Nach Minuten schlingt Peter seine Arme noch fester um sie und fliegt mit ihr an Bord der Jolly Roger. Ihr vergnügtes Quietschen hallt über den ruhigen Ozean vor uns. Ich folge ihnen über die Landbrücke an Deck.

Smee begrüßt mich mit einer hochgezogenen Augenbraue. „Was ist denn hier los?"

Nach einem tiefen Seufzen sage ich zu ihm: „In einer Minute, Jack."

Für den Augenblick ignoriere ich sämtliche verdutzten Blicke der Crew und gehe zu Angel. Ich gebe ihr einen Kuss auf die Stirn, lege einen Arm um sie und blicke dann zu Peter hoch, der immer noch grinsend über unseren Köpfen schwebt.

„Bis zum nächsten Mal, Hook!", ruft er mir zu und lacht. Dann schlägt er einen Purzelbaum in der Luft und folgt den anderen.

Angel und ich stehen an der Reling und blicken der fröhlichen Bande hinterher – selbst als sie schon lange hinter den Bergen verschwunden sind.

„Käpt'n?", sagt Smee irgendwann neben mir. Unsicherheit

schwingt in seiner Stimme.

Ich räuspere mich schwer, bevor ich mich ihm zuwende. Es gibt viel zu erzählen.

Kapitel 14

Wir erreichen London bei Nacht. Alles ist dunkel und still. Vom Schiff aus können wir erkennen, dass Angels Balkontür noch immer offen steht. In ihrem Zimmer brennt Licht. Alles sieht genauso aus wie zu dem Zeitpunkt, als sie nach dem Ball zu mir nach draußen gekommen ist.

„Denkst du, das ist dieselbe Nacht, in der du mich mitgenommen hast?", fragt sie mich verunsichert.

Einen Finger unter ihr Kinn gelegt, neige ich ihren Kopf nach oben und gebe ihr einen Kuss auf die Nasenspitze. „Ich schätze, das werden wir gleich herausfinden."

Bevor wir Nimmerland verlassen haben, hatte ich genügend Zeit, um Smee alles zu erzählen, was passiert war, nachdem ich vom Schiff aufgebrochen war, um Angel zu retten. Es hat mich in der Tat überrascht, wie wenig es *ihn* überrascht hat, dass ich bereit bin, mich in Angels Welt niederzulassen. Die elende Schiffsratte hatte sogar den Nerv, mir unter die Nase zu reiben, dass er so etwas in der Art von dem Tag an hatte kommen sehen, als ich angefangen hatte, mich vom Segelmast ins Meer zu stürzen.

Tja, ich schätze, es war wohl von Anfang an so vorgesehen.

Nach einem kurzen Umweg in den Frachtraum, wo ich mir noch ein kleines Souvenir in die Tasche stecke – einen Diamanten in der Größe einer Elfenträne –, kehre ich zurück an Deck und verabschiede mich von meiner Mannschaft. Das lausige Piratenpack verblüfft mich doch immer wieder. Sie alle nehmen ihre Hüte ab und pressen ihre Fäuste auf ihre Herzen. Es sind gute Männer. Wir hatten schon eine wirklich großartige Zeit zusammen. Hoffentlich hat sie ihr neuer Captain genauso gut im Griff wie ich.

Dabei fällt mir ein ... Mit stolzen Schritten gehe ich auf Jack Smee zu, nehme meinen schwarzen Hut mit der großen Feder ab und setze ihn auf Jacks Kopf.

„Was zum Teufel –", grollt er und protestiert mit tiefer gezogenen Augenbrauen.

Ich zucke nur mit den Schultern. „Die Jolly Roger braucht einen Captain. Pass gut auf sie auf."

Mit geschwellter Brust richtet sich Jack auf und wächst dabei vor Stolz um mindestens fünf Zentimeter. „Sie wird in guten Händen sein." Er grinst verschlagen und wir umarmen uns kurz, wobei wir uns gegenseitig auf den Rücken klopfen und dem anderen viel Glück wünschen.

Angel hat wohl vorhin schon allen Lebewohl gesagt, als ich im Laderaum war, denn sie wartet bereits an der Reling auf mich, wo die Männer das Seil festgemacht haben, an dem wir beide gleich in ihren Garten runterklettern werden. Den Diamanten sicher in meiner Tasche und die Sanduhr fest in der Hand nicke ich ihnen allen noch einmal zu und mache mich dann als Erster an den Abstieg.

Am Boden liegt immer noch der kleine Schatzhaufen. Die Goldmünzen klirren, als ich die letzten beiden Meter hinunterspringe. Nur Sekunden später kommt auch Angel nach. So etwas hat sie in ihrem Leben bestimmt noch nicht oft gemacht. Die Art, wie sie sich um ihr Leben bangend an dem Seil festkrallt, ist zu niedlich und ich kann mir ein Lachen nicht verkneifen. Bis sie plötzlich auf halber Strecke den Halt verliert und kreischend fällt. Ich lasse die Sanduhr los und stürme vorwärts, um Angel aufzufangen. Erschrocken hält sie in meinen Armen erst mal die Luft an, doch dann kommt ein Lächeln zum Vorschein.

„Du siehst unglaublich hübsch aus, wenn du glücklich bist", sage ich ihr. Damit zaubere ich in dieser Nacht tatsächlich noch eine zarte Röte auf ihre Wangen.

Ich setze sie ab und will sie gerade im Mondschein küssen, als etwas Schwarzes von Himmel herunterfällt und Angel meine Aufmerksamkeit stiehlt. Es ist mein Hut, der da gerade auf dem kleinen Schatzhaufen zu unseren Füßen landet.

„Das Schiff wird immer einen Captain haben!", ertönt Jacks Stimme im sanften Wind, gefolgt von einem kehligen Lachen.

Mit geschlossenen Augen stelle ich mir ein letztes Mal vor, wie die Crew unter meinem Kommando den Anker lichtet und die Segel hisst. Ein Pirat zu sein ist alles, was ich jemals kannte. Der Gedanke, mich nun in einer ganz neuen Welt zurechtfinden zu müssen, löst in mir mehr Unbehagen aus, als ich zugeben möchte. Aber gleichzeitig überrollt mich auch eine Flut der Vorfreude. In dieser neuen Welt habe ich das Mädchen, das ich liebe, an meiner Seite. Nichts kann mir das noch nehmen.

Mit Angel an der Hand hebe ich meinen Hut auf, setze mich unter einen Baum und ziehe sie zu mir runter auf meinen Schoß. Die Füße unter den Rock des Kleides gezogen, schmiegt sie sich an meine Brust, legt mir ihre zarte Hand auf die Wange und meint: „Ich kann noch gar nicht glauben, dass wir wirklich hier sind."

Da geht es mir nicht anders. Mit der Nasenspitze liebkose ich ihre Schläfe und küsse sie auf die Augenbraue. „Kann ich dich was fragen?", flüstere ich dabei.

„Natürlich."

„Was musstest du der Fee im Austausch für mein Leben versprechen?"

Angel erstarrt in meinen Armen, was meinen Verdacht, dass es etwas Furchtbares, wenn nicht sogar etwas Unmögliches sein muss, nur verhärtet. „Angel?", fordere ich sie nach ein paar schweigsamen Sekunden auf.

Sie zieht die Luft zwischen ihren zusammengebissenen Zähnen ein und lässt sie dann in einem langen Atemzug wieder raus. „Als sie sagte, dass alles seinen Preis hat, war mein erster Gedanke *das erstgeborene Kind*."

„Was?" Die Idee ist so absurd, dass mir unweigerlich ein Lachen entweicht. Wir haben uns gerade erst wiedergefunden, da ist es doch noch viel zu früh, um an Kinder zu denken. Aber selbst wenn wir mal welche haben sollten – irgendwann in ferner Zukunft –, wie kann sie da so einfach unser Baby verscherbeln?

„Beruhige dich", sagt sie und streichelt zärtlich mit ihren Fingern über meinen Arm. „Bre sagte, jemand muss eines Tages deinen Platz einnehmen. Ich bin sicher, sie wird uns das Kind nicht aus der Wiege stehlen."

„Was macht dich da so sicher?"

„Sie hat mir Bilder gezeigt. In meinen Gedanken, verstehst du? Es waren Bilder von einem Mädchen – beinahe schon erwachsen. Sie wird freiwillig nach Nimmerland gehen wollen, Jamie. Alles, was ich tun muss, ist, meine Zustimmung zu geben, das hast du doch selbst gehört."

Zwar vernehme ich Angels Stimme, aber was sie sagt, zieht an mir vorbei. Nur ein Wort ist in meinem Kopf hängengeblieben.

Unsere Blicke kreuzen sich und ich lecke mir über die Unterlippe. Als Antwort zieht ein nervöses Lächeln an ihren Mundwinkeln.

„Was ist los?", fragt sie.

„Wir bekommen ein Mädchen."

Angel braucht eine Minute, um zu begreifen, was ich gerade gesagt habe, dann beginnt sie breit zu grinsen. „Ja, ich schätze das werden wir."

Ich weiß nicht, warum mich der Gedanke so fröhlich stimmt, wo ich doch niemals in Betracht gezogen habe, jemals eine Familie zu gründen. Aber vielleicht ist es ja die Überzeugung, dass ich ein viel besserer Vater sein werde, als der, den Peter und ich hatten. Zumindest habe ich vor, hart daran zu arbeiten.

Angel kuschelt sich an mich und legt ihren Kopf unter mein Kinn. Nach einer Weile seufzt sie nostalgisch auf. „Es ist wirklich vorbei, nicht wahr? Unser Abenteuer in Nimmerland, meine ich."

Mein Blick schweift über den Schatz und bleibt an der Sanduhr mit dem goldenen Elfenstaub darin hängen. Sie steht verkehrt herum auf dem Boden. Als ich sie vorhin habe fallen lassen, hat der Sand begonnen zu laufen.

„Oder", flüstere ich ihr ins Ohr, „es ist der Anfang von fantastischen achtzig Jahren."

Ein warmer Sonnenstrahl kitzelt mich an der Nase und ich schlage langsam die Augen auf. Keiner von uns beiden wollte gestern Nacht noch ins Haus gehen, also haben Angel und ich einfach nur unter dem Baum gesessen, bis wir irgendwann eingeschlafen sind. Gar kein schlechter Platz, um die Nacht mit dem Mädchen seiner

Träume zu verbringen.

Mit Daumen und Zeigefinger wische ich mir über die Augen. Als ich eingenickt bin, ist mir wohl auch der Hut vom Kopf gerutscht und liegt nun auf Angels aufgestellten Knien. Ihre Augen sind immer noch friedlich geschlossen. Für einen stillen Moment betrachte ich einfach nur ihr glückliches Gesicht.

Gestern Nacht haben wir noch lange Pläne für unsere gemeinsame Zukunft geschmiedet. Angel ist fest entschlossen, ihren Eltern die ganze Wahrheit über mich zu erzählen, was ich allerdings für ausgemachten Blödsinn halte. Wenn man bedenkt, wie sehr sie sich noch vor ein paar Tagen selbst gegen diese Wahrheit gesträubt hat, was werden da erst ihre Eltern sagen?

Andererseits ist das ihre Welt und sie wird schon wissen, was sie tut. Ich bin einfach nur froh, bei ihr zu sein.

Sanft puste ich ihr ein paar Haarsträhnen aus dem Gesicht und streife sie ihr hinters Ohr. Angel regt sich zwar ein wenig, doch aufwachen will sie anscheinend noch nicht. Obwohl mir vom langen Sitzen unter diesem Baum mittlerweile jeder einzelne Knochen wehtut, lasse ich Angel noch ein paar Minuten.

Plötzlich dringt aus der Richtung des Hauses das Geräusch von zwei aufgeregten Mädchenstimmen zu uns herüber. Ich verrenke mir den Nacken, um über meine Schulter um den Baumstamm herum sehen zu können, doch ich kann nichts erkennen und muss warten, bis die beiden uns hier hinten finden und direkt vor uns stehen bleiben.

Das sind also die berühmt-berüchtigten Zwillinge.

Als sie uns eng umschlungen vorfinden, zieht eine von ihnen entsetzt die Luft ein und schlägt sich eine Hand vor den Mund. Die andere, die ein dunkelrosa Kleid anhat, schwingt ihren Zauberstab vor meiner Nase und zieht die Augenbrauen zu einem kleinen V zusammen. „Wer bist du?", schreit sie mich beinahe an.

Angels Extraminuten sind vorbei. Bei der schockierten Stimme des Zwergs, der meiner wilden Vermutung nach Brittney Renae heißt, schreckt sie hoch und ist augenblicklich hellwach. „Huch! Was ist?"

„Angel, warum schläfst du denn im Garten?", fragt der andere Knirps und kichert dann in ihre vorgehaltenen Hände. „Ist das dein Freund?"

„Ich – äh ..." Angel reibt sich die Augen und dann ihre Schläfen. Jetzt bin auch ich neugierig, was sie dazu sagen wird. Mit einem verschmitzten Grinsen mustere ich sie von der Seite. „Antworte deinen Schwestern. Bin ich das?"

Lachend stößt sie mir ihren Ellbogen in die Rippen. Ich schätze mal, das heißt Ja.

Nachdem die zwei Mädchen eine ganze Salve an Fragen darüber abgefeuert haben, wieso plötzlich so viel Gold in ihrem Garten liegt und warum Angel dieses lustige Kleid trägt – das Brittney Renae übrigens völlig-total-super-wunderhübsch findet und Paulina, na ja, nicht so sehr –, müssen die beiden endlich eine Pause einlegen und Luft holen. Ich nutze die Gelegenheit und sage gelassen: „Hi. Ich bin James Hook."

Der Name ist ihnen offenbar bekannt, denn ihre Augen gehen sofort weit auf wie der Mond am Himmel und ihre Münder stehen offen. „Das gibt's nicht!", platzt es aus Paulina heraus. Fassungslos zieht sie an den beiden Pferdeschwänzen, die ihr herzförmiges Gesicht einrahmen. „Du kannst nicht er sein. James Hook gibt es nur im Märchen." Sie behauptet, mir nicht zu glauben, und doch machen die beiden Mädchen einen respektvollen Schritt nach hinten. Es ist zum Totlachen.

„Seid ihr da ganz sicher?", necke ich die zwei und setze dabei meinen Hut auf. Mir ist nicht entfallen, welche Wirkung er damals auf Angel hatte. Und die Zwillinge enttäuschen mich auch nicht. Mit tiefster Verwunderung in den Augen starren sie mich an.

Dann stürzt plötzlich die Kleine, die Angel in ihren Erzählungen immer Feenknirps genannt hat, ohne Vorwarnung auf mich zu und brät mir eins mit ihrem Sternen-Zauberstab über die Birne. „Lass sofort unsere Schwester los, du Dieb! Du wirst sie nicht auf dein Schiff entführen!"

Angel und ich blicken uns verdutzt an und halten uns schließlich die Bäuche vor Lachen. Den Teil mit der Überzeugung hätten wir also hinter uns. Jetzt ist es an der Zeit, den Mädchen zu erklären, warum ich ihre Schwester in den Armen halte.

Wir überreden sie dazu, sich zu uns ins Gras zu setzen, dann beginnt Angel, ihre Geschichte zu erzählen, und fängt in der Nacht an, in der sie vom Balkon gefallen ist. Die beiden hören aufmerksam zu. Die ganze Zeit über funkeln ihre Augen vor Staunen. Nicht ein einziges Wort, von dem, was Angel ihnen erzählt, zweifeln sie an.

Ich genieße es ebenso, Angel zuzuhören. Schließlich ist das unsere Geschichte. Wir sind beinahe am Ende angelangt, als eine Frau die drei Mädchen ins Haus ruft. Offenbar ist in London gerade Frühstückszeit. Angel lächelt mich an. „Bist du bereit, den Rest meiner Familie kennenzulernen?"

Ich bin ein Pirat. Es gibt nur sehr wenige Dinge, die mir bisher in meinem Leben Angst gemacht haben. Aber als Angel aufsteht und mir ihre Hand entgegenstreckt, zögere ich.

„Komm schon, Jamie", ermutigt sie mich. „Sie werden bestimmt begeistert von dir sein."

„Glaubst du wirklich, sie lassen mich bei dir wohnen, wenn sie erst einmal wissen, wer ich bin?" Das heißt, sofern sie sich überhaupt so schnell von der Wahrheit überzeugen lassen wie die

Zwillinge.

„Auf jeden Fall. Sie müssen einfach verstehen, wie wichtig das für mich ist. Außerdem bin ich gut im Verhandeln." Sie zwinkert mir zu. „Und wenn nicht, tja ..." Angel bückt sich und hebt eine Handvoll Dublonen auf. „Nimm drei davon und du kannst dir in diesem Land jedes Haus kaufen, das du willst."

Die Idee, mein eigenes Haus zu haben, in das ich Angel einladen kann, gefällt mir viel besser als der Gedanke, bei fremden Leuten einzuziehen. Zumindest haben wir so einen Plan B. Ich lasse mich schließlich von Angel und den Zwillingen auf die Beine ziehen. Brittney Renae springt aufgeregt voraus, während Paulina – ganz offensichtlich die ruhigere von beiden – ihre kleine Hand in meine legt und mich und Angel hinüber zu dem großen Haus begleitet.

Mein Herz schlägt lauter als Kanonenfeuer. Das richtige Abenteuer fängt wohl gerade erst an.

Angelina

Zehn Jahre später ...

Ich schneide gerade eine Gurke und ein paar Tomaten für den Salat klein. Ein herrlich duftender Braten schmort im Ofen vor sich hin und im Kühlschrank wartet eine Erdbeersahnetorte darauf, nach dem Abendessen angeschnitten zu werden. Ich verbringe meine Zeit gerne in der Küche. Es ist der sonnigste Ort in unserem Haus in Fairy Cross.

„Wann kommt denn Jamie nach Hause?", will Paulina wissen und lädt dabei vier Teller mit Gläsern und Besteck auf ein Tablett, um es auf die Terrasse zu tragen.

Nach einem kurzen Blick auf die Uhr, die über dem offenen Torbogen zum Speisezimmer hängt, gebe ich eine Vermutung ab. „In etwa einer Stunde. Er meinte, er würde es bis sieben schaffen." Und dann seufze ich tief – zum fünfunddreißigsten Mal in den letzten anderthalb Stunden. Er fehlt mir schon sehr, und ich kann es kaum erwarten, bis er endlich von seinem Motorradausflug mit den Jungs zurückkommt. Drei ganze Tage unterwegs? Das ist einfach viel zu lang.

Andererseits bin ich wirklich froh, dass Jamie in unserem neuen Heimatort endlich die Freunde gefunden hat, die er braucht. Es war einfach schrecklich, mit anzusehen, wie er in den ersten paar Monaten gelitten hat, nachdem er Nimmerland, die Jolly Roger mitsamt ihrer Crew und natürlich Peter hinter sich zurücklassen musste. Dass meine Eltern ihm nicht geglaubt haben, wer er wirklich ist, und ihn nur als einen Teenager mit ernsthaften sozialen Problemen gesehen haben, hat die Sache natürlich nicht besser gemacht.

Anstatt also bei uns einzuziehen, hat Jamie das alte Haus in unserer Straße gekauft, in dem Peter es sich mal für ein paar Tage gemütlich gemacht hatte, doch nicht einmal dort schien er glücklich zu sein. Erst drei Jahre später, als wir beide ganz allein einen Ausflug nach Südwest-England gemacht und dabei dieses wunderschöne Haus in einer verträumten Gegend namens Fairy Cross entdeckt haben, hat Jamie seinen Frohsinn wiedergefunden. Er hat ganze zwanzig Sekunden gebraucht, um mich davon zu überzeugen, dieses Haus zu kaufen und uns hier niederzulassen.

Und ich habe diese Entscheidung keinen einzigen Moment in meinem Leben bereut.

„Angel, bist du schon wieder in Nimmerland?"

Ich schrecke hoch und starre in Paulinas besorgtes Gesicht. Meine Wangen glühen vor Verlegenheit, als ich mir die Hände an der Rückseite meiner abgeschnittenen Jeans abwische. „Nein, nicht in Nimmerland."

„Für einen Augenblick hast du ein wenig verloren ausgesehen."

Leider ist das etwas, was mir häufiger passiert. Seit ich aus Nimmerland zurückgekehrt bin, gibt es immer wieder diese Momente, in denen mich meine Gedanken für kurze Zeit aus der Realität saugen. Für mich ist das in Ordnung, ich habe mich daran gewöhnt. Unangenehm wird es nur, wenn andere mich dabei erwischen, wie ich wieder einmal in Erinnerungen versinke.

„Mir geht's gut." Ich lege Paulina eine Hand auf die Wange. „Ich hab nur daran gedacht, wie glücklich ich bin, dass wir euch Mädchen bei uns haben."

Ein Anflug von Trauer huscht über ihr Gesicht, doch er verschwindet schnell wieder und Paulina schenkt mir ein warmherziges Lächeln. „Na gut. Ich decke draußen den Tisch und werd dann ein bisschen lesen. Ruf mich, wenn du hier drinnen Hilfe brauchst."

Ich nicke und sehe ihr nach, wie sie mit dem Tablett in Richtung Terrasse verschwindet, wobei ihr karierter Rock leicht um ihre Knie schwingt. Aus ihr ist ein hübsches junges Mädchen geworden, ebenso wie aus Brittney Renae. Jedes Mal, wenn ich die beiden ansehe oder mit den Fingern durch ihr weiches rotblondes Haar streiche, erinnern sie mich an unsere Mutter. Sie sehen ihr so unglaublich ähnlich, dass ich bei ihrem Anblick immer an den Tag denken muss, als ich Mutter und Vater zum letzten Mal gesehen habe.

An jenem Abend war ich zu Hause und habe auf meine damals neun Jahre alten Schwestern aufgepasst. Mum hatte sich ihre goldenen Locken geglättet und nur ganz wenig Make-up aufgelegt, was für sie sehr ungewöhnlich war, aber dadurch hat sie jugendlich und wunderhübsch ausgesehen. Es war ihr siebenundzwanzigster Hochzeitstag. Mein Vater hat sie zu einem Dinner bei Kerzenlicht ausgeführt.

Sie sind nie mehr nach Hause gekommen.

Ein Lastwagen hat sie von der Straße abgedrängt. Für die Insassen kam leider jede Hilfe zu spät, hat mir die Frau von der Krisenbetreuung in jener Nacht erzählt.

Jamie war zu dieser Zeit wundervoll. Er wusste, was es bedeutet, seine Eltern zu verlieren, und hat meinen Schwestern und mir durch die schlimmste Zeit geholfen. Wir haben die Zwillinge bei uns aufgenommen. Da wir sie beide über alles lieben, ziehen wir sie groß wie unsere eigenen Kinder.

Brittney Renae hat den Tod unserer Eltern am schwersten verkraftet, also haben Jamie und ich uns eines Abends hingesetzt und eine lange Unterhaltung über sie geführt. Gemeinsam haben wir es geschafft, sie aus ihrer Depression zu ziehen. Fünfzehn Golddublonen haben ausgereicht, um die drei Hektar Land zu kaufen, die an unser Grundstück angrenzen. Jamie hat darauf einen Stall gebaut und wir haben dem Feenknirps ein junges Pferd geschenkt. Sie hat es Becky genannt, nach der Puppe, die sie von meinen Eltern zu ihrem sechsten Geburtstag bekommen hat. Es vergeht kaum ein Tag, an dem sie den Mustang nicht von der Koppel holt und einen langen Ausritt durch die umliegenden Wälder macht — so wie jetzt gerade. Es tut gut, sie wieder aufblühen zu sehen.

Nach einem weiteren tiefen Seufzer schiebe ich mir die Ärmel meines weißen Shirts bis zu den Ellbogen hoch und mache mich wieder ans Gemüseschneiden.

Hätten wir nicht diesen zauberhaften Ort für uns gefunden, weit weg von jeglichem Großstadtlärm und mit dem Ozean gleich vor der Tür, würde ich mich wohl oft nach Nimmerland zurückwünschen. Inzwischen sind zehn Jahre seit unserem Abenteuer vergangen, aber ich glaube, ich habe mich in meinem ganzen Leben nie wieder so sehr wie „ich selbst" gefühlt wie damals auf Jamies Piratenschiff.

„Ich weiß, wo du gerade bist ..."

Beim Klang der Stimme, die ich am allerliebsten auf der ganzen Welt habe, kommt ein kleiner Schmetterling in meinem Bauch hervor und holt auch seine Freunde raus zum Spielen. Ich lasse das Messer fallen, wirble herum und strahle Jamie an, der mit einer

Schulter lässig am Stützpfeiler des Torbogens lehnt. Die Hände hinter dem Rücken verschränkt, klafft vorne seine offene Lederjacke auseinander und gibt den Blick auf seine starke Brust unter einem weißen T-Shirt frei. Ein schiefes Grinsen umspielt seine Lippen, denn ihm gefällt wohl die Art, wie ich ihn gerade mit freudvollen Augen und wässrigem Mund anstarre.

Ich lehne mich an den Tresen hinter mir, umfasse die Kante und lasse meinen Blick über ihn schweifen, von seinen zerzausten blonden Haaren bis hinunter zu seinen Motorradstiefeln. Mein Pirat ist schon ein verdammt heißer Kerl. Zehn Jahre sind vergangen, und er sieht immer noch genauso aus wie damals. Abenteuerlich mit einem Schuss Gefahr. Die perfekte Mischung.

„Du kennst mich viel zu gut", erwidere ich auf sein vorheriges Necken bezüglich meiner Tagträumerei.

„Das ist einer der vielen Vorzüge, dein Ehemann zu sein."

Automatisch sehe ich lächelnd nach unten auf den Ring an meinem Finger. Er fasst einen kleinen Diamanten aus Nimmerland. Mit diesem Ring hat Jamie um meine Hand angehalten. Ich nehme ihn niemals ab, genauso wenig wie die Kette mit dem Rubinherz um meinen Hals. Sie wird mich immer an die ungleichen Brüder erinnern, die zu guter Letzt doch noch ihr Happy End gefunden haben.

Als ich wieder hochblicke, hält Jamie einen glänzenden roten Apfel in der Hand. Er wirft ihn über die Kochinsel zu mir rüber und ich fange ihn mit beiden Händen auf. Äpfel haben für mich inzwischen eine ganz besondere Bedeutung. Mir wird warm ums Herz bei diesem unscheinbaren Geschenk, das in mir die schönste aller Erinnerungen mit Captain Hook wachruft.

„Du hast mir gefehlt, Miss London", schnurrt Jamie, als er langsam auf mich zukommt.

Ich lege den Apfel beiseite, dann schlinge ich meine Arme um seinen Hals und ergebe mich freiwillig, als er einen Kuss einfordert. *Bei Nimmerlands Regenbögen*, von diesem Mann bekomme ich niemals genug. Auf den Zehenspitzen stehend und mit meinen Fingern in seinem Haar genieße ich es, wie seine Hände langsam über meinen Rücken hinuntergleiten. Aufregende Schauer durchzucken dabei meinen ganzen Körper.

Aber Jamie beendet die Sache viel zu schnell und lehnt sich mit skeptischem Blick zurück. „Hast du das eben auch gehört?"

„Nein, was denn?" Ich neige meinen Kopf und lausche, aber da ist nichts.

Er lässt mich los und dreht sich um, um durch die offen stehende Flügeltür auf die Terrasse zu spähen. „Ist jemand in unserem Garten?"

„Nur Paulina. Sie liest ein Buch."

Aber plötzlich höre ich es auch. Die Stimme eines Jungen. „... hat er versucht, mich mit einer Kanonenkugel zu erwischen! Ich konnte nur knapp entkommen."

Ich erstarre mitten in der Küche zur Eisfigur.

Jamies Augen gehen weit auf und sein Atem wird schneller vor Aufregung. Ich brauche geschlagene fünf Sekunden, um meine Stimme wiederzufinden. „Das kann doch unmöglich sein!"

„Und ob!" Er schnappt sich meine Hand und zieht mich hinter sich her nach draußen. Ich hab ihn noch nie so ekstatisch erlebt. Andererseits habe ich selbst auch schon lange nicht mehr dieses abenteuerliche Kribbeln in meinem Bauch verspürt.

Gemeinsam stolpern wir in den Garten hinaus, wo Jamie abrupt stehen bleibt. Paulina sitzt im Schatten des Eichenbaums, wo sie ihr Buch mit beiden Händen flach an ihre Brust drückt und mit offenem Mund zu dem dicken Ast über ihr blickt.

Auf genau diesem Ast hockt ein Junge von etwa fünfzehn Jahren in einem grasgrünen T-Shirt, die dicken braunen Haare vom Wind zerzaust und mit Augen so blau wie der unendliche Ozean. Als er uns endlich wie angewurzelt in der Nähe des Baumes stehen sieht, neigt er seinen Kopf leicht schief und lächelt spitzbübisch zu uns rüber. „Hallo James. Angel."

„Peter", krächze ich unter dem beinahe schon schmerzhaften Händedruck meines fassungslosen Ehemanns. Jetzt bin ich es, die ihn mit sich zieht, bis wir direkt unter Peters Ast stehen.

„Du – du bist tatsächlich hier, du verfluchter, kleiner Bastard!", platzt Jamie mit lautem Lachen heraus. Seine Freude hallt in jeder einzelnen Silbe wider.

„Wie ist das denn nur möglich?", frage ich.

Peter Pan schlingt seine Finger um ein paar Zweige über ihm und lässt sich weiter vom Ast herunter. Seine Augen funkeln im Sonnenschein, als er Paulina zuzwinkert. Dann krümmen sich seine Lippen zu einem vollen, verschmitzten Grinsen, das Jamie und mir allein gilt.

„Mit Magie ..."

Ende

Schließt dieses Buch mit einem Lied.

Dexter Britain – Conquering Time

Playlist

Sunrise Avenue – Lifesaver
(Zwei Piraten, ein Pan und Badewasser)

Dexter Britain – Nothing to fear
(Stoßwelle)

One Direction – Story of my life
(Der Junge, der nie erwachsen werden wollte)

Dexter Britain – On my way home
(Hook ist hier)

Ed Sheeran – Kiss me
(Nur ein Kuss)

Tunes of Fantasy – My world
(Ein Tanz)

Edward Scissorhands – Icedance
(Goldregen)

Christina Perri – Human
(*Es war einmal eine Liebe ...*)

Martin Herzberg – Variations of Dragostea din tei
(*Die kaputte Tür*)

One Direction – You & I
(*Du und ich*)

Ed Sheeran and Christina Grimmie – All of the stars
(*Ich zeige dir eine Meerjungfrau*)

Once Upon A Time Theme music
(*Rettet Angel*)

Tunes of Fantasy – White Angel
(*Der Handel*)

Casper Soundtracl – Casper's lullaby
(*Wir sehen uns wieder*)

Jonatha Brooke – Second star to the right
(*Zehn Jahre später...*)

Dexter Britain – Conquering time
(*Mit Magie ...*)

Lasst euch von einem weiteren magischen Märchen verzaubern!

Kein Prinz für Riley
Oder
Als Rotkäppchen auszog, um sich einen Royal zu fangen.

Immer, wenn irgendwo jemand ein Märchenbuch aufschlägt und die drei magischen Worte „Es war einmal" liest, wird kurz darauf meine Oma gefressen. Öde Geschichte. Ich hätte viel lieber so etwas, wie auch Cindy und Dornröschen am Ende ihres Märchens bekommen. Ein Schloss und einen hübschen Prinzen dazu.

Habt ihr schon mal einen Frosch geküsst? Da kommt kein Prinz bei raus. Ich hab's versucht. 17 Frösche und fast eine Kröte. Kein Glück.

Was ich bekomme, ist Jack. Er ist der Wolf in unserem Märchen und beißt mich regelmäßig in den Po. Für ein romantisches Ende ist er leider untauglich. Dazu fehlen ihm einfach die guten Manieren - und natürlich die Krone. Denn ganz unter uns: Liebe passiert nur unter den Royals der Märchenfiguren.

Leider fallen die aber nicht vom Himmel - nicht einmal hier in Märchenland. Darum werde ich mir morgen eine Prinzenfalle bauen und dann schreibe ich mein Happy End einfach neu. Basta.

hust Hi, mein Name ist Jack - jap, wenn Riley hier etwas sagen darf, dann darf ich das auch. ^^
Und die Idee mit dem Prinzenfutzi kann sie gleich wieder vergessen. Wir schreiben hier gar nichts neu. Wenn sie knutschen will, dann mit mir und sonst keinem ... Basta.

„Ich schreibe Geschichten, weil ich sonst nicht atmen kann."

Anna Katmore lebt in ihrer ganz eigenen zauberhaften Welt, deren Schwelle nur übertreten kann, wer an der Pforte seinen logischen Verstand ablegt. Doch Vorsicht, wer einmal durch diese Tür tritt, will nie wieder zurück.

Disney ist ihre Lebenseinstellung und wenn sie könnte, würde sie die Welt vor sich selbst retten. Ihr Patronus ist ein Wolf, ihr Zauberstab der abgebrochene Zweig eines Apfelbaums, 10 Zoll. Glitzer auf den Turnschuhen muss unbedingt sein, obwohl sie mit Cinderellas Glaspantoffeln eher weniger anfangen kann. Viel zu gefährlich, dass da was kaputt geht ...

Mehr zu Anna und ihren Büchern findet ihr auf *annakatmore.com*

35819696R00204

Printed in Poland
by Amazon Fulfillment
Poland Sp. z o.o., Wrocław